网络文学名家名作导读丛书

第四辑

更俗与

《楚臣》

西篱 著

肖惊鸿 主编

作家出版社

网络文学名家名作导读丛书

主　　编：肖惊鸿

第四辑编委：庄　庸　许苗苗　房　伟　周志强

　　　　　　西　篱　林庭锋　侯庆辰　杨　晨

　　　　　　杨　沾　瞿笑叶

序

　　20 世纪 90 年代以来，文学与这个伟大的时代一道，经历了巨大的发展变化，其中一个标志性的现象，就是网络文学的兴起。以通俗大众文学之魂，托互联网与媒介新革命之体，网络文学如同一个婴儿，转眼已成为青年。网络作家们朝气勃发，具有汪洋恣肆的创造力，架构了种种可能的和不可能的世界。科技与商业裹挟着巨大变革中释放的青春、激情和梦想奔腾向前。时至今日，作者是有的，作者群体大到过千万人；作品是有的，作品总量已逾两千万部；读者就更多了，读者群体数以亿计。

　　网络文学是新生事物，也是一片充满活力的文化热土，是中国特色社会主义文学生机勃勃的组成部分。习近平总书记高度重视包括网络文学在内的网络文艺的发展，勉励广大网络作家加强精品创作，以充沛的正能量满足人民群众特别是青年一代对美好精神文化生活的新期待。

　　所以，这套《网络文学名家名作导读丛书》生逢其时，它将有助于探索网络文学艺术规律，凸显网络文学的艺术价值和社会价值，推动网络文学的主流化、精品化；同时，它也是精确的导航，通过这套丛书，我们将能够比较清晰地认识网络文学的重要作家和重要作品，比较准确地把握网络文学的发展历程和发展前景。

　　这套书的入选作者是目前公认的网络文学名家，入选作品是经过一段时间检验的代表作，而导读部分由目前活跃的网络文学评论家群体担纲。预计这套丛书的体量将达到 10 辑至 20 辑、全套 50 册至 100 册。无疑，这是一项浩大的工程，但也是值得耐心地、持续地做下去的工作。网络文学必须证明自己不是即时的快消品，它需要沉淀、甄别、整理，需要积累经验，逐步形成自身的传统谱系，需要展开自身的经典化过程。这套丛书就是向着经典化做出的努力。

这套丛书的主编肖惊鸿长期从事网络文学相关的研究和组织工作，她的眼光和能力值得信赖。尽管网络文学的理论建设近年来已经取得重大进展，但是，将理论落实为面对作品的、具体的分析和判断，实际上仍然是艰巨的课题，也是网络文学理论评论工作的薄弱环节。希望肖惊鸿和其他评论家们深入学习贯彻习近平新时代中国特色社会主义思想，以习近平总书记关于文艺工作和网络文艺的重要论述为指导，自觉运用历史的、人民的、艺术的、美学的观点评判和鉴赏作品，向现在的读者，也向未来的读者交出一份令人信服的答卷。

李敬泽

2019 年 3 月 7 日

于北京

目录

导读

第一章

叙事背景：历史如同一匹奔驰的烈马

一 谁想改变历史

假如历史如同一匹奔驰的烈马，正按它既定的方向狂奔……

历史不就是这样的吗？我们永远只能回望。我们能否深入历史当中，去窥探它的秘密，看清它的走向，寻找它的逻辑，梳理它的轨迹，体验那些或哀如心死、悲如山倾，或爱如烈火、愤似江河的情感，甚至试图再讲述当中的那些有血有肉的故事？

史学家钱穆先生说，不知一国之史则不配做一国之国民。同样以历史学家、中国历史明史专家、大历史观的倡导者而为世人所知的黄仁宇先生也说过，认真学历史的人是了不起的。

在我看来，认真写历史的作家，是真了不起，透过他们的作品，他们的人生阅历、学识储备，他们的世界观和历史观、价值观，通通在我们的眼前呈现出来。

不是所有人都能经得起这样的打量和考究，不是所有的作品都能经得起历史的砂洗。

更俗就是一个了不起的作家，反复阅读他的《楚臣》，越发让人看到他作品于朴实厚重中透露出的丝绸般的柔和光芒。

假如历史如同一匹奔驰的烈马，正按它既定的方向狂奔……这当中，承载了多少人的人生和命运！假如我们，就在历史当中，而我们已经知晓了自己在这个狂奔当中的走向，知晓了自己的命运……或许，人生的可爱和迷人，在于永远有个未来在前方，在等着自己；永远有无数不可知的事物，还没有与我们打个照面；永远有个黎明，在远方的山口招呼我们……然而，有一个人已经知晓了一切，知道命运的可怕走向，知道悲剧即将来临……

这个人就是韩谦！

更俗的小说《楚臣》有一个宏大的世界架构，在这个世界架构中，他讲述了一个朝代的灭亡和又一个朝代的崛起。他讲述了楚国的故事、梁国的故事、晋国的故事、蜀国的故事……

而时代的更替，家国的兴亡，巨大的社会矛盾的形成、发展和运动，其间都是人的作为和推动。人都是形形色色的，有奸佞小人，更有盖世英雄。毫无疑问，总有一些人会走在时代的前列，把握历史发展的趋势，带领更多的人，推动了历史的滚滚车轮……

韩谦，就是作家更俗塑造的一个能够带领奋斗的人们向前的英雄。

尽管更俗在作品中以一种十分平和的态度，并且常常是客观、冷静地，来讲述乱世英雄的故事，按照作家对历史事实和社会生活的理解，对《楚臣》的主角韩谦这个历史中人物的所有作为加以精确细腻的描写，毫无疑问，韩谦在他所处的时代里，他是一个想要改变历史的人。

他能抓住缰绳、制服狂驹，能勒马转向吗？

读者必然会带着这样的疑问进入阅读。

作家也需要我们有这样的阅读态度。因为这是一个喜欢挑战的作家，他要带领我们深入历史的现实和不寻常的人生故事，让我们看：他的主角，他的英雄，做到了！

更俗挥洒笔墨，纵横捭阖，津津乐道，就是要我们细看，韩谦怎么做到！

二　韩谦或翟辛平

韩谦千多年后的今世，是个平凡人，就在我们身边，名叫翟辛平，从小生长在福利院里的孤儿，在政府的照顾下完成学业，到青年时期，进入一家私募投资基金工作。好读史书，并无特长，更非人杰，碌碌无为而已。在今世，"带四只轮的铁盒子跑得比紫鬃马还要快，塞满人的巨大铁鸟在天空飞翔……高耸入云的巨塔高楼挤满大地……巴掌大小的金属盒里，有许多小人穿着稀奇古怪的戏服在里面演着戏……"

这就是我们的当下，汽车和飞机在高速运动，电视和手机占据视域……人类对世界的认知，比一千年前的人们所能想象的自然要广袤无垠得多，简单地说，一千年前的人们，还不知道他们昼夜所能见的日月星辰，跟他们所站立的大地一样，都属于宇宙，是亿万星球中的些许。更不要说科技的发展、文化的发展，以及金融业、制造业、军事、国际外交等的发展变化。

社会积累了大量财富，孤儿翟辛平从事金融行业，工作获得的高收入，让他极尽享乐之能事。某天夜里，他从酒吧出来，突然被一辆从酒吧后巷咆哮着冲出来的黑色轿车，撞飞到半空……

（我一直在想，更俗为什么要让穿越成为韩谦的翟辛平，在现代世界里如此地平庸不堪……而韩谦在架空时代里的作为，今朝怕也只有极少数风流人物能媲美吧。没想通。）

思维的载体从翟辛平切换为韩谦，光怪陆离的梦境在那一刻就戛然而止，也昭示着韩谦梦境人生的终结。是的，翟辛平穿越了，回到那个纷乱的大唐末年，成为韩家七郎。因为将要被选为三皇子的陪读伙伴，他成为秘密组织晚红楼奸细密杀的对象。在被晚红楼美女姚惜水色诱魅惑之下喝了毒酒之后，他本该气息断绝、暴病而亡，不想又在漫漫冷夜中挣扎着活了过来。

活过来的少年韩谦，结束了他一夜光怪陆离的大梦，翟辛平成为他梦境中人。他尚带着现代人翟辛平的意识，看见那一盏青铜古灯立在书案旁，兽足灯柱栩栩如生，仿佛真有一头上古妖兽从虚空伸出一只细且长的鳞足，踩在书案旁打磨得平滑的石板地上，莲花形的灯碗里，灯油半浅，小拇指粗细的灯芯绳在燃烧着，散射出来发红的明亮光线，照在书案上……他想到的竟然是：这盏青铜灯要拿出去拍卖，不知道会惊动多少收藏家闻风而动？

然而，梦境终究不是他的当下，而是时光流逝千年之后的世界。千年之后，他所熟悉的帝王将相早已湮灭。

而他，也从翟辛平对历史的阅读记忆里，省悟了自己在当下的命运……

三　架空时代背景

前朝末年，强藩割据地方，朝廷势弱，帝国统治最终被风起云涌的农民起义所推翻，淮南节度使杨密趁机割据淮河以南的地域，建立楚国，定年号天佑，世称天佑帝。

故事发生时，楚国创建已经有十二年，天佑帝也垂垂老矣，朝中为帝国继承人之事风起云涌，掀起无数风波。

早年，天佑帝为制衡手握重权的大将及地方上的节度使们，在朝堂之上扶持皇后徐氏、太子杨元渥一脉的外戚势力，但到天佑十二年间，外戚势力也尾大不掉，而太子荒嬉残暴，已经成为危及楚王朝统治的大弊。

天佑帝深感自己时日无多，而太子荒嬉无能，难担大任，又受外戚势力控制，但他有心废太子立其他皇子，又怕阻力太大，激起变乱，遂将治理地方而有干练之才的韩道勋等人调到朝中……

——《楚臣》故事背景

天佑帝欲用韩谦之父韩道勋等人为其秘密谋划废立、削除强藩之事，他的用意哪里能逃过徐皇后等人耳目，消息泄露出去，完全不是意外……

韩家是宣州大族。元代以前的宣州，地域广阔，包括今天的宣城市全境（除绩溪县）、马鞍山市、铜陵市、池州市和黄山市部分地区以及江苏高淳、溧水部分地区和浙江昌化等部分地区。韩谦祖父韩文焕，曾任兵部侍郎，已告老还乡，回宣州居住去了。韩文焕养有三子，其中老三韩道勋，身为秘书少监，官居从四品。韩谦为韩道勋独子，幼年母亲病逝，没人照顾，不得不在很小的时候，就跟父亲分开，从楚州（今安徽蚌埠市和滁州市一带）回到祖籍宣州投靠二伯韩道昌生活，在韩家排行第七。

韩道昌嫉恨三弟韩道勋的才能与干练，故意怂恿下人诱使年纪幼小的韩谦作奸犯科，有意将韩谦养成不学无术的性格，以便自己的儿子能有机会过继到韩道勋的膝下继承家业。

在充满阴暗恶意的环境里，韩谦从小养成乖戾的性格。被其父韩道勋接到京城后，他烦躁无序，依旧顽劣不改，最后被韩道勋关到城外山庄别院修身养性。

皇后徐氏得知天佑帝欲用韩道勋废太子，从中作梗，特地推荐韩道勋之子韩谦与其他三名声名狼藉、不学无术的大臣之子，到世妃王氏所生、尚未成年的三皇子临江侯杨元溥身边陪读。

晚红楼为来历不明的秘密组织所经营，主持者为前朝残余势力，名为灯红酒绿香艳处所，实际上刺探情报、杀人放火、干预朝政、控制局势，无所不能。他们也意识到朝中即将生变，将筹码押在三皇子临江侯杨元溥身上。为了将受他们控制的信昌侯之子李冲送到三皇子杨元溥身边，便派出秘密培养的女杀手潜入秋湖山别院毒杀韩谦，欲伪造成暴病而亡的假象……

韩谦服毒昏迷之后醒来，坐了一夜，有了现代人翟辛平的人生记忆。看清自己的处境，对自己和父亲的命运了然，情势变得急迫和险恶。他必须驾驭好历史这匹烈马，一点一点地努力转向，进而改变历史，才能改变韩家父子的命运。

韩谦开始运用现代人翟辛平的思维和知识储备，从帮助三皇子杨元溥建立龙雀军开始，一点一点地改变朝中局势，扭转历史发展的趋势……

五代十国历史，正是长篇架空历史小说《楚臣》立足的一个大时代背景。

小说中的人与事，虽然不能与历史完全比照和套脱，但也有诸多历史信息在小说中活跃起来并且栩栩如生，所以关于这段历史的发端，以及其中的重要人物事件，值得一说。

四　大唐末年的那些事儿

唐末一个重要的历史人物，就是朱温。围绕他的诸多历史事实，在《楚臣》中有了别样的演绎。书中朱温为梁高祖，梁帝朱裕是他的孙辈。

朱温出生于唐宣宗大中六年（852年），宋州砀山县人。其父亲和祖父是学者和教师，但在当地颇有名望，所以能和本地一个更有名望的地方官员家族通婚。朱温排行第三，家中尚有长兄朱全昱、二兄朱存。由于父亲早死，家贫，兄弟三人随母佣食于萧县刘崇家。朱温既长，不喜劳作生产，喜刀枪棍棒，并以豪雄英勇自许，乡里人多数对他很憎恶反感。至唐僖宗乾符年间，山东地区连年饥荒，成群的盗贼呼啸相聚，农民起义频发，黄巢崛起于曹州、濮州地区，饥民们纷纷追随，一时间集聚数万人之多。朱温与二兄朱存也一起投入黄巢军中。后来朱存战死，朱温则因功补为队长。

至广明元年（880年）十二月，黄巢起义军攻陷唐都长安，唐僖宗逃往成都。朱温领兵驻扎东渭桥，受命招安唐将诸葛爽，驻扎在栎阳（今陕西西安阎良区武屯镇）的诸葛爽被朱温说服，率领工北行营的兵马归降黄巢。中和元年（881年）二月，朱温获任东南面行营都虞候后，攻占邓州（今河南邓州）有功，俘虏邓州刺史赵戒，阻扼了由荆襄地区北攻的唐军。六月朱温返回长安时，黄巢亲自到灞上劳军。此后，朱温连战连胜，半年内先后大败唐将李思恭、李孝昌等军，继而获任同州（今陕西渭南大荔县）防御使。

朱温从丹州（今陕西宜川）领兵南下，很快攻克同州，但随后被河中节度使王重荣屯集的数万军队击败，逃命时将舟船全部凿沉在河中。这些战事细节，在更俗的《楚臣》中均有各种描述。

朱温被王重荣击败后向黄巢求援未果，推知黄巢起义军必将失败，研判大势，有了投降唐朝的心思。

中和二年（882年）九月，朱温率领全同州军民投降王重荣。之前逃往蜀郡避难的唐僖宗，久闻朱温威名，看到奏章非常高兴，说："这是上天赐给我的上将啊！"旋即下诏授予朱温左金吾卫大将军官职，担任河中行营副招讨使，又赐名"全忠"。此后，朱温率其旧部以及河中兵卒，所到之处战无不克。

唐朝廷厚待朱温，先后任命他为汴州刺史、宣武军节度使。

朱温一路攻进汴州上任节度使时，才三十二岁，以汴州（宣武军）为大本营，兵势日益强盛，又获唐僖宗下诏书，加封为东北面都招讨使，攻打黄巢的部队，共经历大小四十次战斗，最后与河东节度使李克用一起大败黄巢，杀死黄巢军一万多人。

如果细读历史，再阅《楚臣》，是件非常赏心悦目的事情。《楚臣》描写战事极多，尤其是最后两百章。而韩谦战东梁、战蒙兀，犹似当年朱温这般摧枯拉朽。而韩谦也和朱温一样，在一系列战争中俘获众多降将，并且都赦免了他们的罪行并收容了他们。

当然，朱温是唐末的朱温，韩谦是更俗的韩谦。

大概最早预料到朱温的野心和危害的，是河东节度使李克用了。这个李克用也是个异族将军，李克用是皇帝给他的赐名。李克用与朱温得胜归来，酒后难以自制，乘酒醉大发脾气，惹怒朱温。当夜，朱温就命令手下火烧李克用住宿的驿馆，欲将他活活烧死。所幸当夜天降大雨，雷电交加，李克用趁着雷雨电光不死，翻墙逃生，而部下百余人皆被朱温所杀。他逃回唐僖宗跟前，请求对朱温用兵，唐僖宗居然只是加封他为陇西郡王来加以安抚，并没有治朱温的罪。

唐僖宗此时并没有意识到为朝廷埋下祸根。

历史推进到文德元年（888 年）三月，唐昭宗即位。龙纪元年（889 年）朱温平定蔡州有功，被唐昭宗加封为检校太尉、兼任中书令，晋封为东平王。

晚唐军阀割据形势愈加激烈。光化三年（900 年）十一月，宦官刘季述等幽禁唐昭宗，立太子李裕为帝。次年初，与朱温关系密切的宰相崔胤与护驾都头孙德昭等杀刘季述，昭宗复位，改年号为天复。十月，崔胤矫诏令朱温带兵赴京师，朱温乘机率七万兵马由河中攻取同州、华州（今华县），兵临长安。天复三年（903 年）朱温挟一度被掳走的昭宗回长安，昭宗对朱温说："宗庙社稷是卿再造，朕与戚属是卿再生。"从此，昭宗对朱温唯命是从，成了他的傀儡。此际，朱温杀宦官七百多人，彻底摧毁唐代中期以来长期专权的宦官势力。朱温则被任命为守太尉、兼中书令、宣武等军节度使、诸道兵马副元帅，晋爵为梁王，并加赐"回天再造竭忠守正功臣"等荣誉头衔，改年号为天祐。

天祐元年（904 年），朱温欲将唐昭宗接到洛阳，担心唐室大臣反对，假托昭宗诏令，诛杀了丞相崔胤、京兆尹郑元规等人。将昭宗弄到洛阳后，朱温又下令长安百姓按籍迁移，拆毁长安宫室、房屋，将木料顺渭水漂下，在洛阳营建宫室。从长安至洛阳途中，昭宗身边二百多随行侍奉皆被朱温命人灌醉后全部坑杀，然后换上年貌、身高相当的二百人顶替。唐昭宗到达洛阳时，唐廷的六军侍卫之士，已经散亡殆尽，昭宗身边卫士及宫中之人均为朱温派来的人。昭宗成为真正意义上的孤家寡人。

这些故事细节，在《楚臣》中或成为天佑帝遭遇，其状之惨烈，尽在更俗讲述。

天祐元年（904 年）八月，朱温指使左龙武统军朱友恭、右龙武统军氏叔琮及蒋玄晖等人，乘夜暗之际，以入宫奏事为名，率兵进入内宫，杀昭宗后宫河东夫人裴贞一，昭宗身穿单衣绕殿柱而逃，终被追上杀死，年仅三十八岁。

昭宗死，朱温立昭宗嫡次子也是第九子李柷为帝，时年十三岁，史称唐哀帝。次年，朱温又骗杀李裕等昭宗九子，全部吊死扔进荷塘里。为铲除建立新王朝的障碍，朱温在滑州白马驿一举屠杀以裴枢为首的朝臣三十多人，史称为"白马驿之祸"。朱温杀朝臣时，说既然他们自认为清流，就将他们扔进黄河里，让他们变浊流吧！

唐·李白《蜀道难》诗曰："朝避猛虎，夕避长蛇；磨牙吮血，杀人如麻。"

杀人如麻的朱温急于称帝，还密令人将何太后缢杀，唐哀帝也被迫下诏称母后之死系私通事发自杀，追废母后为庶人。

天祐四年（907 年）四月，朱温表面上由唐宰相张文蔚率百官劝进之后，接受唐哀帝禅位，正式即皇帝位，更名为朱晃，改元开平，国号大梁。同时升汴州为开封府（今河南开封），建为东都，而以唐东都洛阳为西都。朱温废十七岁的唐哀帝为济阴王，迁往曹州济阴囚禁。次年二月，将其杀害。

惨烈之事件件紧逼，血腥气息犹在空中飘荡。

唐灭一十有二年，《楚臣》故事在此纷乱之背景下展开。

第二章

叙事动力：永恒的精神价值追求

一　如临绝壁的命运设计

昏昏沉睡过去，又是残梦袭来。

只是这时候韩谦所梦，不再是那个光怪陆离的世界，而是血腥彪健的悍卒，锋刃凛冽的刀戈，残破的城墙下尸首纵横、血流如河，夕阳照在河滩的芦草上……

远离帝国权力中心的宏书馆里，藏书仿佛汪洋大海般深阔……

幽深的韩家大宅，一个枯瘦的身影坐在阴冷的暗影里，那阴柔而凛冽的眼神，却予人一种针扎的感觉……

这才是韩谦所熟悉的世界，这才是韩家七郎所熟悉的世界！

而他作为现代人（他的梦境中人）翟辛平，曾经读过一段南楚史，书中记载：南楚武帝晚年为政昏聩，猜忌大臣，大臣韩道勋谏其勤勉政事，激怒武帝，被杖毙文英殿前，其子韩谦逃往祖籍宣州欲起兵，于途中被家兵执送有司，车裂于市……

车裂之刑，韩谦并不陌生。

前朝覆灭，楚国新创，定都于金陵才十二年，此时楚国境内并不太平，天佑帝治政严苛，严刑峻法，每年都有不少囚犯被以车裂之刑处死。韩道勋从楚州调到朝中任职，韩谦也被接到金陵，跟父亲团聚，虽然才三四个月，也有机会亲眼目睹车裂处刑的场面。

据古书记载，夏代时逐步确立了墨、劓、剕、宫、大辟的五刑制度。商代时，刑法尤其严酷，死刑除去斩刑外，还有醢（音 hǎi）、脯、焚、剖心、刳、剔等刑杀手段。比如醢刑，尤为残忍，是将受刑者剁成肉酱。

春秋战国时期仍然以五刑为主，残酷性并没有改变。至秦时，刑罚也是甚为严酷。最为后人唏嘘的，便是商鞅之死。商鞅因变法触及了部分有钱有势之人的利益，引起秦贵族的怨恨。支持变法的秦孝公死后，太子惠王继位，心怀鬼胎的公子虔立刻进谗言，诬告商鞅有谋反企图。惠王着人抓捕商鞅，并以五马分尸车裂之刑处置，更灭其族。

历史上，唐代的刑罚比以前各代均为轻些，其适用刑罚以从轻为度，死刑、流刑大为减少，死刑只有绞、斩两种，徒刑也仅一年至三年，笞杖数目也比之前减少了许多。所以，唐律一直被认为是我国古代社会"得古今之平"的刑罚中的典范。

但是五代十国乱世，刑罚又开始变得严酷。依《楚臣》所述，书中楚国的车裂之刑虽然要简单一些，就是绳索分别套住死囚的腋下跟腰胯部，用两匹马拼命往两边拉。如果要折磨其人，并不会一次拉断，而是拉一天，放一放，再拉一天，留口气，第三天才将死囚活生生地拉成两截……

这和五马分尸一样地残暴。

按照翟辛平所阅读的史书，韩谦立刻知道了自己和父亲的命运的终结，这自然会令他感到不寒而栗、毛骨悚然，心脏都禁不住隐隐地抽搐。

为人一生，最可怕的就是过早知道自己的命运，而且是个天大的悲剧：惨不忍睹的车裂之刑。这样的事情，怎么可能会发生在自己的头上？

如果没有这一场梦，他或许就继续浑浑噩噩，直到不久后的某天，父亲韩道勋被杖毙文英殿前，而他韩谦潜逃中被家兵执送有司，车裂于市……

血淋淋的景象似在眼前。

依翟辛平所读史书的记载，前朝后期藩镇割据百年，于公元900年，最后一个皇帝被权臣所杀而彻底覆灭，当时的淮南节使度杨密同时在金陵称帝，定国号为"楚"，以"天佑"为年号。天佑帝在位十七年，驾崩后，谥号太圣太武皇帝，后世称楚武帝……

而当时当地，韩谦所处时间，是天佑十二年，也就是说，距离天佑帝驾崩的天佑十七年，只有五年时间了。如果历史真是按翟辛平所读史书前行演绎，那么，天佑帝将在五年之后驾崩，而韩家父子，也将在之前就会被"杖毙"和"车裂于市"……

在好故事不如好人设的今天，我们看到，更俗还是依托了一个宏大而奇崛的历史背景，大胆作了一个如临绝壁般的主角命运故事设计。

二　呈现历史的沉实与厚重

可以说，这个命运故事直接影响到了《楚臣》这部作品的价值和分量。

这个命运故事设计，决定了这部作品绝不仅仅是咀嚼一番历史传说。

人们常说，以史为鉴。大概的意思，应该是要更好地了解历史，读懂历史，捋清历史的发展脉络，搞清楚历史中的那些大事件，它的发生和发展。它总有一定的规律和特点，总有发展的趋势。学历史的目的，就是要从这些规律和发展趋势中，来观照当下，帮助我们对现实乃至未来的认知。

哲学家或许关注人们思想意识的变化，社会学家更热衷于社会组织和社会结构变迁，经济学家关注生产力和资本……而作家，在我看来，作家终究关注的是历史中的人物及其命运，其中的跌宕起伏。往事并不如烟，不得不承认，历史小说总是有其独特的魅力，使人不禁深陷其中。

在《楚臣》之前，更俗还有一部《枭臣》，受到很多人的喜欢。

《枭臣》讲述现代人谭纵意外去到陌生的历史时空，成为东阳府林家刚考中的举人林缚。林缚还未实现举人老爷梦想，就因迷恋江宁名妓苏湄，卷入一场朝中权宦、割据枭雄等诸多势力争权逐色的旋涡中。不甘沦为离乱人，两世为人的林缚，从最底层开始翻云覆雨，最终完成从"治世之能臣"到"乱世之枭雄"的华丽转变。

我在很多场合听见人们推崇这部作品，甚至还有个风云人物在电视上给人说，《枭臣》比金庸的小说好看。

我相信他说的是真的。更俗的粉丝们也说这部书写得真好，不是某种口味的人说好，而是读过的人都说写得真的很好，很喜欢这本书，就算很久之后再回来看这本书，依旧觉得很好，而且书中的逻辑性以及框架的构思、剧情的设计都是很棒的，人物形象十分生动。

我不知道，我读了《楚臣》，而没有读过更俗的其他书，也没有读过《枭臣》，是不是一种不幸？

不幸在于，我读了《楚臣》之后，暂时不想再读其他书。我感觉，我会有一段时间被《楚臣》困住，出不来了。

这就是通常读书人说的那种代入，深深的代入。

不只是代入主角，也不是代入某个角色，而是全面的代入。

是更俗在这部作品中，给我们呈现出的历史中的沉实与厚重。

这种沉实与厚重，就我有限的阅读体验，类似的小说中，也许只有《大秦帝国》这类作品，可以与之媲美。

如果我在《大秦帝国》中还感受到古人的智慧与朴拙，那么，《楚臣》又让我嗅到了历史乱世的神秘与血腥。

为此，我在读完《楚臣》后，回头去读关于唐朝和五代十国的历史，各种版本的五代十国史。

毫无疑问，更俗就是在这种神秘与血腥之中，去推动他的小说叙事，去拓展他关于人生与命运、关于生存与社会的某种理想。

他给自己找到了强大的叙事动力，他赋予了书中主角韩谦惊天地泣鬼神的行为使命。

他以如此的命运设计，倒逼着主角韩谦抓紧烈马的缰绳，与命运角力，置之死地而后生。

三　韩道勋们所承载的精神价值

韩谦之父韩道勋，究竟是个什么样的人？

在我看来，他是个完美的人。

完美的人，首先是有美德，有人格魅力，有能够被大众所爱戴的价值观和行为特点。

韩道勋的身上承载着数千年来我们的传统文化所推崇的精神价值。

在翟辛平所读的后世史书里，对韩道勋的评价，称他"有干才、直言敢谏"。

作家更俗从来没有给他下过什么定论，在书中落在他身上的笔墨也不多。即便是在这不多的笔墨中，我们也还是能看到更俗在这个人物身上寄予的一些理想和寓意。

首先，他是个读书人，是我们意识里的那种传统文人，是贤人、有德行之人，达则兼济天下，穷则独善其身。为官一方，爱民如子，心系天下苍生。对君王不阿谀不谄媚，对同僚不设套不隐晦。为黎民百姓免受战乱之苦，为避免政权更替血流成河，他牺牲自己，毫不迟疑。

著名历史学家黄仁宇在他的《赫逊河畔谈中国历史》一书中，列举了从春秋战国往后约两千年历史中的数十个重要人物，以这些人物为核心，探究中国历史和文化的特点，并加以点评分析。他谈及五代十国历史时，列举一个贤臣，名冯道。他说，冯道"是一位相当离奇的人物。他历事四朝，三入中书。不管主子是沙陀人、西夷人或汉人，也不管他们是创业或守成之主，他都能够怡然做首相，左右如意。他也能出使契丹，与'戎王'论道而使之心折。冯道所作《长乐老自叙》，一篇简短的自传，内中列举他的官衔，倒占满一面。他被封公爵五次。既为鲁国公，也被封为梁国公、燕国公、秦国公和齐国公。可是保全原始史料的人都一致承认冯道并非因谀见宠，而他在朝野生活之中，先已造成了一种贤良的名誉。《旧五代史》说他'在相位二十余年，以持镇俗为己任'。《新五代史》也说'道既卒，时人皆共称之，以谓与孔子同寿，其喜为这称誉如此'。而且新旧两史一致认为契丹之没有夷灭中国人，冯道之力为多"。

每每读至此，我颇以为《楚臣》之韩道勋，其身上就有冯道的影子。

韩道勋曾在楚州为官，深得庶民百姓爱戴。一对得他雪冤救助的穷苦夫妇，在他落难将饿死之时，将自己的孩子（其实是与邻居的孩子做了交换）煮给他吃，而后双双上吊而亡。

此事给了韩道勋深深的刺激，成为他的心头之梗。

他曾与儿子交心，言及他的"楚州之痛"——

　　韩道勋一笑，想起一件往事，徐徐说道："我初仕地方，天下还非三分，当时诸镇割据，我也一心想着博取功名，以强宗族。你母亲病逝，我将你送回宣州寄养，之后在楚州断过一个案子，还了一对年轻夫妇的清白。这对我来说，也是一件小事，很快就忘了这事。天佑八年时，楚州也遭兵灾，随军出战时，我与锡程他们走散，为贼所追，逃到一户农舍避祸，主人恰好是当年我断案还其清白的年轻夫妇。他们也尽力掩护我，直到贼兵退去。这原本是一桩美谈，我辞行时还想着回去后着锡程寻到这对年轻夫妇予以厚赠，让他们不至于那么穷困。临行时，年轻夫妇煮了肉汤赠我，以免我饿了几天没有气力走回州府。但是，你想想啊，这对年轻夫妇饿得骨瘦肌黄，我在农舍躲避三天三夜，大家只是食草茎果腹，哪里可能会有什么肉食？追问之下，才知道他们是拿刚出生的儿子，与邻人易子，煮成肉汤来谢我的恩情啊。为父当年也是铁石心肠，回州府便着锡程他们去将这对年轻夫妇及邻人绑来大狱问刑。锡程他们赶去，这对年轻夫妇已经自缢于柴房。这事以及这世道，是为父多年来都摆脱不了的噩梦……"

——《楚臣》第 58 章

四　父与子殊途同归

在韩道勋的眼里，独子韩谦，是个不学无术、荒度光阴的败家子。

那是韩谦刚从宣州回到金陵的时候。

韩谦在宣州的经历和遭遇，是他父亲完全不了解也不理解的。

就像所有的大家族总有些无法说出口的事情一样，韩家的老大老二及其众多子侄中，某些行为是恶劣甚至是变态的。失去母爱也没有父爱的韩谦，在虎口狼窝里，自然养成了乖戾的性格，时刻提防被人咬一口。

韩道勋对韩谦，既有"子不教父之过"的内疚，更有恨铁不成钢的急躁。

事实上，他并不了解韩谦，也不可能了解韩谦其实还有个现代人的附体。他不了解韩谦已经知晓了几年之后就要落到他们父子头上的惨剧。

韩谦在与命运角力，一点一点地想扭转历史的走向，在韩道勋的眼里，韩谦的所作所为未免是剑走偏锋。

韩谦以现代人翟辛平的意识，尊敬父亲的价值取向，但并不认可其行为方式。在韩谦看来，要是父亲学聪明一些，不去搞什么"文死谏"，他最终的命运不也就改变过来了吗？

不过，父亲如梦境史书所言，就是一个死犟驴性子，自己又能怎么说服他不要尝试去忤怒天颜？毕竟，就是因为父亲抱持了那样的价值观又具有那样的行为方式，注定父亲就将像历史所书写的那样，走向不可挽回的悲剧结局。

而韩道勋，也是在韩谦建龙雀军、培养左司斥候等一桩桩一件件的事项与作为中，慢慢了解到韩谦并非世人及韩家人眼里的浅薄儿郎。只是，他终究不明白韩谦面对时事与命运的急迫和焦虑。

韩谦不可能让父亲知道历史既定的走向。他只想努力扭转命运，拯救自己，拯救父亲。他回到金陵在与神秘组织晚红楼初初交手之后，产生的第一个想法，便是安排父亲去远离皇都的边陲之地叙州，待父亲安全了，他方能大展身手，放手一搏。

叙州，今川、黔交会之地。

《楚臣》中写道："开元年间，将江南道分为江南东道、江南西道与黔中道，叙州位于江南西道与黔中道的交界地。"

据唐代李德裕《元和郡县图志·黔州》四库本记载："秦置黔中郡，汉为武陵郡无阳县之地。隋初于此置辰州。贞观八年分辰州龙标县置巫州，天授二年改曰沅州。开元十三年，以'沅''原'声相近，复为巫州。天宝元年改为潭阳郡。大历五年，以境接叙浦，改为叙州。"大历五年（770年）改巫州名叙州，治龙标县，领龙标（雄溪苗）、朗溪（会同獠人）、潭阳（潕溪蛮，獠、狑）三县。属黔中道。

韩道勋得以出仕叙州，是韩谦与晚红楼谈判的结果。

彼时的叙州，除了刺史等主要官员接受朝廷的委派外，地方上的夷藩土著势力极大，处于半自治的状态之中。除了夷藩杂居、民情复杂外，山高水险、瘴毒遍地，在前朝实是为人所畏、朝官犯错才会外贬过去的地方。而叙州原刺史王庾病殁于任上，实际并非病殁，乃被当地蕃族大姓豪强势力所毒杀。

所以，也不知道会有什么样的状况，在叙州等候韩道勋的到任。

韩道勋父子从金陵到叙州，一路被太子和皇后掌握的职方司秘密势力追杀，万般凶险。所幸韩谦早有精密谋划，一路见妖杀妖，还收服水霸杨钦、纤夫头目冯宣等人，这些人以后皆成为他麾下独当一面的大将，为他所用。

韩家父子乍到叙州，叙州土著冯、洗、向、杨四姓大族就已经布下杀局。

杀局就在州狱之中。他们内外勾结，要纵容州狱里的囚徒劫牢暴动。州狱羁押囚徒八百九十五人，以盐犯为主。近九百不畏严律峻法的贩盐凶徒，即将冲出州狱，对叙州城内民户刚满千户、州县刀弓兵甚至都不足四百人的黔阳城来说，绝对是一场灭顶之灾。

而韩谦迅速配合父亲，仅带数十家兵，就行事果断狠辣地控制了局面。

可以说，经历了金陵至叙州的长途凶险和叙州州狱平暴，韩道勋才算是对自己不满二十岁的儿子有了进一步的理解和信任。

在韩谦，是父亲与他有了融合，给予了他与命运搏斗的助力；在韩道勋，是儿子不再让他恨铁不成钢，相反，儿子是最可靠的助手，他可以开始勤政为民，造福一方百姓。

因此，韩谦似乎对扭转命运有了一点信心。

韩道勋要平战乱、解民生疾苦，最终，韩谦走的是与父亲殊途同归之路。

第三章

叙事痛点：阅读体验的巅峰

一　皇家的敌人

要说韩道勋这种人有什么缺点，那大概就是他所崇尚的美德，比如忠君爱民、舍生取义，不怕一身剐，只为青史能留名，等等。

这既是他的缺点，也是他的弱点。

他生不逢时，那个时代，那个君王，不值得他为之牺牲。

而他自己，也注定要被他的忠诚所戕害，要被那个动乱的时代所舍弃，成为夺嫡之争、权力之争的牺牲品。

淅川之战，当楚国的战将们各据一方，一些人甚至从自己的利益角度考虑战事，消极应对时，韩谦就对整场战役有了全面的分析，并了解了战事的严峻：他手下的斥候，已经发现来犯的梁军，乃是雍王朱裕亲率指挥。

在当时，朱裕的玄甲都精锐，一直是所向无敌的。而朱裕谋楚国的荆襄之地，已经筹备多年。

韩谦筑沧浪城，助李知诰在铁鳄岭击退梁军的突袭，扣押郢州运粮船队，护送三皇子赶往淅川斩杀逃将夏振、稳定军心，在战前就在西线储备大量的粮秣物资，甚至大量的物资皆是叙州船帮所垫。他示敌以弱，造新式投石机、布下口袋阵重创梁军激励士气，乃至前后联络、拉拢山寨势力，皆是亲力亲为。

要没有韩谦，只怕襄州城已经失陷，金陵援军只能凭借荆州城，与梁军陷入无休止的拉锯战中。

可以说，韩谦保住了大楚的荆襄。是他以奇谋出人意料地以弱胜强，大败气势汹汹的梁雍王朱裕玄甲都精锐。

领衔此战役的三皇子杨元溥与龙雀军，经此一战，皆声威大振，因此得到天佑帝的认可。天佑帝就算不会立时有废嫡之心，但三皇子杨元溥在帝心，已然有了分量。

而皇家的思维方式，大概首先是将能者视为劲敌。天佑帝得知此战大胜，一切皆是韩谦所为，皆是韩谦的功劳，第一反应，却是对韩谦有了警惕。

帝心多疑，又天佑帝甚至还联想到耿臣韩道勋，先是献《疫水疏》，进而忽然远仕叙州，似有算计，要逃脱皇帝管控……

恰似前朝鲁王遗女、晚红楼杀手姚惜水所言："养虎已成患，怕是他日会成大患啊！"

楚梁之战而得胜归来后，天佑帝算是第一次就大势大局与三皇子交流。三皇子的对答出乎天佑帝预料，天佑帝深以为，皇子所言皆是韩谦所教。

天佑帝的一番话，令人心惊——

"我未惩马循失城之罪，溥儿你心里是怎么想的？"

"马循弃城大溃，致上万将卒惨死，即便是剐其身也难偿其罪，但真要治其罪，则潭州难稳，实大弊也。此时荆襄糜烂，整顿兵备不知道靡费几何，潭州再乱，我大楚国政必将更加窘迫。而梁军悍然南下，蜀国自始至终都隔岸观火，可见其心机并不单纯，潭州若乱，难言蜀国会不会趁火打劫。不过，孩儿觉得即便恕其罪，也不能轻恕，应该叫潭州有所表示，以为赎罪！枣阳兵败，潭州丧失五千精锐，我想父皇对潭州有所求，潭州应该也不会拒绝吧？"

"看来韩谦教导你，还真是比沈漾那老顽固更强啊！……"

沈鹤站起来待到送三皇子离开，却见三皇子迟疑了一会儿没有立时起身告退，心里奇怪他还有什么话要跟陛下说。

"怎么，溥儿你有话要跟为父说？"

"能守淅川，孩儿帐前韩谦实立大功？"

"溥儿你是不是觉得为父今日竟然没有召见韩谦，有些赏罚不明？"

"孩儿觉得父皇做一切都是有道理的，只是孩儿愚钝，一时没能明白。"

"韩谦早就能造蝎子弩、旋风炮等军国利器，却没有献上来助朝廷克敌，而用在博奇功之上，为父没有砍下他的脑袋，便已经是对他最大的恩赏。再说了，韩谦才二十岁，即便要赏，多赏田宅美姬便是，要不然，溥儿总有一天便会明白，那些赏无可赏的臣子要比敌国还要危险。"

——《楚臣》第 197 章

二 时代的舍弃与戕害

在天佑帝的眼里，韩谦可谓比敌国还要危险。

韩谦何等敏锐！在战后帝王大赏诸将，而他既没获赏，也未得召见，就已经看到了自己在如猛虎之帝王之侧，已经处于危险境地。

其间，富可敌国的冯家私伐树木致山体垮塌，压死修皇陵匠工，越来越刚愎自用的天佑帝拿冯家开刀。冯家即便百般地小心翼翼，却也逃不过谋逆的罪名天外飞来，百年积累的巨量财富被查抄一空，大厦顷刻倒塌。韩谦救下冯家兄弟，后期冯家最富智谋的长兄冯缭，成为韩谦最得力的帮手。

离天佑帝驾崩的既定历史规程越来越近。

韩谦的奉密旨"潜逃"叙州，虽然是为效力于天佑帝的削藩之策，但怎么可能没有他的打算在其中。经过周密策划，赶在天佑帝前往溧阳黄龙坡冬狩，三皇子杨元溥率领众臣也都赶往溧阳黄龙坡陪驾的两日里，杨钦、奚昌率叙州九艘快速帆船如期抵达金陵，韩谦以秘密行动的名义，将他培养的七百多左司子弟以及百余匠师，以及韩家的家兵、奴婢，都井然有序地带上船，逃往叙州。

而韩谦大概盘算着，能与父亲永领叙州，远离金陵杀戮，何尝不是摆脱既定命运的良策。

削藩之役，打掉了冯家，韩谦算是替朝廷解除了后顾之忧。天佑帝也下诏，予韩家世领叙州。韩谦稍稍松了一口气，以为即便天佑帝马上驾崩，历史终于稍稍偏向发展，他们父子有了安全感。

然而，历史岂能完全扭转！

韩谦的潜意识里，总是出现对天佑帝所处的崇文殿的某种特殊印象——殿内燃烛那略甜的香腻气味。韩谦因为偶尔嗅到，又心有警觉，产生怀疑，而那些日日身处其中的君臣，嗅觉已经麻痹。他可以肯定，天佑帝被徐后及太子一系慢性毒杀已是事实。

就在韩谦为身处叙州而稍稍心安之时，蜀地长乡侯代为蜀主王建上书，请求将清阳郡主嫁给三皇子杨元溥，以维系两国秦晋之好，天佑帝特令韩谦、郭荣二人为迎亲正副使，到蜀地迎接清阳郡主进入潭州，与三皇子成婚。

情势就在这时失控了！

天佑帝没用他父亲出使迎亲，韩谦心里一直念着这事，踏实不下来，这时候看到郭却不顾左右都是蜀国的官员，直接驰马赶过来相见，心里更是"咯噔"一跳，不知道潭州发生什么事情，竟叫郭却如此匆忙过来传信。

郭却下马走过来，将一枚蜡丸递给韩谦，附耳说道："庭夫人吩咐，不管什么情况，都必须第一时间将此信交到大人手里！"

不知道叙州发生什么事情，韩谦也顾不得郭荣、长乡侯王邕及鸿胪寺卿韦群就在身侧，看过蜡丸上所留确是他与赵庭儿约定好的暗记，便捏开蜡丸取出一张字条来，却见上面写道：

"夫君启程离开龙牙城半个月，金陵便派信使携旨到了黔阳，要调父亲入京出任京兆尹。妾身知道消息后赶到黔阳，想劝父亲过了年节再启程，但父亲似乎已意识到金陵正酝酿危机，当日将叙州军政之事委于长史薛若谷、司马田城，带着赵阔、韩老山等数名家人直接启程赴京了。妾身犹豫多时，终是未敢擅自主张将毒烛之事相告……"

韩谦手脚一片冰凉，没想到天佑帝没有用他父亲出使蜀地迎亲，竟然在这时候调他父亲到金陵出任京兆尹！

而且京兆尹这么重要的一项任命，天佑帝说下旨撤换就下旨撤换，竟然事先都没有透露半点风声出来，甚至都完全没有征询三皇子这边的意思。

韩谦决然不想让他父亲这时候入京，但算着时间，他父亲此时可能都已经到金陵有两天了！

——《楚臣》第 315 章

天佑帝被徐后和太子一系所谋，天佑帝的心里却一直没放下韩家父子。他究竟是想倚仗韩家父子的忠诚与谋略呢，还是想为他的继位者除掉韩家父子，恐怕要读者去细读和琢磨了。

而韩道勋，一代贤能名臣，终归是踏上了被戕害被舍弃的不归路。

三 一切始于一场噩梦

唐晚期及五代十国，几十年里中原诸藩林立，有过太多的尔虞我诈，君臣之间彼此想要获得一点信任，绝不是容易的事情。所以，尽管在清除冯家的削藩之战中，韩道勋、韩谦父子将叙州兵力尽数交出，并主动交出兵权，身先士卒杀入辰州，又动用叙州家底给削藩之战以后勤全力支持。如此的诚意，如此的坦荡，依然不能完全打消朝廷对他父子二人的深深戒备。

韩谦"潜逃"叙州，其谋划也不愧为深思熟虑。冯家垮掉之后，韩谦争取到冯氏全族流放叙州，一是保全了冯氏全族，再是将一切帝王的敌人，都储存为自己未来的力量。

韩谦"潜逃"叙州，当然也是与天佑帝的利益交换，他为天佑帝削藩，天佑帝承诺让韩家能够有叙州作为立足之地。他除了带上自己培养的左司兵马和精英斥候，更是带上了冯氏全族的各种匠师，打铁的酿酒的纺织的医药的，一个都不落下。冯氏作为百年商贾之家，除了买卖，还有制造，众多匠师，在韩谦眼里就是最宝贵的财富。

韩谦经营叙州，在边陲不毛之地发展起制造业，造船炼铁，也经营了一支对韩家忠心耿耿的兵马队伍。有了这支队伍，任金陵暴乱、天下纷争，韩家都可以自保，偏安一隅。

然而，韩谦知道，父亲满脑子想的是削豪族诸侯之势，使财兵皆为国用、为民生所用，哪里会有自己去做一方诸侯的心思？

金陵之乱前，天佑帝下诏，着韩道勋到金陵任京兆尹。如果是韩谦，对天佑帝的诏，可以观望一番再决定。退一步，也可以缓十天半月再动身，毕竟叙州山高皇帝远。

但韩道勋终究是韩道勋，金陵之乱，他明知等待他的是圈套是陷阱，仍然无畏前行。

历史进程已经来到天佑十七年。天佑帝派韩谦作为迎亲使远赴蜀国迎亲，韩谦就感到疑惑，怎么说都应该是派他父亲而不是他。元月七日夜，远在蜀地的韩谦从睡梦里忽然惊醒，他做了一场噩梦，亵衣已被汗水浸湿。此前他在蜀都，接受蜀主王建召见，双方也谈妥了两国撤军、互市、互设国馆、派驻官吏等事，蜀主王建也拟旨昭告蜀国军民与楚国盟姻之事。

"是谁在车里？"韩谦勒住马，待郭却他们护送马车走到近前，迟疑地开口问道。

"是赵无忌、何柳锋二人从金陵赶回，他们到城外官庄，气力已歇，杨都将吩咐我等用马车护送他们进城见大人，没想到大人这时候出城来！"郭却说道。

众人皆是一脸震惊。

何柳锋与赵无忌此时应在金陵听候冯缭的调遣，在家主韩道勋身边护卫周全，他们此时竟然赶回到蜀都来！

金陵已然发生大变？

这一刻韩谦更是如遭晴天霹雳，失魂落魄地坐在马背上，脸色苍白，一时间怔然失语。

"……家主死得好惨！无忌无能，不能护全家主！"

韩道勋受刑的当夜，赵无忌便与何柳锋等人潜出金陵。

——《楚臣》第 348 章

四　血书里的楚州旧事

对于全文近八百章的《楚臣》，小说写到第 348 章，刚好过小半，而韩谦与命运的搏斗，在这里有了一个巨大的转折。

金陵之乱，天佑帝驾崩，韩道勋被车裂，韩谦束手无策。

韩谦再次看到命运的残酷，当世斗争的血腥。

韩道勋受刑之前，破指留下一封血书留给韩谦。血书仅三十一字，似字字刻入他的心间：

> 楚州旧事，积郁多年，辕刑在即，此生恍然眼前，真觉生死事小矣，吾儿勿以为念……

血书是韩道勋受刑前心境最真实的写照，韩谦知道韩道勋当年在楚州经历的"旧事"，令他积郁多年，以致在五马分尸这样的暴刑之前，有一种看淡生死的无畏淡然。

至此，作家更俗强大的叙事动力推进至此，狠狠触及了叙事的痛点，令读者泪奔……

此前，韩谦在与命运的搏斗中，总觉得父亲过于天真迂腐，是他行事的障碍，或者说总是给他添乱。

此时，父亲遭极刑而死，韩谦在叙州山间守丧，看白云苍狗，看一碧如洗的晴空，直觉世事悠远，他的身心都有了极大的变化。

从肉身来说，他不再是不足二十岁的少年。仿佛一夜之间，他已经苍老，极度瘦削，须发皆长，目光深邃，神情沧桑而刚毅。

从内心来说，他不那么在乎自己的生死了。

"我父亲的清誉，自然该是我去为他老人家正名。"

淡淡的一句话，恰似两行清泪。

继而，他理解了父亲的意志和一生的价值追求。父亲一生，从来是看轻自己，而为天下苍生。

韩谦从丧父之痛中冷静下来，思考乱局，也厘清思绪，找到了自己存在和努力的最大价值和意义所在。

只有平息战乱，天下一统，天下太平才有黎民福祉。从此，他从谋己事到谋天下，从救自己转而救苍生。

从楚臣到梁帝，从挣扎于个人命运的富家子弟小少年，到一统天下的一代帝王……

《楚臣》的故事逻辑和走向让我们看到，作家的创作除了需要有巨大的叙事动力，还要有叙事痛点，一触即痛，强烈的痛，痛到泪水横流，让读者哭个稀里哗啦，再在作家的带领下，继续走向阅读体验的巅峰。

第四章

叙事理想：角色的相遇和成长（杨元溥）

一 初见三皇子

作为秘书少监之子，韩谦最初的命运与三皇子杨元溥发生关系。

按照既定的历史，天佑帝晚年治政昏聩，于天佑十七年，也就是公元 917 年病重而亡，之后由荒嬉残暴的太子杨元渥继位。

杨元渥身为太子时就沉迷于丹药，继位不到一年就丹毒暴发而亡。之后太皇太后徐氏与大臣立年仅十一岁的太孙杨烨继位，徐后垂帘听政，执掌楚国大权。

为剪除异己，徐后先鸩杀武帝第三子，当时刚刚成年的临江王杨元溥。随后派使臣欲夺武帝次子信王杨元演的兵权。信王杨元演不甘束手就擒，率兵渡江，围金陵百日，迫使被困城中的上百万军民饿死，江南繁华之地的金陵几成死城……

信王久攻金陵不下，被迫解围而去，继而盗掠江淮诸州。战乱将好不容易得数十年休养生息的江南繁华之地彻底摧残，十室九空。

而当时雄踞中原的梁晋诸国，也是战乱频生、相互攻伐，战乱持续数十年，之后被北方草原崛起的异族蒙兀人侵入……

在韩谦的现实当中，他从宣州回到金陵，就是与冯翊、孔熙荣、李冲等被选拔作为三皇子的陪读。

这个陪读人的选择，也是有许多阴谋在其中的。

首先，陪读者皆是当世大臣年纪与三皇子相当的公子，他们作为陪读，同时是也三皇子的跟班、小伙伴、奴仆。

韩谦、冯翊、孔熙荣本是作为韩家、冯家、孔家不成器的浪荡子被太子势力选中塞给三皇子的，冯家与孔家是姻亲。

此外原本没有李冲，有的是一个周家公子。晚红楼与世妃（三皇子之母）一系与太子徐后一系势力也在角力，晚红楼令周家公子从马上摔下，摔断脊骨，从而安排晚红楼一系的信昌伯李普之子李冲入选。

韩谦本该也是要被晚红楼姚惜水毒死，换成晚红楼的人，但他命不该绝，晚红楼便迫使他听命于己一方。作为交换，李普出力协助韩道勋出仕叙州。

而黑纱夫人吕轻侠所控制的秘密组织晚红楼，其渊源又是前朝的秘密组织神陵司。当年吕轻侠与王婵儿都是神陵司的人，王婵儿对草莽英雄杨密投怀送抱，就是神陵司吕轻侠努力的结果。杨密得徐家支持，成了天佑帝，徐氏为后，王婵儿后来有了三皇子，母凭子贵，被封了世妃。

金陵城里的晚红楼一系，自然是要接着在世妃之子三皇子的身上继续努力。

韩谦第一次见三皇子，乃陪读第一天，三皇子封侯筑府，离开皇宫，入驻自己的临江侯府——

马车纱帘遮掩，韩谦随钱文训、管保等人上前参拜行礼，就见一个体态丰盈、身材高挑、姿色颇艳的女官，从车里揭开帘子，伸手要牵身后的少年走下马车来。

三皇子杨元溥的脸色有些苍白，手缩在身后，咬着嘴唇，没有让女宫牵他下车，而是僵站在车前，打量着守在侯府庭门前的众人，似乎还不知道怎么应付眼前这一大群他名义上的部属，颇有些生怯。

"户部侍郎冯文澜之子冯翊，秘书少监韩道勋之子韩谦，左神武军副统军、忠武将军孔周之子孔熙荣，信昌伯李普之子李冲，日后都是侯爷您的陪读及差遣——侯爷您以后也要对他们四个好好亲近……"郭荣翻身下马，清了清有些尖锐的嗓子，给三皇子杨元溥介绍韩谦等人。

韩谦也是不动声色，这时候看到那女官，暗中伸手推了三皇子杨元溥一下，似乎催促他说些话，但三皇子杨元溥的神色在这一刻变得更加僵硬，似被毒蛇舔了一下似的。

　　韩谦看到这一幕，想到冯翊刚才说过，杨元溥身边除了侍卫营指挥陈德外，其他人都是安宁宫指派的人手，看来真是不假。

——《楚臣》第 17 章

二　少年城府深

　　韩谦早就知道自己的命运之钟开始倒计时了，只是，还抓不住救命的稻草。

　　晚红楼要在三皇子身上努力，所图甚远。

　　韩谦要扭转自己的命运，是不是也可以在三皇子身上找切入口？

　　他要撬翻这个世界，三皇子会不会是他的那个支点？

　　三皇子这时候才十三岁多，因长期在宫中处于徐后和太子一系的阴影之下生存，自然显得小心翼翼，人也是苍白敏感，眼神里也压抑着反抗的怒气。

　　韩谦在三皇子跟前，相当克制地表现出应有的谦卑跟小心翼翼，好叫三皇子杨元溥找回些自信。

　　在当世，李家出将才，李冲得家庭熏染，好武善射。

　　韩谦窥破三皇子一开始就得知李冲来源于母亲一系，其实是他的保护人。

　　韩谦也捕捉到三皇子看李冲射箭时，眼里流露出羡慕、兴奋的神采。但三皇子的拳头贴着大腿外侧捏紧，似乎要将此时心里的羡慕、兴奋的神采压抑下去。

　　三皇子的身体都远没有长成，说话都带有些稚气，年纪太小，又自幼囿于宫禁之中，心里藏不住什么事。三皇子的身上，又承载着晚红楼或许天大的图谋，身边还有安宁宫徐后的众多眼线。如此状况，韩谦又岂能有所奢望？

　　不过，小伙伴的成长都是互相发现的。

韩谦陪读，沈漾所授之学，被他与梦境中人翟辛平所具备的一些学识结合起来理解，便学得津津有味。而这一切对年仅十三岁的三皇子而言，就太艰深晦涩了。三皇子杨元溥起初还兴致勃勃地去学这些东西，但坚持大半个月，新鲜劲过去，就难免心浮气躁起来。

例如前朝度支使刘晏改制漕运一事，三皇子就无法想明白，问韩谦。

这算是个试探，看他到底是有料呢，还是不过和冯翊、孔熙荣一样，纨绔而已。

"昨天沈漾那老匹夫讲授前朝度支使刘晏改制漕运一事，看你听得津津有味，可是心里想明白了？"杨元溥接过猎弓，不经意地问道。

韩谦微微一怔，没想到三皇子杨元溥会主动找他说话。

韩谦到临江侯府陪读，已经有两个月了，这期间三皇子杨元溥对他的态度一贯冷淡，几乎都没有单独说话的时候，跟对冯翊、孔熙荣二人没有什么区别，他还以为三皇子杨元溥并不知道他跟晚红楼的真正关系。

这一刻，韩谦才发现他真是看低杨元溥了，也没想到还要过两个月才十四岁的杨元溥，城府竟然比他所想象的深得多。

"我会避开安宁宫的眼线找机会跟你说话，你不用担心郭荣这些狗奴才会盯上你。"杨元溥见韩谦迟疑着不说话，蹙起眉头说道。

杨元溥叫沈漾搞得心浮气躁，催促问道："你到底是懂还是不懂？"

"只要殿下不觉得卑职是不学无术之徒，卑职自然会一一跟殿下解说详细，而要说前朝度支使刘晏一事，则要从前朝漕运弊端说起来……"韩谦稍作思量说道。

韩谦虽然还没有讲到关键处，但刚才短短一席话也将前因讲了通透。

三皇子杨元溥盯着韩谦的眼神灼灼焕彩。

将前朝刘晏改制漕运之前的弊端说清楚，这并不代表什么。

"我会避开安宁宫的眼线找机会跟你说话，你不用担心郭荣这些狗奴才会盯上你。"

三皇子一开口，韩谦就发现真是看低他了，他的城府竟然比韩谦所想象的深得多。

——《楚臣》第 20 章

韩谦瞬间明白，他遭晚红楼毒杀进而达成交易，三皇子一件件事情，哪里不知晓哪里不明白？他小小年纪，生在帝王家，背负夺嫡使命，注定要么被人杀，要么杀人……

三 第一次授计

不过，在韩谦看来，三皇子杨元溥年纪还是太小了，天佑帝再有不到五年的时间就要驾崩，以常理来说，根本就没有足够的时间给三皇子杨元溥成长，更没有时间给他建立威信，建立自己的势力。

当然，或许是在宫中，被安宁宫压制得太久、太狠，三皇子杨元溥出宫就府后的勤勉也是极为罕见的。

更令韩谦意外的，则是三皇子杨元溥能在自己的事情上如此沉得住气。

韩谦心想着，要是能在天佑帝驾崩之前，助三皇子杨元溥争取出京就藩的机会，或许也是自己改变命运的一个选择。

仅仅是前朝的漕运问题，韩谦就解说得头头是道，当然是得力于现代人翟辛平爱阅读储存在大脑里的学识信息。对于成长中的少年，学问的征服也是极为重要的。

因为翟辛平附体，韩谦就早熟得完全不像十七八岁的人。他当然知道三皇子需要成长。而成长的第一要务，除了克服懦弱，还要从过去的心理阴影里解脱出来，果断行事的能力也很重要。

韩谦对三皇子的第一次授计，可以说，对三皇子影响至深。

"大冷天的，殿下不在暖阁里温书，却跑到箭场来吹这冷风，要是染了风寒，奴婢怎么跟夫人交代。"极少在箭场出现的宋苹，这时候裹着一袭玫红色的锦披走过来，伸手抓住杨元溥已经拿到手里的猎弓，阻止他继续射箭。

杨元溥到底还是未满十四岁的少年，竟然没能将猎弓从宋苹手里夺回来，脸气得通红。

宋苹虽然是一直侍候在世妃王夫人身边的女官，也自小服侍三皇子杨元溥的起居，但谁都知道她是安宁宫派出去的人。

而且宋苹有品秩在身，即便是李冲这时候也不敢替杨元溥出头，将宋苹斥退下去。

"今日仲冬，我要留李冲他们在内宅饮宴，你们都准备妥当了没有？"杨元溥最终还是忍住气，没有再尝试将猎弓夺回来。

"李冲他们怎可以随便到内宅饮宴，奴婢专程在书堂里安排一桌酒席，叫他们吃过各自回府便是了，"宋苹扫了韩谦一眼，说道，"殿下先随奴婢回内宅，不要受了寒气，要不然郭大人回来，会斥怪奴婢不知道伺候好殿下！"

"我要与李冲再说会儿话。"杨元溥固执地说道。

"殿下也真是的，整天在一起，还有啥话要跟李家郎说的。"宋苹嗔怪地说道，好像是数落一个不懂事的孩童，但她也没有强迫杨元溥立刻随她去内宅，将猎弓交给侍卫营参军，就先走了。

看宋苹临走时，又朝自己这边瞥了一眼，韩谦眉头微微一蹙。

——《楚臣》第 21 章

韩谦迅速有了想法，凑近三皇子低声说："殿下可敢杀人？"杨元溥微微一怔，没想到韩谦会问他这话。

韩谦说："殿下始终是皇上的儿子，殿下敢杀人，便不会为奴婢所欺！"

而杨元溥显然也考虑过这个问题。他出宫就府满以为能呼吸到自由的空气，谁承想还要处处受制于奴婢，心里所憋的怨气，比在宫中还要盛，此时哪里还有可能沉得住气？关键是安宁宫那里处处压制他们母子，怎么可能坐看他杀人立威？

所以他说："我敢杀人，但我要杀人，怕以后再没有机会接触刀弓。"

韩谦不管杨元溥所说的"敢"，是不是仅他心里想象而已，进一步教唆："殿下失手杀奴婢，事后惶然认错，即便是安宁宫也不能罪殿下！"

不仅鼓励他杀人，连事后说辞都替他想好了。

随即，杨元溥果然就杀人了！

虽然脸色苍白，眼睛里有着不知所措的慌张……但也算是他第一次直面了血淋淋的现实，第一次为自己挣回了尊严和勇气。

四　韩师奇谋　少年真情

紧接着，因金陵城流行水蛊疫，染疫民众十数万。韩道勋为拯救染疫民众殚精竭虑，韩谦便说服父亲，共同设计了先抑后扬的妙计，由韩道勋上奏《疫水疏》，将京城染疫病难民驱逐，再以三皇子的名义收留难民，从中挑出健康者，由晚红楼出资，首建龙雀军。

短短三四个月，就让受安宁宫奴婢控制不得自由的三皇子，转眼成为手握五六千兵马的军主。

以现代人翟辛平的意识，信息就是资源。

韩谦又创办了秘曹左司，培养间谍精英，专司情报获取和搜集，以及间客卧底。

杨元溥自然是异常地振奋。是韩谦，帮助他真真实实地，找到了一种命运在这一刻把握在自己手中的感觉。

小伙伴们的关系已然改变，杨元溥心里，是已经尊韩谦为师，往后，他便一直称韩谦为"韩师"。

杨元溥是越来越感觉到对自己来说韩谦格外重要了。所以当韩谦要送父亲去叙州就任，一去就得数月，他感到极度不安。

杨元溥点点头，同时又想起宫中总有人出于一些无关紧要的原因死去，死后也无人过问，脸色有些苍白，揭开车窗看着外面的雨滴，以及在黄昏雨中策马而行的扈随，又有些不舍地问道：

"你一走就要三五个月，那我留在金陵要做哪些事情？"

"所谓纸上得来总觉浅，绝知此事要躬行，"韩谦说道，"我们传授再多的学问给殿下您，殿下倘若不能切合实际，终究难以掌握其精髓，也不会知道在看似合理之下，藏有多少常人远想象不到的曲折。殿下要多到屯营军府来参与实务，要多跟那些看似渺小的屯兵及家小接触，要了解从上往下的真正需求；而所有人，包括我在内，对殿下的忠心，都是建立在这个基础之上的。在殿下知道民间疾苦之后，沈漾先生才不会对殿下藏私……山庄这边，我会留范大黑、林海峥在金陵，殿下要有什么额外的差遣，可以交代他们去办。"

——《楚臣》第82章

韩谦随父亲前往叙州赴任，离开金陵时才是初夏，此时再入金陵，已是深秋。再有三个月，便是天佑十四年，韩谦也深感岁月如梭，留给他的时间实在不足。要是两年之内都看不到有什么转机，他或许就得考虑赖在叙州不再回金陵了。

韩谦从叙州回到金陵，三皇子急切召见。虽是贵为皇子殿下，却仍然是少年。少年之情，不可谓不真——

韩谦未下马，就见三皇子杨元溥迫不及待地从大门里迈出来迎接，走下台阶，挽住韩谦的手臂，欣喜又激动地说："相别数月，我时时念叨着你，想着你去叙州荒僻，水土不服，再回来时定会消瘦很多，想着你归来日近，还特地让瑶娘这两天置办了一些进补药物……"

人非草木，岂会无情！

韩谦听着杨元溥情真意切的话，也是颇为激动。

相别数月，看杨元溥又长高了一截，身子也壮实许多，皮肤黝黑，韩谦还能感觉得到他扶住自己胳膊的手掌也有老茧，看得出他这个夏天勤于操练，并没有丝毫的松懈。韩谦情不自禁地想，真要是能勠力同心，真未必没有一丝机会啊！

杨元溥身居深宫，幼年可以说整日都心惊胆战，也能感受到母妃深入骨髓的恐惧。他自幼见惯太多的阴谋诡计，见惯太多的心机算计，对职方司或秘曹左司所掌握的秘密力量，既有恐惧又有一种天然能掌握为自己所用的渴望。韩谦前往叙州，他心里不安，知道西南诸州的穷山恶水，民风剽悍，外地人立足艰难。而韩谦不仅回来了，还邀土籍大姓押十船货物运抵金陵，使秘曹左司草创，就表现出不凡的实力，杨元溥怎能不振奋？

后期梁军进攻荆襄，天佑帝谕旨使三皇子临江侯杨元溥以龙雀军都指挥使兼领西北面行营招讨副使，龙雀军从邓襄方向参战。

若无韩谦筹谋，杨元溥怎能趋临战前？

淅川之战，梁军兵强马壮，又是梁帝次子、最得梁帝信任的雍王朱裕亲自指挥，梁国第一精锐玄甲都冲锋在前。杨元溥得到韩谦谋划，此战大捷，奠定了在朝廷和天佑帝心中的地位。

如果说杨元溥之前是少年心性，更喜欢韩谦的以奇谋胜，也喜欢看到一切尽在韩师掌控之中。在韩师的掌控之中便是在他的掌控之中。

但是，至韩道勋死，一切都发生了变化。

杨元溥对韩道勋不可能有韩谦那样的感情，他对韩道勋之死表现出帝王家的冷漠，而他与韩谦，也各有各的命运和处境。

之后，情势变得更加复杂，即便是得韩谦帮助，杨元溥最终登上帝位，而韩谦与杨元溥的关系也越来越疏离。

一方面，臣强君弱，杨元溥对韩谦逐渐有了猜疑之心。

另一方面，杨元溥终究只能在自己的角色里挣扎，也难逃悲剧命运。而韩谦，在父亲遭车裂之刑后，他已经进入了不同的境界，他心怀天下苍生。

可爱的面庞会扭曲，变得狰狞；令人怦然心动的感情也是转瞬即逝，终究是只剩下残酷的现实、残酷的人生。

杨元溥的人生，终归摆不脱帝王命运的窠臼，有些微的美好，有太多的惨烈，宛若流星。

第五章

叙事理想：角色的相遇和成长（朱裕）

一　龟山求贤　英雄相惜

淅川之战，朱裕意外落败，才发现楚国并不可怕，楚国其实就像少年杨元溥一样羸弱。

但是杨元溥有韩师，韩谦的存在令楚国无形中给了朱裕压迫感，是他的最大对手。

英雄相惜，朱裕虽然落败，却产生了对韩谦的渴慕，战后冒险便服深入楚境，连候两日，等韩谦。

江夏县境内的汉江口，龟山东麓，韩谦驻足矶头，拿望远镜看过去，却见是潭州节度使世子马循身边的谋臣文瑞临站在船头，正搭手朝这边张望，远远地喊道："敢问前面是不是韩谦韩大人？"

细心的读者会发现，此处是一伏笔：雍王在龟山候韩谦，文瑞临出现此地，实在是为雍王做接应并打前哨，文瑞临乃朱裕早年安插在潭州的间客。

从山林下去三四十步，有一座废弃的茶亭掩映在一片竹林后，有两个人身穿青色长衫，背对着韩谦而立，眺望龟山西北边的湖荡。

韩谦与奚荏对望一眼，便想悄无声息地退回去。

"既然都有幸遇到了，韩大人怎么不打声招呼就走？"一名青衫客都没有转过头，犹在望着龟山西北岸的水荡子，却出声挽留韩谦。

"雍王殿下微服游历楚境，我等大楚臣子知道了，自然是要通禀州县，但这便会坏了雍王殿下的雅兴，而倘若是知情不报，又难逃通敌之嫌。韩谦左右为难，想来想去，唯有装作没看见。"韩谦站在树林的边缘，说道。

"哦，有那么大的破绽，叫你一眼就看穿我的行迹？"那名青衫客转回身，不是梁雍王朱裕是谁？

二　终生以友相待

以当时的形势而言，梁国形势是要比楚国强得多。

此外，梁国太子朱珪四年前病逝，虽然梁国未新立太子，雍王朱裕也不是嫡出，但无论是名望、实际掌握的势力以及自身的能力，梁帝的其他几个儿子，都非雍王朱裕的对手。

即便这次梁军没能谋成荆襄，也丝毫不减朱裕的声望。

梁帝朱蕴与天佑帝杨密相争半辈子，都没有分出胜负，无论是梁国兼并楚国，还是楚国兼并梁国，至少在朱蕴与杨密生前，是不大可能看到了，只能寄望在梁楚两国第二代君主身上。

大楚的综合实力原本就弱于梁国，不要说太子杨元渥了，即便是信王杨元演、临江郡王杨元溥，都要远逊于梁雍王朱裕；晋国的几个皇二代，目前也看不到谁能比梁雍王朱裕更出色。

要是梁雍王不出意外，能够顺利接掌梁国，甚至哪怕梁帝朱蕴老而不死，朱裕作为太子能掌控梁国的军政事务，天下或许最终真要归入大梁。

然而韩谦记得翟辛平阅读的梁国的后世历史。虽然楚国被安宁宫、信王杨元演搞得山河残破之际，国力在相当长的一段时间内可以说是虚弱到极点，内部还相互征伐不休，然而按历史走向，梁军并没有抓住机会吞并大楚，就说明三年后的梁国内部也正经历着难以想象的动荡，甚至所持续的时间并不比楚国稍短。

以朱裕此时所表现出来的强悍能力看，韩谦怀疑三年后梁国内部发生大乱，这个大乱足以破国，多半是朱裕意外身亡吧。难道就因为朱裕动不动亲自深入敌境察看山河形势，不盯着汴州的形势变化，未来三年内真要出点什么意外？

而要是历史轨迹不发生改变，中原破碎、四分五裂、征伐杀戮的乱世差不多还将持续大半个世纪才会终结，但接下来三四百年整个中原北部地区又将持续遭受北境异族的蹂躏，直至整个中原再次陷入异族之手。

朱裕等候了两日，自然是想推心置腹地往深里聊，韩谦却没有给他这个机会。

当时的韩谦，已经好不容易算是将金陵的形势摸清楚了，也初步完成布局，金陵有个什么风吹草动，他还能及时做出反应。不管朱裕今天给他开多大的筹码，他都不想踏出另一段不知道前端是生是死的未知之途。那样的命运是否还能被自己掌控，他也不确定了。

> "时辰不早了，韩谦还急着回金陵，就不在这里影响殿下观览胜景的心情了。"韩谦坐了一盏茶的时间，便匆匆站起来辞行。
>
> "楚国虽大，却容不下韩大人之才，倘若韩大人助朱裕统一天下，朱裕终生以友相待！"朱裕站起来，激昂说道。
>
> "多谢殿下抬爱，但韩某人实在是不学无术。"
>
> 韩谦逃也似的往山林里钻去，迎面碰上找寻过来的田城、赵无忌二人，当下催促他们掉头往回走，临了还是忍不住转回头，神神叨叨地跟朱裕说了一句："殿下三年内或有一劫，望小心视之！"
>
> ——《楚臣》第 203 章

这是韩谦和朱裕的第一次相见。朱裕求贤若渴，诚意相邀，说出"终生以友相待"的肺腑之言！

只是当时韩谦尚在与自己命运的搏斗之中，无法转向。

三　你我胸中的丘壑

韩谦和朱裕第二次相见，是梁军在楚军掩护下退回关中。

朱裕在河津一战身中数箭，而射中朱裕的箭头又都专门涂抹了毒液。

朱裕身受箭毒之伤，病入膏肓，混迹在军士队伍里，为的是与滞留在韩谦身边的女儿云儿见上一面。

却见沈鹏身后一干侍从里，一位身穿青衫、脸色蜡黄却有几分病容难退的消瘦文士此时站到沈鹏、荆振之前，这一刻郭荣、王辙两人都恨不得抽自己一巴掌，没想到他们护送梁帝朱裕到东湖，一路上竟然毫无觉察。

只是相比较军情司秘藏的朱裕肖像，此时的朱裕却要消瘦许多，又有几分掩饰不去的病容，也难怪他们没有认出来。

"龟山一别，恍然数载，如白驹过隙。"

"王珺见过陛下。"王珺站在韩谦身侧，敛身给朱裕施礼。

虽然她最早料到朱裕极可能会亲自赶到蔡州指挥作战，但还是忍不住好奇地打量眼前这么一个人物。

"夫人客气了。我在汴京都听说王家有良女，黔阳侯能得你相助，当真可以说是如虎添翼，可是夫人料得我会经东湖前往蔡州？"朱裕微微领首，笑着问道。

王珺微垂着蛾首，回道："我家夫君乃人杰，陛下亦是人杰，王珺才猜到陛下会到东湖做客。"

此时听着朱裕与王珺打着机锋的话，陈景舟、郭荣却是心生所感，心里想，难不成朱裕对他的蔡州之行，并不抱多大的希望？

朱裕站在地势略高的码头，眺望西侧新建的东湖城好一会儿，才又与韩谦说道："东湖虽有破落之处，却有着秦汉以降千年之未有新气象，你胸中的丘壑，终究是比我所想象的还深不可测啊。"

朱裕终究没有进东湖城，韩谦安排一艘船送他与沈鹏、荆振追赶正通过巢湖往南淝水河而去的梁军主力。

韩谦站在码头前，直到孤帆融入云影、肉眼难辨。

——《楚臣》第 705 章

"你胸中的丘壑，终究是比我所想象的还深不可测啊。"

英雄识英雄，英雄无须朝夕相处，便灵魂相通。

小说读至此，未经剧透，恐怕读者也想不到，韩谦和朱裕的第三次相见，将会如何？

不仅是托孤，还有帝位的禅让！

将帝位禅让给敌国之臣，这的确是不可思议的。所以，当朱裕提出这个想法时，朝内一片反对之声。

朱裕身体状况每况愈下，甚至两度昏厥。他担心身后，蒙兀人铁蹄南下……

以韩谦的智谋和执政能力，以朱裕在抵抗异族蒙兀人入侵战争中韩谦对梁军的协助和支持，大臣们都是信服的。但是真要以家国相托，韩谦固然能带领危机的大梁走出困境，能保证百十万大梁百姓不遭蒙兀人的铁蹄践踏蹂躏，但他能善待一干旧臣，能继续凝聚军民的力量，维系大梁之魂？

因为雷九渊等人齐齐反对，最后梁帝朱裕做出让步，与雷九渊、顾骞等人协商：由顾骞等人暗中护送徐后、章新春等逆乱进入棠邑，倘若韩谦能将徐后、章新春与楚国公杨汾一起送往金陵受审，说明韩谦有着王者之君的大气度，无须担忧朱氏宗室子弟及诸梁国将吏将来得不到善待，他则要顾骞等人赶到历阳，密议迎立之事。

而倘若韩谦决意鸩杀或下令暗杀徐后、章新春等人，他便允许顾骞等人悄然返回，而他身后之事，则照雷九渊、顾骞、朱珏忠、陈由桐、荆浩等人的主张安排下去。

这算是给他们再一次检验韩谦的机会。

雷九渊最初乃是梁帝朱裕的秘密谋臣，前期执掌承天司，在梁帝朱裕篡位登基之后，雷九渊年纪有些大了，仅仅是挂了一个散骑常侍的虚衔，却毫无疑问是梁国最为核心的大臣之一。

宗正卿朱珏忠乃梁高祖朱温的堂弟，也是朱氏宗室之中为数不多坚定地站在朱裕这一边的宗室耆老，历来也是朱氏宗室的代表。

顾骞乃朱裕少年时的师友，他也是少年成名，三十岁不到就被大梁先帝朱温选为雍王府侍讲效力朱裕身边多年，曾任河南府（河洛）

知府事、户部侍郎等职，朱裕篡位后出任侍中，乃梁国文臣之首。

礼部尚书陈由桐乃朱裕故妃之父，乃云和公主及梁帝朱裕长子、洛王朱贞的外祖父。

殿前侍卫马兵都挥使荆浩，与其兄荆振以及韩元齐、陈昆等人，乃是朱裕最为信任的统兵大将。

四　家国相托，帝位禅让

雷九渊、朱珏忠、顾骞、陈由桐、荆浩五人秘密随押送逆犯队伍进入棠邑，并没有第一时间到历阳来，甚至都没有现身，在巢州城外滞留了五六天。

等到韩谦将梁帝送来的徐后等逆犯送往金陵受审，他们这才现身，求见韩谦，转告朱裕的禅让之义，准备迎立韩谦入主洛阳。

至此，楚臣韩谦与大梁帝次子雍王朱裕的故事，也算是可歌可泣。

曾有读者问，后来做了一代雄主的梁帝朱裕，在掌握十来万兵马及拥有数个儿子的情况下，临死前主动禅让给曾经兵戎相见的楚臣韩谦，怎么会？

怎么会？按书中那个时代人们的想法，或以今日我们浮光掠影的阅读经验形成的思维逻辑，都似不可能。

但这不仅是小说中的事实，并且是小说所要表达的崇高内容之一。

中国历史上的禅让制，大概始于上古三皇五帝时期（公元前2337年—公元前2110年）。在"三皇时代"（公元前2607年—公元前2338年）时期，权力的更替，实行的是"父死子继、兄终弟及"的血统继位制，最高首领是在同姓家族中产生。

据《尚书》记载，从黄帝开始，出现了禅让制，帝位不再传予嫡系长子，也不仅限于同姓家族中产生。黄帝禅位于少昊，少昊禅位于黄帝的孙子颛顼，颛顼先传位于嫡长子，称"孺帝"。孺帝早夭，帝位由颛顼族子喾继承。后帝喾传位予儿子帝挚，帝挚又禅位于异母弟尧。帝尧禅位予舜，帝舜禅位予禹。

和世袭制不同，禅让制的最大特点是在位君主自愿，是选贤任能。

禅让是为了让更贤能的人统治部落（国家）。因此，血缘关系不再重要，重要的是继位者既要有能力又要有名望，能承担大责，能担当使命，能治理天下。比如尧是在自己年老时，经民主推举和自己长期考察，确认舜确实才德出众，所以将首领位置禅让给舜。等到舜年老时，也如法炮制，经过治水考验，以禹为继承人，禅让给禹。禹继位后，又举皋陶为继承人。皋陶早死，又以伯益为继承人。最后，族人拥戴禹之子启为王。

至春秋战国时期，有名的禅让事件，发生在东周战国时期（公元前320年—公元前314年）。当时的燕国"子之之乱"，就肇始于王位禅让。

当时，胸怀纵横之术的苏秦游说列国，得到燕文公赏识，出使赵国，提出"合纵"六国以抗秦的战略思想，说服了六国，组建合纵联盟，兼佩六国相印，使秦国十五年不敢出兵函谷关。后来联盟解散，齐国攻打燕国，苏秦说齐归还燕国城池。燕王母亲文夫人倾慕苏秦，每每召入宫中。苏秦不堪其扰，以从事反间活动为理由，得到燕王放行，自燕至齐，被齐国任为客卿。

燕国在苏秦离开就任齐国客卿之后，迎来了一个相对和平时期。燕易王哙（公元前333年—公元前314年在位）感到内忧不存外患已解，便开始享乐，只顾荒于酒色，贪图安逸。随着年岁增加，燕易王哙更是慵懒，不肯临朝听政。

燕国相国子之，高大威猛，"身长八尺，腰大十围，肌肥肉重，面阔口方"。

子之行事利索，处置果断，心怀野心，却深得燕易王哙的信任和倚重。

由于久执国柄位高权重，子之不但专横跋扈，还有意时时在群臣心中树立自己的权威，令他们不敢不服。

燕易王哙一方面懈怠于朝政，同时也崇信儒家禅让学说，在苏代、鹿毛寿的鼓动下，于公元前316年，大集群臣，废太子姬平，而禅位于国相子之，自己反北面称臣，出居别宫。

燕易王哙还把俸禄在三百石以上的官印收回，以便让子之重新任命各级官员，从而真正行使国王的权力。

子之大权在握，专横跋扈，激起民愤。齐国的齐宣王（公元前350年—公元前301年）听闻之，立刻以讨伐子之、匡扶正义为借口，发兵攻燕。而燕国臣民由于痛恨子之篡位，对齐的进攻不仅不抵抗，反而给齐宣王大开城门，对他夹道欢迎。

结果，齐军很快攻占燕国都城，燕易王哙自缢而死，子之也被生擒，并被押解到齐国处以醢刑。这个刑罚非常残忍，子之受刑被剁成了肉酱。之后，齐军"毁其宗庙，迁其重器"。同时，中山国也乘机攻入燕国，抢夺了数十座城池。

这次禅让酿成"子之之乱"，其结果是灾难性的：燕易王哙死，子之被杀，燕国土被齐国、中山国攻破，燕几乎亡国。

再往后历史上著名的禅让，便是唐朝末年，唐哀帝禅让帝位予大臣朱温。

《楚臣》中韩谦得朱裕禅让，却是千古佳话，是英雄与英雄的互相欣赏、认同和信任。朱裕不为朱家谋，以百姓利益至上；韩谦受朱裕家国身后事尽数托付，他要承担使命，护天下苍生。

韩谦入梁，曾经伟岸英武的朱裕强撑病体，陪他游览洛阳，三天后举行禅让大典。大典之后，朱裕平静地合上了双眼。

第六章

次要人物：存在的最好状态

一　赵氏姐弟

《楚臣》洋洋洒洒三百多万字，写了众多的人物，写了几十场战争。写得多，却不会让人感到眼花缭乱。

书中的角色，除了韩谦、韩道勋、杨元溥、朱裕等重要人物外，还有很多次要角色，也是令人难忘。这些次要角色，每个人的分量和作用，更俗都有恰当的安排，并不会因为次要而草率对待。每个人都有他应得的恰到好处的笔墨。

首先要说的是赵无忌和他姐姐赵庭儿，可以说是进入韩谦生命和人生中的两个重要人物。

韩谦刚回到金陵，就被父亲送到秋湖山庄别院禁足了一个多月，其间也是饱尝家兵奴才的怠慢和不屑，都当他是正受主子惩戒的无知浪荡少年。

韩谦怀疑他被姚惜水下毒，当中有家兵与晚红楼勾结。他的怀疑不是没道理。

家兵中有个叫赵阔的，四十来岁，看上去身形瘦小，发黄的脸上满是风霜之色，像是风化千年的岩石皮子。韩谦直觉感到这人有问题，有什么问题，却说不上来。后来直到韩道勋死，才知道他其实是梁间，是直接造成韩道勋死的罪魁祸首之一，是梁帝一早安插在韩道勋身边的蛰虎。只是，蛰伏的时间太久，在韩道勋身边耳濡目染，已经没有了兽性和敌意。韩道勋受刑后，是他冒死抢出残尸送回徐州，而后又在韩道勋棺木前撞头自尽。

在秋湖山庄别院的某天，韩谦烦闷难挨，由赵阔拽住缰绳，骑马在山庄里闲逛。他看赵阔，那拽住缰绳的手臂，瘦得跟枯树杈似的，却能像铸铁焊住一般，将力气极大的紫鬃马死死挽住，令紫鬃马纹丝难动，韩谦暗暗吃惊。

他们往地势颇险陡的后山走去，想看看左右的山势景致，看到太阳落山，暮色仿佛一丝淡紫色的轻纱笼罩过来，远处的山林显得凶机四伏。

就在这时偶遇山庄佃户赵老倌父子。他们一老一少窸窸窣窣地从山林里钻出来，穿着粗麻衣裳，腰间扎着草绳，插着一把镰刀，穿着露出脚趾的麻鞋，两人还各背一张猎弓跟一只竹篓，用竹节做的箭袋颇为简陋，身后背的竹篓里装满锦鸡等猎物，还有血从竹篓底渗漏下来。被赵阔沉声喝问后，赵老倌拉着少年跪在地上，将背后的竹篓卸下来，声音有些发抖地说道："我们刚要将这些猎物送到山庄里去，没想到在这里遇见少主跟赵爷！"

书中写道："少年眼里有桀骜之色，挣扎着要站起来，被年长者死死摁住，趴在泥地上。"

眼里有桀骜之色，这便是韩谦对赵无忌的第一印象。

而韩谦还发现，猎物里竟然还有只被一箭射穿腹部的苍鹰。能射苍穹翱翔的苍鹰，箭术可以说是相当惊人。"再看那少年，即便被他父亲强拽着跪在地上，紧绷起来的背脊，犹给人一种像野兽要扑蹿上来噬人的感觉，更不要说那藏在眼瞳里的桀骜神色，真是令人印象深刻。"

韩谦心头立刻闪过一念。

一个箭术高超、野性未驯的少年！

如此善射之人，韩谦即刻赠弓。

黑云弓乃是韩道勋送给儿子的，寄望他能勤练骑射。韩谦就这么送出去，是他在瞬间已经作出了判断，相信这个禀赋特异的少年，与他有缘。

而后，身高马大、气势凌人、向来跋扈的家兵范武成，私自上山去杀赵无忌，竟然被无忌用黑云弓杀死："一支箭穿胸而出，黑黢黢的铁箭头穿透革甲露出来，韩谦暗感赵无忌应该是在屋里开弓射箭，在这么近的距离射穿革甲、箭头穿胸而出，臂力及反应速度真是惊人啊。"

在山庄简陋的茅屋，韩谦第一次打量赵无忌和他的姐姐。

少年赵无忌虽然酿成大祸，自认无错，所以"神情倨傲地盘坐在茅屋里，黑云弓横在膝前"。

赵庭儿，一个身穿麻布衣裳的瘦弱少女，看到韩谦上山来，少女大胆地朝这边张望了好几眼，待韩谦走近，才低下头。

虽说低下头，但他们身处下方，能看到赵庭儿巴掌大的小脸，干净得就像一汪山泉似的，长长眼睫毛下，眸子有如夜空中的星子般灵动，难以想象山野之间，能有如此的秀色……就是太瘦、身子太单薄了一些，以至看上去有些其貌不扬。

赵无忌要谢韩谦，韩谦直言："你心里无伏跪之意，你也不是低头跪人之人，又何必为难自己？"

少年赵无忌的眼睛流露出感激之色，将黑云弓递过来："我爹爹说此弓太过贵重，无忌不该收少主这么重的礼物？"

韩谦的心里一笑，负手说道："要不是此弓，你们即便不被送到县衙治罪，也会被赶出田庄，流离失所，你真就甘心？"

少年赵无忌抬头看着韩谦，眼瞳里有些微的迷茫，但是谁也没有注意到，少女赵庭儿看向地面的眼瞳这一刻却是灼灼发亮的！

更俗用极其简洁而准确的笔墨，在有限的交流中，写出赵氏姐弟不同的个性和内心活动。待以后，赵家人远赴金陵投奔韩谦，而且是赵家女儿的大胆主意并极力给予父兄家人以鼓励，就毫不让人惊讶了。赵无忌忠厚淳朴，箭法惊人，而赵庭儿这个乡野村姑，才是天生丽质、聪慧精灵，有眼光，有主见。

当时，韩谦对赵无忌说："你要觉得，你一家老小理应被逐赶出去，这黑云弓你便还给我。要是你心里有不甘，那你就留下这黑云弓，倘若往后还有什么恶奴敢来夺你们父子姊弟的立锥之地，可用此弓杀之！"

少年赵无忌听了韩谦这话，眼神才坚定起来，一双还有些稚嫩的手，将黑云弓抓得更紧。

赵氏姐弟的命运从此与韩谦结下不解之缘。无忌在韩谦身边迅速成长，经历无数战斗，成为独当一面的大将。而庭儿聪慧又善于学习，天文地理算学无一不知，韩谦在尚未婚配之前就先娶了她。不讲门当户对，只讲两情相悦。她为韩谦统一天下所立的功勋，用韩谦的话说，不比任何一位大将低。

二 冯氏兄弟

户部侍郎冯文澜有两个儿子：冯缭和冯翊。

冯家不仅是朝廷重臣，还是百年商贾之家，富可敌国，无害而肥。

冯家的确是太肥了。

冯家与韩氏一样，祖籍宣州，但冯家祖上很早就迁入金陵发展，曾担任江南东道盐铁转运使，一度控制越、湖、润、宣、翕等州的过税、矿税，在天佑帝建都金陵之前，冯家就已经积累大量的财富。

冯家审时度势，在天佑帝举兵攻金陵之前，就投附过去，曾捐粮二十数万石助天佑帝平定宁、江、宣、洪等州，冯文澜的父亲冯樾因此还出任大楚开国后的第一任盐铁转运使，冯文澜也一步步爬到户部侍郎的高位。

冯家的族产有多丰厚，大概没有人比韩谦的左司更清楚。

冯家在宣州、金陵、扬州以及润州都置有田庄，田亩计有十三四万亩之多、奴婢近万口，此外还有矿山、茶山、铁场、船场、织坊、药材铺、丝绸庄、典当铺、赌柜、酒楼及货栈逾百家。

而至于冯家所私藏的金银财货，这个就连左司探子都无法调查清楚了。

大楚建国后，只因冯家在朝权纷争向来只持中立态度，朝廷夺嫡之战的各方，包括天佑帝在内，都看着拉拢不成就想灭掉他家，将其财富掠夺归己。

在那样的时代，这就注定了冯家最后的悲剧，只是，悲剧来得太快了些。

冯文澜的嫡长子冯缭，有着略显狭长的脸颊，与冯文澜有几分相肖，身穿便服，腰系长刀，不像冯文澜那么阴鸷，却更显得英武挺拔。

冯缭在大楚初创时，作为冯氏子弟就被选入侍卫亲军，之后随天佑帝讨伐越王董昌，后来天佑帝为了加强对征服地区的控制，将冯缭及侍卫亲军里一批通习笔墨的武官留在地方任职。冯缭在地方历练数年，历经令史、县丞等职，出任海塘县令也有两年多时间了，是冯家重点培养的接班人。

而冯缭的弟弟冯翊，就是典型的纨绔子弟，吃喝玩乐样样精通，成天往晚红楼砸金饼子，平素也常将宫禁秘事传得绘声绘色。孔周之子孔熙荣乃是冯文澜的外甥、冯翊的表兄，什么事都是被冯翊牵着鼻子走。孔周出身清贫，早年也仅仅是淮南军中的小校，娶冯文澜的妹妹为妻之后，借着冯家的势力，在军中才快速升迁，成为副指挥使一级的军中大将。

早先韩谦、冯翊、孔熙荣一同给三皇子伴读，小伙伴里，韩谦自然是看不上他俩的。

冯家被天佑帝以修陵事件开刀，墙倒众人推，朝中很多人都回过味来，纷纷弹劾冯文澜、孔周及亲随违乱国纪，罪名也是五花八门，很快，冯文澜、孔周所被参劾的罪名已经累加到27款，除了私伐毁陵、侵夺民田之外，贪赃舞弊、结党营私、私藏甲具、豢养私兵等皆是重罪，天佑帝下诏削夺冯文澜、孔周的官职，拘入大理寺查处，而弹劾奏折也都第一时间全部发放到大理寺进行纠劾。所有弹劾冯文澜、孔周的罪状，大理寺都会确认，然后交给天佑帝召集王公大臣举行枢密会议议决。

很快，天佑帝颁旨，冯文澜、孔周的谋逆罪名确定下来，照大逆律应判斩立决，尽抄族产，其亲属、党羽也都由大理寺负责收监审理定罪。

冯家彻底被打垮。

韩谦通过三皇子作诸多努力，将冯氏全族收留在自己的庄园里。

早先冯文澜、冯缭父子对韩谦是充满敌意的，后来冯文澜、孔周死，冯氏兄弟不得不依靠韩谦庇护。尤其在冯氏全族迁往叙州后，生存境遇的改变，让冯氏兄弟有了新的成长。冯翊逐渐成熟理性，原本就好武功的孔熙荣则小宇宙爆发，一次次在战斗中冲锋陷阵，最终也成为可以独当一面的将军。冯缭就更不用说，他擅长谋划，又有丰厚的基层工作经验，既能够打理内务，又能处理军情、谈判外交。在配合韩谦成就大业方面，冯缭成为韩谦除赵庭儿、王珺、奚荏之外最默契最得力的助手。

三　家兵子弟

除了冯氏兄弟，韩谦还拯救了很多人。

比如说水蛊疫时期，从忍饥挨饿的饥民里选出来的五名少年，韩谦不仅将他们当成预备役家兵培养，还将他们当成军队将才来训练。

不同的用人目的和用人原则，决定了韩谦选人用人和父亲全然不同。

韩道勋作为朝廷大臣，用人自然是选贤任能，择优录用。如果说按韩道勋所选，面对一群从饥民里挑选出来的少年，便应该是选择聪明伶俐者。

韩谦不这样想。

既定的历史记载中，他是被家兵绑了交给朝廷车裂的，就说明家兵没有忠诚度，忠于朝廷但背叛了自己的主子。为朝廷的赏赐而出卖了自己的主子。

而晚红楼姚惜水能够得手对他下毒，也定然是有他的家兵的协助。

如此看来，家兵中不说全部，至少有一部分是利益小人。

他要用的人，要的一定是清白的、能够对他绝对忠诚的。所以，他只能在陌生的、社会底层的、在困境中饥寒交迫的人里挑选。而他们还必须是少年人，是没有阅历和城府的清白人。

这些，不是能够全部说与父亲知道的。

韩谦这样跟他父亲解释：

那些胆大聪慧跃跃欲试的少年，他们心里也有诸多的自信能超越常人，此时用他们担任队长，无论是教导他们拳脚刀弓，或排兵布阵，或家法族规，相信他们都能以比其他人更快的速度掌握；而对于那些忠厚朴拙的少年，心里就觉得低人一等，平时拿着刀枪棍棒听从号令行事，也不会太难。这么安排，看上去或许没有什么不妥，但最大的弊端，就是将来能真正独当一面的，或许仅有四五人而已。孩儿反其道而行之，除了习刀弓拳脚、读书识字时，朴拙少年居首、聪慧少年居尾之外，平时交办事情，也要反其道而为之。比如说看守宅院这些看似枯燥之事，应选好动之人，磨炼他们的耐性，而跑动传信之事，则要用看似笨拙的少年，提高他们的机敏。这些做法，看上去有违他们的性情，也谈不上因才而用，也甚至需要更久的时间，才能真正叫这些少年各任其事，但最终忠厚朴拙者能伸展性情，有机会独当一面，聪慧胆大者则能更多一些沉稳，这便使得人人堪用，而非仅有四五人堪用……

就是在这样的选人用人原则下，郭奴儿等一批社会底层的子弟，获得在韩谦身边成长的机会。而当他们真正成长起来以后，那也正是韩谦最需要人手的时候，他们也是个个各显神通，为韩谦一统天下助力。

赵无忌、郭奴儿他们到韩谦身边时，才十三四岁，和三皇子一样的年纪。韩谦比他们，也就是大三四岁而已。韩谦的成长来源于现代人翟辛平的学识和阅历，他们的成长则是韩谦的眷顾和培养，这些孩子，真的好幸运。

借用佛系的话语，韩谦一直广结善缘，后期才有那么多人才为自己所用。

又比如曾经是安宁宫一系的郭荣，在韩谦身边，任务就是监督、控制和羁绊韩谦。郭荣与韩谦出使蜀国迎娶清阳郡主，闻金陵急变，恐蜀国改变态度悔婚，他绑架清阳郡主回楚，得郭荣协助。郭荣也因此成为安宁宫一系的弃子，只好隐姓埋名流落叙州，在民间摆摊与人代写书信糊口度日。韩谦不计前嫌，关注他的下落，找到他后再次起用，后期，郭荣也成为韩谦身边的得力干将。

《楚臣》中这样的例子实在太多，不胜枚举。

凡得韩谦帮助的人，韩谦并不要求得到利益回报，他总是有长远的思考。人才永远是最紧俏的资源，凡是人才，只要追随韩谦，顽石可以灵化，璞玉尚可雕琢，他们都有学习的机会，都有自己成长的空间并快速成长，似乎可以说，作家更俗以韩谦为载体，充分表达了他关于人才问题的思考，关于人的存在的理想，表达了他对于人的存在的理想状态的追求。

四　那些绝美的女孩儿

更俗从来不在文字上去玩味女性的美丽或者是韵味什么的。他最善用最爱用，用在女孩子头上的一个词，就是"绝美"！

韩谦身边的女孩子，是很容易数的：赵庭儿、王珺、清阳郡主、奚荏、云儿。除了奚荏最后被他封为女官，其他四位都成了他的女人，而他也都用了"绝美"来称赞她们。

还有个绝美的女孩子，姚惜水，是个反派，不给她"绝美"。

书中的姚惜水，其实非常的不幸，前朝王室遗女，在当世又不能暴露真实出身，寄身晚红楼，终沦为阴谋家的杀人机器。

不是作家更俗没有理解和描写女性美的能力，而是他的审美便是如此。韩谦身边的五个女孩子，都是身材窈窕、面庞小巧、皮肤如雪、妙目顾盼的绝美又绝顶聪明的女孩，也个个都是他的贤助——不仅仅是内助。

比如赵庭儿就以气象学知识，协助了对蒙兀人的战争。

奚荏更是像韩谦的女保镖，一个山鬼一般的蛮夷女子，经历复杂，容貌绝美，蛇一般灵活的身段，脚系银铃却可以走路无声，跟着韩谦出生入死，却始终不愿成为他的床上尤物。

王珺和云儿办学，培养将官，教化民众。

清阳郡主最后以长信宫太后的身份，嫁给韩谦，令韩谦兵不血刃取了金陵，不生战祸而实现天下一统……

作为女性，我不太能接受的是韩谦与清阳、云儿的结合。因为蜀国与楚国的关系，因为清阳与三皇子的政治联姻，并且清阳此前与韩谦有颇多恨意和戒备，他们最后的结合少了许多人性的美好，而成为政治需要的媾和。而云儿，是朱裕的爱女，朋友的女儿，我也希望韩谦将她视为女儿般呵护，而不是君临天下就要将所有美好的女子收入囊中。

固然，那样的时代，的确是如此，即使是云儿，她也爱着韩谦，梁国旧臣们也希望韩谦收了她。只是我作为当下的女性，对此有些不满。更俗不乐意或更俗的男粉丝们不乐意，可以将我这些话删去。

《楚臣》的那些绝美的女孩儿，尤其值得好好说道说道的，是名门之后大家闺秀王珺。

王珺是枢密副使、文英殿学士王积雄唯一的孙女。王积雄深得天佑帝信任，但与太子不睦，又年高体弱，便一心求去。王积雄辞行离京前进荐书，被天佑帝召到文英殿谈了一个多时辰，天佑帝要王积雄从州县推荐官吏入朝，王积雄推荐韩道勋为第一人。

的确是物以类聚、人以群分。王积雄不但推荐韩道勋为天佑帝所用，还主动将他孙女王珺许配给韩道勋之子。

但是，这段婚约被韩道勋主动退掉了，以韩道勋的厚道谦逊，他觉得自己儿子配不上王家女儿。

王珺父亲在二皇子杨元演手下，韩谦在三皇子手下，夺嫡之争越演越烈，二人虽然相见多次，但难以彼此认同。京城之中，王珺随父亲王文谦，与韩谦一再过招。你来我往，"王文谦抬头眺望波浪汹涌的汉水，没想到韩谦心思澄澈至此，叫人根本无法以言语欺之"。王珺"见韩谦策马而走的背影在夕阳下，莫名有种萧索之感"。

更俗笔墨太省，只在偶尔一两句话里，才暗示了王珺对韩谦的动心。

韩道勋受刑之后，王积雄携王珺到叙州凭吊，数天后，王积雄病逝于叙州。

王积雄葬于岳阳东南幕埠山中，王珺便寄居山林之中的庵堂，说是服丧守孝，每天或读书，或带着丫鬟拆解从叙州带上山的两架手摇纺机，琢磨纺织印染之法。她其实就是想离韩谦近些。韩谦用三千残兵打下丹阳城，王文谦派人接王珺走，她拒绝了，有意要落入楚军之手。

在韩谦身边，王珺却没有做俘虏的自觉。

她看着院子里刚从秘库搬出来的战械部件，讶异地问韩谦："韩大人在金陵事变之前，便部署了这些？真是可惜，李侯爷与白石先生他们要是有胆量敢独守秋湖山，不为我爹爹算计，韩伯伯也不会死得那么惨了。不过也是奇怪啊，你要在秋湖山之外，再设秘密据点，也应该选择在宝华山的北麓临江之地择取，为何要选在茅山？在金陵事变之前，你不可能未卜先知我爹爹会用围城之策啊……"

而韩谦"有一种被眼前这女子看透的浑身不自在"。

信王杨元演手下头号谋臣王文谦之女王珺的聪慧在当世的女子里，怕是真无人能比。她自幼博览群书，王积雄为相时也不避讳说过他的好些奏书折子，便是当时才十三四岁的王珺代笔，却无不中天佑帝的心意。

韩谦却是不知道她看到庭院里堆放的战械部件，眨眼间便能看到如此关键的疑点，而且是他无法说出口的疑点。这里面的关键点，就是韩谦很早就在为金陵被彻底围困后的势态考虑，但当世即便是三五人之列的智者，也只能在静山庵一战之后看出一些楚州军有意围困金陵的端倪与蛛丝马迹。王珺能在这么短的时间看出这么关键的疑点，也是令韩谦暗暗心惊。

王珺虽然表面上对韩谦不在乎，其实是越来越好奇。所有的好感都藏在心里，并且发酵成了爱意。她自愿成为楚军俘虏，实则是为了能够留在韩谦身边，被他"囚禁"。

王珺在被"囚禁"的时光里，学到了叙州的纺织术，学完了韩谦所著的各种工造著述，也对韩谦有了最最透彻的了解，也帮他编写少年营教材，后期更是大力发展教育事业。

被韩家悔婚两次之后，"太过聪明，不好找婆家"的王珺，期待能嫁给韩谦，借信王与父亲王文谦将她作筹码再次与三皇子和韩谦提及他俩的婚事，她女扮男装跑到棠邑游历，实则是替自己说亲。

而她和韩谦的大婚之日，也是韩谦要趁寿州军将吏全无防备之时，对寿州军完成一次突袭作战。

这一次，是她和韩谦共同的合谋。

第七章

好小说是时代的百科全书

一 书写战争的巨幅画卷

不知道读者们有没有数过，《楚臣》究竟写了多少场战役？

《楚臣》里写的战争，最惨烈莫过于淅川之战，那时是楚军被动应对梁军，三皇子对抗朱裕，如果没有韩谦，羸弱少年三皇子怎么可能与英姿勃发的青年朱裕对抗？

淅川之战死人无数，无数攻城兵士和民工的尸体从地上垒到城墙高，泥土覆盖上去，后来者就冲锋而上，断臂残肢支棱棱地，突兀着搭在残墙上……

《楚臣》里写的战争，最局气的，是梁军大战蒙兀人。此时韩谦已经得朱裕禅让，成为梁帝，整合了楚梁兵力，对抗凶悍残暴的蒙兀人，最终乌素大石战死，北逃投靠蒙兀人的前朝士族代表萧衣卿自尽。蒙兀人退回草原，中原百姓得以休养生息。

《楚臣》里写的战争，最奇崛的，是对徐明珍的寿州军之战，此战算是彻底摧毁了安宁宫一系的残余势力。而此战，就是在韩谦和王珺的大婚之日打响的。

韩谦和王珺利用迎亲沿途护卫以及展示武力所需，从棠邑、浦阳、亭山、武寿诸城抽调最精锐的战力，集结到历阳城附近。其他作战计划也是借迎亲及参与婚宴，集结将领及兵马，出人意料地抽调准备。

除了杨钦率领的水军主力之外，这次计划用于突袭作战的兵马，以韩谦为首，包括田城、赵无忌、冯宣、谭修群、韩东虎、苏烈、窦荣、何柳锋等将在内，总计调动九营骑兵、步军，总计五千精锐战力。

其中七营步卒，也会以迎亲护送、展示武力的名义，都配给替代脚力的马匹。

他们所做的一切准备，都更像是韩谦为防备敌军趁大婚之日对这边发动突袭。

这份作战计划，实在是大胆至极！

迎亲当日，屯寨大门扎上彩绸。屯寨之外，也额外建了一座大营，搭设两三百顶帐篷，望之绵延不绝。韩谦赶到武寿河畔接亲，数千精壮民夫被雇佣过来，冒着凛冽的寒风，修整沿途的驿道，坑坑洼洼的地方都铺上一层细沙，仿佛是要新娘子一路走入历阳城，都不会感觉到路途上有一丝的颠簸。

不仅武寿河两岸，沿滁河南岸，都是一队队衣甲鲜丽的兵卒扎着大旗在朔风之下猎猎作响。不断有骑兵来往奔驰，大声疾呼，通禀迎亲队伍的方位及距离。

在敌方看来，韩谦都在一边戒备，一边进行大婚仪程。

婚宴之时，身穿大红嫁衣的王珺就径直推门来见韩谦，她知道他等不及拜堂成亲，便要领军去偷袭巢州，坚定地说："带上我。"

绝美的脸在烛光映照下似初雪白皙，在长密睫毛遮挡下显得深邃似幽泉的美眸，却透露着坚定的意志。她要与他并肩而战。

而田城、冯宣、高绍、赵无忌等大将，深深明白王珺此举，对这次深入敌境突袭作战鼓舞将卒士气，当有奇效。试想，新娘子在成亲之日随韩谦一同领兵出征，将卒血勇之气还不得刺激得嗷嗷往上涌？

韩谦也知道王珺不拘俗礼、无小儿女作态，朗声说："好，你与我一起领兵出征……"朔风如刀，吹动大红嫁衣似火焰跃动。

王珺双手执住缰绳，听着缓缓前行的枣红大马打着响鼻，在寒冷的空气里喷吐白色雾气。她长密的睫毛微微颤抖着，内心却怀揣着坚定、骄傲的意志，深邃美眸平静地接受数千棠邑将卒的注视。

武寿河西岸，一队队马步兵、一队队骑军阵列整饬。

除了此起彼伏的战马、军马在打着响鼻，数千将卒皆鸦雀无声，凝目注视着韩谦与身穿嫁衣的王珺并肩策马，从诸阵列前缓缓而过，视察军容。

大婚之日，好好迎亲之旅，突然变成率部袭敌，是何等地惊世骇俗！

诸多将卒在这一刻心里洋溢着说不清晰的激荡之情，仿佛王珺那袭火红的嫁衣，变作一团明艳的火焰，在他们的胸臆间熊熊燃烧起来……

二 绘景状物描人栩栩如生

更俗不愧是个成熟的作家，他的语言娴熟、干净、精准、简约。不煽情，不堆砌华丽辞藻，不滥用形容词，不卖弄修辞。

他如果是写安静的环境，会写得像静物画似的。以下这些语句和描述，我们往往是在经典名著里才能看到：

> 书房面向东方，山势谈不上多险峻，山岭却连绵起伏，在深紫色的夜色里，单薄得像是叠在一起、色泽浅淡不一样的剪纸。
>
> 欲晓时分，远处山脊线之上的云色渐渐清亮起来，山岭草林也渐次清晰，才发现山崖距离这边并不远。
>
> ——《楚臣》第 2 章

他写战争，从容不迫，冷静勾勒画面：

> 一队队梁军簇拥着盾车、弩车，往杨屋峪西面蜂拥而来，最前线的将卒停在敌军防线五百余步开外站定，用一辆辆战车形成简单而实用的防护，往后一队队将卒依次铺开，仿佛层层叠叠的鱼鳞一般……
>
> ——《楚臣》第 778 章

他写男人，简单笔墨，就能凸显出人的形象和精神气质，如在眼前：

> 相别四月，李知诰依旧英武逼人，唇上留有两撇黑须，精瘦

的脸庞轮廓分明，身穿便服，也是流露出锋芒凌厉的气度，看到韩谦站在甲板上迎风而立，虽然不像冯翊、孔熙荣那般欢欣雀跃，却也真心流露出宽慰的笑容。

——《楚臣》第130章

李知诰乃信昌侯的长子（养子），书中写到第130章时，李知诰身为龙雀军都虞候，与下州司马或上州的兵曹参军或州营都尉、兵马军使相当。韩谦早就看出李知诰与李普其实并不是一路人，到后半部才逐步揭晓，李知诰出身高贵，实际上是前朝鲁王亲子，在前朝覆灭之际，得李普手下姓邓的大将保护。这个秘密，是在第383章才揭开的：

神陵司在昭宗被鸩杀之时，就已经意识到前朝的覆灭不可挽救，李知诰作为昭宗嫡孙、鲁王妃新生才两年的幼子，第一时间被送到潜伏于江淮军中、时任营指挥使邓石如家里寄养。

而为了掩人耳目，邓石如当时年仅三岁的儿子邓泰，则送到神陵司的秘密基地，与其他被神陵司收养的孤儿一起，从小便进行刻苦而残酷的训练……

看过邓石如生前留下来的手书，不要说李知诰了，他身后的嫡系亲信邓泰也是愣立当场，像是被雷劈中一般，怎么都难以相信李知诰的"生父"邓石如，实际上会是他的生父，而他并非无父无母的孤儿？

他写女人，也不停留于外貌刻画，更注重的是人物内心活动：

王婵儿坐在窗前，宫女正拿着一把羚角梳帮着将长及腰下、黑如流瀑的秀发，梳理柔顺，磨制得锃亮的铜镜里映照出她的娇艳容颜，还是那样的芳华绝世，还是那么的丰腴美艳。

想想自己十五岁得天佑帝宠幸，十六岁生下溥儿，迄今过去十八岁，今年也才三十四岁而已，被天佑帝宠幸的日子还历历在目。

那是一段她还是能感受到人生快乐的时光，自己的身体能叫一方霸主迷恋，这件事本身就叫她迷醉其中。

王婵儿心神恍惚着，铜镜里突然闪现出一副面孔，仿佛徐惠那贱妇就站在她身后，令她打了一个激灵，却是身后的宫女贴近过来看给她梳理的发髻妥不妥帖。

心想今天乃是溥儿大喜的日子，王婵儿按捺住心头的怒气，只是冷眼扫了那宫女一下。

那宫女被王婵儿眼扫了一下，才惊醒到自己惊到太妃了，心头发寒，忙跪地认错："奴婢鲁莽，惊着太妃。"

"起来吧，是哀家想事太出神了。"王婵儿挥了挥手，宽免宫女的鲁莽，问道，"今天大喜的日子，溥儿他人呢？"

——《楚臣》第 372 章

凡此种种，不胜枚举，均可见更俗对语言文字的驾驭，有大家风范，已然入了佳境。

三　现实主义的创作方法

《楚臣》所写的内容，虽然是在一个架空的历史背景下，并不妨碍更俗用现实主义的创作手法来完成他的作品。

古希腊人有一种特别朴素的艺术观，他们认为，艺术乃自然的直接复现或对自然的模仿。按照这个观点，作品的逼真性或与对象的酷似程度，便成为判断作品成功与否的准则。

这种写实主义或者现实主义的观点，是要求艺术作品要对自然或现实生活作出准确的描绘和体现，主张仔细观察事物的外表，然后据实摹写，要体现出文学艺术对现实和自然的忠诚。

现实主义的创作手法有个大的准则，就是要真实客观地再现社会现实，对于外在的社会现实，既不能忽视它，也不能贬低它，从而体现出文学对现实生活的忠诚和责任。

难能可贵的是，更俗虽然设定了一个架空的历史背景，并没有因为是架空历史而恣意驰骋想象与幻想，而是客观、朴素地，保持了对历史的现实的客观描述态度，把握好对历史现实呈现的合理性和逻辑，真实地呈现出历史社会生存的本真样态。

比如在书中，更俗写到了当时人们还没有普遍种植棉花和发展纺织业，丝绸倒是有，但不是普通人能够享用的。普通人往往是穿戴麻织品，冬天往麻布里塞芦花，方可以过冬。

又比如他写韩谦出使蜀国时船行到巫山长峡（今长江三峡）：

> 巫山长峡，又是后世所熟悉的长江三峡，从硖州宜陵的南津关到渝州白帝城东的夔门，全长四百里，可以说是劈巫山而出，两岸大多数地方都是高出江面七八百米的悬山峭壁。
>
> 南津关东峡口的江面仅两百步，两边危岩堆垒，但还不是巫山长峡最狭窄险陡的地方；最狭险时，江面仅百余米宽。
>
> 作为这片大地第一大江，江面收窄到一百米宽，水流水势将是何等湍急？
>
> 也难怪千百年来，这片大地发生那么多的兼并战争，但从宜陵逆流而上、进攻川东的战例是那样的稀少。
>
> 江流是那样的湍急，两岸悬壁是那么的陡峭。
>
> 在距离江面三四十米高处，有古人修筑栈道开凿留下来的石孔跟断断续续的朽木。不要说栈道已毁，就算重修，时断时续的栈道仅有两三米宽，又贴紧着岸壁，还不时有细碎的石块从崖顶滚落下来，也是根本无法用兵。
>
> 此时不要说蜀国有三四万精锐驻防东线，就算是七八千精锐矢志防守，下游的兵马想攻下夷陵不难，但想要从巫山长峡攻入渝州，还是难于上青天。
>
> ——《楚臣》第 313 章

除了描述自然环境，还有诸多对社会现实的描摹。如此种种，不胜枚举。而更俗也总是不厌其烦地、仔细地，以追求客观性的态度，再现出历史中的社会现实和人们的生存状态，并对当时的现实整体进行了忠实和真实的描写，努力达到对历史现实整体的真实反映。

也许许多人会认为，作为一个成熟的作家，细节的真实性、形象的典型性以及具体描写方式的客观性，这几个方面都是不难做到的。的确，很多作家，尤其是传统意义上的作家，都优先选择了这种创作方法。

现实主义的创作方法或许是最简单最直接最好用的，但是对网络小说而言，尤其是对历史小说而言，却是最难的。想象和编造总是比客观地呈现更容易些。

更俗放弃了想象和编造，是因为他有这个实力。他热爱历史，熟悉历史，对历史的事实有深入仔细的研究。

所以，他通过塑造韩谦这个人物形象，通过讲述韩谦与命运搏斗并成功地改变自己命运的精彩故事，通过这个漫长的搏斗过程的讲述，给我们呈现了唐末五代十国乱世复杂的社会关系和社会矛盾，呈现这些矛盾因素运动、发展、展开从而反映出当时的社会生活的整体。我们跟随他对当时的社会现实、社会关系和社会矛盾的理解，阅读他的文字，对他所讲述的事件及其细节坚信不疑。更俗写的虽然是架空历史，他却让他的小说有了真实的力量。

四　百科全书式的时代面貌

《楚臣》不仅是一部以现实主义的手法创作的历史题材作品，还是一部时代百科全书式的作品。虽然那是一个架空的历史时代。

要说百科全书式的小说，人们首先自然会联想到曹雪芹的《红楼梦》和巴尔扎克的《人间喜剧》。

《红楼梦》以贾、史、王、薛四大家族的兴衰为背景，以贾家少爷贾宝玉为讲述视角，以贾宝玉与林黛玉、薛宝钗等的爱情和婚姻悲剧为主线，描绘了中国古代社会的世态百相，是举世公认的中国古典小说巅峰之作，也是中国文学中具有世界影响力的作品之一，被称为中国封建社会的百科全书、传统文化之集大成者。

十九世纪法国作家巴尔扎克以"风俗研究""哲学研究"和"分析研究"为分类，创作了一百五十多部小说作品，塑造了上千个人物形象，反映法国贵族的没落和资产者的崛起，被称为法国资本主义社会的百科全书。

我无意拿更俗与曹雪芹或者是巴尔扎克比较。我看到的是，更俗在《楚臣》中，非常详细地描绘了唐末五代十国封建社会的生活和社会形态，包括行政建制、军队编制、商业体系、生产力状态、金融模式、教育和认知，等等，将那个架空时代的方方面面，呈现在读者眼前。

比如书中写到人们对时间、地心引力的认识和对计时器制造的摸索：

"除了日晷、沙漏、测星术等外，还有什么能计日时？"李知诰好奇地问道。

李畋（李知诰子）从腰间摘下丝带所系的一枚玉佩，抓住丝带的一头，拨动玉佩摆动起来，说道："系带长度固定，玉佩摆动的时间是固定的，与摆动的幅度无关。我们目前所造的计时钟，就有用一杆特定的摆锤，每摆动一次，拨动一次蓄力簧片，带动小指针走一格；大小指针之间用齿轮衔接，最终使大指针走完一整圈为一日十二个时辰！只是我们试制的计时钟，一天走下来，偏差还差不多一刻时，但君上要求的偏差不得超过十五分之一刻，也就是君上所谓的一分时，还有很多要改进的地方……"

——《楚臣》第 761 章

又比如在第 763 章中，更是写到了当时的水利发展、工业、币制、税制、人口流动等。此处不再引文。

当更俗百科全书式地呈现时代面貌时，他还用了大量的数据，无论是粮食、人口或其他社会财富，他都能列出具体数据。这些，大概也是他小说真实力量的来源之一。

最后想说一点：更俗的小说好看，特别值得耐心地看。更俗的小说，是写给有一定阅历的，有对社会、历史、军事等方方面面都有爱好和丰富的知识追求的读者看的。

在 2020 年年初这个特殊的春节，《楚臣》伴我度过了困居家中的日子。完成《更俗与〈楚臣〉》的写作，我依然感到意犹未尽。

感谢更俗写了一部好书。

第八章
对话更俗

西篱：有些作家写作是出于兴趣爱好，有些则是看到了自己这方面的优长，顺势将写作做成了工作，您是属于哪一种？除了写作，您还有别的兴趣吗？还做别的工作吗？

更俗：我初中时就很喜欢读各种通俗文学。

上个世纪九十年代末期，通俗文学从纸质载体往互联网转移，我的阅读兴趣也随之到网络上追读早期的网络小说。

早期的网络小说，乃至我大学毕业后工作两三年期间，数量都较为有限，更新也慢，满足不了我的阅读需求了，就自己尝试去写。

我大概就是那种出于兴趣爱好尝试写作，写着写着觉得还勉强能受到读者的认可，就顺势当成专职工作了。

我还记得自己所写的第一部小说是《山河英雄志》，最初发表于"幻剑书盟"。就当时而言，幻剑书盟还是国内名气最大的原创网站之一，后来得知起点中文网搞 VIP 阅读，就将《山河英雄志》转发到起点，之后就一发不可收拾，连续在起点写了四部作品……

西篱：请告诉我们，您坚持写作多久了？总字数有多少了？

更俗：从 2004 年迄今，我坚持写作十六年都没有停过，具体写了多少字数没有认真算过，可能距离三千万字不远了。

西篱：被称为美国当代文学发言人的美国作家索尔·贝娄说过一句话：作家追求的世界，永远不是眼前所拥有的世界。您追求什么样的世界？

更俗：我从小就是一个喜欢做白日梦的人，喜欢沉浸在通俗小说所构造的情恨交错的世界里，等到自己尝试着去写小说，看似这成了我来构造不同的世界去让别人感受，但对我来说，本质没有任何的不同。

西篱：您对自己的写作最满意在什么地方？您最喜欢的自己的作品是哪一部？

更俗：我在写作的过程中，依旧在体验着这种不同于现实、能满足自己种种精神享受的想象世界；这也是我写作的一个极大乐趣所在，或者说自我欣赏、最满意的地方。

我个人最喜欢的作品，还是《重生之官路商途》。

这是我辞去工作之后专职所写的第一部作品，没有之前几部小说创作时的紧迫，也没有之后几部小说的功利，不紧不慢地构造我自己所最期待的世界，当然是最开心享受的一件事。

西篱：您既写玄幻奇幻，也写历史军事，也写都市，并且每种类型都写得很精彩。请谈谈您是怎么做到的？您更擅长哪个类型？

更俗：我目前是写过多部不同类型的小说，成绩都还勉强合格吧，但这些小说都有着相当强烈且同质的经营种田风格。而这对我来说，写什么类型的小说不重要，更擅长的还是这种风格。

西篱：其实我个人特别喜欢您写历史的作品，但我知道您并不是学历史的。您研究过历史吗？古今中外，有没有对您产生影响的作家作品？影响了哪些方面？

更俗：我阅读通俗小说，对爱恨情仇的情节倒不是特别关注，更喜欢看人物悲欢命运与历史轨迹相交错时的撞击。

在这点上，通俗文学大家里，我更喜欢读金庸、梁羽生、黄易三位先生的作品，他们的小说在这方面风格都很强烈。

而说到历史，谈不上有什么研究，也就是平时喜欢读些相关的杂书，而我读历史类的杂文，还特别喜欢经济史类或者宏观叙事类的作品。

这种种阅读上的习惯，也是我写作风格形成的最重要因素。

西篱：您在纵横写作已经有十年了，十年前您在起点。有人说，起点的写手成百上千，但是在文章大局的把握和文笔上，能和您相提并论的不超过十人。关于"文章大局把握"，您是怎么对待的？

更俗："文章大局的把握及文笔"的评价，这显然是过誉了。

就像刚才提到，我从小就喜欢做白日梦，到自己尝试写作时，构造想象世界，非常注重世界构造的细节塑造与铺陈，喜欢宏观叙事，喜欢人物命运与宏观叙事结合起来写。

这大概是我们这类种田流风格强烈的作者，在文章大局把握方面都有的一个较为突出的特点，但我也因此常常在人物塑造以及小情节的写作上欠缺了些耐心。

西篱：有些读者说，您的作品有一股"中年味"，我认为是因为"白"和"爽"非您追求。我在"导读"的末尾说，您的作品其实是写给有一定阅历和有一定知识储备的读者看的。正如有读者说，您是个很有生活体验、很有内涵的作家，这方面只有猫腻能与您媲美。您认为作家的生活体验和内涵会给作品带来什么样的影响？

更俗：作者应该是一个对现实生活都相当敏感的群体吧，因为足够敏感，才能有更深入细致的观察、体验与思考，也就是所谓的内涵。这使得作者在构造自己的小说世界时，细节才足够丰富、真实，打通与读者同情的桥梁。

西篱：每个作家的文学观点并不都是一致的，它往往决定了作家对文学事业的认识、态度和期许。这也是读者了解作家、走近作家的重要切入点。所以，最后还想请您谈谈与文学、与生命存在相关联的您的文学观和价值观。

更俗：我个人阅读兴趣，是通俗文学，创作的也是通俗文学，与很多人认为通俗文学旨在满足读者阅读的观点不同，我自己在写作时，首先满足的还是自己。

不仅仅是创作的成就感，对我来说更主要的是写作过程的体验。

我相信很多同行也是如此，要不然长年累月地创作，是很难坚持下来的。

在我们虚构的文学幻想世界，有些想象力相当放飞自我、天马行空，但本质上我们还是将现实生活当中所熟悉的爱恨情仇，将我们所理解乃至认同并奉行的现实规则，甚至将我们自己的生命体验，直接烙印到作品之中，甚至可以超越现实题材的桎梏，将这些表达得更炽烈、更瑰丽。

优秀的通俗小说在某种意义上，也是在挖掘、表达自我，同时约束更小……

选文

第一章

千年一梦

梦境。

光怪陆离的梦境。

醉酒后伏案而睡的韩谦，在光怪陆离的梦境里，仿佛正经历跟今世完全不一样的人生。

带四只轮的铁盒子跑得比紫鬃马还要快，塞满人的巨大铁鸟在天空飞翔……

高耸入云的巨塔高楼挤满大地……

巴掌大小的金属盒里，有许多小人穿着稀奇古怪的戏服在里面演着戏……

这都他娘的是什么鬼东西？

性情暴躁的韩谦，都不知道怎么会做这样的怪梦，就像被困在一个与当世完全不同的怪异世界里。

韩谦挣扎着想醒过来，但是难以言喻的麻痹感控制着他的身子，眼皮子一动，光怪陆离的梦境似被铁锤狠狠地砸了一下，顿时就支离破碎。

随之而来，就像有尖锐的金属物刺进心脏里剧烈地搅动着。

日，好痛。

不过是喝了半壶酒，怎么会如此地难受？

剧烈的疼痛，似要将三魂六魄从他的身体里扯出去，再撕成粉碎，痛得韩谦要大吼，只是一口气憋在嗓子眼里，怎么都吼不出来！

房间里有翻箱倒柜的翻动声音，仿佛风声，或许真是窗户打开着，风灌进来在吹动书页。

韩谦努力地想睁开眼睛。

"咦？"不远处传出一声压抑的惊呼声。

"怎么了？"

"韩家七郎刚才动了一下？"

"酒里所掺乃是夫人所赐的幻毒散，这厮刚才明明看着就像暴病而亡，气息已经断绝了，怎么可能还会动？你莫要疑神疑鬼……"

一男一女在房间里窃窃私语，在翻找着什么，那女的声音听着熟悉。

胸口传来的剧痛，令他难以思考，不明白这两人说的是什么意思，但从他们的语气里，听不出对他有半点的善意。

"七郎……"

屋子外有一阵急促而细碎的脚步声传来。

有人在院子外压着嗓子唤他，似乎察觉到这间屋子里的异常，但又怕惊扰到这边，不敢大声呼喊。

"别是晴云睡迷糊了在做梦吧？少主房里这时候怎么可能听到有女人在？我们还是不要进去了，就少主那脾气，真要是将他闹醒了，少不了又是一通乱骂，真叫人受不了。"院子外的人犹豫着不想进来。

"有人来了，我们走……"

屋里两人低声商议道，接着就听见窗户被推开。

韩谦睁开眼，视野先是模糊的，意识也没有完全地清醒过来，隐约看到两道人影，就像壁虎似的正一前一后往窗外掠去。

后面那道娇小的身影在跃过窗户时，回头看了一眼，与韩谦的眼神撞在一起，没有料到韩谦竟然真的没死，娇艳绝美的脸露出惊容。

黑色劲装，将娇小的身形包裹得滴水不漏，只是这张巴掌大的白皙小脸，却像是月色下初绽的芙蓉花一般，予人惊艳之感。

姚惜水！

她怎么这般打扮？

韩谦这时候想起昨日发生的事情。

昨天是他被父亲韩道勋关到秋湖山别院修身养性的第四十七天，心情厌烦暴躁无比，拿女婢晴云撒气，踢了两脚赶出去，但是院门被家兵从外面锁住，逃不出去。

他正坐在书斋里生闷气，不想姚惜水突然登门造访，走进书斋，还让人备好酒，与他饮酒作乐。

有佳人相陪，耳畔吴音软糯，晚红楼的胭脂醉虽然尝起来有些微的酸辛味，韩谦也没有在意。

只是他没有喝几杯酒，趁着醉意，手刚要大胆地往姚惜水的衣襟里伸去，就昏昏醉睡过去……

昨日入夜时，入屋饮酒的姚惜水穿着一身紫色罗裳，喝过酒美脸绯红如染，灯月之下，天姿绝色令人心醉，而此时眼前的姚惜水却身穿黑色装劲、仿佛夜行的女盗，看自己睁开眼还一脸的惊愕？

大概听到院子外的人正走过来，姚惜水半蹲在窗台上犹豫了片晌，随后身子就像弱不禁风的一片飞羽，没入仿佛深紫色天鹅绒般的夜色之中。

窗外的深紫色夜，真是给人一种诡异的感觉啊，诡异得让韩谦怀疑自己没有从梦里醒过来。

剧烈的绞痛，这时候仿佛潮水般稍稍退去一些。

韩谦恍惚的意识清醒过来，看到自己的身子趴在一张色泽暗沉、纹理细腻、对窗摆放的书案上，麻痹的四肢传来一阵阵抽搐的剧痛。

韩谦剧烈地喘着气，仿佛被扯出水面的鱼。

胸口的绞痛令他有一种难以抑制的窒息感，令他无法从梦境里挣扎出来，仿佛那光怪陆离的古怪梦境，才是他赖以生存的真正的水、真正的江河。

书案上摊开一张宣纸，两端用青铜螭龙模样的镇纸压着，用隶书写着几行字，墨迹未干，力透纸背；几本线装书散乱地堆在书案的一角，一支狼毫细管毛笔搁在砚台上。

一盏青铜古灯立在书案旁，兽足灯柱栩栩如生，仿佛真有一头上古妖兽从虚空伸出一只细且长的鳞足，踩在书案旁打磨得平滑的石板地上，莲花形的灯碗里，灯油半浅，小拇指粗细的灯芯绳在燃烧着，散射出来发红的明亮光线，照在书案上……

这盏青铜灯要拿出去拍卖，不知道会惊动多少收藏家闻风而动。

拍卖？

好古怪的词！

韩谦为闯进脑海的这个词感到震惊。

在那个光怪陆离的古怪梦境里，"拍卖"是再普通不过的一个词，是那样的熟悉而亲切，但是自己都醒过来了，怎么还会以梦境里的思维，去思考眼前的一切？

这到底是怎样的一个梦？

这梦给人的感受为何又是如此的真切，真切得令他怀疑眼前的一切才是一个梦？

韩谦忍着剧烈的头痛，努力地将那些凌乱的梦境碎片拼接起来。

梦境是时光流逝千年之后的世界，他所熟悉的帝王将相早已湮灭，身份低贱的乐伎优伶，成为受万众瞩目的演艺明星或艺术家，但依旧摆脱不了被权贵玩弄的命运。

人类对世界的认识，比他所能想象的要广袤无垠得多，甚至他昼夜所能见的日月星辰，跟他所站立的大地一样，都被千年之后的人们称之为星球。

曾被视为旁门左道的匠工杂术，成为经世致用之学的主流，有着令韩谦难以想象的发展；而自汉代儒学兴盛以来的义理之学，却早就被扔到故纸堆之中。

战争依旧没有停息，血腥杀戮的效率更是高到令韩谦胆战心惊的地步，类似机关弩的枪械，能像割麦子似的疯狂收割人命。

一枚神奇的铁蛋，从飞翔的铁鸟投掷下去，能将一座巨型城池摧毁夷平。

世家豪族并没有彻底地消失，权势看上去没有以往那么显赫，对自家的奴婢不能生杀予夺，但依旧能通过"金钱"——更隐晦的说法是"资本"——控制着世人，成为千年后世界里构成权力的最核心因素。

他在千年后梦境世界里，是一个叫翟辛平、从小生长在福利院里的孤儿，在官府兴办的学校里读书，一直到青年时期才进入一个私募投资基金工作。

二十年积累大量的财富，也叫他享尽千年后世界应有的荣华富贵，识尽千年后世界里的尔虞我诈。

他在一天夜里，从灯红酒绿的酒吧搂着两个刚认识的漂亮女孩子出来，准备到一家酒店里享受齐人之福的极致快活，一辆黑色的轿车从酒吧后巷咆哮着冲出来，将他撞飞到半空。

光怪陆离的梦境在那一刻就戛然而止，也昭示着他梦境人生的终结。

痛！

好痛！

这是什么乱七八糟的梦境？

"七郎！"

房门从外面推开来，一个下颌短须、鬓发花白的灰袍老者站在门外，疑惑地探头往房间里扫了一眼，眼神又颇为凌厉地在韩谦的脸上盯了一会儿，大概是没有看出什么异常，解释似的说道：

"晴云说七公子房子里有异常的响动，老奴担心有贼人闯进山庄里来。七公子没事就好，老奴不打扰七公子夜读了，先出去了。"

说罢这话，老者就掩门退了出去。

自己现在这样子，像是没事的样子？

看到父亲韩道勋身边跟随多年、在山庄管束他的老家兵范锡程就这么离开了，韩谦脾气暴躁地要喊住他，但要张嘴，只觉口腔、舌根发麻，哑哑地发不出声来。

四肢的麻痹感还很强烈，令他无法站起来，胸口的绞痛虽然没有那么剧烈了，但也绝对不好受。

这他妈的怎么可能是喝醉酒的感觉？

想到刚才所听到的谈话，韩谦只觉有一股寒意从尾椎骨蹿上来。

自己中毒了？

是姚惜水那个小婊子，跟那个只看到模糊背影的妍头，一起给他下的毒？

范锡程那只老杂狗，看了一眼就出去了，难道不知道姚惜水这个小婊子夜里过来造访，难道就没有看出自己身中剧毒？

第二章
梦境窥史

舌根都是麻痹的，不能张口呼喊，韩谦心里烦躁、愤恨，但也只能伏案趴在那里，听那蒙着一层油纸的窗户，被从山脊那边吹来的轻风，"吱呀"地摇晃了一夜，摇得韩谦想将整栋院子都他妈的给拆了。

书房面向东方，山势谈不上多险峻，山岭却连绵起伏，在深紫色的夜色里，单薄得像是叠在一起、色泽浅淡不一样的剪纸。

欲晓时分，远处山脊线之上的云色渐渐清亮起来，山岭草林也渐次清晰，才发现山崖距离这边并不远。

"……吱呀……"

这时候房门才被推开来，就见脸上被一大块暗红色胎印覆盖住的少女，端着一只铜盆走进来：

"公子真是变了心性呢，竟然在书案前坐了一夜。要是在城里也能如此，何至于惹得老爷发怒啊。"

丑婢也没有察觉到韩谦的异常，将盛洗脸水的铜盆放在木架子上，看到里屋的被褥没有摊开，还真以为韩谦夜读到这时都没有歇息。

"闭上你的碎嘴！"

韩谦看到这丑婢，心里就厌烦，想张嘴呵斥，嗓子却哑哑地发不出声。

他挣扎着要站起来，想着将那盛满洗脸水的铜盆拿起来，朝叫人厌烦的丑婢脸上砸过去，心想，这贱婢害自己在窗前坐了一夜，竟然都没有想到进来服侍一下。

韩谦手撑着书案，身子要站起来，却差点从椅子上一头栽到地上。

丑婢吓了一跳，挽住韩谦，看他脸色苍白得厉害，伸手去摸他的额头：

"哎呀，怎么烫得这么厉害？都说夜里读书不能开窗，山里的风凉得邪行，公子怕是被吹出风寒来了——老爷严禁奴婢夜里进来伺候公子，范爷也是粗心，也不知道将这窗户关上，额头烫成这样子，可如何是好啊？"

丑婢将没有力气使性子的韩谦，挽到里屋的卧榻躺下。

韩谦头脑里还是一片糨糊，身子虚弱，想骂人都没有气力，只能眼睁睁看着晴云忙前忙后照料他睡下，中间喝了一碗入口苦涩的药汤，也不知道药汤里是什么东西，会不会吃坏自己，浑浑噩噩，心想眼前的一切或者还是在梦中，一切都没有必要较真。

之后，又昏昏沉睡过去，又是残梦袭来。

只是这时候韩谦所梦，不再是那个光怪陆离的世界，而是血腥彪健的悍卒，锋刃凛冽的刀戈，残破的城墙下尸首纵横、血流如河，夕阳照在河滩的芦草上……

远离帝国权力中心的宏书馆里，藏书仿佛汪洋大海般深阔……

幽深的韩家大宅，一个枯瘦的身影坐在阴冷的暗影里，那阴柔而凛冽的眼神，却予人一种针扎的感觉……

烛火映照下的秋浦河水，在夜色下仿佛是闪烁着亮光的黑色绸缎，细碎的水浪如玉拍打船舷，游船里那一具具温软如玉的娇躯不着丝缕，在睡梦中喃喃低语，散发出致命的诱惑……

这才是韩谦所熟悉的世界，这才是他作为秘书少监之子、韩家那个无可救药、仗着家族权势在宣州、在金陵城里无法无天的"韩家七郎"所熟悉的世界！

睁眼醒过来，韩谦看日头已经西斜，感觉稍微好受一些，床头摆着一碗菜粥，还有热气蒸腾而起，想必是丑婢晴云刚刚才端进来的。

韩谦饥肠辘辘，也不管三七二十一，将菜粥端起来，囫囵灌入腹中。

一碗稍有些烫的菜粥入肚，出了一身热汗，韩谦才算是缓过劲来，没有中毒后的虚弱跟恍惚感，眼前的一切自然也就更加真实起来。

然而越是如此，韩谦越觉得前夜所做的那个梦怪。

梦境中人翟辛平的人生记忆，在他的脑海是那么的清晰，而具有真实感，真实到令韩谦怀疑自己是不是被千年后的鬼魂入了心窍。

这时候丑婢晴云听到屋里的动静，走进来，看到少主韩谦愣怔怔地坐在那里，面目有些狰狞，也不敢多说什么，收拾好碗碟就出去了。

韩谦拿起床头那只兽钮铜镜，看镜中的自己，还是那个脸色苍白、因为消瘦脸颊显得有些狭长、十八九岁的少年——

这让韩谦稍稍好受一些，还是自己熟悉的模样，差点都以为自己变成梦境里那个孤儿出身、叫翟辛平的中年人了。

韩谦走到外面的书斋。

靠墙是一排到屋顶的书架子，摆满新旧不一的书册。

以线装书为主，也有一些纸质或绢质的卷轴，也有看上去就十分年深日久的竹简，都是他父亲韩道勋的藏书；书架子上有两只兽首焚香铜炉，有一些造型别致的或白或黑或褐或棕等色奇石充当书靠……

靠西墙还有一张坐榻，韩谦记得前夜姚惜水那小婊子跟他饮酒的地方，但此时坐榻上的那张小几，空空如也，却没有酒壶杯盏，没有一丝姚惜水出现过的痕迹。

是自己被父亲赶到秋湖山别院后时间过得太久，憋糊涂了？

姚惜水那小娘儿们压根儿就没有到山庄来过，一切都是自己臆想出来的，自己只是受风寒后做了几场怪梦？

不过，书案前的窗户还半掩着，有两三天没有清理，窗台上积了一层浮灰，留下几道凌乱的掌痕脚印，清晰可见。

姚惜水与另一个男人就是踏着窗台跳出去的，不是自己的臆想！

韩谦再糊涂，这时候也能确认姚惜水夜里过来给他下毒之事，不是做梦，而是真实发生过的。

只是，这叫韩谦更糊涂了。

韩谦再混账，还是有些自知之明的。

就算他平日喜到晚红楼狎妓为乐，对卖艺不卖身的姚惜水言语轻慢，百般挑逗，但他妈的短短地两三个月在晚红楼挥霍出去上百饼金子，却连姚惜水的胸都没有摸到。

姚惜水应该花心思钓住他这么一个挥霍无度的金主才是，怎么会来杀他？

难道藏有别的什么阴谋？

只是他曾任兵部侍郎的祖父韩文焕已经告老还乡，回宣州居住去了，他父亲韩道勋身为秘书少监，官居从四品，在满朝文武将臣里绝不算突出，他又是一个浪荡子，他父亲恨铁不成钢，才将他赶到别院来修身养性，手里无权无势，连范锡程这条只听他父亲命令的老狗都使唤不动，谁会费尽心机地毒杀他？

韩谦清了清嗓子，正打算将丑婢晴云喊来问个清楚，脑海里突然闪过一段记忆的碎片，更准确地应该说，是梦境中人翟辛平曾经读过的一段南楚史：

南楚武帝晚年为政昏聩，猜忌大臣，大臣韩道勋谏其勤勉政事，激怒武帝，被杖毙文英殿前，其子韩谦逃往祖籍宣州欲起兵，于途中被家兵执送有司，车裂于市……

车裂于市？

韩谦对车裂并不陌生。

前朝覆灭，楚国新创，定都于金陵才十二年，此时楚国境内并不太平，天佑帝治政严苛，严刑峻法，每年都有不少囚犯以车裂之刑被处死。

他父亲韩道勋调到朝中任职，韩谦也被接到金陵，跟父亲团聚，虽然才三四个月，也有机会亲眼目睹车裂处刑的场面。

以前数朝的车裂之刑，就是五马分尸，但楚国的车裂之刑要简单一些，就是用绳索分别套住死囚的腋下跟腰胯部，用两匹马拼命往两边拉，直到将死囚活生生地拉成两截，肚肠屎尿跟喷涌的鲜血流淌一地。

作为旁观者，韩谦觉得这样的场面十分刺激。

虽然被他父亲骂得狗血淋头，还觉得这样的场面很值得再去一看，但想到这样的事情有可能发生在自己的身上，韩谦这一刻则是不寒而栗、毛骨悚然，心脏都禁不住隐隐地抽搐。

这样的事情，怎么可能会发生在自己的头上？

前夜怎么会做这样的怪梦，真他妈的晦气？

韩谦想着将这些乱七八糟的念头摒弃掉，但前夜梦境却越发清晰地呈现在他的脑海里，仿佛梦境中人翟辛平的人生记忆，已经融入他的血脉之中难以抹除。

梦境中人翟辛平对南楚的这段历史谈不上熟悉，韩谦再努力去想，也只是一些零碎的记忆碎片。

前朝后期藩镇割据百年，于公元 900 年整时，最后一个皇帝被权臣所杀而彻底覆灭，当时的淮南节使度杨密同时在金陵称帝，定国号为"楚"，以"天佑"为年号。

天佑帝在位十七年，驾崩后，谥号太圣太武皇帝，后世称楚武帝……等等。

这段历史不就是在叙述天佑帝创立楚国的进程吗？

而此时才是天佑十二年，距离天佑帝驾崩的天佑十七年，还有五年？

前夜那光怪陆离的梦境，到底是鬼迷心窍，还是上苍对他的警示。

倘若这些事注定要发生，岂不是说天佑帝在五年之后就将驾崩，而他在这之前就会被"车裂于市"？

韩谦没心没肺地活了这么多年，他才不会管自己身后洪水滔天，但想到自己在五年之内就有可能会被"车裂于市"，还怎么叫他能平静下来？

只是，他又怎么证明梦境中人所记得的历史片段会是真的？

第三章

梦非荒唐

"七公子……"

将晚时分，丑婢晴云推门进来，看到少主韩谦还坐在窗前盯着书案上那枚巴掌大小的水玉看，这样子已经有小半天了吧？

她也不知道少主风寒初愈，昨日清早突然将书斋里那只当摆饰的水玉碗砸碎，捡了一枚巴掌大小的水玉碎片，昼夜在磨刀石上摆弄，到底是发哪门子神经。

这会儿晴云也不敢大声喊，探头看了一眼窗前的书案，就见那枚水玉碎片放在书案的宣纸之上，但尖锐的棱角已经被少主韩谦打磨掉，昼夜间磨成一枚圆形玉片。

韩谦转头看了晴云一眼，实在没有心情呵斥丑婢晴云这会儿又跑进来打扰自己，挥了挥手，让她出去，莫要留在书斋里碍眼。

照梦境中人翟辛平的经验，韩谦昨天将书斋里那只他父亲最为喜爱的水玉碗打碎掉——以梦里的说法应该叫水晶碗，将那块巴掌大小的碗底碎片捡起来，用了一天一夜的时间，磨制出一枚凸透镜来。

水玉碗的底部，原本就中间厚、边缘薄，已经有一些凸透镜的样子，兼之水玉通透晶莹如水，韩谦以极大的耐心，用一天一夜还多的工夫，将敲碎下来的水玉碗底的尖锐边角打磨掉，将之前显得粗糙的弧面，磨制得更精细。

今日午后，他成功地将一束阳光聚拢成蝼蚁大小的一点光斑，照到宣纸上。

韩谦眼睁睁地看着光斑落处的宣纸渐渐焦黄，最后蹿起一小簇火苗，将厚如葛麻的宣纸烧穿掉！

韩谦不知道当世有没有人知道水玉制镜有引火之用，但他自己在前夜梦境之前，是绝对不知道此事的。

前夜梦境并非荒诞虚妄！

韩谦午后就像一截枯树，一直坐在书案前不言不语也不动，反复去回想前夜那看似荒唐虚妄的梦境，想要从中找到更多有关楚国，特别是天佑十二年之后的历史片段。

然而梦境中人翟辛平虽然好读史书，但从前朝晚期藩镇割据以来，中原大地太过混乱，梦境中人翟辛平对那段历史的认识也是相当地模糊零碎。

从午后坐到暮色四合，韩谦也只知道后世史书评价天佑帝晚年治政昏聩，于天佑十七年，也就是公元917年病重而亡，之后由荒嬉残暴的太子杨元渥继位。

杨元渥身为太子时就沉迷于丹药，继位不到一年就丹毒暴发而亡，之后太皇太后徐氏与大臣立年仅十一岁的太孙杨烨继位，徐后垂帘听政，执掌楚国大权。

为剪除异己，徐后先鸩杀武帝第三子，当时刚刚成年的临江王杨元溥，随后派使臣欲夺武帝次子信王杨元演的兵权。

信王杨元演不甘束手就擒，率兵渡江，围金陵百日，迫使被困城中的上百万军民饿死，江南繁华之地的金陵几成死城。

信王久攻金陵不下，被迫解围而去，继而盗掠江淮诸州，战乱将好不容易得二三十年休养生息的江南繁华之地彻底摧残，十室九空。

而当时雄踞中原的梁晋诸国，也是战乱频生、相互攻伐，战乱持续数十年，之后被北方草原崛起的异族蒙兀人侵入……

除了"往祖地宣州起兵，于途中被家兵执送有司，车裂于市"等寥寥数语，韩谦从这些记忆碎片里，并没有找到更多关于自己在天佑十二年到十七年间的记录。

在后世的史书里，他只是一个无足轻重的小角色，还是因为他父亲韩道勋，才留下这么不经意的一笔。

韩谦没心没肺地活了十八年，他才不会去管他人的死活，更不会管他死后家国离乱、山河破碎，但他坐在窗前，一遍遍梳理梦境中人翟辛平有关这段历史的记忆，却能清晰地感受到，这一段段记忆碎片里蕴藏着深入骨髓的椎心之痛。

这应该是梦境中人翟辛平读史时的切实感受。

或许是沉浸于梦境中的感受太真实，就像是他在梦境世界里真实地活过一世，不自觉间，韩谦心境也难以避免地受这椎心之痛所感染，呆坐在窗前，一时间竟情难自禁……

操！操！操！

天佑十七年之前，自己为何会死得如此之惨，还没有搞清楚呢，竟然为离乱世道而心生酸楚，也真是够心宽的啊！

韩谦狠狠地手捧着脸搓动，将沮丧、酸楚的情绪排遣掉，心想要是自己这时返回宣州不再离开，是不是就改变了"逃往宣州途中被家兵捉送有司而受刑"的命运？

想到这里，韩谦几乎要跳起来收拾行囊跑路。

然而他双手撑在书案上，身子还没有站起来，他心里闪过一个念头，想到即便范锡程这些家兵不阻拦他，姚惜水这小婊子与姅头前夜毒杀他不成，还被他窥破行藏，怎么可能就此放过他？

韩谦手足冰冷地坐在那里，仿佛笼子里的困兽，所看到的四周都是要扎进他体内、吞噬他血肉的屠刀。

姚惜水这小婊子明明是晚红楼的花魁，不知道多少男人做梦都想将她剥光，扔到锦榻上爱怜蹂躏，他到底哪点碍着他们了，竟然费尽心机要来毒杀他？

韩谦的心再大，也知道这事没有那么简单，不可能因为他逃回宣州，就脱离险境！

韩谦苦思无策，忍不住丧气地想，要么就这么算了，只要他父亲韩道勋这时候不犯浑去上什么狗屁奏书劝谏天佑帝，只要他父亲韩道勋不被天佑帝杖杀文英殿前，他还有可能痛痛快快地活上两三年，哪怕最终的结局难改，大不了给自己准备一杯鸩酒，先喝下去死屎，也就不用受那车裂之刑了。

韩谦得过且过的混账劲上来，剧毒刚解，又熬坐了一天一夜，也确实疲惫到极点，他跑到里屋拉开薄被，躺下来就呼呼大睡过去。

范锡程、赵阔这些韩家的家兵，笑得比刽子手还要狰狞，狞笑着将被鲜血浸染得发黑的绳索套绑上来……

往大街两侧疾驰的马蹄，踩踏出来的蹄音有如催命的颤音，令心魂战栗……

渐收渐紧的绳索，身体就像一根弓弦被越拉越大，在某一瞬时猛然断开，肚肠屎尿往四面八方崩溅……

长街四周是无数兴奋的眼睛，丝毫不避飞溅来的鲜血屎尿……

韩谦猛然惊醒过来，窗外已经微微发白，想到梦中那恐怕的场景，心脏就微微地抽搐，盯着东墙壁挂的那张黑云弓出神。

黑云弓谈不上多么精致，弓身上雕刻有古扑拙然的云纹，有一种难以言喻的粗犷之美，持弓握处，刻有"黑云"二字铭文。

这张黑云弓是他父亲韩道勋在楚州防御使府任参军时剿匪所得，然后由他带回宣州练习箭术所用。

韩谦还记得他刚得到这张黑云弓时，还不满十二岁，当时就已经能将两石强弓拉满，但之后就荒废下来，六七年过去，身体比当时长高了有一头，但用上吃奶的力气，也只能将黑云弓拉开一半。

韩谦忍不住想，要是自己这几年在宣州没有荒废，还能坚持每日勤练骑射、拳脚，此时再不济，携黑云弓远遁，也不怕姚惜水这小婊子追杀过来！

自己这几年在宣州怎么就荒废下来了？

在即将降临的可怕命运面前，没心没肺的韩谦第一次反省起自己这些年来的荒唐！

韩谦这时候还记得他十二岁之前跟父亲韩道勋生活在楚州的情形，当时父亲在楚州防御使、受封信王的二皇子杨元演手下，还只是一个普通的州府参军，身边只有老家人韩老山及家兵范锡程伺候。

然而母亲染疫而亡，楚州又时常受梁兵侵袭，父亲韩道勋不得不将他送回祖籍宣州，托给二伯韩道昌膝前照顾。

他刚到宣州，二伯韩道昌就将身边的奴婢荆娘送给他，照顾他的起居。

荆娘丰腴艳丽，韩谦这时还记得他刚见到荆娘时那艳光四射的样子，他几乎都没有勇气抬头去看荆娘带有奇异光彩的漂亮眼睛，以至当夜他满心想着那双漂亮的眸子而转辗难眠。

清晨时，那具似温软暖玉的娇躯从后面抱过来。

哪怕是已经过六年，他还记得那一刻，他的心脏紧张得都要停止跳动，手脚更是吓得一动都不敢动，第一次也是被动地尝到那极致的快活……

从那之后，韩谦就沉迷于那具丰腴而叫人痴狂的肉体之中难以自拔。

三年后韩谦无意间看到荆娘衣裳散乱却满面风情地从堂兄韩钧的房里出来。

即便事情已经过去三年，他还记得自己当时心肺撕裂的痛楚，夺刀要斩堂兄韩钧，却被堂兄韩钧一脚踹翻在地。

之后，荆娘就到他堂兄韩钧的房里伺候。

虽然韩谦房里换了两个貌美如花的丫鬟，但再没有一个女人让韩谦有彻底沉溺其中的痴迷。

再之后，在家奴赵志引领下，韩谦开始流连于宣州城的大小妓寨娼馆，直到今年年初父亲韩道勋调到朝中任职，也将他接到金陵团聚。

韩谦这时候陡然一惊，这一刻才发现自己回宣州六年的时间，压根儿就没有一天正儿八经地起早去练习骑射、拳脚；即便每日午前照族中的规矩，都需要到书堂听族里的教书先生传授课业，但自己似乎没有一日不是昏昏欲睡……

第四章
危机四伏

韩谦惊坐在那里，额头的汗珠子潺潺而下，披在身上的薄裳，几乎顷刻间就让汗水浸湿！

前夜之前，韩谦还满心怨恨父亲韩道勋对他的管束。

将他赶到秋湖山别院来不说，还命令范锡程那条老杂狗盯住他的一举一动，生活起居由脸上有胎斑覆盖、瘦弱不堪的丑婢晴云照顾，整日关在书斋之中，半点不得自由，令他满心怀念在宣州无拘无束、仗势欺人的日子。

他被关在别院一个多月，心情暴躁无比，无时不想着离开、逃回宣州，但在这一刻，想到荆娘是二伯韩道昌从身边派给他的奴婢，想到赵志是二伯韩道昌从身边派给他的家奴，甚至三年前他撞破荆娘与堂兄韩钧苟且之事，也是狗奴才赵志看似无意的说破。

韩谦的手脚则是冰凉一片，倒吸几口凉气都没有办法压住内心的震惊。

梦境中人翟辛平，不仅短短一生就经历太多的尔虞我诈，平时所喜欢读的史书之中也是充满着种种匪夷所思的阴谋诡计。

也许是梦境太过真实，真实到就像是韩谦在梦境里度过另类的一生，真实到就像梦境中人翟辛平的人生记忆已经融入他的骨髓，令他也下意识地会用以往绝没有的角度去思考问题。

这令他第一次认真反省过去六年在宣州的日子，就惊吓得手脚冰冷。

二伯韩道昌待他绝没有想象中的温良无害。

年仅十二岁的他，自然未曾见识过人性的险恶，在此之前又哪里会想到他六年的荒废、此时的顽劣不改，实是他二伯韩道昌有意而为之？

……

……

韩谦怔坐了半天，天光大亮，此时隐约听到远处传来吆喝声，他知道这是住在山庄里的家兵清晨出来练习拳脚、骑射。

天佑帝依赖大将及豪族成事，奠定楚国的基业，楚国新创，四周强敌未灭，天佑帝轻易不敢改部兵制，甚至还不时将兵户拿出来作为奖赏赐给手下的有功将臣。

因此世家豪族拥有家兵，这在当世实为常态。

韩氏当然也不例外。

韩氏的家兵，除了少数留在宣州，听从他二伯韩道昌调遣外，更多的则追随在此时出任池州刺史的大伯韩道铭身边。

不过，他父亲韩道勋这些年出仕地方，个人也积功受赏二十兵户。

这些人都是近年陆续追随韩道勋的老卒。

他父亲韩道勋到京中任职，金陵城内所置的宅子狭小，安置不了太多人，才在城外购置了一座山庄，将大多数家兵及家眷老小都安顿到这边来……

家兵！

"往祖地宣州欲起兵，于途中被家兵执送有司，车裂于市……"

想到梦境里的这段话，韩谦额头的青筋禁不住暴跳起来，心想平日骂范锡程这些老杂狗，果真是一点都没有骂错。

这些家兵，此时吃他家的，用他家的，最后在韩家经历剧变，不说忠心耿耿地将他护送到宣州，竟然于途中将他执送到官府处刑，不是养不熟、乱咬主人的杂狗，又是什么？

韩谦这一刻，恨不得手执黑云弓，跑出去将山庄的家兵一一射杀。

韩谦气得心口难平，恨不得将书斋里的一切都砸碎掉，才稍解心头之恨。

过了许久，韩谦才渐渐冷静下来。

此时他家里还没有发生剧变，家兵还没有背叛他，不要说将这些最终不顶屁用的家兵都射杀了，他就算是想将这些家兵都赶出韩家，他父亲韩道勋也绝不可能同意。

他这时候能说什么，说未来四年内的一天，他父亲会被天佑帝杖杀文英殿前，他会在逃往宣州的途中，被这些家兵出卖？

甚至是不是所有的家兵，将来都会出卖他，他也搞不清楚啊！

想到这里，韩谦又禁不住细想起姚惜水登门毒杀他那夜所发生的诸多细节来。

那天夜里，丑婢晴云先是被他发脾气赶出去，入夜后，姚惜水就突然登门来，备好酒水在书斋里与他相饮，之后他中毒趴到书案上失去知觉，陷入那古怪梦境之中。

他醒来时，意识还有些模糊，但也听到关键的几句话。

姚惜水与那男的，费这些心机，并非单纯地要毒杀他，还是要制造他暴病而亡的假象？

姚惜水与那男的被听到动静赶过来的范锡程等人惊走，从之后范锡程的反应来看，他们似乎又完全不知道姚惜水登门造访一事？

在山庄，韩谦独居东院，又因为他父亲怕他沉迷男女之事，即便是丑婢晴云，夜里也禁止进入东院，所以只要不大声喧哗，范锡程他们确实有可能不知道姚惜水夜里登门。

然而，姚惜水怎么会知道这些，以至她敢从容不迫地走进书斋跟他饮酒，而不怕惊动山庄里的其他人？

山庄的家兵或奴婢中，有人跟姚惜水通风报信？

他父亲还是朝中大臣，还没有被天佑帝杖杀殿前，韩谦不相信所有的家兵都已经背叛了他家，但到底是谁胆大妄为，与姚惜水暗中勾结、通风报信？

韩谦吸了一口气，暗感此时忧虑以后的事情也无益，总要先将眼下的危机解除掉！

他的心思不知不觉间变得沉静、细腻起来，不复之前的急躁、莽撞……

……

......

入秋后，清晨有些微凉，韩谦披了一件薄裳推门而出，拿了黑云弓循着家兵操练传来的声音穿过西跨院。

院子西边，清出一片三四亩地大小的空场地，用石碾子碌轧过。

这里就是山庄家兵平时操训的练武场，场地边的兵器架摆放有枪棒戟槊长弓等兵器，还有几只练力的石锁。

练武场的南北侧还建有两座院落，与韩谦所住的东院，共同组成秋湖山别院。

东院最为精致，二三十间房子乃是主人房以及贴身奴婢所住，但到夜里，只有韩谦住在那里。

北院规模最大，有五六十间屋舍，是家兵及家小所住以及后厨、马厩等附属建筑所在，但都相当地简陋，皆是茅棚土墙。

依照楚律，这些家兵依附于他的父亲韩道勋，家兵的家人也并入韩氏家籍，充当奴婢。

南院只有五间倒座房，也是进山庄的门庭，挡住进出山庄的谷口，平时有家兵守着。

秋湖山别院虽然距离京城金陵仅三四十里，但这年头盗匪横行，金陵城附近也不安宁，山庄附近的田庄大宅，常遭劫匪洗掠，不小心提防，实在不行。

范锡程这时候正安排人修筑护墙，要将整座山庄都围起来，只是工程颇大，能用的人手又少，目前才在南院，沿练武场南侧边缘修出一道黄土墙，防备有大群盗匪从山谷外闯进来。

而这里虽然说是山庄，实际位于宝华山南麓的一座山谷里。

练武场的西边有一条溪河从山里流淌下来，竹树夹映，乱石堆垒，将山谷分成两块，东边是山庄别院，西边地势要更开阔些，开垦出三四百亩田地，那些田地以及山庄后面的山头，也都属于山庄，散乱地建有一些茅草屋棚，供依附山庄的佃户居住。

而小溪从南院土墙穿过去，地势颇急促地降下去，到两三里地外，则是一片烟波浩渺的大湖，远远眺望有十三四里纵横。

这座大湖是金陵城东南的赤山湖，汇聚从宝华山南麓出来的溪河，又有河道往西北引出，自金陵城的西南角汇入秋浦河，经水关进入金陵城，最终从北城水关流入扬子江……

韩谦站在练武场的边缘，视线越过黄土夯成的矮墙，能看到赤山湖中停泊不少舟船，还有几艘彩漆涂装的画舫甚是惹眼，心想姚惜水乃是晚红楼的花魁，会不会就藏身那几艘画舫之中并没有离开，等着再找机会对他下手？

第五章

家 兵

练武场的溪岸边榆柳夹生，系有几匹健马。

韩谦径直朝那几匹马走去。

或许是这些天来第一次看到少主韩谦持弓走到练武场，正在场上活动拳脚的那些家兵及家兵子弟，都停了下来，诧异地往坐在场边条凳上晒日头的范锡程看去。

范锡程不知道少主韩谦想干什么，探头往东院那边张望，似乎想将丑婢晴云喊过来，问她少主今天是不是吃错了什么药。

韩谦不知道这些家兵里，到底都有谁跟姚惜水暗中勾结，当下只能暗暗提醒自己沉住气，不动声色地朝一匹紫色鬃毛、看上去颇精神的马匹走去，将黑云弓插到弓囊里，解开缰绳就要骑到马背上去。

韩谦十二岁就能开二石强弓，荒废六年后，他也不觉得此时幡然悔悟，还有机会成为当世的无敌勇将，但将来在韩家发生剧变时，他不能指望家兵会忠心保护他，这时候就必须苦练骑射，以便将来能独自逃命。

"少主风寒初愈、身子虚弱，要是骑马摔到哪里，老奴可担不起这个责任；再者，老爷要少主耐下性子在宅子里读书，此刻也不是游山玩水的时刻。"

范锡程跟过来，伸出青筋毕露的手腕，牵住缰绳，眼神凌厉地盯着韩谦，示意他下马来。

范锡程原本是楚州军中的兵卒，妻女在战事中离散，之后就追随在韩道勋身边，此时受韩道勋的命令留在山庄里，看管韩谦苦读书卷，可以说眼下是秋湖山庄的第一负责人。

范锡程之前是韩谦眼里的"范老狗""钉子"，就闹过很多的不愉快。

韩谦想到日后会被这些家兵出卖，心头就来气，下意识地拿起马鞭，就要朝范锡程的脸上抽去，但心头闪过一念，这样真能解决问题吗？梦境中人翟辛平要是处于当此，他会怎么做？

韩谦强压住心头的怒气，眼睛盯住范锡程，暗想不管以后范锡程可不可靠，他此时跟自己过不去，还是在执行他父亲韩道勋的"命令"；而前夜也是范锡程带着人过来将姚惜水惊走，范锡程是内应的可能性不大。

而自己此时真要像以往那般大发雷霆、大吵大闹，只会叫范锡程当成一条死狗，直接拽下马，扔到东院禁闭起来，并不能解决他眼下遇到的问题。

这么想着，韩谦尽可能放缓自己的语气，盯住范锡程的眼睛，问道：

"我风寒初愈，身子虚弱，想骑这匹马沿山庄走一走，恢复些气力，这也不成？"

少主韩谦的话，叫范锡程微微一怔，他是要管住少主韩谦，不让他有机会胡作非为，但韩谦此时的说辞，也叫他没有办法直接将韩谦揪下马关回东院去。

范锡程愣怔片晌，才朝场下两个年轻的家兵喊道："武成、大黑，你们过来小心照应少主，莫要出什么差池！"

范锡程与妻女离散后，没有再续娶，收养了两名孤儿在身边，此时也都是韩道勋身边的家兵，住到山庄来。

范武成人长得高俊，身姿挺拔，即便是在山庄里，也身穿革甲，腰配长刀，更显得英武勃发，走到韩谦跟前，眉宇透露出一股傲气，都不正眼看韩谦一眼，又或者说是故意避开跟韩谦的眼神。

韩谦高是高了，但这几年荒废，被酒色掏空身子，六尺身量，才一百一十斤的体重，瘦骨嶙峋，瘦得跟竹竿似的，风吹来就要倒。

韩谦此时即便骑在马背上，在身姿英武的范武成跟前，都难免有些自惭形秽了。

韩谦看范武成的神色，他心里也清楚，要不是父亲韩道勋及范锡程的缘故，此人大概绝不愿意替自己牵马执辔吧。

将来要是发生变故，要说谁会出卖他，韩谦第一个想到的就是范武成。

这么想，韩谦对范武成更是厌恶，恨不得现在就拿马鞭子去抽他，但转念又想，自己被父亲接到金陵城后，不时到晚红楼挥霍，好多次范武成陪着，要说家兵里谁有问题，范武成无疑是最有机会被姚惜水或晚红楼的其他人收买！

韩谦眼睛盯住范武成，但想到梦境中人翟辛平身处此境，绝不会如此心浮气躁，视线硬生生地从范武成脸上移开，暗感范武成真要是内应，他说什么话试探，不是刺激范武成狗急跳墙吗？

要沉住气！

一定要沉住气！

韩谦在心里一遍遍告诫自己，范武成这狗奴才要真有问题，迟早会露出马脚来。

范大黑皮肤黢黑，体形更为壮硕，粗布衣裳下肌肉偾起，蕴藏着惊人的爆发力。范大黑虽然对自己这个少主人也颇为不满，眼睛里也不知道掩饰，眉眼间却没有范武成太着痕迹的那种傲气跟轻视，走过来接住缰绳，瓮声说道：

"少主，你别看阿紫瘦了一些，但性子很野，动不动就咬别的马，力气也大，你骑它可不能拿鞭子瞎抽。少主您要是被掀下马背，摔着磕着，我们可担当不起……要不，少主你换匹马骑——那匹奶鱼性子就很温顺。"

韩谦看到范大黑要他骑旁边那匹看上去更温顺的栗色马，不耐烦地跟他说道：

"你替我牵住马，我就骑阿紫围着山庄小跑两圈，不碍事。"

范大黑却也不觉得替少主韩谦牵马有什么丢脸的，甚至还想看到少主韩谦从马背上摔下来看个乐子，牵着马就沿场地边小跑起来。

范武成则是闷声不吭地跟在后面。

到宣州这六年，平日都是马车接送，韩谦都不记得自己骑过几回马，更不要说练习射箭了。

韩谦这时候跨上马，围着二三十亩大小的山庄小跑了几圈，就气喘吁吁，大腿内侧也磨得生疼，心里直叫苦，但想到要纵马小跑这点路都觉得辛苦，日后生变，不能指望那些狼心狗肺的家兵，他要怎么跑路？

韩谦咬牙坚持下去，渐渐也就没觉得有多么辛苦。

范武成中途就找借口离开了；范大黑却是不急不躁地牵住马，防备脾气急躁的紫鬃马会暴走，将少主韩谦掀翻在地。

刚刚入秋，到中午时，山里还是有些炎热，韩谦身上的衣裳湿过好几回。

婢女晴云跑过来，看到韩谦还腰椎挺直地坐在马背上，颇为意外：

"公子以往骑一会儿马，都要大叫骨头架子要被颠散了，今天怎么这么好的兴致？"

晴云原本是韩道勋在战乱中收养的孤女，才十四五岁，人长得瘦小，五官细看还颇为精致，但有一块半巴掌大小的暗红色胎印，遮住鼻梁及大半边左脸颊，看着像是狰狞的半张鬼脸面具遮住脸上，特别地刺眼。

韩谦到金陵后，身边连个漂亮的暖床丫鬟都没有，对相貌丑陋的婢女晴云更是厌恶，平时稍有不顺，逮住就骂。

晴云的性子却是天真烂漫，挨了斥骂，也过半天就忘。

晴云走过来，从范大黑手里接过缰绳，不让紫鬃马乱动，她伸出手臂要来扶韩谦下马。

韩谦不喜欢晴云，嫌她多事，待要用马鞭将晴云伸过来的手打开，但马鞭抬起来的一瞬，却又硬生生地收回马鞭，借晴云的帮助，跳下马来。

见范大黑伸着懒腰，如释重负地就等着牵马回北院用餐去，韩谦跟他说道："这紫鬃马叫范武成牵回去好生喂养，中午不可以多食，我下午还要用，夜里则可以多添几斤豆料；你以后就随我在东院用餐……"

范大黑微微一怔，有些无所适从。

"晴云，你去找范武成到东院来，将紫鬃马牵走。"韩谦也没有多想，下意识地不想给范大黑找范锡程请示的机会，直接让范大黑牵着紫鬃马先跟他回东院；让晴云找范武成到东院来将马牵走。

范大黑没有那么多的机变，只能硬着头皮跟韩谦先去东院，将紫鬃马系在西跨院的一株桃树下。

第六章

山 居

东院除了正院外，还有东西两座紧靠着正院的跨院，中午的饭菜都已经在西跨院的饭厅里准备好。

一碟青菜、一碟切成片的腊肉、一大碗山蘑炖鸡、一碗红烧草鱼块，一只盛下小半桶白米饭的小木桶，摆在临窗的八仙桌上，谈不上山珍海味，却是普通人家无法享受的丰肴。

这两三天，韩谦还没有好好吃上一顿，又骑了半天的马，这时候饥肠辘辘，坐下来就觉得香气扑鼻、食欲大振，但又担心姚惜水这小婊子不甘心失手，通过内应在这些饭菜里动什么手脚，他的眼睛盯着一桌美食，不敢轻举妄动。

看到范大黑笨手笨脚地盛好一碗饭递过来，韩谦伸手接过来，拿筷子夹了几片肉脂透明的腊肉、几块红烧鱼、几块炖鸡以及两棵青菜压到饭碗里，然后将饭碗搁到一旁，指着桌上剩下来的其他饭菜，跟范大黑说道："我还不是太饿，这些留给我足够了；剩下的你都先吃了吧！"

范大黑很是无所适从，但他的性子也是粗糙，抵不过眼前美食的诱惑，瓮声说道："待会儿我爹要是问起来，大黑可要说是少主强迫我吃下这些的！"

"你下午还要伺候我骑马，吃这一顿饭还怕你爹打断你的狗腿不成？"韩谦不耐烦地催促道。

这时候，韩谦瞥眼看到窗外，范武成正跟着晴云走进西跨院，黑着脸将紫鬃马从桃树上解下来，似满脸的不爽快。

韩谦眉头微皱，心想这厮即便没有跟姚惜水勾结，以后也要找机会收拾。

范大黑很快将小半木桶米饭连菜都灌入肚中，除了一脸的满足外没有其他异常，韩谦才将预留下来的那碗饭菜很快地吃完。

这时候范锡程黑着脸，跟着晴云走进来，见范大黑竟然还坐在韩谦的对面，瞪眼就训道："不知好歹的憨货，半点规矩都不懂——快去北院收拾马厩去！"

范大黑却是畏惧养父范锡程，挨了一顿训，没等韩谦说话，就灰溜溜抬腿跑回北院去了；晴云也是吐吐舌头，收拾碗碟出去了。

韩谦也没有吭声，而是返回书斋，下午再到练武场，没有看到范大黑，却见是山庄里的另一个家兵赵阔，牵着紫鬃马走过来，说道："大黑叫范爷遣出去办事去了，着我来伺候少主骑马！"

韩谦气得额头青筋都微微跳动起来。

他中午用餐时，明明跟范大黑说得清楚，下午还要他伺候骑马，范锡程这老匹夫竟然故意将他遣出去办事！

范锡程这老匹夫，是要彰显他才是这山庄里的话事人？

韩谦阴沉着脸，翻身跨上紫鬃马，小跑着围山庄兜起圈来；赵阔瞥了韩谦一眼，见少主竟然没有大发雷霆，也是微微一怔。

韩谦被送到山庄禁足有一个多月了，好吃好喝伺候着，没有酒色来掏空身体，气色多少恢复了一些。

他上午时骑马感到体力不足，还是中毒以及好几天没有好好吃饭留下来的后遗症，这时候再跨上马背，感觉就又轻松了许多。

这时候韩谦不再满足于围着山庄兜圈，而是策马下了小溪，跑到溪对岸，绕田庄促马小跑起来。

山庄外围的泥埂小路太过狭窄，紫鬃马颇为神骏，却也跑不起来。

溪西岸的庄田有三百多亩，一圈跑下来有四五里地。

榆柳之间的土路相对宽敞，又没有土墙屋舍的遮挡，紫鬃马可以稍稍撒开蹄子欢跑起来——要不是怕范锡程跳出来管束他，韩谦更想纵马到下面的湖滩地上兜一圈。

围着庄田小跑三四圈下来，韩谦就大汗淋漓，停到溪边歇息，或许是心态骤然间逆转过来，也不觉得辛苦，反而有一种酣畅淋漓之感。

范锡程多半得到谁的通禀，这时候赶到山溪边，看到韩谦并没有什么犯浑的地方，也就站在对岸没有说什么，夕阳落在他黑瘦的脸上，看着就像蒙上一层榆树皮，也不知道他心里在想什么。

"少主，您可悠着，您要是摔到哪里，老赵可没有办法跟家主交代啊！"赵阔大汗淋漓地跑过来，韩谦骑紫鬃马拉出速度来，他可就没有办法跟上去。

韩谦没理会平时就不怎么起眼的家兵赵阔，压抑内心的不满，心平气和地对溪东岸的范锡程说道：

"范大黑脚力好，以后还是他来伺候我骑马；早晚也都在东院跟我一起用餐。范爷，你吩咐后厨，照范大黑的食量准备东院的饭菜，不要让人觉得我会亏待了贴己人……"

"……"范锡程没有说好，也没有说不好，只是叮嘱那个大汗淋漓的老瘦家兵，说道，"赵阔，不要让紫鬃马再撒开蹄子乱跑，摔着少主，你我只有拿性命去谢家主的恩情。"

老杂狗真是茅厕里的石头又臭又硬！

韩谦心里恨恨地骂道，又翻身跨到马背上，但这次赵阔死死拽住缰绳，叫韩谦喝骂着抽了两鞭子也不松手。

赵阔四十来岁，看上去身形瘦小，发黄的脸上满是风霜之色，像是风化千年的岩石皮子。

他那拽住缰绳的手臂，瘦得跟枯树杈似的，却能像铸铁焊住一般，将力气极大的紫鬃马死死挽住，令紫鬃马纹丝难动。

以往遇到下面没有一个奴婢听他的话，韩谦就忍不住会火冒三丈、气急攻心，但这一刻却是微微一惊，没想到平时极不起眼的赵阔，手臂竟有这么大的气力！

看赵阔被他抽了两鞭子，畏畏缩缩地不敢反抗，只是抓住缰绳不松，韩谦想到赵阔平时就是这般尿样，也没有少受其他家兵的欺负，嫌疑应该不大。

要不然的话，姚惜水及她身后的人，在他身上下的功夫就太深了。

赵阔不松手，韩谦提不起速度撒蹄小跑，也就失去锻炼的意义，便叫他牵着马往地势颇险陡的后山里走去——后山也属于山庄——也随便看看左右的景致山势。

宝华山位于金陵与润州之间，又由于金陵旧名升州，宝华山又名升润山，在扬子江南岸呈链状铺开两百余里。

相比宝华山，会聚宝华山南麓溪河，与山庄相距才三四里的赤山湖纵然有十三四里宽，但也显得毫不起眼。

太阳落山，暮色仿佛一丝淡紫色的轻纱笼罩过来，远处的山林显得危机四伏。

韩谦这时候也不敢在外面乱逛，便骑着马，由赵阔牵着往山下走去。

距离下面的庄子还有一段距离，一老一少两个猎户窸窸窣窣地从山林里钻出来。

这两人穿着粗麻衣裳，腰间扎着草绳，插着一把镰刀，穿着露出脚趾的麻鞋，两人还各背一张猎弓跟一只竹篓，用竹节做的箭袋颇为简陋，看着眼熟，应该是附近的佃户。

两个低贱佃户，竟然敢跑进他家后山偷猎野物，换作以往，韩谦早就挥马鞭子抽过去；这一刻，韩谦却沉吟地坐在马背上，看着这两人身后背的竹篓里装满锦鸡等猎物，还有血从竹篓底渗漏下来。

赵阔回头瞥了韩谦一眼，见韩谦脸色阴阴的，不知道少主心里在想什么，便尽他身为家兵的本分，转过头沉声喝问那两个老少猎户："赵老倌，你父子二人今天进山的收获不少啊！"

这两人大概没有想到会在这里撞到韩谦、赵阔，吓了一大跳。

愣怔片晌，年长者先反应过来，拉着少年就跪在地上，将背后的竹篓卸下来，声音有些发抖地说道："我们刚要将这些猎物送到山庄里去，没想到在这里遇见少主跟赵爷！"

少年眼里有桀骜之色，挣扎着要站起来，被年长者死死摁住，趴在泥地上。

"你父子二人的胆子不小啊，范爷说了多少次，严禁你们上山偷猎，你们都当耳边风，难道你们现在都不知道这座山头是韩家的？要不是赶巧叫我跟少主撞见，你们真会将猎物送到山庄去？"

赵阔回头见韩谦还是不动声色，想必少主不打算轻易放走这父子二人，便握住腰间的佩刀，恶狠狠地盯着眼前的父子二人。

"这次非将你们揪到县里治罪不可!"

偷猎同盗,送到县衙治罪,少不了挨几棍子;而且不找人送钱打点求情,几棍子挨下来,不残也要掉几层皮。

听赵阔如此说,年长者的脸色顿时苍白起来,趴在地上磕头求饶,一不注意将身后两只竹篓子打翻,里面被射杀的猎物都滚落下来,除了几只锦鸡外,竟然还有只被一箭射穿腹部的苍鹰。

山里的猎户有本事拿猎弓射杀几只锦鸡很是寻常,但能射苍穹翱翔的苍鹰,箭术就已经可以说是相当惊人了。

韩谦这几年荒废下来,但这些简单的道理还是懂的,没想到山野之间,竟然有箭术如此厉害之人。

韩谦今天一直告诫自己,诸事要沉住气,但也不会为这两个不相干的猎户说什么话,看着赵阔处置就行了,这一刻心头却闪过一念。

此时韩谦再看那少年,即便被他父亲强拽着跪在地上,紧绷起来的背脊,犹给人一种像野兽要扑蹿上来噬人的感觉,更不要说那藏在眼瞳里的桀骜神色,真是令人印象深刻。

韩谦情不自禁地想,要是梦境中人翟辛平在此,会怎么利用眼前这箭术高超、野性未驯的少年?

第七章
赠 弓

"他们都是田庄的佃户吧？"韩谦开口问道。

"啊？"赵阔微微一怔，回道，"赵老倌是田庄的佃户，就是他家的小王八崽子，逮住几次都屡教不改，范爷说过，再看到他们进山偷猎，就送到县衙收拾他们。"

韩谦打量了那个神情倔强的少年一眼，问道："你叫什么名字？"

少年梗着脑袋没有理睬韩谦。

"禀少主，我家小崽子贱名叫赵无忌！"年长的猎户不停地磕头求饶，"我们绝不会再犯了，求少主给我们一条活路！"

"赵阔，我问你一句话，在你们眼里，是不是庄子里的事情，都是范爷说的算，我说话一点都算不了数喽？"韩谦转回身，盯着赵阔的眼睛问道。

"……"赵阔微微一怔，好一会儿才结结巴巴地说道，"少主，你说什么话，范爷他也是怕惊扰到少主您读书，有负家主所托；再则，庄子里的事情都是跟这些奸滑贱民打交道，范爷也是怕少主你缺少经验，受这些贱民的蒙骗……"

"好了，不用多说了，只要我说的话还能当回事就行。"韩谦截住赵阔的话头，说道，"既然赵老倌父子是田庄的佃户，那除了山禁之期，他们以后从后山所猎、所取之物，照田租比例缴纳相应的部分给山庄就可以了。送什么县衙？山庄里的事情，非要搞得所有人都知道我韩家御下无能才好？"

没想到平时脾气乖戾的少主，这时候不仅不追究赵老倌父子进山偷猎之事，还要对田庄的佃户放开山禁，赵阔眯起眼睛，打量少主韩谦一眼，没有吭声。

"你能射下苍鹰，说明箭术不错，但没有一张好弓，也太可惜了，这张黑云弓放我手里没用，今日送给你。"韩谦不管赵阔心里会怎么想，将黑云弓从弓囊里取出来，递给少年。

少年是擅射之人，自然能看到黑云弓的不凡之处，但少年即便再不谙世事，也觉得韩谦突然赠送良弓太突兀了，怔怔地看着韩谦手里的黑云弓，犹豫着没有伸手去接。

"这怎么使得，这怎么使得？"赵老倌惶然说道。

"秋湖山别院是属于韩家的，除了我父亲，我在这里说话算数，但保不定山庄里有些不听话的奴才会上门找你们的麻烦，这把弓就是信物！"韩谦说道，不由分说地将黑云弓塞到少年的手中。

"多谢少主。"赵老倌见推不过，这才带着少年朝韩谦连连磕头道谢。

韩谦哈哈一笑，说道："我这次也要不客气，挑几件猎物拿回山庄啦？"

"少主，您挑。"赵老倌跪在地上说道。

"站起来说话，不要动不动就跪着，说话累不累？"韩谦走过去，将赵老倌从泥地里挽起来，又从地上捡了两只被射断翅膀还在扑腾的锦鸡，说道，"好了，这两只野鸡便当是我收了山租子，其他的你们都拿回去吧。你们以后在山里猎到什么好东西，记得缴一半到山庄——你们回去跟其他佃户也如此说，这是我韩谦定下的规矩。"

看到猎户父子背着猎物离开，韩谦将两只锦鸡扔给赵阔，说道："我刚才抽你两鞭子，这两只野鸡你拿回去，算是你下午陪我骑马的赏钱。"

看赵阔闷声将两只锦鸡接过去，牵着马在前面走，韩谦心里暗想，换作梦境中人翟辛平身处此境，应该也会这么做吧？

……

……

回到东院，天色已经黑了下来。

韩谦洗过手脸，换了一身干爽的衣裳，走到西跨院的饭厅，饭菜还是照中午的样式准备，都是山庄里自备的食材，谈不上花样多变，但绝对新鲜，只是饭菜的量都减少许多。

很显然范锡程压根儿就没有将他的话当一回事，没有要让范大黑过来陪着他用餐的意思。

姚惜水在酒里下毒，想制造他暴病而亡的假象，说起来姚惜水与她幕后的人，并不希望他的死惊动太大，要不然那天夜里，直接给他一刀，绝对死得比谁都要痛快。

韩谦不知道毒酒最终怎么没能毒死他，他此时或者不用担心姚惜水或者其他刺客直接杀进来，但还是要防备他们再次下毒。

现在范大黑不过来，谁来帮他试这饭菜里有没有毒？

他这时候也没有借口叫晴云坐下来，先将每道饭菜都尝上一遍！

他心头大骂范锡程老杂狗，黑着脸，眼睛盯住晴云以及帮忙端菜过来的厨娘，强抑住心头的恼怒，才没有直接将桌子掀翻。

沉住气，一定要沉住气。

掀翻饭菜不吃，只是权宜之计，并不能改变自己的处境，韩谦暗想，换作梦境中人翟辛平身处此境，他会怎么做？

晴云与厨娘站在一旁，大气都不敢喘一口，生怕少主端起桌上的碗碟朝她们身上砸过来，过了半晌，却见少主长吐一口气，说道：

"既然我没有办法将人请过来，那我就自己过去。"

韩谦径直往北院走去。

北院错错落落地建了四五十间屋子，都相当简陋，土墙、茅草顶，风雨稍大些，屋子里就漏个不停。

北院是家兵携家小居住，同时也是后厨、马厩、仓储用地，条件有限，自然远不能跟韩谦跟韩道勋居住的东院相比。

这时候正是用餐的时间，韩谦听着喧闹的声音穿过狭小的夹道，走进一处狭小的院子。

一株老石榴树正枝繁叶茂，看炊烟从北面的屋顶袅袅升起，这里应该就是后厨所在。

西厢是三间房连在一起，摆放有七八张方桌，围坐着五六十人正等开席，应该就是家兵跟仆佣用餐的饭厅了。

北院的饭厅，七八张方桌都摆在一间房里，也是分三六九等。

范锡程独坐一席，临窗，能看到屋外的溪河，桌上摆放的饭菜也是一碗鱼、一碗鸡、一碟腊肉、一碟青菜。

接下来是十六名家兵分坐两桌，每桌却是八人分食一大碗鱼、一大碗炖鸡，没有腊肉，青菜却装了一大桶管够，漂着不多的几星油花。

剩下的都是充当奴婢的家兵家小，围坐四张大桌子，桌上只有青菜以及黑乎乎的腌菜，也没有白米饭，而是黄乎乎的小米饭或者黍米饭。

韩谦到山庄住了有一个多月了，还是第一次走进下人用餐的地方，没想到家兵的吃食如此简陋，而充当奴婢的家兵子弟及家小面前，菜饭比狗食都不如。

众人没有想到韩谦突然闯进来，热闹喧哗的气氛，顿时就像是一摊水迹被海绵吸尽，一下子变得静寂无声。

墙角里趴着一条大黑狗，惊觉到异常，抬起头看到陌生人闯进来，龇牙大吠了两声，夹起尾巴，弓着背就要扑上来，被坐在旁边的一名家兵抬脚猛踢了一下，趴回墙角呜咽着不敢再张牙舞爪。

韩谦这时候看到他单独赏给赵阔的那两只锦鸡，正悬挂在房梁上，很显然赵阔早就将刚才遇见猎户进山偷猎的事情都说给范锡程知道了，并没有敢独占这两只锦鸡。

"少主，山里的佃户多奸滑狡诈，要是开了放他们进山的口，后山不知道会被他们糟践成什么样子。"见韩谦眼睛盯着房梁上挂着的两只锦鸡，范锡程慢悠悠地站起来说道，"既然少主都开了口，山庄也就不将赵老倌父子揪到县衙去治罪了，老奴吃过饭，再让人将其他猎物讨回来。山禁绝不能轻开，这个要请示家主——另外，黑云弓乃是家主送给少主寄望少主能勤练骑射的，怎么可以随便送给佃户之子？"

韩谦看了范锡程一眼，寸步不让地质问道："赵无忌年纪不大，却能射下苍鹰，箭术料来不错。这样的人，我还想着过两天收到身边伺候，你派人去强抢猎物、收回黑云弓，算是怎么回事？"

"……"范锡程微微一怔，没想到平日里没心没肺的少主韩谦，竟然存有这样的心思。

当然范锡程也不认可韩谦的话，这会儿却不想当着这么多人的面跟他争辩。

　　韩谦见范锡程不吭声，显然是不赞同他，转头看到其他家兵，要么咧嘴一脸的不屑，要么低头或转头看向别处——范大黑也低头缩在角落里不看这边；唯有范武成听了他的话，眼睛满是迟疑。

　　"你这把佩刀不错，拿给我看看。"韩谦跟眼前坐着的一名家兵说道。

　　这名家兵一愣，看了范锡程一眼，接着才将佩刀解下来，将刀递给韩谦后身子就缩到后面，好似怕脾气乖戾的韩谦会突然拔出刀朝他捅过来。

　　诸多家兵或低头盯着桌上的碗筷，或双手抱在胸前斜看过来，眼里流露出戏谑之色，在他们看来，韩谦手里就算有刀，也对范锡程做不了什么；范武成的眼睛里倒是流露凌厉的精光，或是希望他鲁莽出手吧。

　　韩谦拔出刀。

　　这是步战马战皆可用的斩马刀，刀身狭直，简捷而狭直的刀口，予人凌厉之感，用精铁锻打而成，刀身留下细密的锻打纹路，很是好看。

　　韩谦见范锡程暗暗戒备，握刀就朝那条蜷在墙角的大黑狗捅过去。

　　大黑狗显然没有想到自己吠叫两声会惹来杀身之祸，看到刀捅过来，猛然蹿跳起来，却还是慢了半拍，被刀直接从腹部捅穿过去，身子弓过来，挣扎着要去咬韩谦的手腕，被韩谦连着刀扔了出去，掉在墙角的泥地里挣扎呜咽，血汩汩流出来，很快就洇了一摊。

　　"家里养的老狗，竟然敢对主人龇牙狂吠，真是死有余辜！"韩谦拿手巾擦去溅到手腕上的血迹，跟赵阔说道，"你去将这条老狗剥皮剁块，炖一锅狗肉给大家解馋……"

　　大家都傻在那里，少主韩谦脾气暴躁地拿刀去砍范老爷子，他们一点儿都不会意外，还等着少主被范老爷子出手教训，却怎么都没有想到韩谦会这么做。

　　范锡程则是气得浑身发抖，以往他被韩谦指着鼻子骂老匹夫、老杂狗，都没有气得这么厉害。

赵阔身子站起来，眼珠子在韩谦、范锡程两人身上打转，似乎拿不定主意。

韩谦径直走到范大黑的身边，在家兵用餐的饭桌前坐下来，拿起饭筷就将米饭扒拉到嘴里，夹菜大口吃起来，待半碗米饭连同一堆鸡鱼青菜装进肚子里，看到别人都还或站或坐没有动弹，才挥着手里的筷子，招呼道：

"我一个人在东院用餐太没有意思，我以后就在这里跟大家一起吃大锅灶，不用为我单独准备饭菜了——你们都站在那里不动筷子，是不是要等赵阔将那条老杂狗炖熟了吃狗肉？"

范锡程两手挽起袖管，露出的胳膊上青筋都在微微跳动着；他不吭声，其他人也都讪着脸不应和韩谦。

韩谦继续将饭菜往嘴里扒拉，一边大口嚼着饭菜，一边慢条斯理地跟范锡程说道：

"范爷您刚才说得也在理，要是不加约束，就让佃户们随意进后山野猎砍柴，定然会被糟蹋得不成样子，但是我的话也都已经说出去了，范爷这时候真要派人从赵老倌那里将猎物抢回来，那在这些佃户眼里，怕是要搞不清楚这田庄到底是韩家的，还是范家的了。这样的话，怕也不是很好吧？又或者说，范爷你真有别的想法不成？"

"少主多虑，老奴怎敢有别的想法？"范锡程咬着牙说道。

"那就好。我也知道范爷对我父亲、对我韩家是忠心耿耿的，管着我，是不想让我闯祸，我不会连这个好歹都不知道。"韩谦将碗里的饭菜扒拉完，也不看其他人，放下碗筷就回东院去了。

看着韩谦扬长而去，范锡程气得浑身发抖，好半晌才坐回窗前的饭桌。

范武成霍然站起来，解下腰间的佩刀，"哐当"一声扔到桌上，不忿地说道："即便是家主，待爹爹也是礼遇有加，从来都没有恶言相向的时候——少主这也欺人太甚了，难不成我们在少主眼里，真就跟这条狗一样，看着不耐烦，就一刀捅死？"

"吃饭！"

范锡程瞪了范武成一眼，喝止他继续胡说八道下去，但他拿起筷子，看着自己独占一席的四样菜，想到韩谦刚才所说以后早晚都要跟家兵同席的话，他也没有办法咽下这些饭菜，真是灌了一肚子的气，"啪"的一声将筷子摔桌子上，说道，

"不吃了，你们将这些都拿去分了！"

"爹爹，那大黑狗怎么办，是不是现在就剁块炖了吃掉？"范大黑傻乎乎地问道。

"……吃吃吃，你就知道吃，是不是将我这把老骨头剁下来炖，你才吃得开心？"范锡程脑门上的青筋都要跳出来，劈头就训了范大黑一通，"到后山沟找块地方埋了！"

第八章
杀 人

“晴云，大前夜你在东院听到什么动静，才去喊的范爷？”

回到书斋，韩谦拿起一本唐代文人苏鹗所著《杜阳杂编》没有急着翻开，看到晴云站在屋外，显然是受禁令所限，入夜后不敢随意踏入书斋，他便隔着门庭问道。

“大前夜奴婢也不知怎的，天刚黑就犯困，早早就睡下了，山头炸了几声雷，才惊醒过来，担心这边窗户敞开着会进雨水，跑过来却听到公子在书斋里说着话，我怕公子被范爷关书斋太久，给憋坏了说胡话，才跑去北院喊范爷过来，也没有看出什么异常，没想到公子得了风寒，想必是睡梦中说什么胡话吧？”晴云隔着门扉说道。

韩谦点点头，示意晴云可以去休息了，他在书斋里找出几枚铜钱，揳到门窗的缝隙里死死顶住。

书斋及卧房的窗户都正对着东面的山脊，书斋里烛火通明，韩谦则走到没有点烛的卧房里，站在窗前，盯着对面的山脊，看夜里会不会有人从那里探出头打量这边。

山间空气清透，圆月如银盘悬挂在山脊之上那深铅色的苍穹深处，清亮的月光洒落下来，山脊上树影摇曳，偶尔传来一阵夜枭的鸣叫，就再无别的动静。

范武成，又或者是其他什么人暗中跟姚惜水勾结，今天叫他在北院这么一闹，或许这两天就能见分晓了。

当然，韩谦此刻更想知道他到底卷入了怎样的阴谋之中，又或者说，姚惜水及晚红楼幕后藏着怎样的秘密。

当世战乱频发，中原地区十室九空，流贼侵掠地方，缺少粮草，甚至不惜用盐腌制死尸充当军粮，惨绝人寰，但金陵城里却歌舞升平了好几十年，没有经历战乱的洗掠，依旧一派奢靡气息。

金陵城里大大小小的妓寨娼馆，有成百上千家，韩谦在宣州就听说晚红楼的盛名，以致被他父亲接到金陵后才三四个月，就成为晚红楼的常客。

只是，之前的韩谦满心念着晚红楼里那些千娇百媚的漂亮女子，但此时细想起来，晚红楼与寻常妓寨相比，却透露着诸多神秘之处。

甚至就连对宫禁秘事都传得绘声绘色的冯翊等人，也摸不透晚红楼的底细，不知道背后掌控晚红楼的主子到底是哪方神秘人士。

这本身就足以说明晚红楼绝不简单。

韩谦没有睡意，也无心去读外面书斋里的藏书，便站在窗前，一边照着记忆，摆开拳架子，尝试着重新去练六十四式石公拳，又一边思索大前夜梦境留存下来的记忆碎片。

六十四式石公拳还是韩谦他父亲韩道勋在楚州任参军时，一位云游楚州、与父亲交好的老道传授的。

这路拳架，韩谦从六岁练到十二岁，虽然之后荒废了六年，但此时犹记一招一式，只是这时候摆开拳架子生涩无比，一趟拳勉强打下来，已经是大汗淋漓。

韩谦拿汗巾将身上的汗渍擦掉，继续站到窗前，透过窗户缝隙看对面的山脊时，才打一趟拳就感到有些饿意，暗感虽然荒废这么多年，他还是没有将六十四式石公拳的精髓忘掉，可以说是不幸中的大幸。

韩谦将卧房里的一床薄被扎裹成人形，摆到外面的椅上，站在东面的山林里看过来，就像他坐在书案前通宵埋头苦读，然后又将洗脸的铜盆放在卧房的窗前，就和衣躺下来休息。

听到晴云在外面敲门叫唤，韩谦睁眼醒过来，此时已经天光大亮，一夜平静没有异状。

韩谦起床，将书斋及卧房里的布置恢复原样，打开门看到婢女晴云在外面一脸的诧异，大概是没想到他夜里睡觉也会将房门关得这么紧。

洗漱后看到西跨院照旧准备好早餐，韩谦没有理会，走去北院。

家兵及仆佣们都已经吃过早饭，后厨没有几个人，他看到蒸屉里还剩有几个黑乎乎能勉强称得上馒头的东西，拿出来就着一碟咸菜，坐到北院饭厅的窗前，撕成一小块一小块地塞进嘴里。

又干又硬，还涩嗓子，但韩谦此时饥肠辘辘，也没有觉得太难下咽。

"杀人了，杀人了……"

片晌后，就见晴云容颜失色地叫嚷着跑进后厨。

"……"韩谦神色一振，问道，"到底怎么回事，一惊一乍的？"

"我也不知道，刚才赵阔一身血地跑回来，说范武成在西边的庄子让人杀了，还有两名家兵被射，这会儿范爷正带着人跑过去……"晴云说道。

……

……

听晴云说过，韩谦才知道范武成一早就去溪西岸，要将赵老倌、赵无忌及家人从山庄赶出去，但进屋后却被赵无忌射杀；赵阔与另两名家兵是在练武场听到范武成的喊叫，跨溪赶过去，还没有靠近，那两名家兵就被射伤，赵阔却是无碍，跑回来报信。

范武成果然有问题，韩谦神色振奋起来，扔下碗筷，跨过小溪，追到西岸佃户杂居的庄子里。

远远地就看到范锡程带着人围在一间茅草房前，范大黑正带着两人将少年赵无忌抓手摁脚，将他从茅草房里拖出来，死命地才将他摁在地上无法挣扎。

其他人七手八脚地跑上去帮忙拿麻绳将赵无忌捆扎起来后往死里踢打。

难以想象一个十五六岁的少年，竟有这么大的气力。

有两名家兵都是在大腿上各中了一箭，正跌坐在场地上破口大骂："杀了这狗娘养的，痛死爷了！"

韩谦看这两名家兵气急败坏的样子心里一笑，要不是赵无忌年纪还小，心不够狠，这两名家兵怕就不是大腿被射伤这么简单了。

韩谦看两名家兵的箭伤，都在大腿同一位置，就知道赵无忌杀了范武成后，就没有想大开杀戒，而赵阔能在赵无忌的箭下安然无恙，却是叫他有些意外。

赵阔除了有些气力外，其他方面都表现得要慢半拍。

没有看到范武成的身影，就不知道有没有死透，就见猎户赵老倌从房里追出来，身上好几个大脚印子，显然在屋里没有少挨打。

看到赵无忌被踢打得厉害，眼见出气多进气少，赵老倌扑到儿子的身上，朝范锡程磕头："范爷，你饶无忌一条狗命，小范爷将猎物从我们这边收走，还将我们赶出田庄，无忌年纪小，不懂事才拿箭射了小范爷啊！范爷您老剁了他射箭的手都成，但就饶无忌一条狗命啊！赵老倌我这辈子、八辈子给范爷您做牛做马！"

"由得了你这老狗说话？"范大黑抬起一脚，将赵老倌踢出一丈多远。

赵老倌当即就跟风吹折的枯草一般，折着腰窝在那里痛得直抽气。

赵老倌虽然身子底子不差，但赵无忌犯下人命案子，他想着死撑住挨几下子狠的，让范大黑这些山庄的家兵泄愤，不要说还手了，甚至都没有闪开要害，叫范大黑这一脚实实地踹在心窝上，差点直接闭过气去。

要说溪东岸的家兵跟溪西岸的佃农有什么区别，家兵除了赵阔较为干瘦外，其他人都身高马大，气势也是凌人，刀弓都没有出手，凛然间就有杀气弥漫。

这些人都是韩道勋从广陵军带回来的老卒，都是上阵厮杀见惯血腥的，有如此的气势不足为怪，倒是赵阔显得唯唯诺诺，在家兵里常受他人奚落，可能还是跟他的性格有关。

而溪西岸的佃农则有两个惊人的特征。

一是瘦。

不管男女老少，都瘦，又瘦又弱，既瘦且弱，比此时的韩谦都要瘦骨嶙峋，脸色蜡黄，一个个都像病入膏肓的样子。

山庄这么多佃户，韩谦之前就认真打量过赵老倌、赵无忌父子，或许是这两父子时常偷猎补充伙食的缘故，身体还算健壮。

这些佃户另一特征，就是他们看着赵老倌、赵无忌父子被家兵往死里打，畏畏缩缩地不敢靠前，更不要说劝阻家兵抓住赵老倌、赵无忌父子往死里打了。

要不是那梦境似深入骨髓般融入韩谦的记忆之中，韩谦绝对不会如此细致入微，但此时将这些看在眼底，却有一种触目惊心之感。

"住手！"

韩谦没有心思去细想为何会有这样的感受，黑着脸走进人群里，横在范大黑跟赵老倌中间，阻止他再犯浑殴打赵老倌，但看范大黑他们气急败坏的样子，心想范武成应该是死翘翘了，从容不迫地问道：

"到底怎么回事？"

"武成过来没收他们的猎物，赶他们离开田庄，这小兔崽子竟然用少主所赐的黑云弓射杀了武成！"范大黑这时候是急红了眼，让韩谦挡着，没能去追赵老倌，抬脚却是朝赵无忌单薄的后背猛踩，几乎要将赵无忌那单薄瘦弱的背脊踩断。

"无忌，无忌！"两道身影发疯似的从屋里扑出来。

中年妇女一身破布衣裳，被撕扯得衣不蔽体，披头散发，脸上好几道血红色的手指印，抱住范大黑的大腿，哀号着朝范锡程拼命地磕头求饶，知道赵无忌今日真要被活活打死，都没处说理去。

瘦弱的少女也是披头散发，号着扑在赵无忌的身上，死死抱住自己的弟弟不肯松手，生怕范大黑他们再下狠手，当场就要了赵无忌的性命。

看到范大黑伸手要去扯那少女的头发，韩谦拽住他的胳膊，喝道："住手！范大黑，你给我住手！"

范大黑到底顾忌韩谦的身份，没敢将他甩开，赤红着眼退到一旁。

范大黑与范武成都是范锡程的养子，范武成被杀，范大黑被喝止住，其他家兵也都悻悻地退到一旁。

"兔子急了还咬人，范武成入室强夺猎物，还要将人赶出田庄，是谁给他的胆子？是谁让他入室行盗匪之事的？"韩谦将赵家父子等人挡在身后，转身盯着山庄的家兵，将早就想好的说辞厉声质问出来。

"七公子！武成也是对少主忠心耿耿！"范锡程没想到韩谦这时候竟然将责任全部推到范武成的头上，彻头彻尾地去袒护一个对韩家无足轻重的佃户，再也压不住心里的愤恨，压着嗓子叫道。

韩谦这时候看到范武成趴在屋里的一摊血迹之中，一支箭穿胸而出，黑黢黢的铁箭头穿透革甲露出来，韩谦暗感赵无忌应该是在屋里开弓射箭，在这么近的距离射穿革甲、箭头穿胸而出，臂力及反应速度真是惊人啊，也无愧昨天将黑云弓相送，果然没有叫自己失望啊。

韩谦转回身来，目光灼灼地盯住范锡程，冷冷一笑。

韩谦也想不明白范武成怎么就跟姚惜水以及晚红楼有勾结，但定然是昨日夜里听他故意说起要招揽赵家父子，范武成才中计，迫切要将这家人赶出田庄的。

这背后的曲折，他也没有办法跟范锡程、范大黑他们解释清楚，而他对日后将出卖他的家兵犹存怨恨，这一刻更要跟范锡程针锋相对下去，将赵无忌保下来。

"我昨天就有言在先，佃户在后山所猎之物，上缴山庄一半即可，这话我当着赵阔说得清清楚楚，当着你范锡程以及诸多家兵，也都说得清清楚楚。我在这里再问范锡程你一句，这山庄是你范锡程家的，还是我韩家的，我的话当不得半点数吗？"

韩谦寸步不让地盯着范锡程，厉声质问道，

"我现在倒想问问范锡程你，范武成持械闯门、强夺猎物、驱赶佃户，是不是你的授意，是不是你一心要将我韩家的秋湖山别院变成你范家的？"

"你……"范锡程气得浑身发抖，没想到韩谦的口舌竟然变得如此厉害，将这么大的一口黑锅直接扣到他的头上来，还令他百口莫辩。

"赵阔，我问问你们，你们到底是我韩家的家兵，还是范锡程的家兵？"韩谦盯住赵阔等家兵，厉声质问道。

赵阔等人迟疑起来，面面相觑。

这些家兵对韩谦这个少主，是打心眼里瞧不起，但是昨天夜里在饭堂闹了那出之后，范武成大清晨还拿着刀械闯上门，要将赵老倌一家从田庄赶出去，细想下来，少主韩谦的话似乎也不是没有道理啊！

他们在韩家好不容易有个安身立命之所，家小也都是韩家的奴婢，虽然他们对范锡程是服气，但韩道勋才是家主，待他们恩情也更重，他们还不想卷入这种勾结起来篡夺田产的是非之中。

"范武成持械闯门被杀，这事需报官处置，咱韩家不能用私刑杀人！"

韩谦继续义正词严地说道：

"赵阔你领人看住这里，莫要叫赵无忌逃了，但也绝不许私刑殴打，有害我爹爹的声威，要不然的话，休怪我韩家铁面无私，将你们也一起绑送官衙治罪！"

说到这里，韩谦又朝围观的佃户拱手说道："还请哪位腿脚快的，去请里正过来主持公道。"

韩道勋在此地购置田庄还不到一年，家兵及家小都要算是韩家的奴婢，都是随韩道勋从异地迁来，佃户则都是雇用当地的无地农民，多少会有利益冲突，而范锡程此前禁佃户进后山砍伐薪柴、渔猎野物，就闹出不少矛盾。

然而，不管怎么说，韩家伸出根小拇指都要比普通人的大腿粗，范锡程等家兵又是武艺高强、兵甲俱全、如狼似虎的悍兵，佃户平时被管束得再严厉，心里有怨气也不敢撒出来的。

只是谁都没有想到，被送到山庄苦读的少主，竟然是一个如此"通情达理""不偏不倚"的公正之人。

第九章
处 置

韩谦的话音刚落，就见有两名心志还没有完全被这离乱苦世磨灭的少年飞快地跑下山去找里正报信。

而即便有韩谦撑腰，其他佃户也是一脸漠然而畏惧地站在外围，不敢挤过来招惹是非，还是那母女二人，将被打得满脸是血的赵无忌搀扶到墙脚根护起来，等着官衙派人过来处置，不让韩家的家兵再滥用私刑。

范锡程虽为养子的死痛心不已，但叫韩谦拿住话柄，再有什么激烈的言行，似乎就要坐实他真就是居心叵测。

再看到赵阔这些人都变得迟疑不定，范锡程气得浑身发抖，却也无法为自己辩解，只能眼睁睁地看着养子范武成倒在血泊之中，他心里则还是以为武成一早跑过来将赵家父子赶出田庄，只是要替他解气而已。

这么想更是叫范锡程胸口绞痛，觉得武成死得太冤。

看到范锡程额头青筋暴跳，范大黑两眼赤红，犹是满心气愤，韩谦担心压制不住这父子俩，蹙着眉头，对范大黑说道："范大黑，你即刻骑马回城，找我爹爹通告此事——你们要是觉得我这事处理得不公，一切自有我爹爹决断，但在此之前，你们绝不可用私刑，坏我韩家门风！"

韩家在宣州的风闻未必能有多好，但韩谦此时却要借这个话头，令范锡程及诸家兵不得轻举妄动。

听韩谦这么说，范锡程也无话可说。

一名家兵扯着犯蹇的范大黑衣襟，小声劝道："我陪你还是进城找家主通禀此事……"

"哪里需要那么多人回城，难不成范大黑一人回城不能将事情说清楚？"韩谦说道，他阻止那名家兵跟范大黑同行，由范大黑一人回城去向父亲报信。

范大黑虽然不忿范武成被佃户所杀，甚至不理解他此时为什么不替范武成主持公道，但范大黑没有那么多的小心眼，韩谦也就不担心他回城去找他父亲会播弄是非。

看到范大黑回山庄牵马去，韩谦看左右说道："我就在这里等县衙派人过来处置这事……"

韩谦低着头，钻进光线昏暗的茅草屋里，范武成的尸首一动不动地伏在泥地上，身下积了一摊血。

屋里简陋得令韩谦难以想象，靠里角的地上挖了一个小坑充作火塘，散落一堆没有完全烧尽的薪柴，碗罐被打碎一地，有些缺口处还有陈旧的痕迹，很显然这些碗罐被打碎之前，就已经残破不堪。

角落里有张被打散架的木板桌。

除此之外，堂屋就几件简陋的农具。

东侧的房里没有床榻，只有两堆干草铺在地上，被褥还算干净，但不知道打了多少补丁——好在是山里，屋里倒是干爽，也许是房子的女主人勤于持家，看上去还算干爽。

西侧的房里摆着两架简陋、快要散架子的纺车，墙角拿树墩子支起一张床板，应该是那瘦弱少女的睡床……

韩谦实在难以想象，一户人家能简陋成这样子！

……

……

韩道勋在朝中虽然是从四品的闲官，但韩家权势不小，韩道勋在江乘县新买不到一年的庄子出了人命案，京兆府或许可以不当一回事，但县里却不敢马虎大意。

县城有一段路，县尉刘远午前便亲自带着衙役赶到山庄，到现场询问案情。

刘远乃是江乘县人，少年时就在淮南军，积功授正六品骁骑尉勋官，到地方当了里正，近年才提的县尉——他也算是跟着天佑帝起家的老卒了。

楚国建立后，天佑帝仿照汉唐制，在州县之下推行三长制，用淮南军退下去的功勋老卒为吏，稳健杨氏在江淮之地的根基。

倘若是韩家的家兵打死佃农，只要不是无故枉杀，按律罚铜或用杖刑便轻轻揭过去，此时却是佃户杀死闯门的韩家家兵，刘远乍听到这事就觉得很棘手。

他不知道要怎么处理，一方面不让自己被地方上指着脊梁骨骂，一方面又不能触怒韩氏这样的豪族。

韩家虽然不是江乘的土著势力，韩道勋在朝中也只是清闲官员，但江乘跟宣州相距才二三百里，韩家在宣州是怎么样的豪族，平头老百姓不清楚，刘远是心知肚明的。

再者说，韩道勋治理地方素有威名，作为广陵节度使掌书记，原本有机会升任节度副使或州刺史的，这次被调回到朝中担任秘书少监，看似清闲之职，但指不定过段时间在朝中就得重用，刘远身为小小的县尉，更是不敢得罪。

赶到秋湖山来，刘远一路上还觉得颇为难办，但走进山庄，没想到韩家少主韩谦竟然是如此"通情达理""不偏不倚"之人。

当然，案情即便一清二楚，韩家少主又如此通情达理，没有半点徇私枉法、仗势欺人的样子，刘远也不敢轻易写讼文，捉拿赵无忌及携带范武成的尸体回县衙结案。

江乘县隶属于京兆府，挨着金陵城，不是没有豪族，甚至随随便便挑一家就跟王公大臣或皇亲贵戚沾亲带故，发生这样的人命案子，不要说丝毫不加追究了，最后能饶行凶者一条贱命不死，都是仁慈的。

韩家少主通情达理得过分，反倒叫刘远多生出一些顾忌，担心这可能是韩家设下的圈套，或许在别处有什么厉害等着他们江乘县的官员咬钩？

好在听说韩家少主韩谦已经派人赶回金陵城通报韩道勋，刘远带着衙役，坚持留在秋湖山等得到韩道勋的确切口信后，再考虑这讼文该怎么写。

刘远年逾四旬，两鬓已有些花白，许是早年从军的经历，令他坐在树荫下腰肢挺直如松。

韩谦陪刘远坐在树荫喝茶。

范锡程被韩谦气得够呛，又不忍看养子横死佃户房中的惨状，避嫌先带着两名受伤的家兵回山庄救治去。

桑树下，则是桃坞集的里正张潜，与刘远带来的衙役以及赵阔等家兵陪坐在左右。

张潜也是在军中积功授勋官后回乡担任里正的，他对范武成的横死颇感可惜，但也觉得赵无忌在这事里不应问罪，只是这件事最终怎么处置，他说不上话。

看情势，韩谦也清楚他们都等他父亲韩道勋的确切态度，说到底他这个少主真是没有什么分量，不会有人真正将他放在眼里。

韩谦十二岁就回到宣州，一直到今年四月初才被接到金陵，与父亲韩道勋团聚，关键时期的空白，韩谦细想下来，他也不甚清楚父亲韩道勋到底是怎样一个人，但梦境里后世史书对父亲韩道勋的评价却是不低，称"有干才、直言敢谏"。

将来有一天都他娘的会因为进谏被天佑帝杖杀于文英殿，可不就是"直言敢谏"吗？

韩谦心里想，要是能叫他父亲学聪明一些，不去搞什么"文死谏"，他最终的命运不也就改变过来了吗？

不过，父亲要如梦境史书所言，就是一个死犟驴性子，自己又能怎么说服他不要尝试去忤怒天颜？

……

……

一直等到日头西斜，才远远看到范大黑骑着那匹紫鬃马，与另三名骑士，护送一辆马车，沿着湖边的泥路，往山庄这边驰来。

看到父亲韩道勋亲自赶回山庄来，韩谦陪着县尉刘远、里正张潜迎出去。

韩道勋行色匆匆，看到县尉刘远、里正张潜行礼，抬了抬手，说道："韩某管束家奴无力，滋扰地方，实在有愧，诸多事还请县里秉公处置，切莫顾忌韩某，韩某也绝不会为家奴循私枉法。"

　　刘远不管韩道勋说这话是不是言不由衷，但只要有韩道勋这话，他就好处置了，当下就示意衙役拘拿赵老倌、赵无忌父子，以及将范武成的尸首装上牛车，连夜拖回县里去；两名受伤的家兵这时候已经包扎过没有大碍，都坐马车到县衙充当人证，有家主韩道勋的话在，他们也知道到县衙该说什么。

第十章
与人斗

夜色已深，秋湖山别院东院，烛火通明。

"老奴教子无方，经营山庄也心有余而力不足，才惹下这桩祸事，老奴辜负家主托负，满心羞愧，也没有脸再留下来服侍家主跟少主人。"范锡程跪在堂前，一把鼻涕一把眼泪地哭诉着请辞离开山庄。

韩谦站在一旁，看着父亲韩道勋烛光映照下的脸阴晴不定，知道他父亲韩道勋身边没有合用的人手，是绝对不愿意看到跟着自己多年的家兵范锡程就这么离开的——范锡程跟其他家兵还不一样，早年积军功赎了身籍，还是有去留自由的，目前留在韩道勋身边，算是门客。

"此事错在孩儿——要不是谦儿任性，没有跟范爷商议就开口同意佃户进山伐猎，绝不会激起今日的事端。此事范爷没有半点过错，要怪就怪谦儿太任性了——只是事情已经发生，韩家倘若擅用私刑，有累父亲的声名。父亲常说朝中凶险，行事需如履薄冰，不可大意妄为，范爷失子心痛，大黑失兄情切，孩儿不想事情一错再错，才对范爷说了一些过激的话，但孩儿心里却绝非那么想的。"韩谦"啪嗒"一声，也扑在石板地上，跪下就后悔了，这石板地坚硬无比，磕得他膝盖生疼，心里暗自骂娘，当下硬着头皮，将早就想好的言辞说出来。

韩谦这么说，不要说韩道勋了，范锡程也是一脸的错愕，当真是心里有万种委屈，一时间也没有办法诉说出口了。

他能诉说什么？

诉说自己忠心耿耿，绝没有篡夺田产之意？

韩谦都说了，当众故意说那样的话，只是不希望他们激动之余再做错事，他本意不是这么想的。

诉说事情肇启，是少主韩谦私下任性胡乱许诺佃户进山伐猎有错？

韩谦都承认这是他的错了。

那整件事所有的责任，不就是范武成完全没有将少主韩谦的话放在眼里，急于将赵氏父子赶出田庄所致吗？

范锡程他还能再说什么？

甚至他这时候再提辞行的话，都显得他范锡程无视家主恩义、不知好歹了。

韩道勋也颇为诧异地看着自己的儿子，驴都拉不回来的倔脾气，这时候知道认错了？

不知道韩谦怎么就转了性，韩道勋也是满肚子训斥的话憋在嗓子眼里都没有办法说出来。

作为父亲，对自己儿子最恼恨的，不是不学无术，而是不知悔改。

韩谦知错认错，而且在事情发生后，知道弥补，没有让事情一错再错，韩道勋还能再训斥什么？

"瞧你惹出来的好事！你给我好好跪着反省。"

为了安慰范锡程，韩道勋还是板起脸令韩谦继续跪在那里，又一脸痛惜地将范锡程挽扶起来，说道，

"武成是个好孩子，人情练达，又有干才，我也想过要将这孩子收到膝下，发生这样的事，我心痛不在你之下啊……"

韩谦还满心疑惑范武成怎么会跟姚惜水勾结起来害他，听了这话，心想祸根或许就出在这上面。

且不管这是不是父亲韩道勋收拢人心的手段，但要是范武成曾经听过这样的话，有自己暴病而亡之后他取而代之的妄想也是正常，也无怪平常眉宇间会有一股难抑的孤傲之气，就算没有被晚红楼收买，也是死得活该。

范锡程虽然心里苦涩无比，还有难平之气，但家主韩道勋都将话说到这份上了，他也没有办法再说什么了，毕竟整件事还在武成自身。

就连他都忍气认下少主韩谦许诺的佃户进山之事，偏偏武成忍不住这口气，要将赵家父子赶走，却又麻痹大意被少年赵无忌射杀。

范锡程早年杀人如麻，双手染满鲜血，年纪一大，心性也是淡了，今天才叫少主韩谦这么折腾，也没有为养子范武成复仇的心思，想着或许武成命该如此。

"武成好歹是韩家的人，待县衙结案后，你们就去将他的尸身领回来，在后山挑一处风水宝地安葬。"韩道勋不想再在范武成的事情上纠缠，但该有的也会表示。

"多谢家主。"范锡程说道。

"理应叫赵无忌那小兔崽子，在武成坟前守孝，也不能太便宜了这些贱民。要不然的话，这左右真就不把我韩家当一回事了！"韩谦跪在地上说道。

韩道勋原本不想多事，想着这件事后将赵老倌、赵无忌父子及家人从田庄逐出去就是，但听儿子韩谦这么说，问范锡程："你要觉得可以，那就捎个信给刘远，相信这点面子他会给我韩家……"

范锡程也不想再见到赵家父子，但话都让少主韩谦抢先说了，他还能说"不"？

"老奴这就带着赵阔他们，到县里将武成的尸身领回来。"范锡程说道。

"去吧……"韩道勋示意范锡程他们先去办事，他还有话跟儿子韩谦交代。

"……"

韩谦跪着，膝盖又酸又麻，肚子里直骂娘，偷瞅他父亲韩道勋在烛火下浓眉紧蹙，不知道有什么忧心之事压在他的心头，显然是有些话犹豫着要不要跟他这个不肖子说。

"刚刚赐封临江侯的三皇子年纪已经有十三岁了，不宜久居宫中，择日就会迁到宫外居住，到时候也将挑选四名大臣之子到临江侯府陪读——你到时候也会到殿下身边陪读……"韩道勋苦叹一口气，坐在烛前说道。

韩谦闻声一震，他对宫闱之事再生疏，也知道姚惜水这些人费尽心机杀他、又伪造他暴病身故的假象，极有可能跟此事有关，有人不希望他到三皇子身边陪读？

看到他父亲韩道勋愁眉苦脸的样子，韩谦知道他父亲韩道勋不希望他到三皇子身边陪读，是不想他惹来祸事，而晚红楼不惜费尽心机制造他暴病而亡的假象，显然不会是替他老韩家着想……

……

……

说是三皇子临江侯择日出宫，但此时还没有出宫，韩谦作为皇后钦定的四名大臣之子之一，也没有必要这时候就到临江侯府，暂时还继续留在山庄里修身养性。

虽说这次山庄发生这样的事情，韩谦出乎反常地没有将他气得心绞痛，但韩道勋在山庄住了三日，在范武成葬礼后返回城里时，犹是满心忧虑。

常说伴君如伴虎，韩道勋在朝中也有如履薄冰之感，完全不知道韩谦到三皇子临江侯身边陪读，会发生怎样的事。

然而大臣之子能在皇子身边陪读，是莫大的荣誉，也会有相应的封赏，自然就容不得韩道勋拒绝。

韩谦看着父亲韩道勋的马车，在两名家兵的护送下，摇曳着拐出山道，他才与范锡程在赵阔等家兵的簇拥下，勒马返回山庄。

韩谦可不为有机会到皇子身边陪读就沾沾自喜。

他就算再狂妄无知，也知道在皇子身边陪读，实在不是什么好差事。

他还没有到三皇子临江侯身边陪读，幕后势力就不惜动用姚惜水这枚棋来毒杀他，想要制造他暴病而亡的假象，这他妈的能是好差事？

比起这个，他宁可逃回宣州去，逍遥快活地当一个世家子，静待天佑帝四年后驾崩。

然而，就算他能够推掉皇子陪读这苦差事，晚红楼那么深的图谋，最大的破绽就出在他的身上，他此时逃离家兵的保护，有可能活着逃到宣州吗？

当然，韩谦也没有想着将这一切都说给他父亲听。

说出来，谁会信？

再说了，晚红楼敢算计到三皇子杨元溥的头上，谁知道他们背后的势力有多强大、布局有多深？

此时将这一切揭穿、捅出去，谁知道会不会逼得他们直接狗急跳墙，将他跟他父亲都灭了口？

韩谦强忍住喊住他的父亲吐露一切的冲动。

看范锡程在前面骑了一匹瘦马往山庄而行，沮丧得就像是生了一场重病，精气神比以往差了一大截，韩谦神色稍振，想到梦境世界的一句话："与人斗，其乐无穷；与天斗，其乐无穷……"

车到山前必有路，晚红楼再是狠角色，也是人啊。

当下，韩谦也不管范锡程心里会怎么想，就直接要赵阔陪着他前往后山。

山庄之后，穿过一片道路狭窄、地势陡峭的密林，地势又稍开阔一些，一片坡地围在山坳里，一座新坟孤零零地矗立在一棵两人合抱才够的百年古树下。

坟旁搭成一间简陋的茅屋，少年赵无忌神情倨傲地盘坐在茅屋里，黑云弓横在膝前。

一个身穿麻布衣裳的瘦弱少女，正将少年赵无忌吃得干干净净的碗碟收拾到一只竹篮子里，看到韩谦、赵阔上山来，少女大胆地朝这边张望了好几眼，待韩谦他们走近，才低下头。

"……"韩谦打量了赵无忌的姐姐一眼。

虽说低下头，但他们身处下方，能看到赵庭儿巴掌大的小脸，干净得就像一汪山泉似的，长长眼睫毛下，眸子有如夜空中的星子般灵动，难以想象山野之间，能有如此的秀色——就是太瘦、身子太单薄了一些，以至看上去有些其貌不扬。

当然了，韩谦也怀疑是不是自己在山庄憋太久，才会觉得山野少女竟也相当不错。

少年赵无忌站起来，捧着黑云弓就要跪到韩谦跟前谢救命之恩。

"你心里无伏跪之意，你也不是低头跪人之人，又何必为难自己？"韩谦哂然一笑，让少年赵无忌站在那里说话。

少年赵无忌眼睛里流露出感激之色，将黑云弓递过来："我爹爹说此弓太过贵重，无忌不该收少主这么重的礼物！"

"你爹大概是说此弓不祥，要不是此弓，也不会惹下这样的祸事吧？"韩谦心里一笑，负手说道，"要不是此弓，你们即便不被送到县衙治罪，也会被赶出田庄，流离失所，你真就甘心？"

"……"少年赵无忌抬头看着韩谦，眼瞳里有些微的迷茫，但是谁也注意不到，少女赵庭儿看向地面的眼瞳这一刻却是灼灼发亮的。

"你要觉得，你一家老小理应被逐赶出去，这黑云弓你便还给我。要是你心里有不甘，那你就留下这黑云弓，倘若往后还有什么恶奴敢来夺你们父子姊弟的立锥之地，可用此弓杀之！"韩谦说道。

少年赵无忌听了韩谦这话，眼神才坚定起来，一双还有些稚嫩的手，将黑云弓抓得更紧。

听了韩谦这话，赵阔心里才是一叹，暗道少主从头竟然真是有意借少年赵无忌的手杀死范武成，以前真是看走眼了。

看到少主韩谦转身看过来，赵阔低下头来，避开少主韩谦那能杀人的凌厉眼神。

"赵阔，你先退下去，我要传授赵无忌一段箭诀。"韩谦对赵阔说道。

"是！"赵阔卑微地躬身施礼，退到下面的山林里，但也没有离开太远，以示他还要尽贴身保护少主韩谦的职责。

"我箭术无成，但有一个好师父，在年少时曾传授我一段箭诀，我练不出什么高超的箭术，传给你或许有用，"韩谦说道，随后将当年在楚州时那老道传授给他的箭诀传授给少年赵无忌，"双手撑弓在身前，参天大树立荒原，间架得当似满月，大形充盈见浑圆，精神提起复坦然，周身鼓荡乱回环……"

韩谦荒废太久，不管石公拳以及这段箭诀多厉害，他都不奢望能在三四年间练成当世的顶尖强者。

而倘若眼前这少年赵无忌，真能为己所用，或许要比范锡程、赵阔这些老匹夫更值得信任。

"要你在范武成坟前守孝，不是别人要以此来羞辱你，实际上这是我提出来的，你也不要连这点羞辱都忍受不了。你耐着性子在此琢磨箭术，过些天我再来传授你石公拳，"韩谦说道，"此外，你识不识字？"

"不识得！"少年赵无忌说道。

"不识字可不成，"韩谦摸着下巴说道，"识字不求多精深，但要能读得通书才成——这样吧，我还会在山庄留些日子，那这些日子，你每天清晨下山到东院来，我教你识字。要是有人敢拦你，你知道怎么做的。"

"少主的命令，无忌绝不敢或忘。"少年赵无忌坚定地说道。

韩谦满意地点点头，便与赵庭儿、赵无忌姐弟告别，昂然下山去。

第十一章

进 城

赵阔还守在林里，看到韩谦走下来，将马牵过来伺候他跨上去。

韩谦翻身骑到马背上，跟赵阔说道："要是山庄里有人背着我欺负赵家人，我都会认为是你在背后捣鬼！"

"赵家少年如此英武，又有少主庇护，绝不会有人敢欺负他家的。"赵阔见自己就这样被少主像毒蛇一样盯上了，也只能心里暗叫倒霉，却不知道哪里出了变故，不学无术、性情乖戾的少主，竟然如此阴狠厉害，还能想着用计将范武成杀死？

"那我以后再赐赏你什么东西，你不会再拿出来做烂好人吧？"韩谦问道。

"赵阔对少主绝不敢阳奉阴违。"赵阔被韩谦的眼睛盯着，低下头说道。

"好吧，我且看你的表现。"韩谦随意地说道。

接下来的日子，韩谦每天早上抽一个时辰来教赵无忌识字、传授他六十四式石公拳；这对他自己来说，也是重新温习功课、修炼石公拳的机会。

当然，韩谦除了抓紧一切时间练习骑射外，更多的还是不断去试图理解梦境中那一切看似古怪的学知，去思索、体会梦境中人翟辛平那短短一生所经历的尔虞我诈以及他看待、分析以及面对事件的方法……

虽说短短二十天时间，远不足以让韩谦练成浑身充满力量感的肌肉男，但每天足够强度的运动量、营养又充足，也令他身体结实许多。

虽说韩谦的相貌谈不上风度翩翩，但此时也能勉强说得上是气度沉稳。

范锡程受此重挫，虽然与韩谦的关系依旧冷淡，但山庄有什么事情，他都会让赵阔跑过来跟韩谦言语一声，表示他并没有将韩谦这个少主遗忘了。

这样的日子，一直持续到中秋节前夕，韩道勋才派人到山庄来传信，要韩谦回城去……

……

……

韩道勋在京城金陵的宅子，位于南城兰亭巷。

宅子不大，前院仅有三间倒座房，用作门房及留客居住。

穿过垂花门是正院，居中三间是正房，东侧是韩道勋的卧房，中间是堂屋，西间是书房。

正院的东厢房有三间房，乃是韩谦到京城金陵之后起居所住。

西厢三间房则空在那里，宅子里没有女眷，西厢房有时也用作客房，留宿一些重要的客人。

从西厢房与西侧耳房间有过道可以进后院，而后院，乃后厨、马厩以及奴婢、家兵的住处。

这处宅子不要说跟韩氏在宣州那屋院相接、鳞次栉比的大宅相提并论了，比山庄也差了一大截，在京城金陵只能算是普通人家，前后院子加起来也就一亩多地。

也因为这处宅子狭小，韩道勋只能留一名老仆、一名仆妇以及四名家兵在身边伺候。

出山庄，沿宝华山南麓、北溪河北岸的大道驰道，不到四十里，骑快马也就一个多时辰就能从南城入城。

韩谦在山庄用过早餐才出发，在赵阔、范锡程等人的簇拥下，策马赶到金陵城，才刚刚是午后。

范锡程因为养子范武成之死心气尽丧，再者毕竟六旬年纪了，人近暮年，骑一个多时辰的快马，都略感有些疲惫。

韩谦却能支撑住，还颇为神采奕奕，显得他这近一个月来骑射训练，成果还算斐然，此时也能勉强拉开家兵惯用的黄杨大弓。

他的身体到底还是年轻，只要不再荒废，刻苦锤炼，还不至于难以挽救。

韩谦此时却没有沾沾自喜，神色间多少有些落落寡欢，这时候心里还是想着这次出山庄后的所见所闻，忘不掉一路所见那一具具被遗弃在路旁、官府还没有来得及派人收殓的死尸，忘不掉他们骑马进南城时，那些在南城门根像蝗虫扑上来乞讨的饥民，被范锡程、赵阔拿马鞭狠抽，被抽得鲜血淋淋才被赶走……

说实话，韩谦进出金陵城也有好多次了，以往对这种种惨状都视若无睹、麻木不仁，却没想到今日内心会受这么强烈的冲击。

那一夜光怪陆离的梦境，对自己的改变真就有这么大吗？

这到底是怎样的怪梦？

韩谦暗暗捏了一下怀里那枚磨制成凸透镜的水玉圆佩。

宅子里的马夫跑过来将马牵走，韩谦神色稍稍振作起来，心想他自己此时还没有从险境里摆脱出来，说不定姚惜水这些人今日就会派人过来杀死他，城内外那一幕幕生民惨状，跟他又有什么关系？

"我爹爹他人呢？"韩谦摒除掉心里这些不必要的干扰，心思回到自己的处境之上，问他父亲韩道勋在哪里。

"老爷此时应该还在官署应卯。"范锡程说道。

天佑帝创立楚朝，设宏文馆作为专掌朝廷藏书及编校工作的机构，以秘书监、秘书少监等官吏掌之。

楚朝初创，内部将臣争权，政令也难通达州县，财赋不足而四面兵衅不休，境内流寇继而不绝，朝廷的工作重点自然不可能落到文化建设上，宏文馆实在是极清闲的衙门。

韩道勋身为宏文馆的少监，只要没有要紧之事，绝不会告假溜班，通常要到暮色四合之时，才会从宏文馆回来，此时就几个家兵以及管家守在宅子里。

韩谦与赵阔、范锡程这时候已经是饥肠辘辘，到宅子里叫仆妇准备好餐食，刚刚草草吃好，就听得有人在外面拍门大喊："七郎，七郎，你小子终于被放回来了！"

韩谦听声音，便知道是户部侍郎冯文澜之子冯翊找上门来。

冯文澜也是宣州人氏，与他父亲韩道勋相识，因此韩谦刚到金陵，就与年龄相仿的冯翊见到面，而且臭味相投，很快就熟络起来。

冯翊也是这次被选去陪皇子临江侯读书的四名大臣之子之一。

也不知道冯翊从哪里知道自己今天回京，他都没有歇一口气，就赶上门来？

门子打开门，就见冯翊带着一名少年穿过垂花门阔步走进来，探头看到韩道勋不在宅子里，也不管范锡程、赵阔两名家兵，揪住韩谦说道："七郎，听说你也被选去陪三皇子读书了？"

冯翊要比韩谦大上几个月，在韩谦面前大大咧咧的，相貌却是清秀，穿着马靴、对襟短衫，腰间系着嵌有玛瑙、绿孔雀石等宝玉装缀的腰带，乍看还以为是个女扮男装的大家闺秀。

不过，要是以为冯翊是温文尔雅的世家公子，那就大错特错了。

冯翊实在不是什么好鸟，韩谦到金陵没有几个月，能对金陵城内的妓寨娼馆轻车熟路，能跟金陵城里的其他二世祖混在一起，冯翊是他的领路人。

与韩谦不同，冯翊有两个兄长都已经长大成年，承荫外放到下面的州县任职，算是小有成就，冯翊又有个溺爱他的祖母护着，因此他在金陵城内肆意妄为，只要不闯下泼天祸事，冯文澜也拿他没辙。

冯翊身后的少年，是冯翊的姨兄，乃左神武军副统军孔周的次子孔熙荣。

孔熙荣身量极高，比韩谦都要高出大半个头，又受其父亲督促自幼习武的缘故，身体极其壮实，站在那里就像一座铁塔似的，但孔熙荣的性格却要比他的姨兄弟冯翊柔弱得多。

由于孔周早年在边军任将，孔熙荣随母亲的住居，就挨着舅父冯文澜家，他也就整天跟冯翊厮混在一起。

孔熙荣年龄较大一些，却常受冯翊的欺负，只是他甘愿受着冯翊的颐指气使。

冯翊所做的混账事，常常都是孔熙荣顶缸，以致孔熙荣在金陵城里的声名，比冯翊还要狼藉。

孔熙荣也是这次被选中的四名皇子伴读之一。

"你说倒不倒霉，宫中为什么偏偏选中我们几个给三皇子陪读啊？年初时，我爹找术士替我看过面相，没有说我今年会流年不利啊！"冯翊看到韩谦就喋喋不休地抱怨起来。

……韩谦看了范锡程、赵阔二人一眼，说道："你们出去先歇着吧。"

范锡程、赵阔等家兵还不知晓韩谦这次从山庄回城来，是要给三皇子陪读的，这时候听冯翊口无遮拦地胡说八道，当下先告退到后院歇着去了。

冯翊却没有要停下的意思，拉了一把椅子坐下来，看到桌子上有一壶茶，伸手碰了一下壶壁，觉得里面的茶水不烫，拿过来对着壶嘴就咕噜咕噜地灌了一气。

他刚才听奴婢回来说看到韩谦回城来，也没有牵马，直接一气跑过来，汗津潺潺，口干得紧，又继续抱怨道："你说吧，要是信王身边缺人，将我们选过去还好，说不定这是一条我们以后飞黄腾达的捷径，却偏偏将我们选出来，陪一个屁大的小孩玩过家家，你说晦不晦气？"

韩谦知道冯翊是说天佑帝有废太子立二皇子信王的传言，朝中也确实有些大臣正千方百计地跟信王牵上关系。

也确如冯翊所言，将来大概率是太子或信王有一人能登上帝位，因此即便这时候一定要押注，也只会在太子及信王两人中间选边站。

而无论是太子或信王登基，三皇子临江侯都不会有什么好果子吃，那他们这些被迫给塞到三皇子身边的人，将来不受牵累就算万幸了，压根儿就不能指望有什么远大前程，也难怪冯翊满肚子的牢骚。

冯翊混账归混账，但自幼耳濡目染，一些基本的轻重缓急却也是清楚的。

"……"韩谦只是一笑，只是相当认真地听冯翊抱怨下去，并不急着附和他。

"周昆原本跟我们一起要陪三皇子读书的，但半个月前骑马摔下来，竟然背脊骨摔断了，躺在家里成了一个废人——你说这事邪不邪门，是不是打一开始就透着倒大霉的兆头啊？"冯翊问道。

听冯翊这么说，韩谦却是心里一惊。

第十二章
晚红楼

姚惜水这些人，千方百计，也要让原计划被选到三皇子身边陪读的大臣之子发生意外，难道说他们想要将谁送到三皇子身边，只是名额被他们四个人先占了？

这么说来，三皇子也未必与皇位无缘啊！

只是，三皇子距离皇位越近，自己的处境也就越凶险。

不管藏在姚惜水之后的阴谋家是谁，他见过姚惜水这小婊子的真面目，他们一定会想方设法地将他这个最大的破绽补掉，而最简单直接的手段就是"杀人灭口"。

这个"杀"，不管是刺杀、诱杀、毒杀、陷杀，抑或是借口杀，韩谦以此时的能力想要防备都极难。

韩谦含笑坐在窗前，但他四肢发凉。

唉，韩谦心里苦叹一声，振作神色跟冯翊说道："我这次被我爹关到江乘的山庄，真是憋死我了——别说这些有的没的，我们去晚红楼！"

"啊，现在去晚红楼？"冯翊没想到在这么重要的事情面前，韩谦回到金陵的第一件事，竟然还是极有兴致地要拉他们去晚红楼寻欢作乐。

"我爹爹告诫过我要收敛些啊……"冯翊有时候虽然荒唐，这时候还是忍不住说道。

"我爹爹也这么告诫过我，心想以后晚上不方便出去，也只能白昼及时寻欢了。"韩谦说道。

"也对。"冯翊见韩谦都无畏，心想自己这大半个月也被关在家里，要不是来找韩谦，他与孔熙荣还不得允许出门。

这大半个月，冯翊对身边侍候的两个丫鬟早玩弄腻歪了，长得太普通了，也只能暖床，心里正对晚红楼那些体娇貌美、吴音软糯的女孩子想念得紧，听韩谦随便一劝，就欣然同意，也不管孔熙荣多么不情愿，拽着他就往外走。

"少主……"范锡程在前院，看到少主韩谦回宅子里才一炷香工夫，就叫冯翊、孔熙荣拽出去，他再无心过问韩谦的事情，也怕被家主韩道勋回来责骂，出声喊道。

"我出门有事要办，赵阔你随我们过来。"韩谦喊赵阔随他一起出去。

韩谦心想他既然没有办法躲开晚红楼的，与其整天担惊害怕哪天晚红楼的刺客直接杀上门来，还不如直面杀局，或能刺探出晚红楼的真正底细来。

韩谦一个人是不敢跑去晚红楼的，但跟冯翊、孔熙荣一起，就要保险一些。

既然晚红楼千方百计在他跟周昆的身上制造意外，那当然是不想阴谋暴露在光天化日之下。

要是他与冯翊、孔熙荣三人都出了意外，事情传到天佑帝的耳中，天佑帝再蠢，也能猜到有一场惊天阴谋正围绕他的第三个儿子铺开。

以天佑帝的阴狠手段，还不得杀得金陵城人头滚滚落地？

韩谦心想不管晚红楼或晚红楼幕后的阴谋家要搞什么鬼，最不想惊动的人大概就是天佑帝吧？

……

……

韩谦拉着冯翊、孔熙荣也没有直接往晚红楼而去。

冯翊、孔熙荣没有奴仆跟随，看他们一身轻便，想必随身也没有金钱之物，而韩谦这段时间被关在山庄，也身无长物，这时候直接跑到晚红楼来得霸王嫖，不是自己将把柄送上门任姚惜水这些人拿捏吗？

韩谦拉着冯翊、孔熙荣先赶往铁桑街的韩记铜器铺。

宣州产铜，前朝时就差不多占到全国铜产量的七八分之一，天下四分五裂之后，宣州的铜矿对占据江淮地区的楚国而言，就变得极其重要，成为江淮地区铸钱所需之铜的两大来源之一。

虽然当世金银使用日益频繁，但还远不能取代铜制钱币的地位。

天佑帝建立楚国以来，就严禁私人开采铜矿及行铸钱之事，铜器的铸造及销售，也许宣州韩氏、广陵周氏等屈指可数的几个大族进行。

韩记铜器铺乃是韩氏在金陵的一处产业，二伯韩道昌说过，韩谦回到金陵，挥霍之时所缺，皆可从韩记铜器铺度支。

韩谦从铜器铺拿钱没有手软过，这次也是先到韩记铜器铺抓走十二枚小金饼，才与冯翊、孔熙荣往秋浦河畔的晚红楼走去。

一枚小金饼足重一两，值一万二千钱。

十二枚小金饼，要是都换成前朝推广流传开来的开元通宝，标准重就是九百二十一斤。

二世祖出去寻欢作乐，还是金饼子实在啊。

要不然的话，他与冯翊、孔熙荣三人扛着近千斤重的开元通宝到晚红楼召妓，场面就有些滑稽了。

晚红楼位于秋浦河畔，临街却是声名远播的乌衣巷。

韩谦所住的兰亭巷，街巷间还是泥路，每到阴雨天，车马碾过，一路泥水，泥泞不堪，令出门没有牛马车、需要徒步的人痛苦不堪。

而秋浦河北岸多为寻欢作乐的欢场，藏污纳垢之地，但街巷间铺满麻条石。

金陵原名升州，早在一千多年前就秋浦河畔筑城，为金陵建城之始，在这个时空里，汉末三国的吴王朝最早在金陵建都，之后，晋室南迁，与宋齐梁陈等国都相继建都金陵，史称"六朝"，一直到前朝，金陵都是江南最为繁华之地……

晚红楼是十二年前，在乌衣巷一座被流寇纵火烧毁的废园子上兴建而成，差不多跟天佑帝正式定都金陵的时间相当，在金陵城成百上千妓寨娼馆里历史绝对谈不上悠久。

不过，晚红楼创建之始，就以坐拥数百四方佳丽而名震金陵，不仅以极快的速度在这花柳之城站稳脚跟，还力压群馆，成为金陵城里所有世家子寻欢作乐的第一选择地。

此时细想，这一切还真绝对不简单啊。

韩谦以前想不到这些，此时站在晚红楼看似普通人家的门庭之前，心中所想则要复杂得多。

韩谦在金陵居住加起来不过三四个月，但也是晚红楼的常客。

韩谦、冯翊、孔熙荣以往也不是没有白昼宣淫过，看到他们三人出现在门口，身穿青衫的门子从里面笑脸迎出来："韩公子、冯公子、孔公子有一阵子没有到晚红楼来了啊！这是哪家场子有新的姑娘，讨得三位公子的欢心？哦，周尚书家的公子郎，怎么不见跟三位公子一起过来啊？"

"你是真不知还是假不知啊，周昆那个倒霉鬼，上个月从惊马背上摔下来，断了脊椎骨，能捡一条命已经相当幸运了。"冯翊并没有意识到周昆这次所出的意外，有什么蹊跷的地方，心里认定晚红楼的门子小道消息来源多，应该早就听说过这事才是。

门子在晚红楼看似地位低下，但进出晚红楼的客人都会落入门子的眼里，实际是很关键的一个角色。

韩谦敛着眼瞳盯着这个看上去不到四十岁的门子，从表面上并看不出他在晚红楼里是不是知悉机密。

"此时没有哪位大人要姚姑娘出面陪着吧？"韩谦问道。

"就知道韩公子惦念着姚姑娘，韩公子你可不知，你有一阵子没有过来，姚姑娘想你都消瘦许多了……"门子笑着身子往后让出半步，示意韩谦他们先进去。

韩谦回头看到赵阔沉默着，猜他或许是怕被父亲韩道勋知道后挨责骂，笑道："我们过来散散心，天黑之前不出去，你去告诉我父亲跑来逮我回去，不会害你被责骂。"

"老奴在外面候着。"赵阔说道，不愿意进晚红楼。

第十三章

讨杯毒酒

晚红楼里除了临街及临河密集建造的堂馆外，也有十数重深僻幽静的院子显得烟台池馆重重。

绕过一座由湖石组成的假山，随迎客走进一座幽静的院落里。

坐在熟悉的会客小厅，韩谦看着院子里的一池锦鲤，感觉到心脏一阵阵地发紧。

他手指都捏得发青，强抑住掉头狂跑出去的冲动，心里实在不知道接下来是姚惜水强作镇静地走进来探他虚实呢，还是直接闯进来两个蒙面大汉将他一刀刺死。

走进晚红楼之前，韩谦想着有冯翊、孔熙荣陪同，姚惜水这些人会有忌惮，但等他真正走进来，才知道真正身临险境是何种感觉，之前的诸多笃定猜测都不能缓解他心头的紧张跟恐惧。

这他妈的是拿自己的命去赌啊，刺激至极未必比梦境里那些搏命赌徒玩俄罗斯转盘稍差吧！

韩谦正恍神间，忽闻一缕香风穿室而来，抬头便看到门前一暗，身穿紫红色裙衫的姚惜水出现在门外，没有浓妆艳抹，发髻偏斜，精致的容颜间还透露出一丝午后的慵懒。

一缕阳光透过树荫，打在姚惜水白皙如玉的脸颊上，泛着瓷光，整张小脸完全塞满青春的气息——姚惜水在金陵城成名不晚，但此时实际只有十八岁，正是嫩得能掐出水的年纪啊。

只是眼角微微抽搐了一下，显示姚惜水这一刻的心情之紧张，未必比自己稍弱——这一刻，韩谦倒是一下子轻松起来了。

"姚姑娘站在门外，难不成看到我登门觉得很意外？"韩谦盯着姚惜水那双让人看不透深浅的眸子问道，实在不知道这城里有多少男人沉迷在这双眸子之中，而完全察觉不到这双眸子里所藏的凌厉杀机。

"韩公子有一阵子没有到晚红楼了，惜水还以为韩公子另有新欢，将惜水忘了呢！"姚惜水强笑道，回头看了一眼，似乎嫌弃丫鬟还没有端茶上来。

"我还没有摘得惜水姑娘的红丸，即便有新欢，也不会忘了这边的。"韩谦看到姚惜水穿着丝履的足在这一刻微微弓起。

这时候姚惜水房里的丫鬟端茶过来，韩谦没有吭声。

待丫鬟放下茶盏走出去后，姚惜水才走进来，又反手将房门掩上，才换了一张笑靥如花的脸，朝韩谦说道："有一阵子没见，韩公子还是那么逗人乐——快请喝茶，再给惜水讲讲，为什么今天想着来见惜水来了？"

"我想惜水姑娘再赐一杯毒酒给我喝。"韩谦说道。

见姚惜水像是被刺了一下，韩谦又笑着问："怎么，惜水姑娘莫不是以为我会将那天夜里发生的事当成一场梦？"

"听韩公子这么说，我真信韩公子是来讨毒茶喝的了……"姚惜水见韩谦将牌都摊开来，也镇静地坐下来，将茶盏往韩谦跟前推了推，似乎这真是一杯毒茶，看韩谦有没有胆量在她面前喝下去。

韩谦暗地里将自己操了一遍，没事装什么牛逼，这茶要是不喝，气势便弱了，要是喝下去，真一命呜呼，老子不是亏大发了？

"……"韩谦将茶盏拿到手里，想着是不是将手里的热茶，朝眼前这小婊子脸上泼过去。

"对了，韩公子为何一定要过来讨杯毒茶喝？"姚惜水这时候问道。

"我韩家私奴范武成在山庄为佃户所杀，我父亲赶到山庄来，我还没有将姚姑娘夜访的事说出来，他却满心担忧我到三皇子身边陪读会给他惹来祸事，你说可笑不可笑？"韩谦放下烫手的茶盏，盯着姚惜水的眼睛，说道，"我经历这一场噩梦，算是明白过来了。我二伯有心纵容我在宣州荒嬉无度，居心叵测，而我亲生父亲看我这般模样无药可救，心里也是厌烦，相聚才三四个月就将我赶到山庄眼不见为净——而我这次又被选到三皇子身边陪读，在父亲看来，日后有可能给他惹下祸端，还不如看到我在山庄暴病而亡。姚姑娘，你说说看，这么一个一无是处的我，一个留之无用、看了碍眼、可能还会破坏姚姑娘大计的废物，是不是不够资格在晚红楼讨杯毒茶喝？姚姑娘，你们千方百计地想我暴病而亡，以便三皇子身边陪读的人选能空出一个名额，大概也是这么想的吧？"

姚惜水强作镇静，不让自己按着桌子的手颤抖起来。

姚惜水年龄虽小，但除了自幼的训练不说，自从开馆就周转在那一个个老奸巨猾、色欲滔天的丑陋男人之间，每天所经历不知道是何等的千难万难，自以为早见惯人心曲折，也自以为能将内心掩饰得波澜不惊。

然而这一刻，姚惜水却有一种被眼前少年剥光的窘迫不堪。

韩谦闯上门来，姚惜水的第一个念头，就是这个没用的二世祖鲁莽地跑上门来对质，也想好诸多的对策，实在不行就用剪刀直接将他刺死，便说他破坏晚红楼的规矩，强行要拉她欲行好事，大不了牺牲自己将这个破绽给补上，却怎么都没有想到他是上门来"诉衷肠"的！

不错，他们是想着将一个人，选到三皇子杨元溥的身边。

冯翊、孔熙荣虽然声名狼藉，但冯翊深受冯文澜的嫡母宠爱，而孔熙荣又是孔周的独子，他们出了什么意外，冯家、孔家难以接受，就容易往阴谋上胡思乱想。

相比较之下，韩谦是最好的下手对象。

韩道勋为官小心翼翼，又颇为重视名誉，家门出了这么一个不肖子，几番训斥死不悔改，连下面的家兵都轻视之，这样的一个人，倘若暴病而亡，大概是最不会被追究的吧？

毒杀失败后，姚惜水也是惶然到今天，但夫人要她派人盯着韩宅的一举一动，不得再轻举妄动，以免将局面搞得更糟糕。

夫人当时猜测韩道勋即便知道这事，也未必敢将盖子揭开来，毕竟韩道勋并不知道整件事牵涉有多深，但姚惜水没有想到韩谦非但没有将此事说给他父亲韩道勋知道，竟然还跑上门来诉衷肠？

姚惜水当然不会蠢到真以为韩谦刚跑回城就到晚红楼，是真来讨这杯毒茶喝的！

"韩公子真会说笑，说得好像我们晚红楼真有毒茶似的，"姚惜水嫣然笑道，"再者说了，韩公子也不是那种像讨毒茶喝的人啊！"

"还是姚姑娘您知道我的心思，但我既然已经沦为弃子，喝不喝这杯毒茶，已经不是我能决定的了，"韩谦喟叹一声说道，"除非姚姑娘对我的情义，要比那个死掉的范武成深那么一点，觉得我比范武成那蠢货有用一些，我或许可以不用喝下这杯毒茶！"

姚惜水漂亮至极的眸子微微眯起来，目光也变得越发锐利，似乎想将韩谦的心挖出来看看，以判断他这番话的真假。

"哗哗哗！"这时候后窗有人轻轻拿手指叩动窗户。

韩谦猜到他闯上门来，对晚红楼的惊扰绝对不少，但真是半点没有感觉到有人站在后窗听里面的墙角。

姚惜水身子轻盈得仿佛一只彩蝶似的出门而去。

厅里静寂得像千里无风的湖面，韩谦的心再次紧起来，能不能说服晚红楼幕后的主人，姚惜水再次进来就见分晓了。

无声的沉寂最是难熬，二百个数仿佛过去一个世纪。

韩谦心里默默计数，除了缓和内心的紧张外，他还能从姚惜水出去的时间长短上判断姚惜水在晚红楼的真正地位。

姚惜水去而复返的时间极短，那就说明姚惜水在晚红楼里只有接受命令的份；姚惜水出去的时间较长，那说明姚惜水在刚才听后窗的人面前，并非没有话语权。

而这决定着他之后将如何去反制姚惜水这枚棋！

姚惜水去而复还，韩谦问道："姚姑娘，我用不用喝下这杯毒茶？"

看到韩谦眼里的期待之色，姚惜水的心里冷笑一下，指着韩谦面前的茶盏说道："韩公子喝下这盏茶，便知道用不用喝下这杯毒茶了？"

姚惜水的话跟绕口令似的，韩谦心情却无比沉重，恨不得将眼前这小婊子的衣服扒光狠狠地鞭打一通，再先奸后杀。

照理来说，眼前这杯茶不可能是毒茶，但韩谦真正要拿自己的性命去赌，还是控制不住地手有些抖。

韩谦下定决心要赌一把，在伸手去拿茶盏之时，见姚惜水眯起来的眸子骤然凌厉了一些，心里陡然一惊：

是了，不管这杯茶有没有毒，他真要毅然决然地喝下去，晚红楼多半不会容他活下去；晚红楼需要的是能为他们所控制的棋子，而不是一个心计跟胆气都太超群的人，至少他现在不能表现出这点——这也应该是姚惜水去了这么长时间才返回的关键。

韩谦将茶盏端在手里，俄而又将茶盏放回桌上，跟姚惜水说道："是死是活，姚姑娘说句话吧——即便是死，我也想死在姚姑娘的手里，临死还能有一点点的遐想。"

第十四章
下 注

"就你这点胆子，真不知道你怎么敢走进晚红楼来的。"

姚惜水盯住韩谦看了有那么一会儿，接着便挨近过来，将白玉似的茶盏端起来，揭开盖子抿嘴吹开碧绿浮动的茶叶，小饮了一口，再将茶盏递给韩谦，说道："这下子韩公子敢喝了吧？"

"这下敢喝了！"韩谦接过茶盏，看茶盏边缘印着姚惜水的唇印，小心翼翼地避开唇印，也小饮了一口，将茶盏放下，说道，"往后但凡有什么事，还请姚姑娘吩咐。只是太凶险的事情，可不要叫我去做，我这枚棋子用好了，对姚姑娘的用处还是很大的……"

"你胡说什么呀，好像我真迫你去喝什么毒茶似的，"姚惜水嫣然笑道，"韩公子陪着奴家说会儿话，你那两个酒色朋友还正使劲糟践院子里的姑娘，还要过一会儿才能完事呢，又或者我让人去别的院子，看哪个姑娘闲着？"

姚惜水等女在晚红楼里卖艺不卖身，轻易不留宿客人，但其他院子里也有纯粹做皮肉生意的姑娘，总之是金陵城惹人沉醉的神仙窝。

"陪姚姑娘说会儿话就好，陪姚姑娘说会儿话就好。"韩谦咽着唾沫说道。

韩谦小心翼翼地在姚惜水身边，又坐了一炷香的工夫，姚惜水身边的丫鬟跑过来说道："冯公子派小奴过来问韩公子在这边喝够茶了没有？"

"喝够了喝够了……"韩谦忙不迭地站起来，他心想冯翊完事之后就急着回去，估计也是怕回去晚了会挨家里的责骂，但他更担心走晚了，姚惜水这些人会改变主意。

"韩公子真是不喜欢奴家了呢，朋友一完事就跑这么快！"姚惜水一脸幽怨地站起来送别。

韩谦头也不回地穿堂过户，跑去冯翊逗欲寻欢的院子，就见冯翊在院子里搂着一个二十岁左右的姑娘笑着说话。

这姑娘虽然不是晚红楼花魁级的人物，但姿色绝对不差，领襟子没有全部扣上去，露出一抹丰腴的肉色如玉，也着实叫人大咽唾沫，真想伸手去摸一把。

……

……

晚红楼的北院里有一座用挖湖土堆垒起来的小山，有一座三层木楼是晚红楼兴建前就遗留下来的旧物，是晚红亭，晚红楼也是因为此亭而得名——晚红亭的四周，是五六株生长有数百年的古树，外界从哪个方面看过来，都只能隐约看到茂密枝叶间的木楼一角。

姚惜水走上木楼，透过木叶间隙能看到韩谦离开的身影。

木楼的深处还有两人在看着韩谦他们离开。

"韩谦识破惜水的秘密，也猜到我们在三皇子身上下注，留下此人，变数太大。"一个嗓音沙哑的男音说道。

"韩道勋虽然才是秘书少监，不显山露水，但与他同一批调入朝中的官员，都是天佑帝御笔钦点，谁又知道韩道勋就不是那伪帝相中的那人？而韩道勋治理地方极具才干，即便这次入朝不是伪帝有心安排，迟早也会出头，"姚惜水说道，"这样的人要是能为我们所用，能发挥的作用，将比信昌侯还要大！"

在姚惜水看来，韩谦微不足道，留着他还要冒很大风险，但要是通过韩谦将韩道勋甚至韩家都卷进来，并最终能为他们所用，意义就完全不一样了。

"话是这么说，但也不要操之过急，小心韩道勋察觉到后会痛下决心将其子当成弃子抛弃掉！"

木楼深处继续传出声音来，告诫道。

"当然，此子有胆识踏入晚红楼来，也不容小觑，惜水，你可以在他身上多下些功夫……"木楼深处的声音又说道。

"就这厮，是能成大事的样子？"沙哑的声音嗤笑道，因为韩道勋及韩氏，他不反对将韩谦当成一枚棋子去经营，但心底对韩谦还是满心的不屑。

……

……

韩谦回到兰亭巷住处，天色未晚。

这时候晚风吹来，天气凉爽，韩谦却有一种汗流浃背的虚弱感。

一路走回来，特别是跟冯翊、孔熙荣他们分开后，他实在是怕哪条巷子突然扑出一个刺客，将他当场刺死。

也是到这时候，韩谦才稍稍松口气，知道自己的装腔作势奏效，最迫切的杀身之祸算是勉强免除掉了。

韩谦与赵阔推门进宅子，却看到父亲韩道勋陪一个身穿青衣的中年人坐中堂说话，看到他这边走进来，脸顿时就黑了下来，劈头就骂道："你这混账家伙，刚到金陵，都不及歇口气，就跑去哪里鬼混了？"

韩谦这一刻也有些犯愣。

要是说他拉冯翊、孔熙荣跑去晚红楼找姚惜水，大概能将他父亲韩道勋气个半死，但他此时也不知道范锡程留在宅子里，又背着他跟父亲韩道勋嚼什么舌根，心想他此时编谎话怕也难糊弄过去，甚至有可能令他父亲韩道勋对他越来越厌恶。

韩谦刚才去见姚惜水，实际是将他父亲韩道勋当作最大的筹码，令姚惜水及晚红楼幕后神秘的主人愿意用他为棋子。

要不然的话，他一个十七八岁的少年，再装腔作势，又哪里值得姚惜水这些人冒那么大的风险在他身上下注？

重新争取他父亲韩道勋的信任，才有可能做更多的事情，将来也才有可能说服他父亲，不要去做"文死谏"的傻事，去触怒生性已经变得多疑、刚愎自用的天佑帝，从而彻底改变自己的命运。

"孩儿跑去铜器铺讨来十二饼金子，又被冯翊、孔熙荣拉去晚红楼想放松一下，但到晚红楼想到爹爹的教诲，没敢将十二饼金子挥霍掉。"韩谦将十二饼金子从怀里掏出来，畏畏缩缩地递过去。

韩谦心里是暗自侥幸。

他从晚红楼出来时，一心想着离开是非之地，拉着冯翊、孔熙荣二人就走；而冯翊、孔熙荣看到他从铜器铺拿到金饼子，心里认定今天是他请客，三人就这样径直走了出去，也没有谁拦着他们，就这样圆满完成了一次霸王嫖。

而这十二枚小金饼子在手里，也就令他此时所编的九真一假的话，听上去十分可信。

"……"韩道勋朝赵阔看过去。

"少主从铜器铺确实就拿了十二饼金子。"赵阔也没有想明白少主韩谦今天怎么没有将这些金子挥霍掉，但他回了这么一句，也不再随便多说什么。

"混账家伙，快过来给郭大人行礼！"韩道勋这时候再责骂，但语气缓和多了，要韩谦给青衣中年人行礼，随手将那十二饼金子扔身旁的小案上。

韩道勋今日从宏文馆回宅子，被郭荣堵到路上，不得不请他到家里饮酒，没想到刚回宅子，就听范锡程说韩谦到城里都没有歇一口气，就跟冯翊、孔熙荣跑了出去。

韩道勋当真是心肺都快要被气炸了，看到韩谦一脸美滋滋地从外面回来，也顾不得郭荣在场，当场就要发作。

听韩谦这么说，韩道勋的脸色才稍稍好看些。

金陵世风奢靡，十七八岁的世家子流连欢场已是常态，虽然这是韩道勋深恶痛绝之事，但这也非他此时一人能更改的世风。

而韩谦此前的荒废乖戾，也令他伤透了心。

不过，韩谦这次到晚红楼后竟然还能悬崖勒马，没有将刚从韩记铜器铺讨要的十二饼金子挥霍掉，却着实令韩道勋既意外又欣慰，这逆子还算是没有到完全不可救药的地步。

韩谦看到他父亲韩道勋神色及语气都缓了下来，心想眼前这一关算是过去了，给青衣中年人施礼道："小侄韩谦见过郭大人……"

"既然都自称小侄了，这里也没有外人，就喊我郭伯伯吧。"青衣中年人哈哈笑道。

韩谦看这人皮白肉嫩，面相要比他父亲韩道勋年轻许多，但要自己唤他"伯伯"，年纪想必是在他父亲韩道勋之上，再看到颌下无须，面相有着说不出的阴柔，心里微微一凛：宫里的宦臣？

第十五章

信　任

这时候范锡程跑过来说酒已经烫好，韩道勋邀郭荣到西厢房的饭厅坐下来，也没有山珍海味，一碟腊猪肉、一碟白切羊肉、一碟茨菇烧鸡都还是韩谦他们今日从山庄带过来的食材，一坛杏花黄烫热，酒香盈室……

韩道勋将范锡程、赵阔等人遣下去，单留韩谦陪坐在一旁伺候他与郭荣吃酒。

韩谦在旁边小心翼翼地伺候着，酒过三巡才知道青衣中年人是内侍省内仆司丞郭荣。

这次三皇子出宫，虽然不直接册封亲王，仅仅是封侯，年纪轻轻，也没有承担公职，因此侯府暂时不会设长史、主簿等官员，但三皇子即便封侯，也绝对跟异姓侯不同。

三皇子毕竟没有成年，其府中诸事皆由内侍省负责，这个郭荣，就是将随三皇子出宫就府的内侍首领，负责统领三皇子侯府的大小事务。

除此之外，三皇子侯府还将拥有一支一百二十人的侍卫队伍。

虽说三皇子的侍读讲师，会从朝中选择名儒充任，但韩谦、冯翊等四名陪读的大臣之子，平时在临江侯府则还是要听郭荣管束。

韩谦虽然住到金陵的时间不长，但知道他父亲韩道勋，除了跟几个宣州籍的故交有所往来外，也不结交朝中大臣，更不要说跟宫中的宦臣来往了。

他想当然地以为这次父亲特地将郭荣请到宅子里饮酒，是为他这个不肖子费尽了心机，心里还有些小感动。

"郭大人这次到三皇子身边伺候，父亲可知道是宫中哪位主的主意？"韩道勋派范锡程亲自驾车送郭荣回宫门，韩谦站在巷子口，看着马车消失在巷口，见他父亲脸上颇有忧色，疑惑地问道。

"……"韩道勋讶异地看了韩谦一眼，问道："你问这个做什么？"

"孩儿在三皇子身边伺候，难免要说些讨好大人的乖巧话，但要是搞不清楚郭伯伯是宫中哪位大人提拔到三皇子身边伺候的，孩儿怕会说错话。"韩谦说道。

"你能明白这个道理就好。"

韩道勋见韩谦平时荒嬉混账，关键时刻还是能知道轻重险恶，也是稍稍宽心，看了看左右，与韩谦一边进宅子一边说道：

"三皇子乃世妃王夫人之子，三皇子出宫就府，说是一切事务由内侍省负责，但这些年来宫里的大小事务，都是由安宁宫那边主持……"

楚国新创才十二年，但仿制前朝政制，已经形成颇为庞大的官僚体系，宫中内宦也人员杂多。

韩谦到金陵才四五个月，以往对朝中之事漠不关心，但也知道后宫之中此时有三个女人的地位最为尊崇。

皇后徐氏乃后宫之主，长居安宁宫，生太子杨元渥，徐后大弟徐明珍不仅是当朝国舅爷，也是楚国现存的六大实权节度使之一，此时徐家还有多人在朝身居要职。

虽然说太子杨元渥荒嬉乖戾，不为天佑帝所喜，但此时能稳居东宫，能得一批大臣拥戴，除了他身为嫡长子、徐后乃是天佑帝的患难结发之妻外，跟徐明珍在寿州手握兵权以及徐知询、徐知训等人在朝中掌控权柄也有极大关系。

世妃史氏生信王杨元演。

信王杨元演无论是秉性、才干，都更像天佑帝，此时兼领楚州防御使，领兵驻于楚州，与徐明珍所节制的寿州以及西边的军事重镇襄州，共同组成对抗北部强藩梁、晋两国的防线。

世妃王夫人所生皇子杨元溥年纪最小，今年才满十三岁，一直住在宫中。

世妃王夫人虽然年仅三十岁，但听说怀皇子溥之前仅是皇后徐氏身边的贴身丫鬟，乃是天佑帝酒后所幸，只是事后并不得天佑帝宠幸，又受皇后徐氏猜忌，只是生下皇子杨元溥才得封夫人。

韩谦此时自愿沦为晚红楼潜伏在三皇子杨元溥身边的一枚棋子，以解眼下的危机，但晚红楼的阴谋败露，他还是难逃杀身之祸。

他想要见机行事，就要先将三皇子杨元溥身边复杂的人跟事搞清楚才行。

"即便郭大人乃是安宁宫所遣，但你在皇子身旁，言语也不可以孟浪！"不用韩谦追问，韩道勋都怕韩谦到三皇子身边行事孟浪，将韩谦喊到堂屋，耐着性子将一些利害关系，跟他一一剖析……

"父亲不要忙着教训孩儿，孩儿这几天也在想这事，父亲先听孩儿说一说，要是有什么差池，父亲再指出谬误，孩儿印象能更深刻些。"韩谦壮着胆子说道，他以后想要获得更大的裁量权跟自由度，还是要得到他父亲韩道勋的信任才行。

"……"韩道勋微微一怔，但也没有打断韩谦的话，毕竟他说再多，也要韩谦听到心里去才行，此时也就不妨听听韩谦自己到底是怎么想的。

"郭荣即便是安宁宫派出的人，但在朝中毕竟是以皇上的意志最大，将来要说有谁能令郭荣见风使舵，那第一人无疑就是皇上。故而郭荣内心真心的态度，还是会因为皇上的喜好有微妙的转变，不能一而概之，所以即便一定要说些偏向太子及安宁宫的讨巧话，但在郭荣面前，也要适度，"韩谦将他这段时间整理过的信息说出来，"此时朝中传言皇上不喜太子，只是忌惮徐后及徐家已经尾大不掉，才不敢轻举妄动。这样的事情即便很多大臣都心知肚明，但照道理来说，朝中不应该妄议，更不应该传到孩儿这些人的耳中，然而孩儿到金陵都没几个月，就听到不少人在私下里议论此事，孩儿心里就想，这应该是有人在背地里故意散播此事。不过，不管有心人是谁，要是以为三皇子年纪尚小、与皇位无缘，最不受忌惮就大错特错了，因为水搅浑起来，谁都难独善其身。孩儿也有自知之明，虽然谈不上不可救药，但肚子里的学问实在有限，应该没有资格到三皇子身边陪读，但偏偏有人将孩儿与冯翊、孔熙荣、周昆选出来，显然是用了心机的。这反过来也无疑说明，并非所有人都认为三皇子没有一丝机会的……"

"……"韩道勋听韩谦侃侃而谈，微微一怔，随之眼瞳里的光芒骤然更凌厉，追问道，"这些话你都听谁说的？"

韩谦还想装腔作势一番，然后接着暗示他父亲周昆摔得半身不遂不是意外，但没有想到他父亲压根儿就不相信这话是他自己想明白的，第一反应竟然是警惕有人在背后教唆他，他也是无奈。

韩谦苦笑一下，说道："有些话是冯翊、孔熙荣他们两个人今日来找孩儿说的，有些话是孩儿自己瞎想的。"

无论是冯文澜还是孔周，目前都是朝中态度中立或者说态度暧昧不明的将臣，他们应该知道其子到三皇子杨元溥身边陪读不是什么好差事，这些天抓紧时间教导，也是应有之举。

韩谦这么解释，韩道勋倒觉得合理，他确实有些担心已经有人直接将目标放到韩谦身上了。

"不管这话你是听谁说的，你能听进去就好，"韩道勋正色说道，"郭大人那边，你要亲近，但不可失去分寸。另外，三皇子虽然受忌惮，也确实有不少人在他身上有所图谋、算计，但三皇子年纪尚小，只要朝中大局能尽快定下来，三皇子都没有真正成年，他身边的人即便会受忌惮，也不会太深。你此时还是要摒弃他念，在三皇子身边跟着好好读书，守住本分，不要胡作妄为，也就足够了！"

"既然父亲要孩子动不如静，但今日请郭伯伯到府上来，又是为哪般？"韩谦到底不愿意被他父亲韩道勋太轻视，忍不住追问了一句。

"……"韩道勋异样地打量了韩谦一眼，说道，"有些事你莫要瞎问，更不要出去瞎说。"

"孩儿心里明白了。"韩谦闷声说道，心想难道自己猜错了，郭荣并非他父亲主动请过来喝酒了？

韩谦心里又琢磨，冯翊的父亲冯文澜乃户部侍郎，孔熙荣的父亲孔周乃左神武军副统军，都是朝中态度暧昧的实权派将臣，冯翊、孔熙荣被有心人选到三皇子身边陪读，这可以说是"树欲静而风不止"，但他父亲韩道勋身为秘书少监，官居清闲，自己被卷入是非之中，却是有些奇怪了。

换作之前，韩谦绝不可能会想到这么深，但此时的他不知不觉已经受那古怪梦境影响太深了。

所得的消息太有限，分析不出什么来，而他父亲还将他当成不学无术的轻浮浪子，韩谦此时得不到他父亲的信任，也不再纠缠追问下去，瞥眼看了一下他刚才拿出来的十二枚小金饼，还让他父亲韩道勋扔在堂屋的桌几上，便要告辞退出去。

"十二饼金子你拿去用吧，以后在三皇子身边，也少不得要有用度，但不许再像以往那般挥霍无度！"韩道勋严厉地说道。

十二枚小金饼，价值十二三万钱，即便放在官宦之家也非一笔小钱。

韩道勋此时担任秘书少监，俸禄以及应季的赐赏，一年加起来可能也就四五十万钱而已。

这些年中原地区战乱频生，长江以南也不安生，倒是大量的豪族富户随天佑帝南迁到金陵，致使金陵附近的粮田地价猛涨。

即便如此，江乘县的良田每亩也不过万钱而已。

这十二枚小金饼在金陵能拿十二三亩上好的水田。

而像他们今天到晚红楼，即便不霸王嫖，即便是找姚惜水这样的人物出来作陪，也只需要一两枚小金饼就够痛痛快快地潇洒一次了，毕竟不是买姚惜水的红丸。

要不是韩谦背靠宣州大族韩氏，也是绝对没有机会如此挥霍无度的。

"孩儿以后从铜器铺支用多少，又用在哪些方面，叫赵阔记到账簿里，按季报给父亲知道。"韩谦说道。

他即便此时不指望能摆脱晚红楼的控制，但眼下要与冯翊等人交好，要将赵无忌招揽到麾下，甚至笼络赵阔等家兵不给他添乱，都要用钱。

而他到三皇子身边陪读除了偶有赏赐外，不会有什么固定的俸禄能领。

他想着以后还要继续从韩记铜器铺支度金钱，同时又不想因为这个而遭他父亲韩道勋的猜忌跟质疑，还不如现在就定下立账供查的规矩。

"你有心知道收敛就好。"韩道勋脸色沉郁地说道，虽然没有直接阻止，但看神色也不想看韩谦继续从韩记铜器铺支取钱财挥霍。

*　　*　　*

韩谦回到房里，随后赵阔叩门，端着铜盆送洗漱水来——晴云身体瘦弱，不敢骑马，今天就没有随韩谦他们到城里来。

韩谦洗漱过，指着桌上的十二饼金，跟赵阔说道："你刚才没有瞎说话，很好——我身边没有账房，这往后钱物，便由你来替我掌管。以后从铜器铺度支多少、花销多少，花销在哪些地方，你都得给我用脑子记住，每个月跟我父亲说一下细账……"

"老奴绝不敢多嘴。"赵阔说道。

"这是我叫你去说的，有谁责怪你多嘴了？"韩谦说道。

"……"赵阔听韩谦这么说，便点头答应下来，说道，"少主要没有其他吩咐，老奴就先出去……"

赵阔说罢，便将韩谦洗漱过的水连铜盆一起端出去。

韩谦眉头微微皱起，盯着赵阔离开时的背影。

赵阔看似家兵中最不起眼的一人，年纪也有四十多岁，但生性慵懒、懦弱，似乎谁都能差使得了他，因此也受其他家兵轻视。

韩谦借赵无忌杀死范武成，迫使范锡程心灰意冷，难再像以往那般管束自己，而其他家兵看到韩谦胳膊肘往外拐，竟然偏袒佣户之子，与韩谦更是疏远，因而韩谦目前能用的人，还是只有赵阔一个。

这段时间，韩谦也刻意在家兵中提升赵阔的地位。

照道理来说，韩谦此时的地位都未稳，无论是恐吓也好，拉拢也好，赵阔真要是性格怯弱之人，那心里多少应该有所惶恐才是，但韩谦这段时间在他身上却看不到这点。

而且范大黑在他跟前抱怨过，说赵阔老不记事，要紧些的事情都不能交给赵阔去做，但赵阔此时似乎却没有觉得将每个月的一笔笔收支细账记住，是多难的事情。

赵阔是晚红楼的人？

不。

韩谦不认为赵阔会是晚红楼的人。

赵阔到韩家充当家兵，是他父亲韩道勋在楚州任推官时的事情，都已有五年了……

要是晚红楼那么早就在他父亲韩道勋身边布局，这一次他们只需要顺势而为，利用赵阔控制住他就行了，怎么可能第一个就想到除掉他，以便他们的人有机会潜伏到三皇子身边去？

赵阔不是晚红楼的人，应该跟姚惜水这些人没有牵扯，或许借个地方藏身而已，对他父亲韩道勋、对他并没有什么不利之心？

韩谦这么想，多少有些自欺欺人，但身上噬人的虮子已经那么多了，他暂时还不想在赵阔身上打草惊蛇，令局面变得更复杂。

赵阔看着身形佝偻、性了懦弱，端着盛满洗脸水的铜盆刚走下抄廊，似乎意识到自己露出破绽，又似乎直觉到韩谦盯着他看，身子在廊下陡然一僵，停了有那么几秒钟，才转回头看过来。

见韩谦盯着自己，赵阔问道："少主，您还有什么吩咐吗？"

"没有什么事情了。"韩谦不动声色地说道。

随后便将房门轻轻掩起来，韩谦心想以后还是想办法将赵阔从身边赶出去，但现在他手里实在是没有人可以用。

想到身边没有一个人能令他放心，要时刻担心第二天脑袋有可能会搬家，韩谦坐在房里，也是有些心浮气躁，只是摆开拳架子，打一趟石公拳，勉强让自己的心情平静下来。

第十六章

侯　府

八月二十八日，是个好日子，也是三皇子出宫就府的日子。

韩谦一早就与冯翊、孔熙荣赶到皇宫东边的凤翔大街。

大街上一片宁静，兵卒还没有清街，行人照常穿梭其间，并没有意识到今天与往日相比有什么不同。

看来宫中不想大肆渲染三皇子之事。

三皇子杨元溥受封赏赐的临江侯府，就位于凤翔大街上，距离皇宫望江门不过三四百步的距离。

虽然三皇子杨元溥年纪尚小，不会担当公职，府中不设长史、主簿等职，但郭荣之下，车仗、仪礼、膳食、医药、寝侍等事都有专人负责；此外，还有天佑帝从侍卫亲军中亲自挑选的一百二十名忠诚健卒组成侯府侍卫营。

韩谦他们赶到临江侯府，大部分侍卫、内侍以及从小就伺候三皇子的宫女，小两百人都已经住进侯府里。

侯府这边也收拾停当，院子里花团锦簇、绿树成荫，虽然暑热天还没有过去，院子里却十分清凉。

不过，侍卫营指挥陈德以及侯府内史也就是侯府总管郭荣，与刚得临江侯册封的正主三皇子杨元溥还没有出现。

除非三皇子杨元溥有召，要不然，韩谦他们不能随便闯入后院或侍卫营的驻院，但侯府前院就有三进四跨之大，甚是开阔。

前庭居中是宴宾会客的正堂，东首则是授课读书的书舍，中间连着一座亩许地大小的小游园。

假山湖石，藏在柳荫下的浅水池塘里，十数尾锦鲤正欢快地游动着。

从宫里出来、以后就在侯府伺候的青衣内侍、宫女，有二三十人在前庭的正堂、书院收拾着，准备迎接正主就府。

西首的院子，则是宾客随行仆佣等候的宅子；平时在前院值守的侍卫，也多留在那里，没有什么事情发生，不会随意出来走动。

韩谦、冯翊、孔熙荣出行都有家兵奴仆跟着，韩谦以后会专门将赵阔以及昨天才到城里来的范大黑，以及另一个年纪刚二十出头的家兵林海峥带在身边。

赵阔他们进入侯府后不能随便走动，这时候正在西边的院子接受侍卫营参军的质询、审查，确保他们身份来历清清白白，出现在三皇子杨元溥身边，不会产生任何问题。

而侍卫营一百二十人，即便都是精锐骑兵，在楚国军制里也仅仅算作一营之兵，但在陈德之下，还有一名参军辅佐，这是天佑帝要确保侯府及临江侯身边随时随地都要有武将轮替戒防。

韩谦站在书舍前的院子，看池塘旁一座湖石高过人头，孔窍玲珑，一株木槿花开正盛，与十数株韩谦叫不出名字的花草争奇斗艳，似乎昭示着这栋宅子蕴藏着无限杀机。

"你在想什么？"冯翊拉着孔熙荣跑过来，问道。

"我们过来，都等了有一个时辰，都不知道殿下什么时候出宫，我们要在这里等多久？"韩谦抱怨地说道。

"那就等着呗，要不然还能怎样？"

冯翊也是百无聊赖，俄而想到什么事情，压低声音跟韩谦说道：

"临江侯府里里外外都是安宁宫指派的人手，在他们面前，我们绝不能跟三皇子太过亲近，但侍卫营指挥陈德，是世妃王夫人为数不多在朝中得到任用的娘家人，听说是世妃跑到皇上跟前哭哭啼啼求了许久，才得以贴身护卫三皇子安全的。不过，听我姨夫说，陈德却是贪财好赌的尻货，真要遇到什么事，怕是不能指望他敢舍命保护三皇子……"

"殿下身边能遇到什么事？"韩谦不以为意地说道。

"……"冯翊嘿嘿一笑，没有再多说什么。

韩谦相信冯翊在家里定是受了不少告诫，暗中琢磨他的话，心想冯文澜此时就猜测三皇子杨元溥身边可能会有血光之灾发生，由此可见他对局势，或者说对安宁宫那位的认识，显然要比他父亲清醒得多。

不过，就算历史的轨迹不发生更改，安宁宫那位也会等到四年后天佑帝驾崩才会对杨元溥动手，韩谦这时候更感兴趣的，还是顶替周昆的另一名陪读人选到底是谁。

韩谦刚要问冯翊有没有听到什么消息，就听到外面长街传来一阵如急雨般的马蹄声，收住在侯府门前，心想晚红楼千方百计将送到三皇子身边的这个人终于露面了？

"冯翊，你们都先到了！"

韩谦与冯翊循声往外望去，就见一名身高马大的锦衣少年，看年龄跟他及冯翊相差无几，腰挎长刀阔步走进来。

韩谦他们到侯府陪读，除了陪同三皇子读书外，还要陪同三皇子练习骑射，同时也是侍卫营的成员，受封从七品勋官武骑尉，所以韩谦以及指定跟随他的赵阔、范大黑，都能携带刀弓进入侯府。

真要遇到什么事情，他们自然都有卫护皇子的职责。

少年一双亮晶晶的眸子，眼神有些凌厉地打量着韩谦问道：

"你应该就是韩谦了吧？"

"我还以为是谁顶替周昆呢，原来是李冲你啊，你爹信昌侯以及你们李家手眼通天，怎么还让你干这个苦差事啊？"冯翊耸耸肩，言语间对新来的这个少年，并不是十分友好，显然之前不是一路人。

与浙东郡王李遇同父异母的兄弟，信昌侯李普？

韩谦对金陵城里的王公大臣、名门豪族再不熟悉，对在楚国能与徐明珍等人并列六大名将之列、曾率兵攻陷两浙，将越地十四州并入楚国的浙东郡王李遇，以及其弟信昌侯李普，也是知之一二的。

韩谦绞尽脑汁，也没有想到信昌侯李普之子，会是晚红楼费尽心机要送到三皇子杨元溥身边的人。

难道说信昌侯李普跟晚红楼有勾结，又或者说信昌侯李普就是晚红楼幕后的神秘主人？

信昌侯李普所在的李氏，原本是洪州大族，追随天佑帝开创楚国基业，有多人在朝中出将拜相，其中以李遇、李普兄弟最为知名。

特别是李遇，与徐明珍作为楚国开朝六大名将之一，在攻陷两浙后一度担任越州节度使，掌握浙东的军政大权，李氏在浙东俨然又成割据一方的强藩。

天佑六年，梁太祖亲率数十万兵马犯寿州，天佑帝调李遇、李普兄弟率部进驻楚州，威胁梁军侧翼。

待梁军撤围而去，天佑帝就调李遇到朝中担任枢密副使、兵部尚书，不想再放李遇回浙东，实际上是有防范李遇专擅地方的用意。

李遇也是知情识趣，接到帝旨，就将兵权交给当时的副帅、同时也是担任楚州防御使的信王接掌，他率兄弟李普、大将张蟓等人抵达金陵赴任。

天佑七年，李遇又以伤病缠身为由，辞去兵部尚书、枢密副使等职，请求回乡养病。

天佑帝册封李遇为浙东郡王，许其回到家乡洪州养病，留信昌侯李普出任兵部侍郎。

韩谦不觉得李遇有什么问题，要是李遇跟晚红楼有勾结，当年就不会如此轻易地就将兵权交出来了。

有问题的是李普！

由于朝中军权受枢密院、南衙、北衙军司掌控，兵部早就被边缘化了，李普出任兵部侍郎，更多的是位高权微的虚衔。

对曾经与其兄一起执掌数十万兵权、割据地方的李普而言，心存怨意，实在是再正常不过的事情。

而晚红楼谋划极深，有信昌侯李普这样的人参与进来，才是正常。

"我不管你是怎么骗得夫人的信任，竟然也被安排到杨元溥这废物身边来的，但是你要记住一点，在临江侯府，没有我的吩咐，你要敢有什么轻举妄动、坏我大事，小心我要你的性命！"

冯翊、孔熙荣因事到其他院子里去，李冲这时候凑到韩谦身边说话，看他嘴角露出一弯浅笑，别人还以为他是拉近跟韩谦的关系，看不到他眼里所藏的腾腾杀气。

"你连夫人为何将我安排在三皇子身边都不知道，就敢说这样的话，未必太大胆了吧？"韩谦转过身，盯着李冲虚张声势的眼睛，笑着问道。

李冲不威胁还好，出口威胁，顿时叫他看穿李冲的底细。

李冲应该对其父李普与晚红楼背后的真正机密不会知道多少，要不然的话，他作为一枚棋子突然出现在棋局之中，晚红楼不会不跟李冲解释清楚来龙去脉。

这同时也进一步说明，信昌侯李普并非晚红楼的真正主人，要么是同谋，要么也只是晚红楼手里所掌握的一枚棋子。

韩谦这么想也很正常，要是信昌侯李普就是晚红楼幕后的主人，而非晚红楼所掌握、利用的一枚棋子，李普没有必要对自己的儿子隐瞒太多。

既然在这局棋里，李冲并不比自己更重要，韩谦又岂会将他当回事？

李冲微微一怔，眼眸闪过一丝怒色，他不知道夫人为何要将不学无术的韩谦也安排到三皇子身边来，更没有想到废物似的韩谦竟然敢反抗他？

"要我配合你成事也行，我也不想跟你争什么，但你首先要将你的计划说给我知道，要不然，我怎么知道自己不会碍到你的计划？"韩谦继续说道。

天佑帝有三子，太子杨元渥、信王杨元演都已经成年，也都生养子嗣，无论晚红楼幕后的神秘主人想要推翻楚国，抑或是窃取楚国的权柄，直接绑架临江侯杨元溥或刺杀杨元溥都是不行的。

最大的可能，就是太子杨元渥、信王杨元演都发生意外，而最终得以登基的杨元溥，落在他们的掌握之中……

又或者，退一万步，杨元溥要是能赶在天佑帝驾崩之前，就藩地方，最终也落在他们的控制之中，也不能算是一个坏的选择！

随杨元溥就藩地方，对韩谦来说，也不是一个坏的选择。

只是韩谦完全不清楚晚红楼幕后的具体计划，也不清楚他们这么做的成功机会能有多少。

"……"面对韩谦看似合理、循循善诱的问题，李冲眉头却是一挑，不屑与韩谦这样的废物谋事。

韩谦恨得牙痒痒的，心想以后定要找机会收拾这孙子。

第十七章
皇　子

临近午时，十数骑从西往东驰来，蹄音如骤雨笼罩长街。

韩谦、冯翊、孔熙荣、李冲，与侍卫营副指挥兼参军钱文训、侯府典事管保等人迎出侯府，看到一队车马从宫门往这边驰来，当前十数骑大声呼喝着，在半空中啪啪直响地抽打皮鞭，将无关人等从长街上驱赶出去。

很快一乘装饰华丽的马车就在郭荣、陈德等人的护卫下，驰到侯府前停下来。

马车纱帘遮掩，韩谦随钱文训、管保等人上前参拜行礼，就见一个体态丰盈、身材高挑、姿色颇艳的女官，从车里揭开帘子，伸手要牵身后的少年走下马车来。

三皇子杨元溥的脸色有些苍白，手缩在身后，咬着嘴唇，没有让女官牵他下车，而是僵站在车前，打量着守在侯府庭门前的众人，似乎还不知道怎么应付眼前这一大群他名义上的部属，颇有些生怯。

韩谦站在一旁，看冯翊掩饰不住都快要打哈欠，知道三皇子杨元溥此时表现出来的生怯让他有些失望了。

"户部侍郎冯文澜之子冯翊，秘书少监韩道勋之子韩谦，左神武军副统军、忠武将军孔周之子孔熙荣，信昌伯李普之子李冲，日后都是侯爷您的陪读及差遣——侯爷您以后也要对他们四个好好亲近……"郭荣翻身下马，清了清有些尖锐的嗓子，给三皇子杨元溥介绍韩谦等人。

孔熙荣历来唯冯翊马首是瞻，冯翊站在那里不动，他也不动。

韩谦也是不动声色，这时候看到那女官，暗中伸手推了三皇子杨元溥一下，似乎催促他说些话，但三皇子杨元溥的神色在这一刻变得更加僵硬，似被毒蛇舔了一下似的。

韩谦看到这一幕，想到冯翊刚才说过，杨元溥身边除了侍卫营指挥陈德外，其他人都是安宁宫指派的人手，看来真是不假。

侯府大门前的参拜，气氛有些冷了起来。

侍卫营指挥陈德长得倒高俊挺拔、孔武有力，颇有英武之姿，但是他跟世妃王夫人沾亲带故，此时才是小小的营指挥，要么被安宁宫打压得厉害，要么就像冯翊刚才所说的，此人不足为恃。

陈德看到韩谦等人对三皇子杨元溥不够热情，眉头一挑，朝三皇子杨元溥说道：

"殿下还没有看过自己的侯府吧，外面天气炎热，殿下还是先进侯府歇下来，有什么事情，等进侯府再吩咐我们不迟……"

众人簇拥着三皇子杨元溥进侯府。

这时候韩谦他们才被允许跟着一起进内宅。

内宅候着的内侍、宫女更多，地方也更大，重重叠叠的院落有十数重之多，但还显粗陋，远不如晚红楼曲径通幽、景致迷人。

在临江侯府的北面，是一座空旷显得有些荒芜的园子，有十一二亩地，比临江侯府小不了多少。

园子四周用木栅墙围了起来，韩谦看园子内的遗迹，这里之前应该是一座小规模的军营。

园子是作为侯府侍卫营日常操练之地，侍卫营的驻院以及马厩等建筑，就建在园子的东北角上，有夹道能通往侯府各处，以便遇到警情时，武卒持刀弓能以最快的速度增援到各个角落。

三皇子杨元溥兴致不高，众人陪着草草用过餐，说了一会儿话，百无聊赖，就要到后园子观看侍卫营的将卒操练。

虽说天佑帝鼓励皇族子弟及皇子勤习骑射，但三皇子自幼养于宫禁之中，没有接触刀弓的机会。

到后园子里看到侍卫颇有模样地在那里练习射箭，杨元溥眼瞳里第一次流露出感兴趣的神采来，却颇有些胆怯地问郭荣："郭大人，本侯也能射箭？"

"陈将军乃陛下钦点给殿下的骑射师傅，殿下能不能射箭，这得问陈将军。"郭荣对三皇子杨元溥在自己面前所表现的小心翼翼视若无睹，将这方面的事情推给侍卫营指挥陈德。

"陛下、世妃都吩咐过，殿下就府，原本就是要学习骑射的，陛下以后也会不时考校殿下的骑射练习得如何——殿下不但今日可以射箭，往后还要能吃得下辛苦，不要让陛下失望才行。"陈德早有准备，当下就叫人准备好一张制作精美的猎弓，重新摆好箭靶，叫三皇子杨元溥试射。

也许是一个多时辰的接触，韩谦等人都相当克制地表现应有的谦卑跟小心翼翼，叫三皇子杨元溥找回些自信，他接过陈德为他准备好的猎弓，试拉了两把，问韩谦他们道："你们可都会射箭？"

"我们当然都有学过。"冯翊颇有些骄傲地说道。

"那你们先射给我看。"杨元溥说道，先将手里的猎弓递给人高马大的孔熙荣。

韩谦等四人里，孔熙荣长得最为结实，又是大将孔周之子，杨元溥就想先看他箭术如何。

孔熙荣接过猎弓，拉了两把，嫌弃地说道："这弓太软，换黄杨长弓，我射给殿下看。"

陈德眉头微皱，但还是示意手下将身上所背的黄杨大弓解下来，递给孔熙荣。

军中这种特殊的黄杨大弓，拉满需要一石五斗力。

侯府侍卫营一百二十名健卒，人人皆配此弓，可见为了卫护皇子的人身安全，在侍卫人选上，没有谁敢做手脚。

孔熙荣气力极大，侍卫所用的黄杨大弓对他来说，刚好够用，拿出三支箭，走到箭靶一百二十步外，三箭先后射中靶，以示他不凡的箭术，又将黄杨大弓递给韩谦："你要用此弓射箭？"

韩谦苦笑一下，朝杨元溥说道："我可不敢跟孔熙荣比箭术，殿下您这张弓借我用吧。"

韩谦现在是能勉强拉开黄杨大弓，但勉强拉满弓弦，又哪里会有准头可言？

长弓的射程，跟拉满弦的弓力直接相关，一石弓才能射一百二三十步之外的物体。

韩谦从三皇子杨元溥手里接过猎弓，那是一张不过四五斗力的软弓，便走到五十步外连射三箭。

虽然三箭皆中靶心左右，但他的箭术，还是远不能跟拿强弓在一百二十步外射中箭靶的孔熙荣相提并论。

冯翊荒嬉无度，主要还是不喜读书，性情反复无常，但对骑马射箭这事却也不生疏。在武风极盛的当世，郊游野猎也是世家公子最惯常的游乐活动之一。

冯翊拿起猎弓，在五十步外，三箭皆中靶心，箭术要比韩谦好看许多。

李冲要想保持准头，不敢将黄杨大弓拉得太满，就在一百步左右射箭，但箭箭皆中红心，令侍卫看了也纷纷喝彩。

这一百二十名侍卫精锐虽然说是都擅箭术，但能做到这一步的，也仅三五人而已，李冲不愧是将门虎子。

李冲眉头一扬，将黄杨大弓交给陈德身旁的侍卫时，扬头朝韩谦这边看来，不无得意炫耀之色。

韩谦却不理会李冲，他注意到临江侯杨元溥的眼里，这时候流露出羡慕、兴奋的神采，但拳头贴着大腿外侧捏紧，似乎要将此时心里羡慕、兴奋的神采压抑下去。

韩谦蓦然想到：临江侯杨元溥之前就知道李冲会到他的身边，而且还颇为期待李冲到他身边？

韩谦给自己的发现吓了一跳……

"我箭术就差你们太多，以后要跟你们好好学习。"

三皇子杨元溥或许还不知道他刚才的小动作，泄露了多少秘密，他从韩谦那里拿回猎弓，先给自己找台阶似的说道。

他的身体都远没有长成，说话都带有些稚气，气力比韩谦还要小得多，只能站三十步外将猎弓拉开一半，也学韩谦他们快速射出三箭，但三箭都擦着箭靶的边缘而过。

看他持弓的握姿，也知道他之前没有太多机会接触过弓箭。

杨元溥将猎弓递给陈德，说道："陈将军，你来教我射箭。"

陈德是天佑帝指定给临江侯的骑射师傅，而韩谦他们既然是皇子陪读，自然也要跟陈德学习骑射。

冯翊、孔熙荣这时候抱胸站在一旁，似乎想看陈德有无这个资格；韩谦则是有意无意地观察着李冲跟临江侯杨元溥之间的小动作……

临江侯杨元溥之前就知道李冲会到身边，这是韩谦没有想到的。

临江侯杨元溥知道晚红楼的图谋，又或者说是临江侯杨元溥身边的人，直接参与到晚红楼的图谋，告诉杨元溥可以信任李冲？

韩谦更倾向认为是后者。

临江侯杨元溥年纪还是太小，又自幼囿于宫禁之中，心里藏不住什么事，很难想象他直接参与到晚红楼的阴谋中去，但倘若有其他人告诉临江侯杨元溥可以信任李冲，那这个人会是谁？

临江侯之母、刚刚得世妃册封的王夫人？

毕竟在宫禁那么复杂的环境之下长大，临江侯杨元溥胆怯多疑，除了王夫人，韩谦也想不到有谁的话，能让临江侯杨元溥深信不疑。

这时候陈德持黄杨大弓，站在百步之外射出三箭，也是箭箭皆中靶心，赢得侍卫一片喝彩，看来并非冯翊所嗤之以鼻的那般无能。

然而韩谦此时的心神却有些恍惚，实在不清楚晚红楼背后的势力有多神秘、多复杂、多庞大，竟然都早已将信昌侯李普以及世妃王夫人都卷了进去，但仔细想想，要没有将信昌侯李普、世妃王夫人都牵涉进来搅风搅雨，晚红楼有什么信心在临江侯身上能图谋到什么？

这时候，韩谦也才认识到他径直闯到晚红楼摊牌，是何等的冒险，能活着走出晚红楼，真可以说是命硬了。

第十八章

误 导

韩谦也是被晚红楼这些人的图谋跟已经布下的局惊住了，接下来也不敢有什么轻举妄动，见临江侯杨元溥初次接触射箭便能很勤勉地练习，他也就借这个机会，努力地提升箭术。

冯翊、孔熙荣百无聊赖，不能随便离开，便坐在树荫下打发了一下午的时间，韩谦一直到天黑才从临江侯府出来，带着赵阔、范大黑返回城南宅中。

韩道勋今日提前从官署回来，在房间里准备好酒菜，就等着韩谦从临江侯府回来。

韩道勋将侍候的老仆、家兵都遣出去，单将韩谦留在房里一起用餐，问道：

"今天殿下出宫就府，你在临江侯府待了一天，感觉如何？"

"……殿下临到午时才从宫里出来，似乎对出宫之事颇为畏惧，身边也没有能得信任的人，一整天话都很少。用过膳后，大家都到后园子里射箭，殿下练习射箭，甚是勤勉，似有很多的怨气要发泄出来。陈德、李冲皆擅箭术，冯翊、孔熙荣多少有些心不在焉，大家在后园子里一直待到天擦黑，才各自告辞离开。"韩谦将今日临江侯府所发生的事情，说给韩道勋知道。

当然，韩谦没有将跟晚红楼相关的一些细节说出来，但除了这个之外，其他都说得很详细，特别是杨元溥不自觉间对李冲流露出的亲近之意，韩谦也没有隐瞒。

杨元溥还是太年轻了，不知掩饰，他相信以郭荣的能耐跟眼力，不需要多久就能看到这点，他不需要刻意隐瞒。

这令韩道勋都颇为意外，没想到韩谦这才到临江侯府跟三皇子杨元溥等人接触一天，竟然能看出如此之多的内容。

当然了，天下间最希望不肖子能洗心革面、浪子回头的，莫过于其父亲，对韩谦的转变，韩道勋既意外又欣慰，却没有猜疑什么，心思很快就转到其他方面去了。

"……"

见韩道勋眉头微蹙，似在思量着什么，韩谦心思一动，问道：

"殿下畏惧身边的女官及郭大人，这很正常，毕竟他们都是安宁宫派出来的人，但孩儿今日得知顶替周昆到殿下跟前陪读的是信昌侯李普之子李冲，着实吓了一跳。孩儿被推荐到殿下身边，父亲没有办法拒绝，但是谁会想着将李家的人卷进这场是非中去？再看殿下对李冲颇为亲近，似乎知道李冲比孩儿及冯翊、孔熙荣三人应该更能信任。"

韩谦直接问出来，其实是想知道，要是朝中大臣不知道晚红楼跟李普以及世妃王夫人勾结的内幕，又怎么看待李冲到三皇子身边陪读这件事。

他想看一看在真正的内幕跟阴谋没有揭穿之前，又会有什么比较显而易见的信息在楚国的王公大臣们中间传递；通常来说，这应该是李普、世妃王夫人以及晚红楼的幕后之主故意泄露给外界看的信息。

"你能这么看问题，倒不枉我这两个月将你关到山庄修身养性……"韩道勋颇为欣慰地说道。

"……"韩谦盯着韩道勋，他精心编这段话，可不是为了讨这句夸赞。

"李冲得以到三皇子身边陪读，听说是周泰之子摔下马后，安宁宫给三皇子身边选的人就缺了一名陪读——宫中传出的信息，原本是说少一人就少一人，但前天信昌侯被叫到宫中问事，世妃当时也在场，问起信昌侯有个儿子还没有正式授官职，就让信昌侯之子补了这个缺。要是如你所说，事情就没有传言所说的那么凑巧啊，或许是浙东郡王有什么想法吧？"

韩道勋想着将话说透要更好一些。

"浙东郡王与寿州节度使徐明珍历来不合，又担心徐明珍乃是外戚，太子登基后尾大不掉，曾私下建言皇上削徐兵权，但不知道怎的，风声还是泄露出去，又传言浙东郡王此举是想劝废太子，以致太子素来不怎么待见浙东郡王。而天佑六年梁军犯边，浙东郡王奉旨率部镇守楚州，从侧翼迫使梁王撤军，之后被调回京中，所部由信王殿下接管，又有人传言这事是支持信王的大臣在背后进言……"

韩谦暗感糟糕！

他能肯定浙东郡王李遇不会跟晚红楼有什么勾结，但李冲与三皇子杨元溥亲近之事传开来，将误导朝中一大批将臣，甚至误导天佑帝以为浙东郡王参与立嫡之争。

这或许正是晚红楼及李普、世妃所需要的效果，通过有意无意的误导，以改变朝野对三皇子杨元溥的预期，甚至令浙东郡王无法置身事外，最终不得不支持三皇子杨元溥争嫡。

只是这些事情还没有传出去，韩谦却没有想到，父亲会被他第一个误导。

这时候也无法解释什么，韩谦囫囵吞枣地将饭菜吃完，跟韩道勋说道：

"今日看李冲、孔熙荣以及冯翊，他们箭术、拳脚皆佳，孩儿落后太多，有心追赶，但这里宅子狭窄，担心夜里跟赵阔他们学习拳脚功夫，会惊扰到父亲休息。再者，让家兵都留在城外的山庄里，没有人管束，时日一久，难免会有所疏怠、骄纵，孩儿就想着在左右可以多添置几栋院子……"

看到韩道勋还有些犹豫，韩谦心想要连这点小事都得不到支持，以后还怎么放开手脚做其他事？

他便坚持说道："孩儿手里有十二饼金子，这时候不用在这些正事上，孩儿就怕什么时候又不知不觉间挥霍掉……"

韩道勋更希望韩谦能苦读经世致用之学，有朝一日能在朝堂之上，成为治理天下的相臣；即便想领兵征军，学的也应该是排兵布阵之法，而不是将时间虚耗在武夫之事上。

不过，韩谦相比刚到金陵时，已经有极大的改观，韩道勋也不想对他要求太高，挫伤他难得一见的锐气，也就没有约束他太多。

另外，韩谦所说之事，韩道勋也有考虑。

范武成之死，不管韩道勋表面上再怎么安慰范锡程，他心里多少会觉得范武成有骄纵之嫌。

这就是亲疏有别。

"多添置几座院子也好，你交代范锡程、赵阔他们去办……"韩道勋点点头道，算是同意下来。

……

……

借赵无忌之手杀死范武成之后，韩谦始终没敢懈怠。

黑云弓送给赵无忌后，韩谦给自己备下一张黄杨大弓，还准备了一把斩马刀，还有一副革甲，用于防身，也用于日常骑射训练，回到金陵城里，也不敢有丝毫的懈怠。

现在韩谦白天到临江侯府坐班，私下里有什么事情，都只能夜里去办。

这时候韩谦回房穿好革甲，背上黄杨大弓，手持斩马刀，走到前院。

"少主，这是要去哪里？"

范锡程跟韩老山坐在院子里槐树下打岔，看到韩谦刀甲整饬地走出来，吓了一跳，还以为少主韩谦夜里要出去做什么打家劫舍的事情，连忙站起来问道。

韩老山是韩道勋少年时就追随在身边的书童，此时也有五十多岁，目前与妻子周氏一起留在这边的宅子里照顾韩道勋的起居——他们膝前原本生养两个儿子，但在随韩道勋任职楚州时，都不幸死于战乱。

"现在睡觉还早，不想打扰父亲休息，便想到前院来练习刀弓，"韩谦将黄杨大弓解下来，靠到树桩上，又跟韩老山说道，"我父亲说还要在左右多添置几座院子，尽可能多地将家兵都调到城里来住。韩叔你明天与范爷出去，看看左右有没有空置待售的宅子。"

"左右都有人家住着，可没有听说谁家要搬出去，将院子让出来啊！"韩老山不确定地说道。

"不一定就在左右，兰亭巷，或者附近的巷子都可以，只要有什么事情，能及时召唤到就可以了。"韩谦说道。

梦境里有句话说得好，这世间，从来都没有无缘无故的爱，也没有无缘无故的恨。

这近一个月来，韩谦也认真地反思过。

他倘若一直都是原先那个脾气乖戾、刻薄寡恩，又没有什么威信可言的世家子，在他父亲被杖杀于殿前，自己又是朝廷发海捕公文缉拿的"逃犯"时，怎么指望这些家兵会忠心保护他，更不要指望他们会追随自己起兵造反了。

御下之术有很多，但要改变这一切，第一步还是要尽可能多地将这些家兵调到城里，调到自己身边来，才有可能恩威并施。

"……"韩老山眼神下意识地就往后面的院子里瞟。

韩谦装作没有看到韩老山的反应，继续说道："韩叔、范爷，我父亲说了，你们追随他这么多年，也早就该都有落脚的地方……"

韩老山、范锡程都微微一怔，点头应承下来，说是等明天再出去找附近有没有空置的宅子。

韩老山、范锡程跟随韩道勋时间最久，两人年纪也大了，不要说赏赐宅院，就算是对脱籍自立门户，也没有什么兴趣。

他们这辈子要么战场厮杀，要么伺候他人，让他们脱籍、自立门户，也没有什么手艺，靠什么谋生？

范大黑、赵阔、林海峥三人，听到前院的动静跑过来，特别是范大黑、林海峥听到这事，却很是振奋。

他们还年轻，即便性情迂直的范大黑，对未来也抱有憧憬跟一些看似胆大妄为的期待。

"林海峥，你来陪我练刀！"韩谦拿起直脊刀，连刀带鞘朝林海峥劈过去。

"……"林海峥吓了一跳，连忙摘下腰间的佩刀，连着刀鞘架挡。

林海峥乃是兵户出身，才刚满二十岁，他的父兄皆战死，他是作为赏赐过来的兵户，这两年间才追随在韩道勋的身边伺候；此时他的寡母、两个妹妹以及寡嫂、幼侄都安置在山庄里充当奴婢。

林海峥与范大黑一样，都是自幼习武，随手就将韩谦劈来的刀架住。

韩谦心想着他眼下虽然没有杀身之祸，但保不定晚红楼的图谋什么时候就有可能败露，又或者他父亲犯了"文死谏"的倔脾气触怒天佑帝，他得做好随时远走高飞的准备。

他这时候要尽可能地争取范锡程、范大黑这些家兵的忠诚，但有朝一日自己真成了朝廷捉拿的逆党，主要还得靠他自己。

"少主，刀械凶险，练习拳脚就好！"看到韩谦一刀斩下去，虽然没有什么章法，但既凶且狠，范锡程看着也有些胆战心惊，忙出声提醒道。

韩谦刀虽然没有出鞘，但刀鞘谈不上有多坚固，用力过猛，刀刃还是很有可能破鞘伤人。

而且韩谦的刀势凶狠，气力也颇为惊人，林海峥仅仅是挡架，也封不住韩谦的刀势，但要还击的话，要是一时失手，也有可能伤到韩谦。

范锡程就想着少主韩谦还是练习拳脚稳妥些，要不然的话，无论是林海峥或是少主韩谦，他都不好跟家主交代。

"花拳绣腿打得再好，也不会是战场杀敌的真本事！"韩谦对范锡程的劝告置之不理，对林海峥笑着说道，"你要是不还手，被我打得头破血流，可不要怪我下手太狠哦。"

六十四式石公拳，这时候韩谦已经练得相当娴熟了，但石公拳主要还是强身健体，真正战场杀敌或者说能威慑住他人的真本事，还是要用枪戟刀械。

梦境世界里有句话说得好，功夫再高，也怕菜刀。

真正所谓的空手夺白刃，需要对战的两个人，在身手及气血相差极大，才有可能实现。

再说了，在数百人、数千人，甚至数万人、十数万人厮杀的混乱战场上，数支、十数支甚至上百支枪矛捅刺过来，跑到哪里空手夺白刃去？

韩谦要强身健体，每天打几趟石公拳就够了，也不需要拉范大黑、林海峥陪练，但要练成有朝一日能孤身逃亡的真本事，还要拿刀弓进行实战对练。

也只有拿刀械实战对练，他的提升才快，而不会陷入花拳绣腿的套路之中而沾沾自喜。

赵阔也蹲在一旁，前院就挂了两只灯笼，天上没有星月，光线昏暗，旁边也看不到他眼睛里对眼前这一幕所流露出来的疑惑之色。

第十九章
侍讲沈漾

找房子的事情由范锡程、韩老山他们负责，一连数日，韩谦照旧每天带着赵阔、范大黑、林海峥赶到临江侯府应卯。

天佑帝一直都没有给三皇子杨元溥指定侍讲，冯翊、孔熙荣照旧慵懒懈怠，李冲则"名正言顺"地跟杨元溥亲近起来，实际替代陈德承担起指导杨元溥骑射的职责来……

虽然韩谦没有喋喋不休地向他父亲追问朝中的动向，但相信这些事落在有心人的眼里，朝中不可能无动于衷。

也许杨元溥在宫中被压抑得太久，出宫就府，多少能呼吸一些自由的空气，虽然年纪甚小，但对练习骑射也表现出极大的兴趣跟坚持。

侯府侍讲还没有指定官员，就没有其他课业要学，大家整日都泡在后园子里，韩谦也是借着难得的机会，练习骑射。

韩谦他们在时，郭荣都随时守在杨元溥的身边，比侍卫营指挥陈德都要"尽心尽职"，而入府时曾惊鸿一现的女官，平日都守在后宅子里，只是偶尔到后园子或前院露一下脸。

韩谦进入侯府后，甚至都没有机会跟那个名叫"宋莘"、很早就得皇后徐氏旨意、在王夫人和三皇子身边照应起居的女官说上话。

三皇子杨元溥待他的态度，跟待冯翊、孔熙荣没有什么区别，韩谦自然也不会贴过去，无端去惹郭荣、宋莘的猜忌。

信昌侯李普，与浙东郡王李遇是同父异母的兄弟，他们不怕安宁宫的打压，韩谦还是要尽可能低调，避免给他父亲惹来无妄之灾。

波澜不惊的日子，持续到天高气爽的九月下旬，韩谦一早带着赵阔、范大黑、林海峥赶到侯府，看到郭荣、陈德二人指挥侍卫、内侍在前院忙碌着，不知道是不是这两天有什么重要人物要过来。

"皇上昨日在文英殿召见侍读学士沈漾，想让他担任临江侯府侍讲一职，沈漾这老匹夫却在皇上面前托病说自己连月来气喘体虚，难胜其任，要皇上另选高明，被皇上在文英殿里狠狠地训斥了一通，当廷就下旨要沈漾两天后进侯府传授三皇子课业，不从就以抗旨论罪……"

韩谦正疑惑间，冯翊不知道从哪里钻过来，附到韩谦的耳畔，将他听来的小道消息，一五一十地说给韩谦知道。

韩谦听冯翊绘声绘色地说昨天宫中所发生的事情，但疑惑地看了冯翊一眼，心想昨日宫中才发生的事情，不知道他从哪里知道得这么详细。

冯文澜、孔周跟他父亲韩道勋一样，在朝中至少表面上跟太子及信王一脉的大臣没有什么暧昧不清的关系，也恰恰如此，他与冯翊、孔熙荣才会被挑出来，担当皇子陪读这苦差事。

"户部度支不足给付官俸，我父亲昨天被皇上召到文英殿问策，恰好看到这一幕。"冯翊不加隐瞒地说道。

韩谦对冯文澜的印象不深，见过两次面，只记得他总是一副神情森凉、不苟言笑的样子，实难想象他会这么随意地将宫中所发生的事情，当成趣闻跟自己不怎么着调的儿子说起。

侍讲沈漾到明天才会正式进府传授课业，在侯府厮混过一天，韩谦回到宅子里，韩道勋天刚黑也是从官署回来，但眼神难掩疲惫之色，韩谦也不知道有什么事情困扰着父亲。

为了重新获得父亲的信任跟重视，韩谦对父亲在官署的事情不会多嘴追问什么，但每天夜里用餐时，会将临江侯府发生的大小事情都说一遍。

明面上已经将徐后及江东郡王李遇、信昌侯李普等势力卷了进去，看似不大的临江侯府此时也可以说是潜流涌动，稍有什么风吹草动，也足以令人猜测连连。

天佑帝强迫沈漾出任侯府侍讲，在嗅觉敏感的朝廷大臣眼里，怎么都不是一件小事；然而在韩谦看来，昨天文英殿所发生的事情，经冯文澜之口传播出来，更耐人寻味。

"……你怎么看这事？"韩道勋每天都抽时间听韩谦说临江侯府发生的事情，见他更在意冯翊传话这样的细节，并认为这是冯文澜故意在散播对三皇子不利的消息，颇感兴趣地问道。

"冯家跟太子、信王都没有瓜葛，最终无非是谁在帝位孝忠谁，原本没有什么必要卷入这些是非之中。而事情倘若一直都如父亲最初所说的那般，三皇子殿下于帝位希望渺茫，我等给三皇子殿下陪读，日后也不会有什么影响，更不会影响到冯家、韩家的沉浮，但事情坏就坏在李冲的身上——我想父亲此时也感到颇为棘手吧？"韩谦说道。

"……"听韩谦这么说，韩道勋也是忍不住长叹了一声。

见父亲韩道勋这般样子，韩谦知道自己的判断是对的。

晚红楼与信昌侯、世妃王氏等人的阴谋，误导朝中大臣以为浙东郡王李遇卷入此事，在一定程度上改变了朝野对三皇子杨元溥问鼎帝位的预期。

以往，徐后及太子一系，或许派郭荣、宋莘等人盯住三皇子杨元溥，就可以了，也不需要有什么多余的动作，但浙东郡王李遇卷了进来，朝中将臣的风向有所转变，徐后及太子一系的人怎么可能还会继续按兵不动？

这时候冯文澜做这些小动作，虽然有些迫不及待，但主要还是想要撇清冯家跟临江侯的牵涉，避免冯家受徐后及太子一系的敲打。

这也说明，浙东郡王李遇卷入此事，在一定程度上改变了预期，但冯文澜还是认定三皇子杨元溥登上帝位的希望渺茫。

"冯家都迫不及待地撇清关系了，父亲欲当何为？"韩谦问道。

"于心无愧便可，无须担忧太多，我们以不变应万变即可……"韩道勋说道。

韩谦盯着身前天青色的酒盅，心想这算什么应对之策？

只是他这时候也猜不透父亲心里究竟在想什么，也不便多说什么。

……

……

这时候，范锡程与韩老山走进来，汇报这几天在兰亭巷附近打听空置宅院的事情。

"……"韩谦这几天回宅都比他父亲早，但范锡程、韩老山遇到他时没有提这事，他还以为下面人办事效率缓慢，范锡程、韩老山还没有对附近的空置宅院打探清楚，没想到在范锡程、韩老山的眼里，他到底还仅仅是"少主"，他父亲韩道勋才是这个宅子的家主。

韩谦冷冷地看了范锡程、韩老山一眼，坐在一旁听他们说附近街巷的宅院情况。

兰亭巷位于南城。

与皇城所在的北城多为王公大臣居住不同，南城居住的多为寒苦平民。

即便天佑帝定都金陵后，有不少的富户豪族迁进来，但由于天佑帝严刑峻法，稍有作奸犯科者，要么流放充军，要么斩立决，再加上城中赋税极重，苛敛求索，致使城中破家荡产者极多，南城里空置待售的宅院还是不少。

那些较为破落的宅院，也甚是廉价。

范锡程、韩老山他们跑了几天，将南城可以出售的宅院都打探清楚，差不多有好几百间，这会儿等着韩道勋定夺。

将一部分家兵调到城里来，宅院不用奢华，而且南城独门独户的简陋宅院，也甚是廉价，二三万钱就能买一栋半亩大小的院子，梦境世界里京城飞上天的房价，完全不能相提并论。

韩道勋官俸有限，加上山庄的收成，供大宅子吃穿用度，都紧巴巴的，韩谦从韩记铜器铺拿来的十二饼金子，就可以用来添置五六栋小宅院。

"买哪几间，谦儿你来决定。"韩道勋将决定权交给韩谦，也有考校之意。

韩谦让范大黑到他房里拿来纸笔，将附近的街巷勾勒出来，又让范锡程、韩老山将附近几条巷子里可售的空置宅院标注出来，随后就将他看中的六栋宅院用朱笔勾出来，交给韩老山、范锡程，说道：

"韩伯、范爷，你们将这几栋院子的情况，再说给我听听……"

范锡程接过去，就见少主韩谦在兰亭巷的头尾各选一栋，左右靠山巷、乌梨巷各选两栋，六栋宅院恰好将这边的宅子围裹在当中。

要是外面什么风吹草动，住在这六栋宅院的人都能最先听到，而且能以最快的速度聚集到这边来。

这其中的好处，拿纸笔勾画出来后，一目了然，都不用费唇舌多加解释。

范锡程在韩道勋身边多年，知道家主在外素有善谋的美誉，没想到少主韩谦这两个月修身养性，倒也有家主三四分运筹帷幄的气度，抬头看家主韩道勋眼里，对少主韩谦也确有几分赞许之意……

六栋宅院分散于兰亭、靠山、乌梨三条相邻的巷子里，将主宅包围在里面不说，还控制进出巷道的口子。

看到韩道勋眼里颇有赞许之意后，在进一步了解这六栋宅子的信息之后，韩谦更是直接决定这六栋宅子买下来后如何分配。

兰亭巷头尾两栋宅院，巷尾那一栋，韩谦打算给赵阔及一名没有家小的孤寡家兵合住。

韩谦不知道赵阔身上到底藏着怎样的秘密，平时会带他到临江侯府应卯，但不想回到宅子里，也生活在赵阔的监视之下。

那样的话，他心理上会莫名地感到一种压力，让赵阔搬出去住，有事只要能召唤到跟前便可以了。

兰亭巷头的那一栋，韩谦打算给范锡程、范大黑父子住。

林海峥有母亲、两个妹妹以及寡嫂跟一个才十二三岁的幼侄，都不宜留在山庄里从事重体力活的劳作，韩谦便将乌梨巷一栋两进的宅院给了林海峥。

还有两栋宅院位于大宅背后的靠山巷里，甚至在两边的院子备好梯子，只需要翻两道山墙，能直接进入主宅，韩谦则计划安置六户家小不多的家兵住进去。

而韩老山夫妇及婢女晴云，则还是跟着韩道勋、韩谦继续住在大宅里。

还有一栋三进的宅院，位于乌梨巷的巷尾，北面是条通秋浦河的石塘河，南面跟林海峥的住处挨着，背后则是兰亭巷赵阔的住处。

这栋院子跟其他民宅不挨着，比较近处，又能用舟船走石塘河入秋浦河，通往晚红楼，甚至还能过水关出城，抵达山庄南面的赤山湖，韩谦打算将这栋院子单独留下来，作为他练习刀弓的地方……

范锡程与韩老山对望了一眼，情知换作是他们，也不可能比少主韩谦安排得更合理，暗感少主的根子不坏，关键还是要能洗心革面、戒掉劣习。

"好，你们便照谦儿所说去办。"韩道勋一锤定音地说道，将范锡程、韩老山他们心头最后一丝疑惑抹掉。

第二十章

解　惑

买宅子以及家兵携家小迁入城中，都不用韩谦盯着，他次日一早，带赵阔、范大黑赶到临江侯府，陪三皇子杨元溥守在侯府大门外恭候着，等日头升到树梢头，才看到一辆马车晃悠悠地行来。

马夫揭开车帘，虽然才五十出头但须发皆已霜白的沈漾，才一边咳嗽着，一边蹒跚着爬下马车，以示他之前在文英殿的推托不是谎言。

沈漾出任临江侯府侍讲，从此之后就是皇子师，韩谦、冯翊、孔熙荣以及李冲等陪读，都要跟着三皇子杨元溥行拜师礼。

昨日侯府这边准备了一天的拜师宴。

沈漾却无意领情，朝郭荣拱拱手，问道："郭大人，沈某人侍读之所在哪里？圣命所托，殿下读书授业要紧，沈某人不敢懈怠，虚礼还是免了……"

说罢，沈漾又让兼作马夫的老仆，从马车捧下一堆书册，作为传授课业的教材，直接捧到侯府里去。

大家面面相觑，但想到沈漾这老匹夫都敢驳天佑帝的面子，最后是被天佑帝强迫着才勉强同意担任侯府侍讲，他们也只能老老实实地跟在沈漾身边，走进东院书堂。

临江侯杨元溥在宫中，即便笼罩在徐后的阴影下，即便再不受天佑帝的宠溺，但身为皇子，又有世妃王氏的照顾，现在都十三岁了，最基础的读书识字，还是没有什么问题的。

天佑帝选沈漾为他传授课业，实是要授经史律算等经世致用之学。

沈漾显然是将侯府侍讲视为推卸不掉的苦差事，每日上午到临江侯府应卯，除了照天佑帝钦点的诸学科目，照本宣科地教授三皇子杨元溥及韩谦等人之外，多余的事一概不做，多余的话一概不说。

即便杨元溥有什么不解之处，沈漾也只是要求三皇子"熟读书经而其义自见"，不愿意多费唇舌解释太多。

沈漾胸襟之中所学博杂，对农事营造、律法官制、租庸财赋、山海货殖乃至军伍兵阵等事皆有涉猎，在当世称名儒，倒非浪得虚名。

韩谦将沈漾所授之学，与梦境中人翟辛平所具备的一些学识结合起来，不但不觉得难以理解，甚至还学得津津有味。

然而这一切对年仅十三岁的三皇子杨元溥而言，就太艰深晦涩了。

三皇子杨元溥起初还兴致勃勃地去学这些东西，但坚持大半个月，新鲜劲过去，就难免心浮气躁起来。

十一月初一，是二十四节气的大雪之日，是仲冬时节的开始，北方已经雪覆大地，即便是金陵城里，大街小巷的民众也都陆续穿上御寒的袄裳。

逢二十四节气以及天佑帝、徐后诞辰等重要节日，韩谦他们都有"休沐"的假期，不过他们在临江侯身边陪读，这一天宫中专门有给他们的赏赐，也是一早赶到临江侯府来领取赏赐。

沈漾作为侯府侍讲，赏赐自然要比韩谦他们厚重得多，但沈漾却不是很领情，这日他人没有出现，上午派老仆过来说他夜受风寒，卧病在床，宫中赏赐由老仆用那辆快散架的马车拉回去就行。

"这老匹夫！"三皇子杨元溥黑着脸，盯着沈漾所乘的那辆马车吱呀着远去，站在侯府大门前，咬牙骂道。

韩谦、冯翊、孔熙荣只当没有听见，看到各自的家兵将绢绵脯肉等赏赐装上车，也就准备告辞离开。

"你们让家兵将东西先运回去，你们留下来陪我射箭，等用过午膳再各自回府也不迟。"杨元溥说罢也不容韩谦、冯翊他们拒绝，他便径直往后园箭场走去。

走到后园箭场，杨元溥对今日当值的侍卫营参军钱文训说道："你们今日都下去歇息，不要在这边伺候了，我们自己摆箭靶子！"

知道三皇子心情不好，钱文训也没有多说什么，带着人退到箭场边，但也不离开。

"你们去摆箭靶子，放一百步开外！"杨元溥指着冯翊、孔熙荣说道。

冯翊、孔熙荣懒洋洋地跑去摆箭靶子，韩谦取来一张猎弓、几支铁箭，递给杨元溥。

"昨天沈漾那老匹夫讲授前朝度支使刘晏改制漕运一事，看你听得津津有味，可是心里想明白了？"杨元溥接过猎弓，不经意地问道。

韩谦微微一怔，没想到三皇子杨元溥会主动找他说话。

今天逢宫中大赏，郭荣一早就到宫里去了，宋莘平时不出内宅，而钱文训、冯翊、孔熙荣刚刚被遣到一边，这边只有他与杨元溥、李冲三人。

韩谦抬头看了李冲一眼，见他眼睛有阴戾之色，虽然满心不愿意，但似乎对杨元溥突然问他话，也没有感到意外。

韩谦到临江侯府陪读，已经有两个月了，这期间三皇子杨元溥对他的态度一贯冷淡，几乎都没有单独说话的时候，跟对冯翊、孔熙荣二人没有什么区别，他还以为三皇子杨元溥并不知道他跟晚红楼的真正关系。

这一刻，韩谦才发现他真是看低杨元溥了，也没想到还要过两个月才十四岁的杨元溥，城府竟然比他所想象的深得多。

"我会避开安宁宫的眼线找机会跟你说话，你不用担心郭荣这些狗奴才会盯上你。"杨元溥见韩谦迟疑着不说话，蹙起眉头说道。

"李冲应该有跟殿下说过卑职不学无术，殿下这个问题，叫卑职实在难以回答。"韩谦淡淡一笑，回应道。

站在一旁的李冲，额头上的青筋跳动了两下，但终究忍住没有说什么。

杨元溥叫沈漾搞得心浮气躁，这时候也没有耐性看韩谦给李冲上眼药水，催促问道："你到底是懂还是不懂？"

"只要殿下不觉得卑职是不学无术之徒，卑职自然会一一跟殿下解说详细，而要说前朝度支使刘晏一事，则要从前朝漕运弊端说起来，"韩谦见冯翊、孔熙荣懒洋洋地在百步开外立箭靶子，稍作思量说道，"关中自汉末以来，战乱频生，农事也频受摧毁，富庶已不及洛汴，更不及江淮。前朝定都关中，初年官吏宫侍不过万人，从关中诸州县征粮以及每年从江淮调度四五十万石粮食，就足以支给官俸及宫禁所用。而到周武年间，朝中官吏宫侍增加数倍，加上不事农耕的奴婢仆佣，关中所产之粮，已经远不敷使用，不得不常常迁都洛阳就粮，遂有两京。而此时每年征用大量劳役兵丁，从江淮调粮，已增至一百七八十万石粮，仍然不能补缺额。江淮自秦汉以降，日渐富庶，不要说二三百万石粮食，上千万石的粮食也能调出，但漕运靡贵，每一石粮从江淮运抵关中，需耗运费四五千钱，每年仅运粮就需要用上百亿钱，前朝国力极盛，犹感吃力。到玄宗时，必须对漕运进行改制，遂有刘晏出任度支使……"

这时候冯翊、孔熙荣摆好箭靶子走回来，韩谦将猎弓递给三皇子杨元溥，便退到一旁，等他先射箭。

韩谦虽然还没有讲到关键处，但刚才短短一席话也将前因讲了个通透。

三皇子杨元溥盯着韩谦的眼神灼灼焕彩，不经意间瞥看李冲时，眉头都会忍不住一蹙。

韩谦心里一笑，心想李冲这孙子在三皇子杨元溥面前，果真没有少说自己的坏话，但杨元溥对他的印象，全都来自李冲背后捣鬼，要扭转过来也就最为方便。

李冲的嘴角抽搐了一下，却没有说什么。

将前朝刘晏改制漕运之前的弊端说清楚，这并不代表什么，李冲才不信韩谦肚子里能有什么真材实料，猜测他无非是在席间听他父亲韩道勋说过此事，这时候照搬过来卖弄而已。

"前朝漕运，二月从广陵起运，四月之后通过淮河进入汴河。而此时水浅，船运于汴河之中行走缓慢，需要等到六七月水丰之时，才能抵达汴河到黄河的交接河口。而此时又恰逢黄河丰水期，黄河水涨高于汴河，需要用大闸将两河隔开，粮船自然不能通行。需要等到九月，黄河水落之后，粮船才能从汴河入黄河，一路转进洛水，抵达洛阳。而从洛阳到陕州，虽然只有三百里，又有黄河水道相通，但陕州以东的三门峡水急滩险，船行十之六七或破损、或翻覆。运粮船吃水又深，不敢过险滩，因而到洛阳后，只能搬粮上岸，用牛马车驮运到陕州，再在陕州重新装船，经潼河运抵长安，此时差不多已经是年底了。漕运看似一路水运，但周折极多，而前后差不多要整整耗用一年的时间，十数万军民、数以千计的粮船为漕运之事，虚耗在途中，其弊一也；粮船大量积压、占用水道，民间也难得水道之利，其弊二也；而朝中豪贵少粮却多金钱，关中有余粮但皆被搜购一空，每遇涝旱，民间没有存粮熬渡，便动辄大灾，而在京师之则，却动辄民乱攘攘，遂成前朝国政之大害……"

在韩谦看来，三皇子杨元溥年纪还太小了，天佑帝再有不到五年的时间就要驾崩，以常理来说，根本就没有足够的时间给三皇子杨元溥成长，更没有时间给他建立威信，建立自己的势力，但或许是在宫中，被安宁宫压制得太久、太狠，三皇子杨元溥出宫就府后的勤勉也是极为罕见的，更令韩谦意外的，则是三皇子杨元溥能在他的事情上如此沉得住气。

韩谦心想着，要是能在天佑帝驾崩之前，助三皇子杨元溥争取出京就藩的机会，或许也是自己改变命运的一个选择。

"刘晏任度支使时，看出漕运滞缓最大的问题，就是粮船在水道交接之处等待时间太长，便决定在疏浚水道的同时，在两河交接之处建仓收粮，使每两仓为一路，每一路的粮船只负责两仓之间的粮食转运，省却虚耗之时。洛陕最险三门峡处，刘晏于峡口东西两端设两仓，这么一来，东西两仓相距不足二十里需要走陆路，其他皆可走水运——此法通行之后，玄宗时每年最多可从江淮调四百万石粮济关中，而每石粮运费降到七百钱以下，遂称善政。"

第二十一章
授　计

沈漾讲授刘晏改制漕运，仅有寥寥数语，便不愿多讲。

不要说杨元溥以及不喜读书的冯翊、孔熙荣了，李冲听了都云里雾里，只知其然，不知其所以然。

李冲夜里回去，将家里供奉的儒士找来，也没有人能将其中的道理说通透。

他今早过来，依旧没有办法给三皇子杨元溥答疑解惑，却没想到韩谦借射箭的空隙，竟然将前因后果说得一清二楚。

见三皇子看韩谦的眼神焕然有彩，李冲心里酸溜溜的不是滋味，但他能说什么？

说是韩谦昨日回去后，听他老子韩道勋讲解才搞明白这一切的？

就算是如此，他以前在三皇子杨元溥跟前说韩谦不学无术、不堪为用，也太过了。

杨元溥最初是不满李冲将韩谦说得如此不堪，但过后也没有再表示什么，射箭之时，看李冲箭术精湛，还是欣然喝彩，没有半点的生疏，毕竟他此时能公然亲近的臣子，也就李冲一人。

韩谦从李冲手里接过黄杨大弓，隔着百步将一支铁箭射中箭靶，偏出靶心有三四寸，不过，也足以表明他这段时间箭术提升很快，气力也不比军中的悍卒差上多少。

"大冷天的，殿下不在暖阁里温书，却跑到箭场来吹这冷风，要是染了风寒，奴婢怎么跟夫人交代。"极少在箭场出现的宋莘，这时候裹着一袭玫红色的锦披走过来，伸手抓住杨元溥已经拿到手里的猎弓，阻止他继续射箭。

杨元溥到底还是未满十四岁的少年，竟然没能将猎弓从宋莘手里夺回来，脸气得通红。

钱文训以及站在箭场边的侍卫，头都撇向一旁。

宋莘虽然是一直侍候在世妃王夫人身边的女官，也自小服侍三皇子杨元溥的起居，但谁都知道她是安宁宫派出去的人。

而且宋莘有品秩在身，即便是李冲这时候也不敢替杨元溥出头，将宋莘斥退下去。

"今日仲冬，我要留李冲他们在内宅饮宴，你们都准备妥当了没有？"杨元溥最终还是忍住气，没有再尝试将猎弓夺回来。

"李冲他们怎可以随便到内宅饮宴，奴婢专程在书堂里安排一桌酒席，叫他们吃过各自回府便是了，"宋莘扫了韩谦一眼，说道，"殿下先随奴婢回内宅，不要受了寒气，要不然郭大人回来，会斥怪奴婢不知道伺候好殿下！"

"我要与李冲再说会儿话。"杨元溥固执地说道。

"殿下也真是的，整天在一起，还有啥话要跟李家郎说的。"宋莘嗔怪地说道，好像是数落一个不懂事的孩童，但她也没有强迫杨元溥立刻随她去内宅，将猎弓交给侍卫营参军，就先走了。

看宋莘临走时，又朝自己这边瞥了一眼，韩谦眉头微微一蹙。

宋莘不怎么到前庭及箭场来，韩谦也不过才见她三四次，见姿色丰艳，年龄也才二十五六岁的样子，但瞥过来的眼眸颇为凛冽，想必是刚才从哪个角落里看到他今天跟杨元溥私下说话颇多，忍不住跳出来阻止。

韩谦暗暗头痛，杨元溥身边都是安宁宫的人。

即便是侍卫营，绝大多数人也不可靠。

冯文澜还知道故意散布对三皇子不利的消息，跟安宁宫以示清白，韩谦不想他父亲沦为安宁宫首先要打压的对象，但是又不能避开宋莘、郭荣这些人的眼线，以后跟三皇子杨元溥单独交流都成问题，还能做成什么事？

"冯翊，你与熙荣收拾箭靶子！"韩谦将冯翊、孔熙荣支开，蹲到地上装作整理弓箭，跟三皇子杨元溥说道，"殿下可敢杀人？"

"……"杨元溥微微一怔，没想到韩谦会问他这话。

"殿下始终是皇上的儿子，殿下敢杀人，便不会为奴婢所欺！"韩谦看到宋莘往内府走去，还不忘往这边张望，只能低头借整理弓箭跟杨元溥说话，"到时候殿下要卑职回个话什么的，卑职当着郭大人他们的面，也就'不敢不应'。"

"我敢杀人，但我要杀人，怕以后再没有机会接触刀弓。"杨元溥显然也考虑过这个问题，关键是安宁宫那里处处压制他们母子，怎么可能坐看他杀人立威？

韩谦不管杨元溥所说的"敢"，是不是仅他心里想象而已，继续说道："殿下失手杀奴婢，事后惶然认错，即便是安宁宫也不能罪殿下！"

李冲愣在那里，万万没有想到韩谦竟然敢教三皇子行此险策以立威信，压着声音说道："殿下，切莫听韩谦之言，诸事需从长计议，断不可如此胡乱妄为！"

杨元溥城府再深，也只是十三四岁的少年而已。

出宫就府满以为能呼吸到自由的空气，谁承想还要处处受制于奴婢，心里所憋的怨气，比在宫中还要盛，此时哪里还有可能沉得住气？

"宋司记，我随你回去！"杨元溥追上宋莘，一起往内府走去。

"你若坏事，小心你的性命难保！"李冲见三皇子杨元溥终究是不满他在背后乱说韩谦的谗言，不再信任他，盯向韩谦的眼神又怨又恨，恨得要拔刀朝韩谦当胸捅去。

"……"韩谦冷冷看了李冲一眼，谅李冲不敢拿他怎样。

"你理他作甚？"冯翊与孔熙荣收拾好箭靶子走过来，见韩谦与李冲怒目相对，不知道他们为何如此，当下将韩谦拉开，避免他跟李冲起冲突受欺负，还不忘冷嘲热讽道，"人家现在对殿下巴结得紧，他日必权势滔天，我们得防备以后被人家疯咬啊！"

李冲气得胸口绞痛，但也只能憋着一口气，从夹道往前庭走去。

韩谦与冯翊、孔熙荣慢腾腾地走到前庭，看到李冲站在书堂与正堂之间的院门口，跟随行的一名家兵说话，不知道他在吩咐什么，随后就见那名信昌侯府的家兵神色匆匆地走出临江侯府。

韩谦猜想李冲终究是不敢用险计，怕局势脱离他们的控制，但他又不能阻止杨元溥，这是派人回去搬救兵了吧？

宋莘说不让韩谦他们进内宅用宴，这会儿看到有内侍端着食盒走出来，果然是要在前庭专门给他们准备一桌酒菜。

今日是仲冬之始，大雪节气，即便不留韩谦等人在府里饮宴，侯府准备的酒席也非常丰盛，还温了两壶杏黄楼的酸枣酒送过来。

侍卫营指挥陈德上午不知道跑哪里去了，等这边酒席准备好，他却跑了出来，还拉上今天当值的钱文训以及内侍副监管保一起过来吃酒，没看到三皇子杨元人出来，问道："不是说殿下请大家吃酒——殿下他人呢？"

"宋司记在内宅专门备了一席酒，殿下他人在内宅呢。"钱文训说道。

"……"陈德皱皱鼻头，低声咕哝骂了一句，就没有说什么。

即便冯翊、孔熙荣将陪读当成苦差事，铁心要跟三皇子杨元溥撇清关系，这会儿也觉得安宁宫派到临江侯府的奴婢实在有些过分了。

李冲心绪不宁，韩谦却优哉游哉地饮着酒，品尝满桌的山珍海味。

三皇子杨元溥今天要敢做出什么出格的事，安宁宫那边也多半会认为是受李冲的教唆，他才不会有什么心理压力。

韩谦自家宅子里的伙食要比平民家庭好上太多，至少每日鸡鸭鱼肉、荤腥不断，但临江侯再受安宁宫的压制，也是天佑帝唯有的三个子嗣之一，吃穿用度皆是不差，韩谦他们眼前这一席酒，有鲜虾烧蹄子、红烧鹅掌、鸡皮冬笋汤、鸳鸯炸肚、鸡汁茄丁、羊舌签、烤獐子腿几样。

这么一席酒，即便是韩谦也是在宣州都难得吃几回的精细佳肴。

"啊！"

喝完两壶酸枣酒，冯翊都没有什么醉意，见陈德也没有过瘾，便想怂恿内侍副监管保到后面去拿酒，这时候从内宅传来几声惨叫，将临江侯府的静寂打碎掉！

临江侯府内内外外两百多口人，不管各怀什么心思，此时绝不敢怠慢，三皇子真要出了什么事，谁都脱不开关系。

听到凄厉惨叫，也不知道内宅发生了什么事情，谁都顾不上吃酒，丢下酒盅，拿起刀弓就往后宅跑去。

赵阔、范大黑、林海峥以及冯翊他们的家兵都守在西南角的院子，这时候也不知道发生了什么事情，但他们不敢随便闯去内宅，陈德让他们在前庭院子这边守着。

随陈德、钱文训、管保穿堂过户，赶到三皇子杨元溥平时寝居的潇湘阁，韩谦就见一名内侍躺在地上凄厉惨号，双手捂着小腹挣扎着，一把剪刀深深地扎在那里。内侍看着十八九岁的样子，衣袍被鲜血浸透，还不断渗淌下来，积了一地，他眼睛里满是惊恐，似有不可思议的事情发生。

虽然毒计是韩谦所献，虽然之前也是借赵无忌之手射杀范武成，但他再次看到这血腥场面，还是有触目惊心之感，站在院子前心头发怵，硬着头皮跟在陈德、钱文训、李冲他们后面走进去。

三皇子杨元溥站在院子的角落里，一把匕首滚落在脚边，左臂被划开一道口子，血将半幅袖管都染红，脸色苍白，眼睛里有着不知所措的慌张……

看到这一幕，韩谦瞬间便猜到杨元溥要诬陷这内侍行刺，但杨元溥竟然没有将人杀死，还留下活口，这事情就有些糟糕了。

韩谦倒吸一口凉气，看到李冲从后面挤过来，脸上也是又惊又疑，在后面推了他一把，大喊道："这人是刺客，欲杀殿下——李冲，你快将这刺客捉住，莫叫他再伤了殿下！"

李冲被韩谦推了一把，差点摔倒，但转念想明白韩谦是要让他不留活口。

李冲自幼随父兄在军伍里长大，手上染过血，不怕杀人，但要他此时去帮三皇子杨元溥补刀、帮着韩谦所出的毒计擦屁股，心头却憋屈到极点。

不过，哪怕此时补刀再拙劣，也比留下活口要好。

侯府的内侍、宫女慌作一团地围过来，看到这血淋淋的场面，都不知所措；而平日趾高气扬的侯府司记宋莘，这时候都没搞清楚发生了什么，韩谦大喊刺客，她再看杨元溥左臂被刺伤，四周都是乱糟糟一团，怕院子里还有刺客同党，娇喝着让侍卫以及奴婢将三皇子杨元溥围护起来。

"我们去保护殿下！"韩谦拉住要去捉拿那受伤内侍的孔熙荣、冯翊，往杨元溥那边走去，方便李冲一个人去灭口。

李冲满眼幽怨地瞅了韩谦一眼，但也只能硬着头皮，跑过去将那内侍的身子翻过去，将他的头脸朝下，死死地摁在地上，然后一只手勒住其喉管，令其呜咽哀号却说不出话来，另一只手反扭其手脚，用膝盖顶住其后腰，一下子就让剪刀戳透过来。

"留活口！"侯府司记宋莘想到要留活口时，但见那内侍被李冲压下，两脚剧烈地抽搐了几下，就软趴趴地撂在那里，也不知道是失血过多，还是喉管被李冲勒得太紧而窒息，最终死去。

第二十二章
差点坏事

"你等真就一点都没有察觉出赵顺德这几天言行异常？"

郭荣眼神阴沉地盯着大堂前所立的内宅奴婢，他没想到两个月盯在临江侯府都没有发生什么事情，他今日回宫办事才半天工夫，侯府就闹得鸡飞狗跳。

韩谦与冯翊、孔熙荣他们坐在堂下，眼睛旁若无人地东张西望，好像今天这事压根儿跟他没有半点瓜葛。

发生这样的事，谁都不敢隐瞒，郭荣当时不在侯府里，便由内侍副监管保赶往宫中禀告此事。

皇上闻听此事如何震怒，韩谦他们不得而知，只知道很快就有一队侍卫从宫中赶来，将三皇子杨元溥接走。

之后内侍省少监沈鹤便与郭荣急匆匆地赶过来，将众人纠集起来，追查此事；陈德、钱文训带着侍卫营，将临江侯府封锁起来。

事情发生后，韩谦一直都暗暗叫苦，他原本指望三皇子故意失手重创或"误杀"一两个可恨的奴婢，然后主动请罪认错，这样既能令安宁宫难施惩戒，又能在侯府奴婢中建立威信，而他也可以明正言顺地对三皇子"不敢回避、怠慢"，而不用刻意去回避安宁宫无处不在的眼线。

然而，他怎么都没想到三皇子会这么急切，都没有多忍耐几天找更好的机会，竟然是直接栽赃手下奴婢行刺他。

事情发生后，韩谦都有些发傻，也深感后怕。

皇子失手杀人，跟皇子遇刺反杀刺客，压根儿就是两种完全不同性质的事件，杨元溥只顾着挣扎束缚，却没有去想这其中的区别有多大，有可能会惹出多大的麻烦！

皇子遇刺，通常说来，这么重大的事情，应要发送到御史台及大理寺会同宗正府进行会审。

而一旦将御史台、大理寺及宗正府都牵涉进来，韩谦就完全估算不了事态会往什么方向发展了。

不过，宫里最终派内侍少监沈鹤会同郭荣、陈德追查这事，倒叫韩谦稍稍安下心来，猜测天佑帝并不想让事态扩大，要不然他真不知道要怎么收场。

目前已经查明"行刺"所用的那只匕首，不是赵顺德带进侯府的，而是侍卫营的一名侍卫无意间丢失的，而这名侍卫死活不承认与赵顺德勾结，此时被沈鹤、郭荣下令羁押起来进行刑讯。

这时候内宅与赵顺德有所牵连的十数名内侍、宫女，则都被押到大堂审问，但追问整个下午，到此时红烛高烧，也都没有审问出什么实质性的东西。

又怎么可能审问出实质性的东西？

宋莘叉腰站在郭荣身后，胸脯鼓囊囊挺起来，那双颇为艳美的眸子，这时候却布满阴霾，盯在李冲身上。

宋莘最初时也是慌乱，只想着确保三皇子杨元溥安然无恙，避免他们会受牵连惹来杀身之祸，但这时候心绪平静下来，自然不难看出今天的刺杀有太多的疑点。

赵顺德长得人高马大，三皇子杨元溥这两个月再怎么勤练骑射，也只是未满十四岁、身体单薄的少年，赵顺德如此仓促行刺未成，却反过来叫三皇子杨元溥拿剪刀给捅了？

众人闻声赶到，李冲第一反应想着先制伏赵顺德，也是没有错，但制伏赵顺德的过程中，直接将赵顺德的喉管都勒断了，这也未免太用力过猛了吧？

而此时不仅将与赵顺德有牵连的内侍、宫女都揪出来审问，还对丢失匕首的侍卫用了一下午的刑，都没有追查出什么蛛丝马迹来，事情还不够清楚吗？

李冲这时候只是盯着铺地的青纹砖看，旁人看不到脸上有什么神色，但看他的肩膀僵直，可见他承受着极大的压力。

韩谦手摸着鼻子，打量站在堂上、满脸阴沉的沈鹤、郭荣。

沈鹤作为内侍省少监、文英殿常侍，是天佑帝最为信任的宦臣之一，虽然是他奉旨追查行刺案，但到临江侯府却极少说话，主要还是着郭荣、陈德出面将府中众人揪出来追根问底。

然而沈鹤也不像宋莘，他对李冲似乎并不感兴趣，大半天过去了，眼睛都没怎么在李冲的身上停留过。

韩谦心里微微一叹，暗感也真是奇怪，以往他对这种种细节都视若无睹，但梦境中人翟辛平的记忆似融入他的血脉之中，从这看似僵持的场面里，他能看到的信息就太多了。

三皇子杨元溥的演技很拙劣，谁都不是傻子，沈鹤能得天佑帝的信任，受天佑帝委派追查皇子遇刺之案，更不可能是傻子，怎么可能看不出其中的破绽？

天佑帝那边得禀消息时，应该就已经猜到此案极可能是家丑，没有将此案发送御史台会同大理寺、宗正府会审，而是派沈鹤过来，目的就是家丑不可外扬。

而沈鹤过来看出破绽，对李冲理也不理，自然是秉承天佑帝的旨意家丑不外扬，但他也没有直接将这个案子盖住，而是着郭荣、陈德将府里众人揪出来追查，说到底是沈鹤也不愿意得罪安宁宫。

是不是揭穿三皇子杨元溥的拙劣演技，他其实就看郭荣、陈德两个人进行意志较量吧？

这么一来，沈鹤就不用夹在天佑帝与安宁宫之间两头都不做人了。

当然，郭荣的反应也是很奇怪，将与赵德顺有牵连的内侍、宫女揪到大堂，反反复复也只有那些问题，甚至还用眼色将跃跃欲试的宋莘制止住，不让她按捺不住地将矛头指向李冲。

郭荣在拖延时间，或许等安宁宫那边做出最终的决断，再决定要不要揭开盖子？

"……"

又等了好一会儿，院子里传来一阵急促的脚步声，紧接着就见午时到宫中传禀消息的内侍副监管保，消失了一下午，到这时候才急匆匆地回来，走到郭荣身边耳语数句。

内侍省少监沈鹤眯起眼睛，似乎对眼前一幕视而不见。

"这案子已经查清楚了，是赵顺德心怀祸心，勾结侍卫赵仓，谋刺殿下。"郭荣转身朝坐在堂上的沈鹤说道。

"确实查清楚了？"沈鹤问道。

"查清楚了，"郭荣肯定地说道，"郭某人失察，致使奸人混入侯府，这便跟沈大人一起回宫中，向陛下请罪。"

"现在跟我请罪就算了，既然案子已经查清楚了，一切就等陛下发落吧。"沈鹤体形肥硕，怕不是有两百斤重，这时候撑着扶手，将自己肥硕的身体从狭窄的太师椅中拉出来，似乎一刻都不愿在临江侯府多待，带着两名青衣小宦，就急匆匆回宫复命去了。

而既然案情都"查"清楚了，韩谦他们也就可以各自回府。

虽然侍卫营将侯府封锁，也严禁消息泄露出去，但发生了这么大的事情，至少韩家、冯家、孔家以及信昌侯府不可能一点风声都察觉不到。

韩谦走出侯府，除了赵阔、范大黑、林海峥在侯府外面等候外，范锡程、韩老山也站在一辆马车前，等着他出来。

此时夜色已深，韩谦他们中饭就没有怎么吃，这时候已是饥肠辘辘，也没有气力骑马，就朝马车走去，准备坐马车回去。

"韩家七郎，时辰尚早，你我走个地方喝顿酒，压压惊去。"李冲从后面健步走过来，不由分说地抓住韩谦的胳膊，不叫他离开。

"夜都这么深了，想必殿下这次会在宫里多住几日，我们明日再一起喝酒压惊不迟。"韩谦抬头看了看爬上梢头的月牙，说道。

李冲今天没有被吓得屁滚尿流就已经算是相当镇定的了，韩谦暗暗叫苦，心想这时候要跟李冲走了，李冲气急之下，即便不拿刀捅他，多半也要痛打一顿！

"七郎连平日最思念的晚红楼，都没有兴致去了？"李冲阴狠地盯住韩谦，这时候将他撕碎的心都有，如此鲁莽地教唆三皇子，差点叫他们满盘皆输，今日不给韩谦一个教训，他如何忍下这口气？

"……"见李冲怒气难遏地要拉他去晚红楼理论，韩谦心知逃不过这劫，跟范锡程说道，"少侯爷一定拉我去喝酒，我推辞不过，你们先回去跟我爹爹说一声，我陪少侯爷喝过酒就回去。"

范锡程、赵阔他们都不知道怎么回事，但看到韩谦都已经被李冲拽着爬上另一辆马车，也只能先回去再说。

冯翊、孔熙荣看到这一幕，却满脸的诧异，不知道韩谦与李冲什么时候关系这么密切了。

第二十三章
翻手为云

李冲盛怒之下，看不得韩谦慢腾腾地拖沓，从后面推了一把，几乎是将韩谦塞进车厢里。

车厢两侧的窗帘子都挂了下来，里面漆黑一片，被李冲从后面猛推一下，韩谦脚被车厢门口的横档木绊了一下，踉跄冲进车厢去，仓皇间双手按住柔软的物体才没有摔倒。

听到怀中人发出一声熟悉的闷哼，要不是在黑暗中也能感受到姚惜水的杀机腾腾，要不是担心将姚惜水也激怒了真有可能直接捅他刀子，韩谦绝对不会介意在那充满弹性跟诱惑的娇躯上多捏两把。

"姚姑娘在这里等了一下午？"韩谦挨着姚惜水而坐，即便不能直接伸手轻薄，但贴着温热软弹的娇躯，感觉也是十分美好。

"……"尖锐的硬物抵过来，韩谦老老实实地往旁边让了一让。

李冲上车来，将车厢窗帘子挑开一角，让街边悬挂的灯笼，将光线透进来，车厢才不至于漆黑一片。

李冲、姚惜水皆沉默不语，但韩谦能感受到他们胸臆间的腾腾怒气跟杀机，姚惜水将一柄短刃收入袖管中，而李冲则直接将一把斩马刀横在膝前。

日，当老子是唬大的？

韩谦也不怕李冲、姚惜水这一对狗男女在大街上殴打他，也是瞪大眼睛盯着李冲看，看李冲气得鼻息都粗起来，心里暗暗思量，要怎么说服别人相信他今天教唆三皇子杨元溥不是鲁莽行事。

这不仅决定他有没有可能进一步参与晚红楼更机密的阴谋，从而有机会抓住主动，也决定他后续能不能继续得到杨元溥的信任。

他相信杨元溥毕竟才是十四岁都不到的少年，这时候应该感到后怕了，要是世妃王夫人那边都憎恨他鲁莽行事、差点闯出大祸，很难相信杨元溥往后还会继续信任他。

马车辚辚碾过长街，"嗒嗒"的马蹄声敲破长夜的静寂，韩谦从窗角瞥出来，看到马车一边就有十多名骑士簇拥着，心想信昌侯府的气派，确实不是他韩家能比的。

一炷香过去，韩谦从窗角瞥出去，看到马车直接拐入晚红楼，从内部的夹巷里，驰到一座绿树葱郁的小山前，被姚惜水、李冲前后夹着，拾级而上，才发现数株参天古树间竟然有一座三层的小木楼。

登上木楼，第三层整个就是一座大厅，登梯而上，从楼梯口的窗户往外望去，透过茂密的枝叶，左右街巷的万家灯火尽在脚下。

厅里横置一张屏风，烛火高烧，将大厅映照得通亮如昼，也将坐在屏风后的两道人影浅浅地映在绢绣屏风上。

从屏风上的倒影，韩谦看得出后面坐着一个发髻插飞凤步摇钗的妇人跟一个颔下蓄长须、头戴展脚幞头的中年男人。

幞头就是一种包裹头部的纱罗软巾，幞头系在脑后的两根带子，又叫幞头脚。

天佑帝创立楚国，诸制皆仿照前朝，普通民众及低层官吏，幞头脚都会软沓沓地垂下来；唯有品秩在身的官员，也才允许用金木等材料将幞头支撑起来往两边展开，又叫展脚幞头。

屏风后那长须男子头戴展脚幞头，除了信昌侯亲自到晚红楼追究他莽撞之举外，韩谦也想不到朝中有其他官员会在这时候跑到晚红楼候着他。

"韩谦见过夫人、侯爷！"韩谦不管李冲在身边咬牙切齿，对着屏风拱手而拜。

"少在那里自作聪明、卖机灵，难道这就能免你今日鲁莽之罪？"李冲实在难以想象今日这案倘若交给安宁宫及太子一系的官员追查下去，会导致多么恐怖的灾难性后果，这一刻恨不得连刀带鞘朝韩谦脸上抽过去。

"夫人，今日差一线就满盘皆输，韩谦这人绝不可再留在临江侯府！"

李冲咬着后槽牙朝屏风后说话，青筋暴露的手握住佩刀，虎视眈眈地盯住韩谦，似乎就等着韩谦有什么轻举妄动，他就拔刀斩劈过去。

李冲语带威胁，但在途中就想好说辞的韩谦却不想搭理他。

韩谦猜测信昌侯也坐在屏风后，今天发生这么大的事情，信昌侯李普坐不住很是正常，但见李冲却朝那边头戴坠凤步摇钗的妇人禀告，暗想这晚红楼难道是这个妇人在主持？

姚惜水站在一旁，那张绝艳的脸也满是寒霜。

当初是她一力主张用韩谦为棋子，但怎么都没有想到，韩谦今日竟然敢教唆三皇子行此险计，她对李冲的建议没有意见，但问题在于要用什么借口，才能让韩谦不再去临江侯府露面？

杀了韩谦显然不现实。

韩府的老仆、家兵以及冯翊、孔熙荣等人都看到韩谦被李冲拽上马车，而就算韩谦自己同意不去临江侯府，又怎么说服韩道勋同意、说服宫中认可而不追究？

"姚姑娘要想着以绝后患，最好待我回府后，派一队盗匪灭我家满门，最好将秋湖山也灭了，然后一把大火烧个干净，以免我留下只言片语牵累到晚红楼跟信昌侯及世妃……"韩谦一改刚才在马车里时的温顺，眼神凌厉地盯住姚惜水，不无讥笑之意地说道。

姚惜水眉头扬了扬，她倒不是没有想到这个方案，只是这么做惊扰太多，一旦失控，后果不堪设想，才没有提出来。

韩谦知道自己的气势必须凌厉起来，却不能让别人看到自己有心虚的样子，继续咄咄逼人地追问姚惜水："又或者姚姑娘想我像周昆那般从马背摔下，摔个半身不遂，一切问题就迎刃而解了？"

"总比你丢了性命或满门被灭口强！"李冲阴恻恻地说道。

"蠢货！"韩谦骂道。

"你骂谁？"李冲将刀横在身前，拔出一截闪烁着寒光，杀机毕露地盯住韩谦问道。

"谁是蠢货就骂谁。"韩谦丝毫不畏李冲的威胁，似乎很乐意看李冲气得额头青筋暴跳的样子。

刚才在马车里，他还怕将李冲、姚惜水激怒，这时候却要借李冲、姚惜水的怒气，提升自己的气势。

看到墙角有两把靠背椅子，韩谦将宽大的袍袖卷到胳膊肘，将椅子搬到屏风前坐下，朝屏风后拱拱手说道："侯爷、夫人，你们所谋甚大，但是要任李冲这个蠢货在临江侯府继续浪费时间，才大事不妙、满盘皆输！"

"胡说八道！"李冲举起佩刀，就要连刀带鞘抽过去。

李冲以为将韩谦揪到晚红楼，能将他吓得屁滚尿流，哪怕是无法勒令他自残，从三皇子身边退出去，也能叫他以后安分守己一些，但没想到韩谦走进晚红楼，气焰就嚣张起来，还口口声声骂他蠢货，真是气得他心肺都要炸开。

"冲儿，少安毋躁，待他将话说完，到时候哪怕将他的嘴缝起来，将舌头割掉都不迟！"屏风后的男人终于出声制止住李冲，也间接承认自己的身份。

"陛下已经六十有四，倘若明日陛下就暴病而亡，我问侯爷、夫人一句，信昌侯府及晚红楼要如何自处？"韩谦问道，"安宁宫可不是良善之辈，这些年对世妃恨之入骨，陛下一旦驾崩，安宁宫会忍受多久，才会对世妃、殿下、信昌侯府下手、斩草除根？"

原定的历史轨迹不发生改变，天佑帝将在五年内驾崩，因而韩谦问出这番话底气十足，语气也更是咄咄逼人。

"皇上还龙体安康得很，你危言耸听，能减你今日鲁莽之责？"姚惜水站在旁边，秀眉飞挑地说道，也不介意让韩谦看到她藏在袖管里的那柄短刃闪烁寒光。

"你迄今还将我当成不学无术的鲁莽之辈，看来也不过是另一个蠢货而已，"韩谦嗤然一笑，见姚惜水秀眉又要扬起，质问，"我问你，李冲那蠢货对我千防万防，在殿下面前万般诋毁我，若我真是如姚姑娘所想的那般不学无术、鲁莽无谋，怎么说服殿下今日用我所说之计行事？"

韩谦不想冒被杀人灭口的风险，自然绝不会承认他事后也被吓了一身冷汗。

姚惜水怎么都没想到韩谦这张嘴会如此伶俐，竟然叫她无法辩驳；她看李冲这时候冷笑连连，想必也是没有什么话能堵住韩谦这张臭嘴。

"姚姑娘选择我当目标时，应该对我的情况都摸得很清楚，也应该知道我幼时在楚州就有神童之名，除诵诗书外，还能力挽强弓，也应该知道我母亲死后，我父亲嫌我在身边是个累赘，将我送回宣州寄托，但姚姑娘所不知道的是我刚到宣州时就连日上吐下泄，差点性命不保，别人都说我是水土不服；姚姑娘更不知道的是，在姚姑娘之前，就有人希望我暴病而亡。"

韩谦抬头看着屋顶，似陷入对往事的回忆之中。

"姚姑娘，你想想看，我要是不贪淫好色，不放荡不羁，还能好好地活到现在吗？"

任何谎言，都要九分真掺一点假，才能迷惑人心。

说到这里，韩谦又转过头，胸有成竹地盯着姚惜水的眼睛，他看得出姚惜水眼睛里的迟疑，这正是他需要的效果，放缓语速，却更掷地有声地问道："姚姑娘还以为我是一个不学无术的鲁莽之徒吗？"

"就算我以前看走眼，你难道不知今天鲁莽行事，棋差一着就满盘皆输？"就凭借韩谦这分冷静跟这番说辞，姚惜水就算再想怎么狡辩，在信昌侯跟夫人面前也只能承认自己以往对韩谦看走眼，但这并不意味着韩谦今日擅自行事，就是值得原谅的。

第二十四章
真龙种

　　韩谦除了想要逃过惩戒外，还要继续赢得三皇子杨元溥的信任，那他第一步就必须要说服这些人相信他不是鲁莽行事。

　　"我也不想擅自行事，但李冲这蠢货对我千防万防，令我没有机会跟殿下说话，而我想你这蠢货，心里大概也瞧我不起，有什么事跟你这蠢货说，你多半也不会理睬——我没有机会见到侯爷跟夫人，但我不想跟着你们将性命也丢掉，也只能擅自行动了。"韩谦越发镇定地说道。

　　姚惜水这时候终于是能体会李冲暴跳如雷的感受了，她将牙齿咬得嘎嘎直响，好不容易才按下打人的冲动。

　　"你又有什么自信，确认你今日此计可行，难不成你真以为殿下今天这拙劣的表演，能骗过谁？"在屏风后沉默到此时都没有吭声的妇人，声音沙哑地问道。

　　"我不仅确认此计可行，而此计真正的好处，明天就有可能真正地体现出来，"沈鹤、郭荣等人今天的反应，给韩谦太多的信息，也足以叫他现在能将整个谎话都编圆过来，"而且我压根儿就没有想过殿下的表演要瞒过谁，也恰恰是要殿下的表演谁都瞒不过，特别是不能瞒过陛下，才是此计的要旨所在！"

　　"怎么说？"屏风后沙哑的声音继续问道。

　　"不管侯府及晚红楼有没有参与散播消息，但太子荒嬉无度，沉迷酒色丹石，陛下内心不满是一定的。很显然，太子内有安宁宫鼎助，外有寿州兵马吆喝，信王再英明神武，陛下也不敢轻易易储。不过，你们有没有想过，倘若信王在外率楚州兵马与寿州相持，陛下有没有用临江侯取代太子的想法？"

韩谦虽然这么问，但没有指望屏风后的人回答，自问自答地继续说道：

"你们定然有这么想过，而且在宫中也必然有眼线传递消息，才会千方百计地将李冲这蠢货送到临江侯的身边。只是，你们的做法就大错特错了！"

"……"李冲觉得今日不被气死，就算是命大。

"就算陛下此时还算是龙体安康，但我就不信，侯爷、夫人就真的没有想过还能剩下多少时间，能让你们在三殿下身边从容不迫地布局。"韩谦继续说道，"但你们有没有想过，还剩多少时间，实际上也是陛下此时心里最大的顾忌跟担心？我都将话说到这里，侯爷、夫人，还要韩谦继续说下去吗？"

"你的意思是说，你今天贸然用此计，就是要陛下看到三皇子殿下即便年纪幼小，也非奴婢能欺之辈？"屏风后那男子忍不住惊讶地问道。

"不错。"

韩谦虽然到现在才将很多疑点想通透，但他却能大言不惭，继续说道：

"在今日之前，用三皇子顶替太子，在陛下心里只是一个想法，但今日之后，这才会真正成为一个选择。相信侯爷跟夫人明白这两者之间的区别，也相信侯爷明白韩谦今天非但无过，而且有功……"

"你怎么证明这些，就凭宫中今天不想家丑外扬？"姚惜水见韩谦如此伶牙俐齿，忍不住质疑道。

"我不是说了吗，最快明天就能看到我用此计的好处了。"韩谦说道，"姚姑娘要是不信，我们可以打个赌，反正我房里也还缺个暖床丫鬟！"

姚惜水气得额头青筋都要抽搐出来。

"……"话都编到这里了，韩谦自然不介意再多说几句话，彻底打消掉屏风后两人的疑惑，"陛下都不敢用信王取代太子，那立临江侯为储以及陛下驾崩后，朝野形势有多复杂以及临江侯能不能平衡局势，陛下怎么可能不考虑？此时殿下就有非奴婢能欺之志，又有用计之心，才能算是真龙种。"

"真龙种？"屏风后男人下意识地问道。

"对。陛下此时龙体还算安康，但唯有殿下是真龙种，才会觉得此时培养殿下为时不晚。难道你们觉得陛下会嫌弃此时才十三岁的殿下用此计太拙劣了吗？你们难道没有想过，正因为殿下表演拙劣，在陛下眼里才是天然去雕饰、非奸小在背后挑唆啊！"

说到这里，韩谦都差点以为这一切都是自己在冒险献计之前想透的了。

屏风后又是一阵长时间的沉默。

"侯爷、夫人，大家都是绑到一根绳子上的蚂蚱，他日我想手掌天下权、醉卧美人榻，也全赖侯爷、夫人成全。日后在殿下身边，李冲倘若能配合我行事，韩谦定不辜负侯爷、夫人的厚望。"韩谦大包大揽地张开海口说道。

"父亲！"见韩谦竟然胆大妄为，要求他听令行事，李冲再也沉不住气，大声呼道。

"冲儿，以后在殿下身边有什么紧急之事，来不及通告，你与韩谦商议着办。"李普在屏风后终于再也不掩饰他的身份，接着又跟屏风后那妇人说道："夫人，李普就不与冲儿再在这里打扰了。"

李冲再有不甘，也只能硬着头皮走去屏风后。

屏风后显然另有下楼的秘密通道，李普、李冲父子很快就下楼离开了。

"惜水，你送韩公子出去吧。"屏风后妇人说道，却也没有出来见韩谦的意思。

……

……

走出木楼，韩谦才发现楼外草树间隐约有十数健硕身影，想必都是晚红楼秘密训练的杀手或者护卫，心想晚红楼能叫信昌侯李普雌伏，暗中培植的力量绝对不会弱，就是不知道屏风后那妇人的上面，还有没有更厉害的角色存在，他们在三皇子杨元溥身上押注的最终目的又是什么。

渡过眼前这一关已经是不易，韩谦将其他念头暂时抛开，心想先走稳眼前的每一步再说吧。

绕到小土山南面的夹巷，韩谦才稍稍缓口气，但姚惜水就在他的身后，他也不能表现出如释重负之感，依旧做出一副闲庭信步的样子，往外走去。

"韩公子今天可真是逞口舌之快了，心里是不是很爽利，要不要到奴婢的院子里小憩一会儿啊？"

姚惜水那令人心都要融化的吴音软糯，听得韩谦却毛骨悚然，才发现他们已经走到姚惜水所住的院子外，回头谄笑想到推辞，但见姚惜水眸眸所藏皆是凛冽寒光，哪里有半点柔情暖意？

"孤男寡女深夜相处，传出来对姑娘声名不好，韩谦不敢打扰。"韩谦苦笑道，看左右夹巷院落，想着逃往何处才好。

"奴婢出身晚红楼，哪里会有什么好声名？再说了，韩公子刚才左一个蠢货、右一个贱婢骂得很是爽利，这会儿又不想奴婢帮着暖床了？"姚惜水右手一动，一点寒光闪出，已经将一把尺许长的薄刃袖剑握在手里，朝韩谦喉咙指过来，封住韩谦的去路。

功夫再高，也怕菜刀。

韩谦知道有些女人歇斯底里起来没有底线，举起手投降，乖乖贴着墙往院子里踅着走进去。

姚惜水亦步亦趋地紧跟走进来，韩谦穿过院门，身子往侧面一闪，看着姚惜水握剑刺出来，窥中机会伸手抓住她的手腕就想将凶器给夺过来再说。

姚惜水这一刻，身子仿佛灵猫一样半空中猛然蜷起，右足似流星一般朝韩谦的胸口侧踹过来。

韩谦就感觉胸口被树桩子狠狠撞中似的，身子往后猛退几步，抵住侧面的一方湖石才没有摔倒，还差点闭过气去，没想到姚惜水娇滴滴的样子，双足力气会这么大，而且下手也狠。

要不是这三个月来自己也没有敢松懈，胸骨都要被她踢断几根。

"不要打了，我给姚姑娘你赔礼道歉，以后再不敢轻慢姑娘，哎哟，好痛，好痛……"韩谦捂着胸口蹲在墙脚根求饶，大口喘着气，仿佛胸骨真被姚惜水这小泼妇踢断了好几根。

"不给你一点教训，你真就不知道自己骨头有几斤几两了。"姚惜水冷冷地盯住韩谦说道。

"惜水，夫人说给他吃点苦头就行了，殿下在宫中要住三天，你得让他三天后能爬起来去临江侯府应卯。"这时候院墙外传来一个男人的声音说道。

"哎呀，够了，我知道惜水姑娘的厉害……"韩谦一边大口喘着气，一边哀声求饶。

听着外面夹巷里的足音远去，韩谦痛不欲生地一屁股坐地上。

看韩谦这样子，姚惜水也担心她刚才那一脚用力过猛，将韩谦的胸骨直接踹断，要是断骨刺穿脏器，那事情就糟糕了。

姚惜水将袖剑收起来，伸手往韩谦胸口探去，但贴近时看到韩谦眼里闪过一丝狡黠，想退闪已是不及，韩谦整个人像野兽一般猛扑上来，将她死死抱住。

姚惜水身子往后栽倒，双手握拳，像小锤似的朝韩谦的太阳穴击去，打得韩谦眼冒金星，但韩谦知道他今天要不想被姚惜水这泼妇凌辱，就得咬住牙关。

他荒废六年最近才重修拳脚，气力可能要比姚惜水强些，但普通的单打独斗，在姚惜水面前只会自取其辱，趁着姚惜水被他扑倒在地要挣扎起来的当儿，从后面用手脚将姚惜水死死扣住。

"你再不松手，我就喊人了。"姚惜水气力终究是不如韩谦，没有办法将像乌龟壳从后面扣住她的韩谦挣脱开，喘着气说道。

"你喊人过来，我也不松开。"韩谦脑子进水了，这时候敢松开手？

"你就想一直这样抱住我？"姚惜水又羞又恼，没想到她怎么提防，还是着了这小杂种的道。

"第一次抱惜水姑娘，虽然姿态跟我想象的有些差距，总比没的抱强。"韩谦说道。

"你能支撑多久？"姚惜水身子稍缓，节约气力，她就不信韩谦能一直都不松懈，只要到时候找到机会挣脱开，再狠狠收拾这小杂种。

"我支撑不住，自然会大喊大叫。除了夫人外，晚红楼留宿的客人想必也不少，多半会很有兴趣看到这场面。"韩谦说道。

"你要怎样才会松手？"姚惜水气得身子发抖，她当然不想这丑态给别人看到，要不然她早就叫人了。

"你不许打我。"韩谦也不敢跟小泼妇提更高的要求，只想能脱身就好。

"我不打你。"姚惜水无奈说道。

"你骗我怎么办？"韩谦问道，"要不喊夫人过来做个见证？"

"……"韩谦双手死死扣在她的胸前，虽然没有故意轻薄的意思，这也叫姚惜水羞愤欲死，"我姚惜水说一是一，不会像你狡计骗人。"

"我娘亲说过，漂亮的女人最会骗人，我不信你。"韩谦说道，他除了双手从后面将姚惜水死死扣住，双脚也从后面将姚惜水的双腿缠住。

天气虽然入了仲冬，姚惜水穿起袄裳，但下身还是绸裤罗裙甚是轻薄，韩谦能感受到姚惜水看似纤盈的身子，臀部却是浑圆丰满。

只可惜怀里的佳人像只要噬人的母豹子，韩谦也不敢旖旎地享受两人肢体接触，继续谈判道："你拿你娘亲起毒誓，我就放开你。"

"……"

韩谦在后面看不到姚惜水的脸，但能感受到怀里的娇躯再度像母豹子要发作，当下也倍加用力将姚惜水死死扣住。

"我姚惜水今日要是再对韩谦不善，让我脸生毒疮——我这么立誓，你总该松开手了吧？"姚惜水声音冰冷地说道。

韩谦松开手，看姚惜水翻身站起来时那要吃人的眼神，也不敢计较她立誓只限于今夜，狼狈不堪地从夹巷走出晚红楼。

第二十五章
文死谏

韩谦走出晚红楼，看到赵阔、范大黑、林海峥竟然都牵马停在对面的街边等他。

韩谦也没有心情跟他们多说什么，心里琢磨着回去后要怎么面对他父亲的质问。

韩谦痛苦得都快要呻吟出来，刚在晚红楼好不容易渡过一关，已经令他心力交瘁，但今天临江侯府发生这么大的事情，他在脱身后竟然没有第一时间回去，而是被李冲拉到晚红楼来，显然不是随便一个解释就能糊弄过去的。

韩谦沉默着赶回宅子，将马交给范大黑他们牵走，他穿过前院，往正院走去，看到堂屋里亮着灯，不见父亲的身影，而书房及父亲的卧房漆黑一片，还没有掌灯。

"这都二更天了，我爹爹去哪里了？"韩谦问身后的范锡程。

"家主还没有从官衙回来。"范锡程说道。

韩谦满心疑惑，不知道宏文馆发生了什么事情，在今天这样的情势下，竟然能让父亲留到这么晚还不回宅子？

韩谦饥肠辘辘，正要让后厨先给他下一碗臊子面填肚子，就听着马蹄声、车轮声在院门外响起。

韩谦掉头走出去，果然是父亲在两名家兵的护送下，坐马车赶回来。

看父亲掀开车帘子爬下马车，一脸的波澜不惊，韩谦讶异地迎过去，问道：

"今天临江侯府发生很多事情，父亲可知道？"

"……"韩道勋点点头，示意进里面屋里再说这些。

"今日到侯府领宫中赏赐，沈漾先生托病未到，着老仆过来将宫中厚赏领走，殿下心头气恼，留我等在侯府射箭排遣心郁，又欲留我等在内宅饮宴，为府中司记所阻。到午时，我等在外宅饮宴，听到内宅惨叫，赶过去看到青衣宦侍赵顺德躺血泊中挣扎，腹部被铁剪刺中，而殿下左臂被匕首割破，血染袍袖。大家慌手慌脚去保护殿下，李冲上去将赵顺德擒住，用力过猛，致使赵顺德腹部被铁剪刺穿以及喉管被李冲用力扼断而亡。报宫中，内侍省少监沈鹤与郭荣从宫中匆匆赶回，将我等及内宅的内侍、宫女都滞留在侯府，整个下午都在追查此事。等天黑过一阵，管保从宫中赶回来，郭荣才与沈鹤认定是内宦赵顺德与侍卫营侍卫勾结行刺殿下，了结今日之事。事后，孩儿原本想直接回来，却被李冲强拉过去晚红楼饮酒，席间种种讨好、暗示，孩儿不敢应答，比父亲早不了多久才得脱身回来……"

进了堂屋，韩谦瞒住与晚红楼相关的一些细节，其他事情则不分巨细地说给韩道勋知道。

"嗯，我知道了。"韩道勋点点头说道。

"……"韩谦没想到父亲反应如此冷淡，又忍不住将话挑得更明白，"虽说沈大人、郭荣最终认定是赵顺德与侍卫营侍卫勾结不利殿下，但明眼人都能看出其中天大的破绽。而殿下与李冲敢这么有恃无恐，或许早就认定皇上不会追究此事……"

"权术终究是权术，即便能成，于社稷也是如履薄冰，而一朝倾覆，则奈天下何？"韩道勋忍不住长叹道。

"……"韩谦愣怔了片晌，忍不住问道，"父亲是说皇上……"

"太子不肖，但太孙可期，皇上心思不定，才非社稷之福。"韩道勋禁不住压低声说道，"而除了嫡储之争能引发朝政动荡外，更根本的还是大将坐拥私兵、豪族霸占田亩、奴婢不税，致使江淮富庶而饥民盈野，朝廷无以供给兵饷官俸，对将臣更难约束，以致废立之事都要看外朝脸色。倘若兵将皆事朝廷，而饥民归耕，赋税充足，不为豪族所侵夺，皇上大可以选贤为储，何至于今日小心翼翼，怕一朝倾覆？"

以往韩谦贪淫好色、嗜赌成命，韩道勋恨铁不成钢，断不可能将胸中块垒吐露给他知道，但这两三个月韩谦修身养性，勤学苦修不说，也一改顽劣轻浮，气度变得沉稳多智，对朝堂政局也不时能独抒己见，韩道勋心里有什么想法，或在朝中听到什么风声，也不会刻意瞒着自己的儿子，只是叮嘱他切莫将这些事、这些话再外传出去。

韩谦怔然半天不知道要怎么回应父亲的话。

他一直想不明白父亲有朝一日会因为什么上谏触怒天佑帝，而被杖杀文英殿前，这一刻他总算是明白过来了。

他没想到父亲身在朝堂，却无意卷入争嫡之事，而是将目光放在更加凶险的别处。

要是父亲憋不住将这一番话写入谏书，奏请天佑帝削大将私兵、夺豪族田亩、奴婢，那不是触怒天佑帝，而是触怒包括韩氏在内的所有世家豪族，逼得天佑帝不得不杀他啊！

也难怪祖父韩文焕、大伯韩道铭皆不待见父亲，这些年连书信都少来往，难怪二伯韩道昌敢肆意妄为地"毁他"，原来根本分歧就出在这里啊！

"三皇子虽然说今日用计拙劣，但有不为奴婢所欺之志，为人又勤勉好学，孩儿相信这些都应该能落在皇上眼底，假以时日，未必不可期。"韩谦岔开话题，还是希望能打消父亲心中愤愤不平的冲动念头，希望他能将削权清田之事寄托到三皇子杨元溥的身上。

否则的话，一旦父亲冲动之下铸就大错，他也只能仓皇逃离金陵。

"……"

韩道勋不是不知道做这些事的阻力有多大，但正是如此，他才不会将希望寄托声望、权势皆远不及的天佑帝子嗣身上。

不过，韩道勋也不会跟自己儿子争辩这事，只是勉强笑着说道："今日发生这样的事情，对你不坏，你安心在三殿下身边陪读就是。"

韩谦这一刻就觉得心好累，心想你这个老愤青要是冲动着去找死，我还有可能安心在杨元溥身边陪读？

韩谦还以为将姚惜水这小泼妇等人糊弄过去，能安生一阵子，没想到还是要随时做好落荒而逃的准备才行。

这会儿晴云及厨娘将饭菜端上来，赵阔也跟着走进来。

见赵阔欲言又止的样子，韩谦不知道又有什么事情发生，不耐烦地催促问道："又有什么事情？"

"佃户赵老倌带着儿子、女儿今天进城来，摸到府上要见少主，没想到少主现在才回来。"赵阔刚才在路上看韩谦心事沉重，兼之范大黑在旁边，就没有提起，但怕这会儿再不提及，韩谦就要回屋休息了。

赵无忌射杀范武成，最终县衙判其无罪，仅令其在范武成坟前守孝三个月，事后韩谦也一直命令留在山庄的家兵不得刁难赵老倌一家。

他心里也正惦念这事，想着找机会回一趟山庄，将赵无忌招揽到身边使用，没想到他们倒先进城来了。

"他们在哪里？"折腾了一天，总算是有件顺心事，韩谦直起腰脊问道。

"我让他们在河边的院子里等着。"赵阔说道。

"他们等多久了？快喊他们过来。"韩谦吩咐道，俄而想到一件事，问赵阔，"是不是一直都让他们在那里干等着，有没有安排他们先吃些东西？"

"今天太过忙碌，倒是没有人想到这点。"赵阔说道。

韩谦点点头，赵阔今天都守在临江侯府外，宅子里的其他人多半还在为范武成的死打抱不平，不可能招待赵家父子，吩咐厨娘道："你立刻准备几样菜，一会儿给我送过来。"

韩谦又跟父亲说道："父亲，赵老倌父子特地进城来看孩儿，孩儿怠慢他们有一天了，这便过去见他们，不陪父亲在这里吃了。"

"不用后厨再额外准备多少饭菜了，我一个人吃不了这些，你让晴云拿食盒将饭菜都装上带过去吧。"韩道勋说道。

韩道勋甚至都没有见过赵无忌，但知道韩谦有心招揽这个射术超群的少年。不过，他不会自降身份，直接将佃户招过来同席饮宴，同时还要考虑范锡程的感受。

韩谦拿起一只空碗，将每样菜搛出来一些，然后让晴云将其他的饭菜都装入食盒之中，临了又让赵阔到后厨抱一坛酒，随他去河边的院子见赵老倌父子。

经过前院，韩谦看到范大黑埋头往外跑，喊住他："你去喊林海峥，一起去河边的院子。"

"天色不早，明天还要起早护送少主去临江侯府。"范大黑瓮声说道。

"说什么混账话，明天我就不用起早了？"韩谦黑着脸，催促他去找林海峥，他不想将赵无忌招揽到身边后，范大黑、林海峥这些家兵将赵无忌孤立起来。

赵老倌天未亮就出山庄，坐船到午后才进城摸到韩府见到赵阔，之后一直在石塘河边的院子里等到现在，中间也没有人搭理他们，正后悔不迭，没想临到半夜，韩谦还会出现。

韩谦有两个多月没能抽出时间去秋湖山别院，此时再看赵无忌，身子依旧没有结实多少，这主要还是营养跟不上，但眼瞳里多出些许剽勇。

就像是用破袋子包起来的黑云弓一般，即便穿着粗布衣裳，少年赵无忌犹给人以宝剑出鞘的锋锐之感。

或许是以为被撂在这里到现在都没有人理睬，少年在等候大半天后内心的热情冷却，此时的眼瞳里多少有些黯淡。

韩谦将赵无忌的反应看在眼里，心里微微一笑：还真是不谙世事的少年，心思也真是直接啊。

第二十六章

收　奴

赵老倌心中可没有其子赵无忌的傲气，跑进城来都觉得是一种冒犯，更没有奢望韩谦会抽出时间见他们，能见到赵阔就已经是幸运了。

他在韩谦等人面前还是拘谨得很，看到韩谦吩咐晴云将饭菜从食盒里一一取出摆开来，更是受宠若惊地讷然说道：

"前些天进山挖到一支山参，却也长有好几十个年头，我家妮子说这样的东西应该献给少主，以谢少主的大恩，只希望不会打扰到少主。"

韩谦看了一眼低头缩在一旁不吭声的赵庭儿，见她穿了一身打了好几块补丁的旧袄裳，脸蛋白净得就像是入冬后的初雪，看似惊羞胆怯在灯光下摆弄衣襟，却没想到竟是她主动唆使父弟进城来。

韩谦歉意地对赵老倌笑道：

"今日三皇子府里混进了刺客，我等在三皇子身边陪读，从午后就被滞留在三皇子府里接受盘问，直到现在没能脱开身，刚刚回到宅子才听赵阔说你们过来了。你们也不要怪宅子里的这些混账家伙有客人过来也不热情招待，今天发生这样的事情，实在是心慌意乱——有怠慢的地方，还请赵伯见谅啊！"

"少主如此忙碌，我们还要给少主您添麻烦。"赵老倌不明白韩谦为何解释得这么详细，受宠若惊地说道。

"不麻烦，不麻烦，我赶回来正饥肠辘辘，正好拉你们陪我一起喝酒。"韩谦哈哈笑道。

贵贱有别。

将山参送进城来，赵老倌还是被女儿催促多次才成行，想着完事之后就随便找个街巷角落熬一夜，等明天城门开启再回山庄，这时候哪里敢想跟韩谦一起同席饮酒？

"赵伯，在我宅子里莫要客气。"韩谦拉住赵老倌，让他与自己坐到一起。

这时候林海峥跟满脸不情愿的范大黑走进来，韩谦让他们以及赵阔陪着赵无忌在下首而坐；赵无忌这时候眼里那一丝怨气尽去，还为自己莫名生出的怨气而满心羞愧。

韩谦又叫晴云挑出些饭菜，着她陪赵庭儿在里屋食用。

贵贱无别，这能体现韩谦礼贤下士，但当世风气再开放，在公开场所也讲究一个男女坐不同席、食不同器。

韩谦原本就想着让赵无忌在他身边任事，但没想到赵无忌这次之所以主动进城，竟然是其姐赵庭儿所促使，便在席间跟赵老倌提及，希望赵庭儿能一起留下来。

四方战事犹烈，赋税苛严，兼之大量流民南涌，使得江淮富庶之地也饥馑遍野。

赵老倌与其子赵无忌能入山渔猎，贴补家用，但妻子常年多病，而身为佃户，租种耕地，除了佃租之外，还要承担极重的丁口役、徭役及诸多杂税，日子过得不比其他佃农好上多少，常年是饥一顿饱一顿。

他这次鼓足勇气，将无忌、庭儿一起带进城，自然是希望他们都能留在韩府，哪怕是为奴为婢，至少也能衣食无忧。

赵老倌正犹豫着不知道怎么开口，韩谦主动提及，激动得要跪下来谢恩。

"赵伯，莫要拘礼。"

在兰亭巷、乌梨巷、靠山巷新添的六栋宅院，临石塘河的这栋院子最大，前后总共有三进，但韩谦平时夜里在这里召集家兵、演练刀弓，也没有床榻能安置人宿夜。

一坛酒吃完，已经是夜半三更，韩谦便让赵老倌、赵无忌夜里到赵阔的宅子留宿一宵；而赵庭儿则随他回大宅，以后就跟晴云及韩老山夫妇住进大宅后院，平时也是与晴云一起在大宅那边照应。

赵庭儿也未想今夜就能留下来，没有带什么行囊，低头跟着韩谦、晴云回韩府的大宅子。

韩府大宅也只有三进，在满朝中高级将臣之中，绝对不起眼，但作为韩道勋、韩谦的起居住处，收拾得要远比河边的宅子精致，也远非当世平民宅院能及。

时值仲冬，草木凋零，前院角落里有一角红枫颜色正艳，几丛翠竹及一些绿植也还不减颜色。

走过垂花厅就是韩谦与父亲韩道勋居住的正院中庭，四面廊庑环绕；在东厢房与正屋之间的院子夹角，挖出一口七八步狭长的浅池，立了一方湖石，藤萝缠绕，浅池有十数尾锦鲤游动。

庭中没有种上竹树的空地也铺上打磨光滑的石板。

赵庭儿看到这一幕，心想这才是官宦人家的气派。

韩谦看到西厢房还掌着灯，父亲的身影被灯光映照在窗纸上，正提笔伏案书写着什么。

韩谦又想起父亲刚才所说的那番话，就担心父亲一时义愤，现在就将胸中所思所想写成奏书，找机会递到文英殿去。

韩谦犹豫了一会儿，叫赵庭儿随他往西厢房走去，在门外站停，说道：

"父亲，赵老倌有个女儿，聪明伶俐，我想一并留在宅子里伺候起居——赵庭儿，你来见过我父亲……"

"赵庭儿见过老爷！"赵庭儿有些生疏地上前敛身施礼道，很是不确定这么施礼，合不合规矩。

韩道勋从里面打开门，看了赵庭儿一眼，也觉得这女孩子看似身子单薄，但眉眼间有清丽媚色，没想到山野村户有如此女儿长成，迟疑了一会儿，但又想谦儿心性已经改过来，也早就到了婚娶的年纪，即便身边有少女伺候，只要不沉溺其中，却也没有阻止什么。

"都这么晚了，父亲还在屋里写什么？"韩谦不放心地追问道。

"刚才跟你一席话，你走后我又有所思，怕明天就会忘掉，抓紧时间写下来。"韩道勋说道，他不觉得赵庭儿能听懂什么，说话也不刻意叫她避开。

韩谦头大如斗，心想今天这么大的事情都没能将父亲的注意力给吸引过来，反而促使父亲的态度变得更加坚定，猜测父亲有这样的想法应该由来已久，那这些想法一旦正式落纸成文，或许就是这栋宅子的大祸临头之日了。

"你还有什么事要说？"韩道勋见韩谦欲言又止，问道。

韩谦心想父亲既然拿定了主意，直接劝说不会有什么效果，必须要有其他什么事情能岔开父亲的注意力才行，沉吟片晌说道："范锡程、赵阔等人，追随父亲多年，忠于其事，不易其心，然而年岁渐长，房中却都没有体贴人，日子过得粗糙，衣裳破旧也无人缝补，孩儿觉得父亲应替他们多考虑考虑这些事……"

"哦，为父到京中赴任，一心想着别的事情，却是疏忽了这些，但想来是要替范锡程他们考虑考虑。"韩道勋点点头。

"殿下被接到宫中，估计要过两天才会回侯府，而明天父亲休沐，要不与孩儿一起出城走一趟？"韩谦问道。

"……"韩道勋迟疑地看过来，范锡程、赵阔等人婚配之事，需要请托城里的媒婆慢慢张罗，想不明白韩谦要他们明天出城走一趟是什么意思。

"……"韩谦摸了摸脑袋，说道，"孩儿这些天看到四城门外流民淤道，有不少妇人拖儿带女，甚是可怜，心想着要有能体贴人且勤劳的妇人愿意嫁给范锡程、赵阔他们为妻，他们的子女也一起并入家籍，这不仅能令一部分饥民得以解困，使范锡程、赵阔他们老有所依，而以后父亲身边有什么事情差遣，不至于会缺了人手……"

"……"韩道勋微微一怔，当下心里就以为谦儿是想着借给范锡程、赵阔婚配的机会，多招揽一些家兵子弟。

当世豪强所拥有的家兵，有些类似于世袭兵户制。

比如说韩道勋因功受赏二十兵户，这些兵马一旦成为他麾下的家兵，除非转让出去，则终身为韩家家兵，身死也要由其子弟接替，其妻女与奴婢附入韩氏家籍。

而要是韩道勋身故，这些家兵则由儿子韩谦世袭继承，非罪则不得剥夺这种世袭领兵权。

韩道勋从广陵带入金陵的家兵，差不多有半数人孑然一身、没有子嗣，还有不少人伤病缠身，仅仅是韩道勋不忍抛弃他们，才将他们带到金陵添购田宅安置。

这实际就直接限制了宅子里能使用的人手，而这些家兵一旦亡故，更会直接削减韩家所拥有的兵户规模。

从巩固权势的角度看，最直截了当的做法，就是从城外的流民中，挑选拖儿带女的寡妇，许配给范锡程、赵阔等人为妻；这些寡妇的子嗣，自然就顺理成章地成为韩家的家兵子弟，成为韩家的后备役家兵。

只是韩道勋满心愤怨豪族坐拥私兵、占有奴婢、田宅太多而不税，他此时正想着将秋湖山别院的田宅分给追随他多年的家兵，哪里还愿意通过这种方式增加宅子里的奴婢？

"……"韩道勋打量着韩谦，片晌才说道，"为父的官俸，可养不起太多的人啊。"

"城外饥民嗷嗷待哺，给口饭吃便能活命，实不用父亲靡费太多。"韩谦一心想着明天将他父亲诓出城才是要紧，硬着头皮继续劝说下去，"而此事能成，或能活几十口人，父亲常告诫孩儿，不因恶小而为之，不因善小而不为……"

"好吧，明天为父就陪你出城走一趟。"韩道勋虽然无意巩固自身的权势，但心想着此举或许能让城外多活几十口饥民，而到时候上书谏言之后先解散自家的奴婢，也更能彰显自己的意志，未必就是坏事。

第二十七章

水蛊疫

次日天光初亮，韩谦起床后点上灯，坐到窗前看书，没多久赵庭儿端了一只盛有热水的铜盆进来供韩谦洗漱。

赵庭儿或许刚入韩宅辗转没有睡好，这时候看到这边亮灯，想要刚进韩府有所表现，不得不勉强起床顶替晴云赶过来伺候；她将铜盆放木架子上，就忍不住打了一个哈欠。

见韩谦看过来，赵庭儿闹了一个大红脸，俏嫩的美脸像是被朝霞染过似的。

韩谦看了微微一怔，这才注意到赵庭儿换了一身圆领袄裳、红黄相间的碎花布衫裙，乡野气息尽去，真正有着出类拔萃的清丽秀美。

韩谦将手中书卷放下，走到脸盆架前洗漱，转头看到赵庭儿踮着脚偷看他摊放在长案上的书，问道："你识得字？"

"少主教无忌识字，庭儿跟无忌学得一些。"赵庭儿吐了吐舌头，说道。

"那这本书你看得懂多少？"韩谦问道。

"字大多认得，但凑到一起什么意思就不大明白了。"赵庭儿说道。

"哦！"

韩谦惊讶地打量起赵庭儿来，他正式教赵无忌识字也就二十多天，之后留给赵无忌几本识字蒙学的书就先回城来。

要是赵庭儿才用三个月，就大体识得那两页书里多数笔迹繁冗的字，那资质真是可以了。

"少主不信吗？"赵庭儿亮晶晶的眼睛盯着韩谦，大胆地问道。

虽然晴云年纪跟赵庭儿相仿，但或许晴云在韩宅受到的约束太多、太久，已有身为奴婢的自觉，行事总是小心翼翼，不像赵庭儿还保持着大胆、好奇的山野少女天性。

"这字读什么？"韩谦将汗巾搁架子上，颇有兴趣地走过来指着一字问赵庭儿。

"翊，《说文》里写'翊'意指飞状……"赵庭儿说道。

韩谦连指几字，但凡他留给赵无忌的《说文》等几本蒙学书籍有所记载，赵庭儿大体都认得，真是不简单。

韩谦拿来一张纸，写下一些书名，递给赵庭儿说道："你遇到韩老山，将这纸交给他，便说这几本书是我要看的，让他买回来。你以后在我房里，先从这几本书学起，要有什么不懂的，夜里等我回来再说。"

"庭儿在少主身边，真能读书识字？"赵庭儿欣喜问道。

"有何不可？"韩谦一笑，心想即便能将他父亲的注意力岔开来，他身边真正能用的人手还是太少，他可不想让看不透底细的赵阔始终像道阴魂似的跟在自己身边。

过了一会儿，赵阔带着赵老倌、赵无忌过来请安——赵老倌要急着赶回山庄去。

韩谦让韩老山从库房里拿来一匹布、两千钱，让赵老倌带回去；又让范大黑去临江侯府，看临江侯有没有从宫里回来。

虽然昨夜在晚红楼听信昌侯李普说三皇子杨元溥要在宫里住三天才回府，但韩谦不能表现得他早就知道这事，所以还得让范大黑到临江侯府等候正式的消息，他才能在宅子里偷三天的懒。

练过一趟石公拳后，范大黑从临江侯府赶回来，确切得到通知说三皇子杨元溥还要在宫里压三天惊再回侯府。

韩谦便让人将韩老山、赵阔、范锡程他们都召集起来，说起要从城外挑选身家清白的寡妇，特别是找身边多子嗣的寡妇，许配给宅子里的孤寡家兵为妻。

范锡程、赵阔都有些措手不及，站在那里面面相觑，答应不是，不答应也不是。

"我妻女只是在战乱中走散，或许还有寻回的希望——大黑年纪不小了，少主恩惠，帮他找一房媳妇便可。"范锡程说道。

他一个人惯了，即便范武成身亡，膝前还有范大黑照料，都快六十岁的人，实在不想房里再多出一个陌生的妇人，再多出一堆鼻涕邋遢的小鬼喊爹。

范大黑蹲在旁边嘿嘿一笑。

他现在精力旺盛，走到大街上，眼珠子控制不住地盯着大姑娘小媳妇的胸跟屁股看，这时候真是很不介意讨一房媳妇生儿育女。

"范大黑要找媳妇，我以后帮他挑家世好的——现在是我父亲不忍看到城外饥民饿殍遍地，想着此举或能多活几十条人命，同时也是怜悯你们年岁渐长，无人照料，你们不要觉得是件麻烦事，"韩谦却不容范锡程缩头，对范大黑说道，"你去准备车马，我今天要与父亲出城先逛一圈。你陪我们出去的时候要睁大眼睛，帮你爹还有赵阔，挑一房温顺贤德的婆娘回来——"

说到这里，韩谦盯向赵阔："你有什么要求，此时就说清楚了，省得到时候给你找个瞎眼婆娘回来。"

"……"赵阔咽了一口唾沫，最终还是放弃挣扎，说道，"不瞎眼、腐腿就行。"

待范大黑备好车马，韩谦便进屋将他父亲请出来一起出城。

韩道勋勉为其难地答应此事，但他实在没有兴趣张罗。

不过，韩谦最根本的用意，还是要用别的事情去岔开父亲的注意力，劝了好一会儿，才连拖带拽地将父亲摁到马背上，在范锡程、赵阔、范大黑、林海峥、赵无忌、韩老山等人陪同下出城去。

……

……

江淮之间战事未靖，对地方洗掠犹烈，大片田地城池荒废，无数饥民，或逃入荒山老林，或南逃乞活。

金陵城严禁饥民入城，常年有十万数计的饥民滞留在四城之外，或在无主的江河荒滩，或在道野挣扎生存。

好在江南膏腴之地，特别是江溪湖泽之中的鱼蟹虾螺，可充饥者甚多，大量饥民滞留，绝大多数人还能勉强不饿死，但也是面黄肌瘦，奄奄一息。

而河滩溪谷里的饥民，很多人都饿得皮包骨头，却顶着鼓起的大腹，奄奄一息地躺在简陋的窝棚里，或直接露天而躺。

韩谦之前几次出城，就注意到这种情形，赵阔他们说这是大疫，韩谦起初还担心疫病传染，每次都远远避开，直到有一天猛然间想起来，在梦境世界里这是一种俗称大肚子病的血吸虫传染病！

梦境中人翟辛平虽然没有经历过血吸虫病的大规模暴发，但他读小学时，每年春季学校都会宣传此事，并组织学生到水田或沟渠间去捡灭钉螺，留下来的记忆非常深刻——钉螺是血吸虫传播的唯一中间宿主，从易滋生的沟渠间捡拾钉螺集中消灭，以达到阻断传染源控制疫病扩散的目的。

韩谦几次出城看血吸虫病在饥民中传染率极高，差不多达到十之二三的恐怖程度，最关键的一个原因，就是饥民得不到救济，只能依赖湖荡河渠的鱼蟹虾螺为生，不断地跟疫水接触，多数人甚至只能生食蟹螺，血吸虫病的传染怎么可能不凶烈？

甚至只需要将饥民从血吸虫卵滋生的河滩地迁出去安置，有效控制住他们对疫水的接触，就能控制疫病蔓延。

不过，这看似简单，却需要极强的官府力量去推动才行。

韩谦之前不会为他力所不及的事情头痛，但今日借挑选民妇婚配家兵的由头，拉着父亲出城来，实是要借此事岔开父亲的注意力。

"这些饥民甚是可怜，也不知道染了什么疫病，叫他们骨枯如柴之余，肚子却鼓胀成这样！"韩谦勒马停在一处河堤上，马鞭挥指河滩上的染病饥民，感慨地说道。

"水蛊疫发于江淮之间，遗患甚烈，朝中良医也束手无策，权宜之计，只是驱赶病民，莫使之进城。"韩道勋看眼前惨状，神色更是凄楚，长叹一声说道。

韩道勋见识极广，今日休沐，虽然他对眼前的生民惨状也是束手无策，但还极有耐心将他所了解的水蛊疫，以及当世医者对水蛊疫的研究，都说给韩谦知道。

韩谦这些天翻看医书，早已经了解到当世医者对血吸虫病的认识，仅仅局限于"近水而发、水藏蛊毒"的层次，而据梦境中人翟辛平的记忆，经唯一中间宿主钉螺进入人畜体内的血吸虫卵，仅有头发丝那么细小，当世医者倘若只以肉眼观察，确实没有可能观察到"水蛊"的存在！

此外，由于染疫病人即便在治愈后，又反复接触疫水染疫，也造成当世水蛊疫无药可治的错误认知。

"蛊毒既然藏于水中，但水分江河湖溪，之外又有灌田之水、沟塘之水、掘井之水，是否诸水皆有蛊毒，还是有所区别？"韩谦不能直接将梦境里的事情说出来，但不动声色地提出一些问题，促使他父亲韩道勋往正确的方向去思考，"孩儿今日出城，看到城外大疫，如临大防，而城内相对安宁。不过细想，城中民户除了掘井饮水之外，石塘河、秋浦河等溪河塘沟，又与外城水道相通，城中民户浣衣洗菜乃至牛马牲口，也多用河水，却不见疫病大作，这背后或有我们还没有想明白的什么蹊跷在？"

"少主追问不休，家主要是知道这么多，就该入尚医局了。"在旁边伺候的韩老山笑着说道。

"……"韩道勋却没有显得不耐烦，而是眉头深蹙，显然是韩谦的这些问题确实抓住关键点，引他沉思。

韩谦之所以认为如此诱导地追问下去，能岔开父亲的注意力，主要还是当世医学还不够复杂、专业，像他父亲韩道勋熟悉经义及经世致用之学的人，通常都是儒医不分家的。

特别是父亲近年出任秘书少监，主要职责就是整理文牍，修编前朝遗卷，对医理药学乃至医政的研究，绝不在当世所谓的"良医"之下。

倘若父亲怜惜饥民惨状，想要以一己之力改变之，他只需要撬开窗户泻入一线能解决问题的曙光进来，就有可能会让父亲的注意力转移过去。

"……"过了良久，韩道勋才轻叹道，"细想下来，确实是有很大的区别，这蛊病或许是藏在某些水生之物内，而这些水生之物，城外沟塘多见，而城内井河罕见，才会造成城内城外有这些区别来——谦儿看事情能入微末，这说明你半年来修身养性，确实是有所得，往后再接再厉，则能成济世之臣！"

韩谦这段时间的改变，是所有人都有目共睹的，但范锡程、韩老山却不明白少主韩谦今日看似随意的几个问题，竟然叫家主对他的期许如此之高。

他们所不知道的是，韩谦对水蛊大疫所提出的几个问题，是韩道勋，甚至阅遍医书前人都没有细思过的，此时能引起韩道勋的深思，有可能使当世对水蛊大疫的认识往前大跨一步，这就不是普通资质能达到的聪颖干练了。

韩谦见父亲的心思被勾了进来，怕过犹不及，就没有再继续追问下去。

第二十八章
家兵子弟（一）

虽说今日休沐，但韩道勋绕城兜了一趟，午后用过餐，就急急赶去官署。

秘书监、秘书少监坐班的宏文馆，在楚国相当于梦境世界的国家图书馆及出版总署，可以说是江淮之间，只有宏文馆能查阅到前朝遗留下来最为齐全的各种文献案牍。

要查找有关水蛊疫的资料，宏文馆要比尚医局更为齐全。

看到父亲的注意力被他暂时转移到水蛊疫上，韩谦才算是稍稍松一口气，心想以他父亲的胸怀，不会将有效防治水蛊疫视为一件小事。

韩谦午后则带着韩老山、赵阔等人继续在城外挑选身体健康、身边有多名子嗣的妇人，许配赵阔、范锡程等人为妻。

饥民依赖湖滩溪河所出的鱼蟹虾螺，不至于饿毙，但这使得水蛊疫在城外饥民中传染越发严重，以致城中的富户豪族官吏，也都不愿意从这些饥民中挑选奴婢佃农。

十数万饥民浑浑噩噩，滞留在城外苟延残喘，压根儿没有其他活路可言，韩谦他们出城挑人，无数人蜂拥过来要插标卖身。

即便是卖入勾栏院为奴为妓也没有犹豫，又怎么可能拒绝拖儿带女，嫁给韩府的部曲家兵为妻？

选人不是问题，韩谦又带着范锡程去找江乘县尉刘远以及桃坞集里正张潜，将文聘、入籍等事，都在三天休沐、不需要到临江侯府应卯的时间内，一并做完。

除了范大黑、林海峥二人尚且年轻，不需要仓促婚配外，宅子里范锡程、赵阔等十名家兵没有妻室，其中还有两人伤病缠身，此时留在山庄里照应那边的田宅。

这时候韩谦也替这两名伤病家兵一并挑选了身体健康的妇人，许婚为妻。

只是过继到他们膝前的继子，这次则跟其他的家兵子弟一并住进乌梨巷。

事情安排妥当后，城里除了之前范锡程、赵阔、范大黑、林海峥等十名家兵可用外，一下子又多出十三四岁的家兵子弟整四十人。

这其中有二十七人，都是新过继到赵阔、范锡程膝下的继子。

石塘河边的那栋宅子，就专门用作家兵子弟食宿及学习刀弓兵阵的场合。

范锡程对自己三天之内就多出一个老婆、两个继女、三个继子，很是啼笑皆非，但这事又不容他拒绝，只能捏着鼻子认下来。

范武成在时，就欺范大黑性情憨直。

他们两人虽然都是范锡程的养子，但关系并不亲近，这时候一下子多出五个弟弟妹妹，范大黑却甚是高兴。

赵阔房里也多出一个婆娘、两个继子、一个继女。

临石塘河的那栋宅子，除了韩谦日常练习刀弓外，也兼作诸多少年的习武院，教习刀弓拳脚以及识字；这些事韩老山、林海峥平时都能兼任。

唯一的问题，一下子多出这么多的丁口，宅子里的花销就骤增一大截。

在山庄里，即便家兵能吃些荤腥，但所谓的荤腥其实也是极少，只能说是偶尔打打牙祭；他们的家小在韩家的地位，相当于家养的奴婢，粗茶淡饭，能一日三餐不饿着肚子就已经算好的了。

韩道勋、韩谦在当世要多养五十口人，不让其饿死，不是太难，而且将这些人从忍饥挨饿的饥民里选出来，给口饭吃，就已经足以叫人感恩戴德了，但问题在于，韩谦真要想将这些少年当成预备役家兵培养、训练，这个花销就大了。

所谓穷文富武，十三四岁的少年，正是长身体的时候，以后整日还要练习拳脚刀弓，消耗也好，每天胃口大得能吃下一整只羊。

而金陵虽说是处于江南膏腴之地、物产丰富，但江淮战事不休，川渝、荆楚、闽粤等地实际又脱离于楚国控制之外，大量的豪贵涌入还算太平的金陵城，都使得金陵城里的物价，特别是肉价腾贵。

然而这些，韩谦又不能让赵阔、范锡程这些被迫娶妻的家兵来承担，这么一来，仅额外补贴的伙食，每天开销就要多出好几千钱。

此外，逢年过节还要额外赏赐衣裳等物。

这些仅仅是依赖于韩道勋的官俸以及田庄的收成，已经是远远不够了。

好在韩谦这次作为临江侯的陪读，宫中赏赐颇多，布帛绢棉等物折换成粮谷，能勉强支撑一阵子。

三天后韩道勋从宏文馆应卯回来，韩谦将父亲请到石塘河边的那栋院子，看范锡程、赵阔他们在临河院子里集结起来的四十名少年。

"诸少年都造了名册……"

范锡程手里拿着名册，挨个给韩道勋、韩谦介绍在院子里列队的这些少年。

除了祖籍、谁家的子弟及继子，以及这些少年的秉性，等等，范锡程利用三天时间都摸了一个大概，又都在名册里记录得一清二楚，可见他在韩道勋身边这些年耳濡目染，已不是当初军中的普通小校了。

范锡程还将这些少年分成五队，打算挑选五名最为机灵伶俐的少年担任队长，进行重点培养。

韩谦直接拿过名册翻看，心想范锡程跟在父亲身边，倒是学会了一些本事，但他不会同意范锡程这样的安排，拿朱笔勾出另五名少年的名字，说道：

"可选这五人担任队长，管束他人教习刀弓拳脚及识字。"

"这……"范锡程老脸腾的一下涨红起来，争辩道，"这些少年身世、性情，老奴都仔细问过，绝不敢有半点欺瞒。"

赵阔歪头看过去，看到韩谦所选的五名少年，都是性情比较木讷迂直之人，可以说是最不适合当队长的人选。

不要说范锡程一下子变得激动，觉得无端受到韩谦的质疑，他也不明白韩谦为什么偏偏选这五人。

"为什么是这五人？"韩道勋也疑惑地问道。

"我相信范爷看人的眼力，这些少年涉世不深，什么性情不会瞒过范爷的眼睛，也恰恰如此，我才觉得更应该用另外五人担任队长……"韩谦说道。

韩谦这么一说，范锡程他们就更迷糊了。

选人之法，范锡程平时都是受韩道勋的潜移默化，他相信由家主来安排这些少年，也会选择聪明伶俐者居首，进行重点培养。

这完全可以说是因材用人、各显其能，他怎么都想不明白，少主为何却要反其道而行之？

赵阔眯起眼睛，打量着站在院子里的这些少年，有人大胆而好奇，有人反应呆滞，有人畏缩在后面，心想换成是他，也会用那些胆大聪慧又跃跃欲试的少年，但看韩谦那么笃定，似也有他充足的理由。

韩谦也没有卖关子，跟父亲解释道：

"范爷的选人之法，也没有什么不稳妥，好生教导，或许不用一两年，这些人手便能堪用，但范爷的选人之法，能速成，却非孩儿心目中的最佳之法。那些胆大聪慧跃跃欲试的少年，他们心里也有诸多的自信能超越常人，此时用他们担任队长，无论是教导他们拳脚刀弓，或排兵布阵，或家法族规，相信他们都能以比其他人更快的速度掌握；而对于那些忠厚朴拙的少年，心里就觉得低人一等，平时拿着刀枪棍棒听从号令行事，也不会太难。这么安排，看上去或许没有什么不妥，但最大的弊端，就是将来能真正独当一面的，或许仅有四五人而已。而这四五人还未必会对我韩家感恩戴德，因为他们内心认为自己本身就超越他人，即便将来能独当一面，他们也会认为是自己所应得的。如此一来，韩家在他们心目中的威势，又能有多重？"

韩谦是在议论这些少年的安置之法，范锡程、林海峥等人听了却是拘谨不安，韩谦这话里未必没有指责他们对主家的懈怠之意。

韩谦继续跟父亲解释道：

"孩儿反其道而行之，除了习刀弓拳脚、读书识字时，朴拙少年居首、聪慧少年居尾之外，平时交办事情，也要反其道而行之。比如说看守宅院这些看似枯燥之事，应选好动之人，磨炼他们的耐性，而跑动传信之事，则要用看似笨拙的少年，提高他们的机敏。这样做，看上去有违他们的性情，也谈不上因材而用，也甚至需要更久的时间，才能真正叫这些少年各任其事，但最终忠厚朴拙者能伸展性情，有机会独当一面，聪慧胆大者则能更多一些沉稳，这便使得人人堪用，而非仅有五人堪用。而无论是习刀弓拳脚、读书识字，又或者是交办种种事务，好则赏、不足则重罚，那些自恃聪慧而胆大违背规矩者，更要重罚——孩儿也相信我韩家只要赏罚分明，便能叫他们印象更加深刻，从而使父亲能真正做到令行禁止，威势渐重，无人敢存懈怠之心……"

第二十九章
家兵子弟（二）

韩谦的这番用人言论，真正是将范锡程他们震住，不约而同地往家主韩道勋看去，他们实在不知道韩谦如此"乱搞"，会有什么效果，但他们却不知道如何去辩驳。

"此间院子里的事，皆由谦儿你来掌控，为父还有一篇文章没有写完，你先忙过这里的事情，等会儿再过来找我。"韩道勋说罢，便站起来要韩老山陪他先回大宅，令范锡程、赵阔、范大黑、林海峥等人留下来，协助韩谦教导这些家兵子弟。

韩谦让林海峥将五名被范锡程认为性子木讷朴拙、差不多也最瘦弱的五名少年喊到廊下，看这五个少年瘦骨嶙峋，唯唯诺诺地连身子都不敢站直，心想给他们四五年的时间，一点点地去培养、磨炼，或许能达到他所说的"人人堪用"的效果，但此时他心里最耿耿于怀的，还是历史轨迹倘若不发生改变，他父亲很快就会因为上谏被杖杀文英殿前，而他在逃出金陵时，很可能就会被这些平时受他家供养、恩惠的家兵执送有司车裂于市。

虽然这两三个月来，韩谦也有意对范锡程等人恩威并施，树立威信，只要韩家不发生变故，他对手下这些家兵的威势是足够用的——除了身份莫测的赵阔外，范锡程、范大黑、林海峥等人都不会随意忤逆他。

然而有朝一日，父亲被杖杀文英殿前，他成为朝廷捕杀的"逆党"，他的"威势"，还能够令范锡程这些家兵唯命是从吗？

就算没有梦境中人翟辛平有关这段历史进程的零星记忆，韩谦这段时间深入反思御人之法，对这点也是深深怀疑的！

范锡程选出的五名子弟，都是家兵的嫡亲子嗣，自幼跟随父兄习武，又在韩家长大，见多识广，自然机敏过人，都有当武官的潜质，但韩谦知道，这些家兵子弟跟范锡程他们一样，一旦自己成为"逆党"，也是不足以令他们唯命是从的。

韩谦选饥民子弟，甚至选饥民子弟里那些看上去最木讷朴拙、最不起眼的五个人居首，看中他们心思单纯是一方面。

另一方面是这五人只有从韩谦这里才能获得他们想都不敢奢望的地位跟待遇，一旦韩谦遇到什么事情，他们将失去一切。

这就注定他们对韩谦的忠诚，要比那些机敏过人的家兵子弟可靠得多。

韩谦当然不会将自己的真正心思吐露出来。

五名羸弱少年都不知道为什么会被叫到廊下，听到要选他们当队长，每天率领其他少年读书识字、练习刀弓拳脚，都是又惊又疑，压根儿都怀疑是否听错了。

院子里有十三名少年，原本就是家兵子弟，父兄都在家主跟前任事，他们知道过继来的这些家兵子弟，实则是狼狈不堪的流民子弟，一是从身份上看不起他们；二是看他们面黄肌瘦、胆小怯弱的样子，更是不屑。

他们怎么都没有想到，少主韩谦竟然会选他们最看不起的五个流民子弟，带领他们进行平日的操练。

他们年纪还小，不知道怎么掩饰内心的不满，顿时间就在下面喧哗议论起来，脸上露出愤愤不平的神色。

韩谦瞥了范锡程一眼，沉声说道："这就是范爷你管教出来的家兵子弟？"

范锡程黑着脸，想要替自己辩解几句。

韩谦却不理他，眼睛盯着跟前五名还没有搞清楚情况的羸弱少年，说道："以后在这院子里，你们每人带领七人接受管训，这七人的日常起居也皆受你们管束。林海峥、范大黑会告诉你们每天要做什么、要怎么做，但你们要记住的是：你们自己做错事，或者事情没有做好，你们要受罚；你们手下的人做错事，没有将事情做好，你们不能惩罚他们改正，也是你们受罚。你们应该知道吃饱饭不是一件容易的事情，而我这里也不会养无用之人，你们中哪个人在一年之中累计受罚的次数超过十次，我会将你们连同你们的家人再次赶出城去自生自灭，这个院子里不会养没有用处又不听管教的闲人。"

韩谦说话的声音很平静，神色也很温和，接着他眉头一竖，又说道："刚才场下喧哗者，你们各挑一人出来，拿马鞭狠狠地抽十下，以示惩戒！"

五名羸弱少年面面相觑，看看韩谦，看看搁在走廊栏杆上的马鞭，又迟疑地看向场下那些眼藏不屑跟讥笑的少年，没有人敢指出一人来受罚。

"点一炷香，一炷香尽，他们不出手，就由他们自己受罚领十鞭，计一次。"韩谦不急不躁地对范大黑说道。

范大黑搬出铜炉摆在廊下，插香点燃。

院子里的少年这时候再也不敢喧闹，但他们还是不相信，那五个比他们瘦小得多、性子又怯弱的家伙，真敢从他们中各选出一人来，拿起马鞭狠狠地抽十下。

韩谦坐在廊下，也不吭声，就看着铜炉里的香一点点燃烧着；少年赵无忌将黑云弓背在身后，暗暗思量韩谦的选人之法。

林海峥、范大黑都觉得气氛压抑得可怕；赵阔眯起眼睛，盯着院子东南角的那棵石榴树，看不出他眼睛里藏着怎样的想法。

差不多等那炷香燃烧到一半，才有一名羸弱少年咬牙站出来拿起来马鞭。

韩谦对这少年有印象，其名郭奴儿，此时十四岁，羸弱得却像十岁孩童，原是巢州人。天佑八年，巢州被梁国侵入，万户家舍被毁，十数万巢州民众渡江避难，其父死于途中，其母携郭奴儿以及他两个年幼的弟弟妹妹乞食金陵已有数年。

郭奴儿太过瘦弱，其母也体弱多病，原本不在韩谦选择的范围之内。

郭奴儿年幼的弟弟刚刚饿死没几天，由于郭奴儿及其母力气小，拿树枝刨坑不深就埋下幼小的尸体。

韩谦前天出城时，赶巧看到郭奴儿弟弟的尸体被成群的野狗从荒坟里刨出来，郭奴儿与其母还有妹妹被野狗咬得遍体鳞伤，还是拼命地想从野狗的嘴下将弟弟尸体抢回来。

韩谦他们将野狗赶走，最后还是于心不忍，将郭奴儿兄妹及其母送到秋湖山别院安顿下来。

刚好有个祖籍巢州的瘸腿家兵不介意收留这三个同乡苦命人，郭奴儿也就名正言顺地成为秋湖山过继入籍的家兵子弟。

郭奴儿壮着胆子往场下走去，走到一名身体要比他强壮得多的家兵子弟前，刚要说什么，却被瞪了一眼，便心虚地往下一人走去，但迟疑了一会儿，还是硬着头皮走回到那家兵子弟跟前。

刚才确实是此人喧闹声最大。

韩谦见那家兵子弟咬牙切齿地瞪大眼珠子，似压着声音在威胁郭奴儿，大概还是不相信这个跟他年纪相仿、却要比他低一头的羸弱少年真敢拿他怎样。

"林宗靖，跪到廊下来领鞭！"站在韩谦身后的林海峥，低声吼道。

韩谦拿来名册看了一眼，才知道这名家兵子弟是林海峥的侄子，今年才十三岁，身高却如成年人；其父原本也是韩道勋身边的家兵，其父在楚州战事中死去，之后林海峥才正式成为韩家的家兵。

林海峥的话还是有作用了，林宗靖满心不服，但还是硬着头皮走到廊前的台阶下双膝跪地。

郭奴儿拿着马鞭走过来，但走到林宗靖身后，还是迟疑不定。

韩谦拿出另一根马鞭，指向郭奴儿，严厉地责问道："林宗靖无事喧闹，蔑视家规，理当受罚。郭奴儿，你此时不罚他，难道要代他受罚领我十鞭吗？而林宗靖以后都要受你管束，他每有桀骜不驯，你都要代之受罚，你心里想想要过多久，你与你的妹妹郭玲、你的母亲郭杨氏才会被逐出去自生自灭？"

"……"郭奴儿咬破苍白的嘴唇，一缕鲜血溢出来，手执马鞭有些发抖地朝林宗靖身后走去。

林宗靖桀骜不驯，转头又朝郭奴儿瞪去，韩谦扬起鞭，朝他劈头盖脸就狠狠地抽了两鞭子，将他抽翻在地："混账东西，反了天了！"

韩谦两鞭子毫不留情地直接抽在林宗靖的头脸上，立竿见影抽出两道血淋淋的鞭痕，差点将左眼珠抽爆！

"郭奴儿，余下八鞭，你将林宗靖衣裳扒下来，给我往死里抽！"韩谦心里最恨家兵桀骜不驯，令郭奴儿对林宗靖继续用鞭刑，走回廊下，瞪了范锡程、林海峥等人一眼，才坐回到椅子上看郭奴儿将林宗靖的袄裳剥下来。

这段时间他一方面要重新获得父亲的信任，一方面要将之前荒废太久的功课补回来，还没有抽出时间好好收拾这些桀骜不驯的家兵及家兵子弟。

郭奴儿没有什么气力，原本隔着厚厚的袄裳挨他十鞭子不会有什么事，但这时候剥掉衣裳，裸出后背，每一道鞭子抽下来，也是一道浅浅的血痕留下来。

"你们是找出人来受刑，还是你们代之受罚？"韩谦厉眼盯着廊前剩下的四名羸弱少年，问道。

有郭奴儿鞭打林宗靖在前，接下来再挑人出来剥光衣服用刑，就没有人再敢龇牙瞪眼了。

"心存虎狼之志，便不畏虎狼。难不成你们这辈子就甘心沦为被人欺、被人食、饿殍于道的羔羊不成？"

韩谦盯着郭奴儿等五名少年，铿锵有力地质问道。

见郭奴儿等少年不敢应声，韩谦也没有指望他们能在一天之内完成从羔羊到虎狼的转变，跟赵无忌说道："郭奴儿等人以后便受你管束。"

又交代了一些事，韩谦便留赵无忌、范大黑、林海峥等人在河边的宅子里，先教导这些少年一些基本的规矩，他与范锡程、赵阔先回大宅，不知道他父亲这么晚还有什么事情要找他说。

第三十章

疫水疏

从河边的院子走回来，韩谦带着范锡程、赵阔走进中庭，看到西厢房烛火高烧，韩道勋正伏案执笔书写着什么。

韩谦敲门走进去，看到父亲摊在书案的一封奏折首页写有《谏饥民远疫水疏》等字。

韩谦三天前借选妇人婚配孤寡家兵的名义，强拉父亲出城，主要目的就是要将父亲的注意力吸引到水蛊疫之上。

没想到才过去三天，父亲就已经直接写成奏文，准备直接进奏到天佑帝那里了。

韩道勋抬头看了韩谦一眼，示意他将奏折拿过去看，也不介意范锡程、赵阔站在旁边，这些事也没有必要瞒过他们。

这封奏折通篇写下来有三千多字，在给皇帝的上书奏折里要算大篇幅文章了。

韩谦从头到尾很快就看下来，就是在他三日前提出几个问题的基础之上，写就这么一封奏文，准备送到天佑帝御前浏览。

韩道勋没有到实地进行考察研究水蛊疫，除了没有这方面的条件外，也没有这方面的意识，但宏文馆作为楚国藏书最为齐全之地，留有不少前朝医官对水蛊疫的观察研究。

韩道勋这三天时间里，主要是将相关医书找出来，将前人对水蛊疫的研究汇总起来，发现确实支持他之前有关水蛊疫毒只存在某些特定水生物之上的论断。

这篇《疫水疏》，前半篇主要是旁征博引来论证这个判断，后半篇则引申到他所推测的兵马驻营、屯田水利等办法上，最后还是重点提出将滞留城外的十数万饥民集中到远离"疫水"的地区进行阻断式安置能够控制疫情。

韩道勋在奏书中认为，这么做不仅可有效阻断、预防疫病的蔓延，而十数万饥民安置得法，消除疫病，所活十数万口人，也能成为朝廷赋税及兵役新的来源。

"父亲所进之策，要是得行，就是一桩能活万千生民、青史留名的善政。"韩谦不失时机拍一下父亲的马屁，暗感这封《疫水疏》真要送上去，在看到有明显的治理效果之前，父亲应该就不会轻举妄动地去捅世家豪族的这个马蜂窝了，也算是将父亲的注意力暂时转移出去了。

"也是亏得谦儿你前几天所提的几个问题都问到关键处，这三日来还不时与为父讨论此事，令为父深受启发，才能写成这封奏文，但能不能得行，此事还难下结论。"韩道勋眉头微蹙着说道。

韩道勋不是仅有理想的直谏之臣，他知道朝中利害关系纠缠得有多复杂。

即便他自己相信这是一封善政良策，对各方的利益也没有什么明显的伤害、触及，也相信皇上会看到这封奏文得到推行的好处，但朝中各派人马相互扯皮，《疫水疏》能否得到实行，他现在还真没有太多的信心……

韩谦将父亲的忧色看在眼底，换作以往，他会不理解父亲还有什么可担忧的，但梦境中人翟辛平的人生记忆融入他的灵魂、血脉之中，令他知道太多的事情，远要比想象中的艰难、复杂得多。

其一，将十数万饥民集中起来安置，远离疫水，不仅能使饥民得解救，能控制水蛊疫的传播，而开垦荒地、收编民户，还能为朝廷增加税源，可以说是一举三得之事，但之前都未曾有人有效控制水蛊疫的传播，此时仅凭一封奏书，要想说服天佑帝及朝中大臣同意此事，难度极大。

其二，将这么多人，其中又有大量的重疫病患者，远距离迁到他地进行安置，途中不知道会死多少，这有些不现实，但金陵城附近的田山皆有其主，又到哪里找这么一大片能安置十数万人的土地？

其三，朝廷国库空虚，为筹兵马钱饷以及朝中官吏俸禄都有些力不从心，十数万饥民安置所需的巨款，又从哪里拨付？

而倘若前三个困境能得到克服，那安置饥民之事就会立马变成诸派官员争抢的一个香饽饽。

在这个过程中不仅能暗扣大量的赈济钱款、能暗中侵占大量的安置田地，甚至能将一部分健壮饥民变成自家的佃户、奴婢甚至家兵，这时候谁会将这么一个香饽饽拱手让给他人？

最后扯皮下来，极可能是一事无成。

韩谦将他父亲脸上的忧色看在眼底，知道父亲是担忧这封奏折递上去后，在朝中诸派大臣的扯皮下得不到实施，但也正因此，他更担心这最终会加深父亲对世家豪族的愤怒，从而更加坚决地孤注一掷地剑走偏锋。

"父亲欲上奏书，是为求名，还是真心为城外十数万饥民着想？"韩谦咬牙问道。

"你觉得为父是一心只为求名之人？"韩道勋哑然失笑地问韩谦，觉得自己这个儿子对自己的了解还是太少。

"孩儿觉得父亲真要为城外十数万饥民着想，就不应急于将这封《疫水疏》送入宫中。"韩谦说道。

"为何？"韩道勋问道。

"父亲说过，做清官容易，想要成为真正为民做些事情、能拯救万千生民于水火的清官，则要比奸官更奸才行——孩儿以为父亲不讲究策略，直接将《疫水疏》送入宫中，不会取得父亲所期待的效果。"韩谦说道。

"我有说过这话？"韩道勋疑惑地问了韩谦一句，他对这句话完全没有印象，但以他二三十年的宦海沉浮，仔细琢磨这话却觉得非常地有味道，又问道，"你怎么就觉得直接将《疫水疏》送入宫中就没有效果了？"

韩谦看了身后的范锡程、赵阔一眼，也没有让他们回避，直接说道："疫水奏之善政，倘若能呈现到皇上面前，必然会得到皇上的重视，但此法牵涉甚大，皇上必然要召集大臣议决。此法能不能行，行之又要克服多少困难，朝中必然要进行广泛的讨论。而进行充分的讨论后，即便皇上决心行此策，其中会有多少好处也早就被人看透，诸臣争其事必然又是鸡飞狗跳，争不到其事者，又必然会千方百计地拖后腿、制造障碍。即便最终拖延数年能行其事，这其中不知道又会拖死多少饥民，也不知道会有多少饥民会沦为主事大臣家的苦奴……"

"……唉！"韩道勋愣怔了半晌，这种种缠绕他不是没有考虑到，但叫韩谦清清楚楚地说出来，他心里的万千愁肠也只能化为一声无奈的长叹。

"父亲倘若能不求其名，此事或更易行。"韩谦说道。

"怎么讲？"韩道勋问道。

"父亲讲过，要行其事，应'曲中取'，而尽可能避免'直中取'，"韩谦说道，"父亲要是不怕担当恶名，第一应该上书建议驱赶四城饥民，将这事引出来就好；第二就是要将真正的功劳让给别人，使其在背后承接其事，事情则易成……"

"你这掩人耳目的办法或许更易行，但不将其中的好处说透，朝廷不出大力，十数万饥民能安置何处，赈济钱款又从何处筹？"韩道勋问道。

"欲夺功者，怎能不吐点血出来？"韩谦看着父亲说道，他将话说到这份上了，父亲应该明白他是在说什么，三天前他可是刚跟父亲说过李冲有示好之意。

不过，韩谦还是期待父亲这时候能打退堂鼓，也唯有父亲的愤青劲能压制下去，他以后所要面对的局面才不至于太错综复杂。

韩道勋沉吟很久，才轻叹一口气，将奏折递给韩谦，苦笑道："这封奏折你拿去送人吧，我另外再写一封《驱饥民疏》，只希望不会被世人骂得太狠！"

韩谦心里微微一叹，说道："时辰不早了，父亲也该早些歇息，莫要太过操劳。"

"我省得，你们先去歇息吧。"韩道勋说道。

韩谦将这封半成品奏折收入袍袖中，与范锡程、赵阔走出西厢房。

"家主是想少主将这份功劳送给信昌侯吗？"范锡程走出西厢房才

想明白其中的蹊跷，抑不住内心的震惊，问道。

韩谦看了赵阔一眼，但看他眼瞳里要平静得多，想必是早就想明白过来了，笑着说道："你们说我父亲傻不傻？换作他人，即便明知此事不能成，也不会将这份为饥民着想的清誉拱手让人——人活着，不就是为了沽名钓誉吗？而信昌侯此时都公开站出来支持三皇子了，父亲原本无意牵涉到宫禁之争，但将这份功劳让给信昌侯，往后三皇子倘若不能成势，而这件事再叫人捅出来，我们韩家多半也会被牵连进去，到时候恐怕也会牵连你们……"

"我等受家主恩惠，家主为万千饥民着想，不惜清誉受损，我等岂敢独善其身。"范锡程颇为诚挚地说道。

范锡程说这话情真意切，赵阔也颇为动容，但韩谦如鲠在喉，此时只是试探他们的态度，却不会将他们的话当真，挥手让他们各自回去休息……

第三十一章
偏见与疏离

"行刺"事件发生后，杨元溥被天佑帝留在宫中住了三天，到第四天才返回临江侯府，韩谦他们也得以休沐三天。

十一月初五，韩谦也没有特地赶太早，待家兵子弟在河边的院子里清晨操练过后，才吃过早餐，在赵阔、范大黑的陪同下，不慌不忙地骑马赶往临江侯府。

此时和煦的日头已经爬上树梢头，韩谦着赵阔、范大黑将马匹牵到马厩去，他刚迈步跨进前院，冯翊就一脸急切地走过来："那日夜里从侯府离开，李冲拉你去干什么去了？"

韩谦心想冯翊真要是急切想知道李冲找他到底说了什么，之前大家有三天休沐假在宅子里，冯翊什么时候跑过去找他都成，而不应该拖到今日到临江侯府才问起这事。

不过，平时做什么事都风风火炎的冯翊没有主动去找他，倒也未必是他耐得住性子，韩谦猜想更可能是冯家在破绽百出的"行刺事件"发生之后，见宫中态度暧昧不清而变得惊疑不定吧？

韩谦自然不会将实情说给冯翊知道，颇为苦恼地说道：

"我也不知道他吃错哪门子药，硬拽着我去晚红楼吃酒，不巧姚惜水那天不在晚红楼，害我到现在连姚惜水的小手都没有摸到。"

冯翊也没有看出韩谦是在敷衍他，颇为苦恼地说道："这两天，宫里的风声好像有些变了。"

"怎么变了？"韩谦故作不知地问道。

"你进去便知道了。"冯翊拉着韩谦往里走。

韩谦与冯翊往东院书堂走去，没看到三皇子杨元溥，在前院正堂及书院伺候的内侍、宫女中，却多出一些韩谦以前未见的陌生身影。

虽然很多事情大家都心知肚明，但整件事最后定性为内侍与侍卫营侍卫勾结"行刺"，将平时与赵顺德牵连密切的一批内侍、宫女撤换掉，也就是掩人耳目需要做的一些事情，并不能说明什么。

"管保、钱文训都被调走了，说是督管不力，陛下从身边调了两个人过来顶替这二人出任侍卫营副指挥及侯府副监——你说说看，真要追究督管不力的责任，也该是将郭荣跟陈德撤换掉啊？你说宫里这是什么意思啊？"冯翊问韩谦。

"谁知道？"韩谦摊摊手，故作糊涂地说道。

风声是有些变了，但也只是让三皇子杨元溥不再像以往那般，像个被捆住手脚的孩童，处处受制于郭荣、宋莘等人，韩谦还不指望此时朝中大臣能立刻聚集到三皇子杨元溥身边，形成能对抗安宁宫及太子一系的势力。

韩谦猜测天佑帝指派过来的两个人，最终的态度估计跟那日的内侍省少监沈鹤一样，不会坐看杨元溥受郭荣、宋莘这些奴婢的欺负，但也不会敢死命得罪安宁宫及太子一系，能成为三皇子杨元溥的嫡系。

过了一会儿，李冲陪同两个陌生面孔的人走进东院书堂。

冯翊拉着韩谦过去打招呼，韩谦才知道他们就是顶替钱文训、管保，新任的侍卫营副指挥、侯府副监，以前都是天佑帝身边的侍卫及内宦。

韩谦他们与新任的侍卫营副指挥、侯府副监正站在小游园里说了一会儿话，郭荣、陈德以及宋莘陪同三皇子杨元溥走过来，韩谦他们又赶过去参见。

杨元溥对韩谦还是一贯的冷淡，但这种冷淡并不是要掩人耳目所装出来的，而是一种犹豫不断的疏离。

看到三皇子这样的态度，韩谦也是有些惊讶，心里觉得疑惑，心想三天前在晚红楼，他一番说辞应该将"鲁莽行事"的责任完全推掉了，杨元溥对他怎么还这副态度？

是杨元溥真被吓着了，此时还在为当初的行险感到后怕，以至要下决心疏离自己？

只是，杨元溥作为在安宁宫阴影下挣扎多年、一心要挣脱束缚的少年，心中热血正旺，即便在栽赃内侍行刺之时感到后怕、心思慌乱，但此时已然看到这一次的冒险成果斐然，应该感到由衷的兴奋才是啊？

而且李冲在三皇子杨元溥心目中的地位，已经被自己削低，即便过去三天有机会见到杨元溥，他应该也没有能力在杨元溥跟前上眼药啊！

难道是世妃王夫人责怪他献计太险，要杨元溥疏离自己？

韩谦虽然没有见过世妃王夫人，但想来想去，还是觉得这最有可能。

世妃王夫人这辈子最大的一次冒险，可能就是趁天佑帝醉酒上了他的床、生下三皇子，之后就挣扎在安宁宫的阴影下小心翼翼地活了十多年，视三皇子杨元溥为最后也绝不敢拿出来冒一丝险的珍宝及筹码。

他的说辞，或许能说动信昌侯李普以及晚红楼的那些人，让他们深信自己在献计之时，就已经胸有成竹，已经将天佑帝的反应都计算在内，但这在世妃王夫人眼里，可能还远远不够稳妥。

或许在世妃王夫人看来，即便天佑帝的态度进一步明确下来，也不足以令三皇子杨元溥的处境变得更安全，惊动安宁宫的注意，甚至更有可能变得更危险？

韩谦头痛无比，心想世妃王夫人长期所处的阴沉环境，注定了她绝难信任任何一人，也绝难轻易就被任何人说服。

世妃王夫人倘若对他有成见，这往后还要怎么整？

侍讲沈漾过来后，承接休沐之前的课业，开始讲授前朝盐法。

不过，沈漾依旧是照本宣科，不到一个时辰，言简意赅地将数篇晦涩文章讲完，就坐他那辆破旧的马车回府去了，似乎丝毫没有感受到朝中风向的转变。

沈漾照本宣科、惜字如金，冯翊、孔熙荣在书堂里照旧昏昏欲睡，杨元溥也照旧是如坠云雾、不知所云。

恭送侍讲沈漾离开后，午时在外宅用餐以及午后照旧到箭场练习骑射，韩谦都注意到杨元溥有几次看过来欲言又止。

这证实韩谦之前的猜测，杨元溥并非不愿意亲近他，而是世妃王夫人对他有成见，视他为危险人物，告诫杨元溥要疏远他。

李冲将这一幕看在眼里，眉头微微一蹙。

当晚在晚红楼，他不知道被韩谦这杂碎骂了多少声蠢货，肺都要气炸了。

昨天宫里才传出消息，说世妃王夫人知道"行刺"原委之后不喜韩谦，他心里自然是幸灾乐祸。

不过，沈漾所授课业艰深晦涩，不肯多说一句，却也是一个问题。

他不知道三皇子有没有耐心，等他夜里回府找策士将前朝盐法讨论透彻之后写成策论呈献过来。

当然，李冲也注意到韩谦有几次要找三皇子说话，但三皇子最终还是克制住，没有给韩谦单独说话的机会。

李冲看到这一幕，心里还是颇为爽利的。

倘若不是要掩人耳目，他都想将韩谦这杂碎拽过来，问问他前几天在晚红楼的得意劲哪里去了？

然而李冲所不知道的，他在观察韩谦的同时，韩谦也在观察他与杨元溥及冯翊等人；韩谦也压根儿就不相信刚刚才尝到甜头的杨元溥会停止冒险。

虽说李冲也不足二十岁，但他显然对十三四岁的少年叛逆心理完全不了解。

杨元溥自幼长于阴冷森严的宫禁之中，长于安宁宫的阴影之下，性格多疑是必然的，在宫禁之中也必然只能依赖其母世妃王夫人的庇护，但在如此压抑的环境下成长，没有将他性格中的坚韧部分完全摧毁，出宫就府后表现出极其旺盛的危机感跟改变现状的强烈欲望。

这本身就注定杨元溥的叛逆及冒险，在出宫就府的那一刻，比任何人来得都要强烈。

这也注定了世妃王夫人从小灌输给杨元溥的那一切，在出宫就府的那一刻就开始分崩离析。

要是杨元溥轻举妄动，受几次大的挫折，他性格中的坚韧跟冒险就会被摧毁，但上一次的冒险是大获成功的，是尝到大甜头的。

　　韩谦不相信杨元溥会停止冒险，不相信已经从牢笼中迈出去一步的杨元溥，会继续被世妃王夫人完全牵着鼻子走，杨元溥今日的疏离，或许也有对他的试探跟欲擒故纵。

　　韩谦心里一笑，小小年纪，跟我玩小心眼？

第三十二章

投子博戏

午后在箭场，韩谦是表现出几次要跟杨元溥说话的样子，但杨元溥并没有给他单独相处的机会。

从箭场再回东院书堂温习沈漾上午所传授的功课，韩谦就不再找机会凑到杨元溥跟前去，而是跟冯翊、孔熙荣躲到角落里说闲话。

冯翊今日表现要比往常规矩一些，但他疏懒惯了，练过一个时辰的骑射，筋骨酥软，在临江侯府又没有丫鬟小厮跑过来帮他捏腿敲背、疏松筋骨，哪里有心思温习功课？

他拉孔熙荣、韩谦躲到角落里，就忍不住从怀里将投子拿出来抛着玩；郭荣以及新上任的侍卫营副指挥在外屋伺候着，没事也不进来打扰。

冯翊手里抛玩的投子，是时下所兴"五木戏"的赌具，是一种中间扁平、两头圆润的小木板子，投子的正反面涂成黑白两色，五枚为一组，投出去五子全黑为最优，四黑一白次优，其他为"杂彩"，以此分胜负。

五木戏是时下除"六博戏"之外，在世家公子间最为流行的一种赌博游乐，以往韩谦也颇为沉溺其中，到金陵才三四个月，就输给冯翊他们不少金钱。

在融入梦境中人翟辛平的记忆之后，韩谦才知道在梦境世界里赌博有那么多精彩刺激的玩法，即便这段时间没有想到尽一切努力去弥补之前六年的荒废，他对五木戏、六博戏这些也变得索然无趣。

韩谦挨着窗户而坐，从冯翊手里拿来一枚投子，跟梦境世界里的骰子有些类似，但要简陋得多。

又兴许梦境世界里的骰子，就是从当世的五木戏投子发展起来的也说不定。

韩谦正要将投子还给冯翊，看到杨元溥朝这边瞥了一眼，他倒是没有想去吸引杨元溥，心思岔到另外一件事情上去。

他此时确信父亲跟祖父、大伯、二伯他们是因为理念上存在严重的分歧，以致这些年都不愿意接受宣州的接济，而他要获得父亲的信任，就不能再从韩记铜器铺拿钱出来挥霍——实际就是不能无故接受韩族的供养。

不过，他这两天半强制性地给范锡程、赵阔等人婚配妻子，又将一堆饥民子弟过继到他们膝下，宅子里一下子多出来近五十口人要养活。

家兵子弟都习武，消耗更大，这依靠父亲的官俸、山庄的收成以及他偶尔能得的赏赐，已经远远不够支撑。

这两天叫韩谦烦神的事够多了，这时候才突然想到这事来。

虽然梦境中人翟辛平的记忆融入血脉、灵魂之中，叫韩谦琢磨出不少诸多筹钱的点子，但都需要人手、都需要投入精力，然而韩谦在三皇子杨元溥身边陪读，除了重大节庆假日能够休沐外，平时都脱不开身去做其他事情。

手里的这枚投子，叫韩谦突然想到所谓的赌博根本就不存在公平，即便不考虑博弈跟概率计算，梦境世界里一些作弊手法，也是当世人绝对想不到的。

就拿冯翊手里掷玩的黑白色投子来说，就叫韩谦想起梦境中人翟辛平记忆里有一段钱币博弈的趣题来。

虽说记忆有些模糊，但梦境中人翟辛平做股票投资，对博弈论的研究最为透彻，韩谦细想了一阵，将纸笔拿来演算过，才确认是可行的。

"你在鬼画符什么？"冯翊看韩谦在纸上写了一堆奇形怪状的符号，不知道在干什么。

韩谦将一枚投子握到手心里，跟冯翊说道："有一种投子博戏，我能包赢不输，你可相信？"

"怎么可能？"冯翊才不信韩谦的话。

韩谦在宣州虽然也放浪不羁，但宣州怎么都没法跟金陵比繁华，平时也就玩玩斗鸡斗狗，论博戏之复杂，怎么都不能跟金陵城里的公子哥相提并论。

再说韩谦刚到金陵城，跟冯翊他们在一起赌博，连裤子都快要输掉，虽然韩谦这段时间不再出来放荡，但冯翊不相信韩谦有什么玩法能包赢不输。

"你我各将一枚投子握在手里，摊开后要是同黑，我输你三钱，要是同白，我输你一钱，要是黑白相异，你输我两钱，可好？"韩谦笑着问道。

冯翊再不学无术，但自幼也被强迫学过筹算，听韩谦说过规则，心里默然想了许久，怎么也不明白这种玩法，韩谦怎么可能包赢不输？

"不信。"冯翊摇头说道。

"还有一个时辰才天黑，我们玩一个时辰，便见分晓了。"韩谦拍了拍系在腰间的钱袋，笑道。

冯翊也是在欢场一掷千金都不会皱眉头的主，几百钱的小输赢也就打发时间而已；再说他们这种玩法，也不会惊忧郭荣跑进来斥责他们干扰杨元溥温习功课。

孔熙荣正百无聊赖，身子趴过来看韩谦与冯翊玩投子。

李冲与杨元溥一字一句地推敲侍讲沈漾上午所讲授的盐法。

冯翊还不信邪了，特地让孔熙荣跑去随从那里拿来几百枚铜子，每玩十把都要叫孔熙荣数一遍，最初几个十把，冯翊还小有盈余，他得意扬扬要戳破韩谦的大话，之后再玩下去，虽然有小输，冯翊也没有在意。

玩过两百把后，冯翊发现他让孔熙荣拿着的钱袋里，铜钱一点点地减少，都不到半个时辰，钱袋就已见空，才觉得诧异。

"怎么可能会有这样的邪法？"冯翊诧异地问道，"莫非你有什么神通，眼睛能窥见我手心所握的投子？"

"我幼时在楚州得异人所传的这种博戏之法，要是说透了，人人都能赢，又怎能叫神通？"韩谦笑道。

"你快说给我听。"冯翊心痒痒地问道。

"我以前没有拿这办法去赚你的钱物，此时又怎么会教你学会这种博戏之法，去赚别人的钱物？"韩谦故作清高地说道。

冯翊好赌，虽然以前在韩谦这里赢得不少钱物，但在外面跟其他公子哥博戏，十之六七都是要输的。

虽然冯家家大业大，不会介意一二百饼金子的来去，但输的感觉总是不好的。

"你要是仅仅将此法教我，又确实可行，我给你十饼金子。"冯翊才不信韩谦的清白，当下就许以重诺。

十饼金子相当于父亲韩道勋三个月的官俸了，冯翊出手已经可以说相当阔绰了，韩谦却不屑一顾地说道："要是我们刚才换成金制钱博戏，你说说你此时已经输了多少钱物，我为十饼金子，将此法只授给你一人？"

"你说怎的？"冯翊心痒痒地给韩谦勾动起来，自然不会轻易放过韩谦。

"除了十饼金子外，以后你每用此法与他人博戏，所赢我要分五成！"韩谦说道。

"你这也太心黑了吧？"冯翊叫道。

"也只有这样，我才会闭紧嘴，不将此法传授别人啊！"韩谦说道。

这种新玩法，不一定能得到广泛推广，而冯翊要是凭借此法总是赢，时间一长就不会有人跟他玩了，不能做到细水长流，韩谦这时候开价自然要狠。

"我怎么知道你的办法，我用了一定能行？"冯翊怀疑韩谦会诓他。

"我这办法一听就会，你可以当场找孔熙荣或出去找陈德验证。"韩谦说道。

"好！"冯翊更在意赢的感觉，才不会拿十饼金子当一回事，而至于以后也要等赢到钱才会给韩谦分成，他总不至于会损失太多。

韩谦附耳跟冯翊说了一会儿话。

"这真能行？"冯翊一脸的迟疑跟不信任，盯着韩谦问道。

韩谦的办法很简单，就是让冯翊心里默数着，记得每二十把里随机出七把黑面就行了，这是用博弈论算出来的投率，冯翊想破脑袋都不可能窥破其中的奥妙。

韩谦摊手笑道："我幼时得异人所授，我初时也是不信，但到今日无一失手——只是我父亲教导我低调做人，无意去博赌神之名而已，此时将这机会让给你，十饼金子真是便宜你了。"

"你来陪我玩。"冯翊还是不信所谓必赢之法会如此简单，当场就要孔熙荣陪他验证。

没有相当的自制力或其他兴趣爱好，当世豪族子嗣就没有不好赌的。

有时候天佑帝还不时邀亲信之臣到宫中聚赌呢，不过天佑帝输多赢少，常借此拉近与众臣的关系，就不知道三皇子杨元溥有没有学会这点。

孔熙荣不知道韩谦跟冯翊说了什么，但短短几句话就能让动不动就输得要他救急的冯翊成为赌神。

杨元溥到底没有成年人的耐性跟沉稳，刻意疏远韩谦大半天，这时候还是控制不住内心的好奇，注意力被角落里的动静吸引过去。

"智者不博，博者不智。"李冲对韩谦的小把戏还是不以为意。

"智者不博，博者不智"，话出《道德经》，最直接浅显的意思就是指聪明的人不与人博戏（赌博），更深一层的意思则是告诫人不要轻易冒险。

"智者不博，不过是不知博之智而已！"韩谦见李冲这时候还不忘给他上眼药，随口怼了他一句。

见李冲瞪眼看来，韩谦耸耸肩，示意他看冯翊与孔熙荣验证的结果便是，不要争什么口舌。

第三十三章
论 赌

冯翊与孔熙荣同样是玩了两百把之后，孔熙荣手里的钱袋就明显瘪下去。

李冲虽然说表面上不屑一顾，但眼睛却一直关注着这边，心里默默算着冯翊与孔熙荣的每一把输赢，看上去每一把输赢都杂乱无章，无迹可循，但累加起来，却是冯翊赢多输少。

沈漾每日讲授课业，虽然艰深晦涩，但多少还是有迹可循的，而眼前这事，任李冲绞尽脑汁都不明白是怎么回事。

韩谦看天色还早，也不管李冲、杨元溥的兴趣都被勾起来，伸手将窗外的一枝榆树枝折断，拿匕首削成一枚枚小拇指粗细的立方柱，在六个面上刻出点数来。

"你这是在做什么？"冯翊转过头来看韩谦在小方块上拿匕首尖抠出细数，又拿墨汁涂黑，好奇地问道。

"这也是一种投子，我幼时在楚州看别人玩过，比你们平时玩的五木戏要有趣一些，改日再教你。"韩谦将五枚骰子收入袍袖之中。

掷骰子的玩法有简单的、有复杂的。

最简单的玩法，就是两人掷骰子比大小，只要在自己所用的骰子里灌铅便能保证胜率，但这种作弊办法时间久了还是容易被拆穿。

除非自家开赌场，要不然到别人家聚赌，自备赌具怎么可能不叫人起疑心？

而说到赌场，在当世则不是什么稀罕事物。

前朝《刑统律》对设赌抽头渔利者，就规定"计赃唯盗论，聚赌则籍没其家浮财"等律法，对聚赌、设赌等事高压严打，以免破坏社会风气。

天佑帝开创楚国后，初期也是禁聚赌，但为筹钱粮兵饷，又或许是天佑帝本人比较好赌的缘故，从天佑帝四年开始，就特许金陵城及附属州县的十数家世家豪族可设赌局柜坊，以便从中抽税。

冯家就在金陵城中暗中控制着一家柜坊，主要以抽头渔利，只可惜冯翊的赌技实在一般。

由于当世博戏种类有限，要是哪家柜坊能多一种能历久不衰的博戏，即便不在赌具上动手脚，也能在相当程度上聚客开源。

韩谦暂时没有精力去做其他事，又要为宅子多出的近五十口人生计发愁，而他父亲也绝对不会让他沾染博戏之事，那他就只能在冯翊身上多挖掘挖掘潜力了。

冯翊哪里想到韩谦算计他这么多，验证韩谦刚才所授之法管用，兴奋之余拽住韩谦要看他所制的五枚新式骰子。

骰子刻一到六点数，相对两面的点数相加等于七便可，玩法要比当世流行的五木戏更简单，但玩法变化多样，可两人对玩，可多人同玩，可一人坐庄多人参与押大小，这才是柜坊聚敛赌客、问世后就经久不衰的好赌种。

"好玩！"冯翊好赌，听韩谦一说就明白玩法，问道，"这种投子可有必赢之术？"

"要是逢赌必赢，还有何乐趣可言？"韩谦笑道，"再说，我今天传授你这些博戏之法，你以后还会找我博戏？"

韩谦心想灌铅之类的小手段不告诉冯翊，想必整日想着坑骗赌客的柜坊，大概也会很快钻研出来吧？

"那有什么意思？"冯翊前程远大，不可能参与冯家暗中控制的柜坊运营，见掷骰子没有取巧之法，又或者韩谦知道却不愿传授他，就没有多少兴趣。

"别岔神！"孔熙荣还是不信冯翊真掌握什么必赢的"邪法"，催促冯翊继续出投子赌胜负。

"想赢，但不能总赢——你现在没有必要再赢下去了！"韩谦跟冯翊说道。

孔熙荣的黑子投率是完全随机的，这时候冯翊将黑子投率改到其他数值范围内，胜负也会跟着随机起来，这时候看孔熙荣手里的钱袋时瘪时鼓，果然变得不分输赢起来。

"韩谦，冯翊出投子，到底有何奥妙？"三皇子杨元溥的好奇心彻底被勾住，这一刻终于忍不住站起来问道。

"殿下啊，卑职已经将此法卖给冯翊了啊，忌敢轻易毁诺？"韩谦微微一笑说道，"不过，殿下以后记得千万不要跟冯翊玩这种投子博戏，这便是李家郎所谓的'知者不博'！"

听了韩谦这话，李冲忍不住要翻白眼，心想不就刚才插了一句话，让你这杂碎记恨到现在？

"我还是不信有必赢之术，等课业时间过去，我拿钱物与你博戏——你们夜里都留下来饮宴。"杨元溥眼珠子一转，对冯翊说道。

冯翊自然需要能立刻多一个人供他验证，说道："郭大人那边怕是不许？"

"李冲，你去找郭荣说这事。"杨元溥吩咐李冲道。

李冲哪里想到世妃的告诫，竟然都没有管住一天，三皇子的注意力就又叫韩谦这杂碎勾过去了，他心里百般不愿，也只能出去找郭荣说这事。

三皇子杨元溥要在侯府聚赌为乐，郭荣那边怎么会阻拦？

看李冲不情不愿地出去，韩谦心里一笑，安宁宫选他及冯翊、孔熙荣陪读，用意不就是希望他们能将杨元溥带入歧途吗？

不过，杨元溥此时留他们在侯府聚赌，是好奇心胜，还是用此法拉拢冯翊、孔熙荣，则还要看他接下来的表现。

李冲去而复返，郭荣的态度果然如韩谦所猜测，课业时间是天佑帝亲自规定的，冯翊、韩谦、孔熙荣在下面打酱油，他都可以睁只眼闭只眼，但对杨元溥完全不加以管束，他交代不过去。

何况侯府目前多出两个天佑帝身边的人盯着。

而课业之外，杨元溥想要怎么玩乐，只要不拆天拆地，郭荣不加以管束，别人挑不了他的错。

何况三皇子杨元溥出宫就府，陛下还特地赏赐了八名乐工舞伎，都是供三皇子杨元溥玩乐消遣的。

韩谦、冯翊、孔熙荣分派人回去禀报要留在侯府饮宴，待日头刚降到城楼之上，就收拾书册刀弓交给家兵收好，他们随三皇子杨元溥去内宅饮宴聚赌去了。

冯翊好赌，等不得酒宴开始，就在杨元溥寝居之地潇湘院博戏。

潇湘院不大，但整栋院子地底挖空，烧炭取暖，极为奢侈；而作为三皇子的起居之地，也要比普通的火坑、夹墙烧火等取暖法更安全。

韩谦他们走进潇湘院，人在院子里还没有进屋，就觉得暖意洋洋，实不知一天要烧得多少木炭。

外臣不是不能进入内宅，但不能随便，有规矩要守。

特别杨元溥身为皇子，他内宅的女人除非将来赏赐出去，要不然连奴婢宫女，理论上都要算是他的女人，所以临江侯府的内宅涉及皇族血脉的纯正，规矩更加严格。

郭荣、宋莘还不知道傍晚时东院书堂里所发生的事，只是不动声色地守在一旁看三皇子杨元溥与冯翊出黑白子博戏。

韩谦看刚从天佑帝身边调到侯府任事的二人，对眼前这一幕也是无可厚非，暗感他们的态度大概跟内侍省少监沈鹤没有什么区别，他们过来只是保证侯府的奴婢不敢欺杨元溥，但显然也不会冒着得罪安宁宫的风险，真心希望杨元溥去搏帝位的。

说到底大家对年纪未满十四岁的杨元溥都没有信心，押注杨元溥的风险没有人敢去承受。

韩谦暗暗捏着袍袖里所藏的《疫水疏》，心里微微一叹，老爹啊，你怎么就不能像其他人学聪明点呢？

虽然将《疫水疏》拿出来给三皇子杨元溥夺功，是韩谦出的主意，但他主要也是怕他父亲剑走偏锋而不得不设法拖延罢了。

真要有选择，他并不想在局势明朗之前，将这封《疫水疏》过早地拿出来。

酒宴开始之前，杨元溥将一千枚钱都输给冯翊。

冯翊得意至极，高兴地叮嘱杨元溥："殿下可不要先将消息传出去，等我大杀四方，将这些年输掉的钱财都赢回来，到时候请殿下去晚红楼喝酒！"

"你与韩谦约定，所赢之钱要分给韩谦一半。你刚从我这里赢走一千钱，也要记得分一半给韩谦。"杨元溥显然也很是高兴，不忘提醒冯翊给韩谦分赃。

杨元溥又跟韩谦说道："人智有限，各有专擅，因而李冲刚才所说的智者不博，还是有道理的……"

李冲乍听以为三皇子替他分辩，但三皇子这话是对韩谦说的，他越琢磨越不是滋味，三皇子这是向韩谦请教的口气。

"殿下明鉴！"韩谦微微一笑说道。

大家移到左首的院子里饮宴，郭荣、陈德以及今日新到侯府任事的两人，也都被杨元溥邀入席中。

宋莘虽然是侯府司记，但男女有别，只能站在一旁负责安排酒宴。

"沈漾先生今日讲授前朝盐政，字如千金，不肯多说一句，你们可听明白了？"在酒宴间杨元溥直接问出来，他也想着以后就算能避开别人的眼线，时间也绝对有限，而私下与韩谦频频接触，更惹人起疑心，还是光明正大地公开询问。

"我听了稀里糊涂，李家郎或许明白。"冯翊今天心情极好，特别是见三皇子杨元溥输钱给他也不气恼，对杨元溥顿时好感倍增。

当然，冯翊这么说，也不是挤对李冲，在他心目里，李冲是要比他、孔熙荣以及韩谦更有能耐——抛开派系之争，李冲也确实是众口所赞的"良子"。

"……"李冲头都要埋到桌案下，他明知道三皇子抛出这个问题，是指望韩谦回答的，但冯翊既然将话题抛过来，他怎么都不甘心直接转给韩谦。

就前朝盐政盐法之事，李冲下午也跟杨元溥讨论了小半天，这会儿饮着酒，倒是说了一些，但还是没有办法将问题说透。

"郭大人您觉得李冲说得如何呢？"杨元溥将话题抛给郭荣。

"老奴这些年都在宫中侍候，可不知这些治国之事。"郭荣不动声色地回道，他身为宫官，不妄议盐法之事，却也算守本分。

韩谦见杨元溥的视线转过来，知道自己逃不过去，但为了尽可能消除安宁宫那边的戒心，也是故意做出一副卖弄的姿态：

"说来也巧，前朝盐法之事，我昨天夜里刚听我父亲说过，殿下你还真是问对人了……"

在生产力落后的当世，食盐是最重要的工业商品。

从千年之前的"盐铁论"始，盐利就是中央财政最为重要的财源之一，常常能承担五分之一甚至最高时达一半比例的中央财政收入来源。

因此任何一家王朝，都不敢忽视盐政。

在前朝，盐政之务要么由宰相兼领，要么由户部尚书或同等层次的重臣兼领，便可见其重要性。

虽然当世的工业体系极其简陋粗糙，但以当世人的理绪，能将其理清楚却不容易——能理清楚又能很好掌控者，无一没有能吏财臣的美誉。

前朝盐政实行官产官销，要是笼统地去说，确实叫没有经受经济学训练的人很难理解，但韩谦将盐事分成"产、收、运、销"四个环节去讲则非常浅显易懂。

毕竟当世的盐政以梦境世界衡量，只能算最简陋的官办工业体系。

第三十四章

风未平

韩谦要确保杨元溥能理解透彻，必须将条理讲得极清晰。

看郭荣、宋莘皆露出惊讶的神色，韩谦心里却没有太多的得意。

他知道自己此时尚不在安宁宫的眼里，但时间久了，越得杨元溥的信任，就难免越会受到安宁宫的猜忌。

天佑帝尚在，威势足够震慑住安宁宫对三皇子杨元溥不敢用太暴烈的手段，但不意味着安宁宫想要对付杨元溥身边像他这样的小鱼小虾，会有什么顾忌。

韩谦手缩回袍袖之中，那封《疫水疏》还安静地躺在那里。

每个人的宴案前都置有一小碟青盐，以调咸淡。陈德伸手从眼前的小碟中捏起一小撮白如雪的青盐，感慨地说道："一小撮盐，就有这么多的道道？我还说陛下将沈漾请过来到底能教会殿下你们什么东西呢？"

"也就那么一回事，"杨元溥也知道在郭荣、宋莘面前不能太突显韩谦，笑着岔开话题道，"不过，冯翊学得一门赌技，吹牛皮说能包赢不输，我已经输了一千钱给他，饮过宴也无事可做，陈德你帮我将这钱从冯翊那里赢过来！"

陈德嗜赌，他即便受世妃重托，护卫杨元溥的安全，但夜里也常偷溜出去聚赌。

听杨元溥这么说，陈德才不信冯翊真有包赢不输的能耐，嗤笑道："听冯翊胡吹一气，他是欺殿下手生。"

冯翊也正技痒，见陈德不服气，招呼内侍将宴案上的残羹冷炙直接撤去，拿出两枚黑白色投子，将规则说给陈德听。

"除非你的眼睛能窥见我手心里的投子，不然莫要胡吹什么包赢不输。"陈德摇头说道。

他为人嗜赌，但军中没有太宽裕的聚赌条件，常常是因陋就简地赌输赢，这种赌投子黑白色的玩法，他在军中就没少玩过，听冯翊一说就明白。

"都说你冯家是金陵城里的钱袋子，要是每把就赌三两钱的输赢，要玩到什么时候，才能叫你这个冯家郎心疼啊？"陈德早就听说冯翊赌技烂，心想以后能在侯府公然聚赌的机会不会太多，这次不能轻饶了冯翊。

陈德赌瘾再大，就算郭荣、宋莘再不阻止，他也不敢让世妃知道他在侯府怂恿三皇子沉溺赌事，心想这次替三皇子报仇另当别论。

"那你们就是以金制钱为筹码吧！"杨元溥好像看出殡不怕殡大似的怂恿说道。

当世以铜制钱为主，但宫中也少量地用金银制钱，作为给众臣的赏赐，街面上极少见到。

这次宫中赏赐，韩谦除了绢帛等物外，还得二十四枚金制钱；陈德作为侍卫营指挥，又是世妃、三皇子为数不多在朝任职的"外戚"，所得的赏赐，是韩谦、冯翊他们的十倍不止。

这种金制钱，每枚合金二铢，足值一千钱。

冯翊随身没有多少铜制钱——一枚铜子掉地上，他都懒得弯腰去捡——身边用于进晚红楼等场子挥霍的金制钱、金饼子倒是有不少，他是巴不得加大筹码。

说实话这种玩法相当的枯燥无味，但每一把就赌两三千钱的输赢，放在宫禁之中也都是大手笔，一下子将大家的兴致给调了起来，宋莘也侧目望过来。

陈德赌运也确实好，前二十把竟然赌赢十四把，一下子从冯翊那里赢走十枚金制钱。

陈德也相当得意，将一枚金制钱扔给杨元溥，哈哈笑道："陈德帮殿下先将本给赢回来了，接着帮殿下将冯翊身上的袍裳都扒下来！"

韩谦注意到杨元溥不动声色地将那枚金制钱捏在怀里，心想：难不成杨元溥就是想陈德大输一场？

博弈论成立，需要足够大的基数。

一百把时，陈德都没怎么输，喝了些酒，一边猜子一边忍不住口头奚落冯翊胡吹什么包赢不输。

这种赌法枯燥是一方面，但也进行得极快。

开始时，陈德还注意察言观色调整投子的黑白面，但很快就输得心浮气躁，捋着袖子，喊韩谦、孔熙荣帮着他们两人计算筹码，又让冯翊先将投子扣入白瓷碗下不得再用手触碰，避免他暗中翻面。

陈德除了随身近百枚金制钱外，还将三皇子杨元溥借他的三百枚金制钱都输干净，额头都渗出细密的汗珠子。

"好了，陈德，今天到此为止吧。"杨元溥开口要终止这场陈德完全看不到丝毫希望的博戏。

"现在时辰还早，"陈德输急了眼，哪里甘心就这样放冯翊走，朝冯翊这边伸手说道，"冯翊，你借我二十饼金，我就不信这个邪！"

"赌场上怎能借钱给人，你去别地筹钱。"冯翊哪里肯借钱给陈德，将陈德的手挡住。

"殿下，你手里可还有……"陈德朝三皇子杨元溥这边看来，这时候才惊觉到堂前静寂得可怕，环顾看去，除了冯翊赢钱正兴奋外，杨元溥看似稚嫩的脸阴沉如水，李冲眉头怒蹙，韩谦不动声色地坐在那里，而郭荣、宋莘等人则脸带浅笑、意态暧昧不明……

"时辰是不早了，殿下也该休息了。"陈德吓了一身冷汗，结结巴巴地说道。

韩谦心里微微一叹，想到杨元溥刚出宫就府的那天，冯翊就跟他说军中孔周等将领对陈德其人的评价不高，如今看来陈德即便是世妃为数不多在朝中任职的亲族，但这些年过去在军中也只担任营指挥，果真不全是因为安宁宫的压制啊。

韩谦暗感三皇子手里还真是没有什么牌啊，唯一能不加掩饰予以重任的陈德，却是不堪用，那往后临江侯府真要形成什么势力，不得都掌握在信昌侯府及晚红楼的手里？

……

……

韩谦、冯翊、孔熙荣他们先告辞离开侯府。

"韩谦，我们去晚红楼？"冯翊今夜一扫这些日子在赌场上的晦气，兴致极好地要拉韩谦去晚红楼挥霍。

"今日不早了，改天再去吧，"韩谦说道，"要不然的话，我怕又被我父亲赶到山庄里关起来了。"

冯翊想到韩谦被韩道勋送出城修身养性的事，想想还是各自回府为好，将手里一只钱袋抛给韩谦说道："喏，这是你的。"

韩谦接过钱袋，捏了捏，里面有不下两百枚金制钱，暗感冯翊倒是守诺，有这笔飞来横财，宅子多出五六十口人，也能支撑三五个月，叫赵阔收好，便跨上紫鬃马，往南城驰去。

韩谦回到家，看到他父亲韩道勋站在中庭里，走过去将今日晚归聚赌一事，说给他父亲韩道勋知道：

"今日殿下留我等在侯府聚赌为乐，不仅拉拢了冯翊，兼而告诫了陈德，对孩儿也算是有赏赐，或许真是不容人欺。"

"深居宫禁，心智确实不能以常人度之。"

韩道勋点点头，他也认为长期生活在安宁宫的阴影下，三皇子性格中坚韧的那部分没有被摧毁，心智强过常人才是正常的，又好奇地问道：

"你怎知这种赌术？"

"以前在宣州常去柜坊玩，曾看到一名赌客用此法连着数十日皆是小赢离开，此人神态又极笃定，不似孩儿以往痴恋此道，孩儿就暗地里留了神。细看下来，此人也没有其他窍门，只是在二十把随机出七把黑，便能稳赢，遂暗中将此法记下来。父亲精擅筹算，我还想找机会跟父亲您请教呢。"韩谦胡编了一个借口，然后将问题抛给他父亲，不知道博弈论的精深博大能不能将他父亲的注意力再转移掉一分。

"……"韩道勋站在庭院里想了好一会儿，摇了摇头，说道，"天下之大无奇不有，为父也窥不破其中的奥妙。对了，我的驱饥民奏折已经写好递到文英殿去了……"

"……"韩谦心里痛苦得都快要呻吟出来，心想就不能拖延几天让大家缓一口气？

韩谦心里叫苦，脸上也只能一副胸有成竹地说道："风议未起，便将《疫水疏》送给信昌侯府，未必能得足够重视……"

"也是。"韩道勋点点头，但随后又忧虑地说道，"已入仲冬，再拖延时日，就是大寒，今年道侧不知道会多出多少冻死骨啊！"

天未降雪，但寒风呼号。

韩谦抬头看了看深铅色的苍穹，不寒而栗。

韩谦回到自己房里，看到赵庭儿坐在灯前读书正入神，都没有注意他回宅子。

以婢女的标准看，真是一丁点儿都不合格啊。

"啊！"赵庭儿过了好一会儿才注意到身边有人，抬头看到韩谦，跳也似的惊慌站起来，张嘴问道，"少主什么回来的？"

"我站这里都有一个时辰了。"韩谦说道。

"真的啊？"赵庭儿天真无邪地问道，虽然还是有些偏瘦弱，但眼眸又美又大。

"你有这么好骗，还是我有那么好骗？"韩谦笑了起来。

赵庭儿知道怂恿其弟赵无忌过来投奔他，有着乡野少女难见的大胆跟主见，这时候竟然也知道男人最吃她此时所表现出来的天真无邪的这一套，这或许就是天赋吧？

要不是赵老佝一家在桃坞集还是有根脚可查的，要不是赵庭儿才十五岁，韩谦都要怀疑她跟赵阔一样，怀着别的什么目的才到他韩家来了。

"……"叫韩谦点破，赵庭儿尴尬得俏脸涨得通红。

韩谦看到书案有赵庭儿习字的帖，字迹还生涩得很，但看得出赵庭儿极努力想写好，看摊放的几本书，问道："你都看过哪些书？"

"白天不敢让晴云、周婶找不到人，夜里等少主回来伺候，才闲下来，没想到少主这么晚才回来。"赵庭儿说道，"……"

见赵庭儿美眸里满是期待，韩谦想到另外一件事，心想要是让赵庭儿从根子上就学梦境世界的学识，会怎么样？

梦境中人翟辛平生前从事股票投资，精通博弈，喜欢读史，虽然对其他学科的掌握远远谈不上精通，即便最基础的东西，短时间也不可能整理出一个体系来，但真正要教导赵庭儿，还是足够的。

"你又不用去考什么女秀才，读这些书有什么用？"韩谦将除了蒙学识字的两册书留下来外，将其他赵庭儿搬到书案上的儒学经义，都扔回书架，"以后我亲自教你算经以及一些杂学吧……"

"……"赵庭儿噘起粉润的小嘴。

"怎么，你也觉得我不学无术？"韩谦眉头大皱。

"山庄里人都这么说。"赵庭儿不隐瞒地说道。

韩谦这时候才是真正皱起眉头来，难怪这妮子敢在自己跟前玩小心眼啊，就是不知道赵无忌心里是否也有这样的刻板印象，要是那样的话，那赵无忌的忠心也将是经不起考验的。

很显然，谁会忠诚于自己都瞧不起的人？

第三十五章
误 解

文英殿位于宫城的东侧，作为天佑帝的寝宫，自然也是楚国真正的中枢所在。

这时候夜深人静，其他宫院的门都已经落锁，文英殿通往东边枢密院的宫门还敞开着，十数锦甲侍卫还打起精神守在大殿外。

沈鹤抱着一杆拂尘坐在二道门外的小厅里，他虽然还没有到五十，但精力明显感觉不大如以往，即便白天补过觉，但这会儿才二更天，他坐下来就感觉眼皮子软垂无力，随时能睡过去。

沈鹤身为内侍省少监，真要躲起来偷打一会儿盹，即便是陛下知道也不会责怪他，但沈鹤还是往鞋底塞了两颗青棘子，以便困乏松懈时，青棘子的毛刺能将他扎醒过来。

"这是混账话？"

听到里侧传来压抑的不满责骂，沈鹤惊醒过来，不知道发生了什么事，顾不得将鞋底的青棘子拿出来，强忍住硌脚小跑进内殿，就见铜烛灯下那个令人生畏的魁梧身影，正将一封奏折摔到桌角上。

"又是什么折子恼着陛下了？"沈鹤见陛下只是为一封奏折恼火，没有其他什么事情，笑着问道。

"韩道勋上书说四城饥民塞道，有碍观瞻，建言京兆府驱赶饥民——你说这是什么混账话，这是有碍观瞻的事吗，真是让他在宏文馆编书，编糊涂了？"魁梧的身影在灯下抬起来头，将案角上的那封奏折拿给沈鹤看。

韩道勋的这封奏折仅短短三四百言，力陈饥民塞道诸多不便，请驱逐之。

"韩少监或许有什么话不便跟陛下言明吧？"沈鹤猜测道。

沈鹤与兵部老侍郎韩文焕倒是有过接触，是一只老狐狸，但跟韩道勋没怎么接触过。

他只知道去年枢密副使、文英殿学士、承旨王积雄与太子不睦，又病重难任国事，一心求去，在王积雄还乡前，陛下要王积雄从州县推荐官吏入朝，这个韩道勋是王积雄所推荐的第一人。

只是韩文焕的长子韩道铭刚得荫袭，升任池州刺史，韩道勋在朝中资历甚浅，调入朝中，枢密院合吏部考功，补到宏文馆，任秘书少监。

王积雄离开金陵时，沈鹤奉旨去送行。

王积雄子嗣族人仅有年幼的孙女王珺随行，五车行囊，除诗书外，别无长物。

沈鹤自以为这辈子都不可能做到王积雄这般，但他相信王积雄不会随便推荐韩道勋，而安宁宫将韩道勋之子硬塞到三皇子身边，大概也是看到这点吧？

只是王积雄辞行离京前进荐书，被陛下召到文英殿谈了一个多时辰，当时沈鹤都被遣出去，也没有一个宫官在场，并无人知道王积雄到底跟陛下谈了什么，也不知道王积雄到底怎么跟陛下介绍韩道勋。

"难不成对我说话，还有什么要藏着掖着的吗？难道要我绞尽脑汁地去猜他留下来的哑谜吗？"天佑帝气恼地说道。

有时候他不是不知道下面人的小心翼翼，但有时候恰恰如此，犹叫他气恼——这叫他感觉自己身为一国之君，也不可避免地深陷在一张挣脱不开的网中。

"陛下真要想知道他心中到底在想什么，明日将他召到宫中便是，或者这时派人出宫传召？"沈鹤说道，小心翼翼地将看完的奏折递放到桌角上。

"有什么好召来问的？"天佑帝挥了挥手，说道，"韩道勋没有在奏折里将话说透，但想想江淮之内，哪里有什么地方能安置十数万饥民？"

"……"沈鹤这时候才知道陛下不是气恼韩道勋的不聪明，而是气恼韩道勋的太聪明。

国舅爷徐明珍所领的寿州，一直以来都是楚梁相争拉锯的主战场，这也导致寿州境内丁口流失严重，真要将十数万饥民从金陵附近驱赶走，寿州是最大的安置地。

除了寿州之外，即便是楚州也安宁好些年没有战事，土地皆有其主，哪里有地方安置这些饥民？

韩道勋这时候莫名其妙地上这么一道奏折，原来是想讨好安宁宫那边啊！

不过，沈鹤转念又想到一事，感觉又有些不对劲。

听说四城之外水蛊疫甚烈，饥民染病者十有二三，那么说，韩道勋这封奏折的用意，是要将这些饥民都驱赶到寿州，对寿州到底是福还是祸啊？

沈鹤偷窥了天佑帝一眼，心想陛下应该不知道这情况，但想到韩道勋到底支持哪一方他都没有搞清楚，有些话还真不能随便说。

要不然的话，他将话说开去，还真不知道讨好到哪边，又得罪了哪边，糊涂账更不容易混啊！

"留中！"天佑帝也不想将韩道勋喊过来置气，直接一言断定这封奏折的命运，就是不批复，也不交给下面的朝臣讨论。

……

……

韩谦也不知道天佑帝看到父亲的《驱饥民疏》之后会怎么想，但既然宫中没有任何风声传出来，那就是意味着这封奏折被"留中"了，又或者说肯定就没有递到天佑帝手里去。

韩谦心底是巴不得如此，暗感他父亲应该意志消沉一阵时间，这样他也能继续在临江侯府厮混下去，不用将祸福难料的《疫水疏》拿出来冒险了！

冬至那天，大寒，大雪纷飞。

侍讲沈漾染了风寒，连着两天告假，韩谦每日也是到午时才到临江侯府应卯。

冬至这天，韩谦先赶早出城到秋湖山别院，除了给留守山庄的家兵及家小赏赐冬服及其他御寒过节物品外，还做主给田庄的佃户每家送去一袋米面；还额外备下礼，着范锡程送到里正张潜、县尉刘远家里，到中午时才在范大黑、赵无忌、林海峥的陪同下，先赶回城里，到临江侯府应卯。

韩谦着范大黑他们将马牵走，走进侯府想着先讨口吃的，再去箭场练习骑箭。几个侍卫站在前院说话，看到他走进来，就闭口不言，韩谦感觉气氛怪异得很，看到冯翊，将他逮过来问："发生什么事情了？"

"你不知道？"冯翊奇怪地问道。

见冯翊这么问，韩谦头皮就隐隐发麻，今天是大朝会，在京五品以上官员将领都要进宫参与议事，他父亲子时刚过就起床更衣，推门看院子里覆上厚厚的一层积雪就连声长叹……

"今日大朝，你父亲在启华殿当着文武众臣的面，奏请陛下驱赶四城饥民，以净京畿，惹得陛下震怒，当场将你父亲赶出启华殿，还着御史台追究你父亲失言的罪责。我还以为你早就知道这事了呢。"冯翊说道。

韩谦最初进金陵城，就与冯翊臭味相投；最近两三个月，韩谦要弥补过去荒废的时间，也没有怎么跟冯翊出去厮混，但在临江侯府闲暇之时，教冯翊一点博戏的小技巧，叫冯翊有机会出去大杀四方，两人的关系自然是越发亲密起来。

韩道勋今日遭遇此事，冯翊也是挺替韩谦担心的。

"每回出城，沿道都是乱糟糟一片，叫人看了还以为咱大楚国生灵涂炭、帝昏臣庸呢，叫我说，早就该驱赶出去了。"孔熙荣瓮声说道。

孔熙荣、冯翊这两个"何不食肉糜"的家伙，自然不会觉得将四城饥民驱赶出去有什么不妥的，韩谦只是苦涩一笑。

他从山庄进城，时间仓促，也没有回去歇一下脚，就直接来临江侯府，哪里知道他老子还真是一根筋，见前段日子上奏折没用，今天竟然在大朝会上直接进谏？

朝廷为维持国用，从民间苛敛极重，自然没有余力兼顾饥民，但天佑帝还是一个要脸面、在意历史评价的人，称帝之后，还时常都不忘要表现出一副勤政悯民的姿态。

他父亲今日在大朝会上直接进谏，劝天佑帝驱赶四城饥民，这不是往天佑帝脸上扇巴掌吗？

不过，天佑帝震怒之余，直接将他父亲赶出启华殿，还着御史台追究他父亲失言的罪责，韩谦就有些意外了。

韩谦头大如斗，想着找郭荣及三皇子杨元溥告假，先回宅子去看看情况，但刚迈出东院书堂，就见李冲阴沉着脸从西边的院子走过来。

"你父亲在广陵也号称良吏，今日在廷上建言驱赶饥民，欲往何处？"李冲问道。

"……"韩谦微微一怔，没想到李冲见面竟然是一副质问的口吻，而不是幸灾乐祸，也不知道他哪里又得罪李冲这丧门星？

"你父亲如此贴心为寿州着想，你事前就一点都没察觉到？"见韩谦没有要理会他的意思，李冲挡住去路，追问道。

韩谦还想说他父亲哪里有替寿州着想了，但见李冲犹是一脸的愤愤不平，陡然间闪过一念：天佑帝今天在启华殿，出乎异常地恼怒，是不是跟李冲一样，也误以为他父亲这次上谏是想要将金陵城外的饥民都赶到寿州去？

金陵城外的饥民，一部分是早年中原地区藩镇乱战，南逃的流民，一部分是梁国南侵，从江淮地区南下逃避战乱的难民，精壮之人在历次扩军之时都被挑走，所剩多为老弱妇孺，又多依赖沟渠溪河的鱼蟹虾螺为生，水蛊疫大肆散播，十之二三积病数年、坐以待毙。

倘若不能有效控制水蛊疫的散播，想要将金陵城外的这些饥民强行驱赶到六七百里外的寿州安置，怕是有近一半的人都支撑不下来。

而正因此当世对水蛊疫的认知相当浅显，谁都不敢轻易接收染疫饥民，以免饥民在其境大肆传播，祸害地方。

就算他父亲直接建议将染疫饥民都驱赶到寿州去，寿州也不可能随便接收啊。

天佑帝怎么就会误认为他父亲进谏的用意是这个？

而李冲气势汹汹的样子，似乎也铁心认定他父亲贴心为寿州着想？

《疫水疏》未出，当世谁会以为将十数万饥民强赶到寿州，是大利而无害的弊端？

难不成高高在上的天佑帝，压根儿就不清楚水蛊疫在城外饥民中大肆传染的真相，才如此震怒？

第三十六章

逼　迫

见李冲气势汹汹的样子，韩谦突然间替他父亲感到一种莫名的悲哀。

李冲早年随父兄在军伍之间长大，绝对要比冯翊、孔熙荣干练、务实得多，但要是他对此时城外的饥民真实状况都一无所知，误以为他父亲今日进谏，是要助寿州一臂之力，又怎么指望建立楚国后就罕出皇城的天佑帝能真正了解民间疾苦，能了解他父亲真正的胸怀？

当然，朝堂之上，不可能所有人都不了解水蛊疫在饥民中大肆传染的真实情况。

除了他父亲外，京兆府既然早就严格控制染疫饥民进城，以及城中权贵都绝少从城外饥民购买奴婢，显然大多数人对这一状况都是十分了解的。

韩谦想到《管子》里的一句话"下情不上通，谓之塞"，这是梦境世界在千年之后都无法克服的大弊。

近年来深居宫禁之中的天佑帝，不了解饥民疫情，误以为他父亲谏言驱赶饥民，是要将饥民都迁到寿州，助增太子一系最为核心的人物、留守寿州的国舅爷徐明珍的实力，因此心怀怨恨而震怒，也就不难理解了。

这是韩谦之前也没有想到的关节，而为避免他父亲再次上书激怒天佑帝，他现在还得必须尽快将《疫水疏》抛出来，说服三皇子及信昌侯他们依计行事，将城外的饥民安顿好。

不过，冯翊、孔熙荣就在身后，他这时候也无法找三皇子及李冲解释什么。

"今日冬至，沈漾先生风寒多日未愈，我等作为学生，理应前往探望，"这时候杨元溥从夹道那侧走过来，以不容置疑的口气，跟身后的郭荣、陈德说道，"陈德，你快去安排。"

杨元溥看到韩谦、李冲、冯翊等人在院子里，不容置疑地说道："你们随我一起去探望先生。"

杨元溥极少出临江侯府，但不意味着他就应该被禁足在临江侯府之内。

陈德安排人去准备车马，韩谦心里又惊又疑，但不便推辞，饿着肚子也只能硬着头皮跨上马，跟随着杨元溥等人往沈漾府上赶去。

林海峥半道递给他一只麦饼，饥肠辘辘的韩谦狼吞虎咽地吞咽下去，才有精力去细想三皇子杨元溥今日反常的态度，是否跟他父亲今日在朝会向天佑帝谏言有关。

沈漾住在东城明安巷，他虽为皇子师，但在朝中也只能算清贵，沈宅也相当简朴。

沈漾染了风寒，咳嗽不已，韩谦他们赶过来，恰好尚医局的医官得天佑帝的旨意，赶过来替沈漾诊治，刚开了药方要走。

杨元溥在沈宅也没有耽搁太久，看望过沈漾从沈宅出来，站在马车前，跟李冲说道："听说你府上有好茶，比侯府的珍藏都要润口，也有好茶点，可否请我们过去尝一尝？"

"我父亲在附近有一座别院，倒是有几罐好茶藏在那里，要是殿下不嫌弃，又不急着回府，可以去那里歇一会儿！"李冲说道。

见李冲瞥眼看过来，韩谦才知道三皇子坚持出来探望沈漾，原来是跟李冲商议好的，看这边距离晚红楼所在的乌衣巷不远，不知道所谓的侯府别院是不是就跟晚红楼紧挨着。

郭荣没有跟着出来，陈德才不会忤逆杨元溥的意志，一行人又簇拥着杨元溥往信昌侯在附近的别院而去。

如韩谦所料，信昌侯在附近的别院，与晚红楼就隔一条巷子，看门庭不显山露水，走进去却别有洞天，曲径通幽，有好几重院落。

有不少目光稳重而凌厉的健奴守在院子里，看到李冲领着杨元溥、韩谦他们走进来，也视如无物，似受过非常严厉的训练。

韩谦不知道这些人是信昌侯府的家兵，还是晚红楼暗中培养的杀手。

走到最里侧的院子里，一方丈余高的湖石假山正当院门，即便积了些落雪，犹有几株绿萝颜色正艳，也不知道从哪里移植来的异种，给显得清冷的院子添出几分雅意。

众人绕过湖石假山，就见庭院里负手站着一位瘦脸蜡黄的中年人。

韩谦被他父亲接到金陵城还没有满一年，也就与信昌侯李普隔着屏风谈过话，没有见过面，但看到李冲与此人眉眼有几分相肖，也便知道他是谁了。

冯翊、孔熙荣显然认识信昌侯李普，这时候又惊又疑。

"哦，冲儿带殿下过来玩耍啊，我还说谁吵吵嚷嚷地闯进来呢。"李普淡淡说道，似乎李冲带着三皇子杨元溥过来前真不知道他在这里，才无意间撞上。

李普的话骗不过韩谦，但冯翊、孔熙荣却深信不疑。

毕竟信昌侯李普有意支持三皇子杨元溥争位，是朝中众所周知的事情，李普真要想见三皇子杨元溥说什么话，完全没有必要搞这样的曲折。

"这位便是韩少监韩大人的公子韩谦吧？"李普朝韩谦看过来，说道，"听冲儿说韩公子精通田亩货殖等学，今天赶巧遇到，李普有些问题要讨教韩公子呢。"

"终于摆脱郭荣那奴才，我们可以好好在这里歇上半天。我就与信昌侯及李冲、韩谦他们在这屋里喝茶，你们自己找地方玩投子去，不要闹着我们清净就好。"

杨元溥直接吩咐陈德带着冯翊、孔熙荣到别处去玩投子博戏。

陈德虽然是世妃王夫人的娘家人，也受世妃王夫人的重托负责卫护三皇子杨元溥的安全，但其嗜赌成性，怕他坏事，此时还不知道太多的机密。

这里是信昌侯府的别院，守卫森严，信昌侯李普要找三皇子杨元溥、韩谦说些机密事，陈德自然无须担心什么，便要拉冯翊、孔熙荣到隔壁的院子去玩投子。

冯翊、孔熙荣这一刻朝韩谦看过来的眼神又惊又疑，却被陈德半拖半拽地拉了出去。

韩谦脸色阴沉下来，这一刻，气得手脚都要发抖起来，没想到信昌侯父子这么轻易就在冯翊、孔熙荣面前暴露他的真实身份。

他以往跟李冲再亲近，都不会太惹人注意，毕竟他们是小辈人物，对各自家族的影响较小，以及冯翊、孔熙荣还不时跟陈德聚赌为乐呢。

然而信昌侯李普这时候出面，示意陈德将冯翊、孔熙荣拖走，又单独将他留下来，这意义能一样吗？

而他父亲又必然会催促他将《疫水疏》交给李普他们去实施。

在这个节骨眼上，将这些事传出来，怎么不惹人瞩目？

真是一群自以为是的蠢货！

陈德他们一走，李普便挥手示意院子里的侍卫都到院子外守着，请三皇子杨元溥、韩谦他们往里屋走去，就见里屋有一张高脚书柜缓缓从墙后推移开，露出一道黑黢黢的甬道，姚惜水陪着一位脸蒙黑纱的妇人从里面走出来；在她们身后，还有一名脸戴青铜面具的剑士没有踏进来，而是守在甬道的入口。

"妾身乃不人不鬼之人，早年曾立誓不以真面目示人，还请殿下见谅。"妇人看了韩谦一眼，朝杨元溥敛身礼道。

杨元溥也是第一次见幕后支持他的最大势力，还是有些小紧张，故作镇静地走到正中的长案后坐下，说道："夫人与母妃年少在广陵节度使府时就共历劫难，若非夫人扶持，母妃也没有办法支撑到现在。夫人种种过往，我也都听母妃说过，不必拘礼。"

"既然已是不人不鬼，为何又要出来见人？"韩谦满脸不忿地径直走到杨元溥下首的长案后坐下，不知死活地出声讥讽道。

"大胆！"守在甬道口的剑士，这时按下腰间的佩剑，杀气腾腾地呵斥过来，"你莫忘了，你可是我们晚红楼的奴才！"

韩谦将腰间的佩刀解下来，搁在眼前的长案上，朝连屋子都不敢踏入半步的那名蒙面剑客冷冷看了一眼，不屑地说道："装神弄鬼的家伙！夫人既然这么轻易就不再相信韩谦，此时想要韩谦一条贱命，拿去便是，何须客气？"

"我有说过不再相信你？"黑纱妇人在韩谦的对面坐下来，一双看不出年华的妙目亮灼灼地盯过来。

杨元溥下首的两张长案被韩谦及那黑纱妇人坐了，信昌侯李普只能坐到韩谦的斜对面，他看似病容满面，眼神却甚是凌厉地盯住韩谦的脸。

"夫人若非不再信任韩谦，为何如此轻易在冯翊、孔熙荣面前暴露我暗中为殿下效力之事？"韩谦不忿地质问道，"你们要是有一丝信任我，要是能提前问一声我父亲今日为何会在朝廷如此谏言，也就绝不至于将我如此辛苦为殿下所布的一招妙棋，破坏得荡然无存！"

"你父亲这次如此贴心替寿州筹划，我们要是不施加一点压力，让你父子二人继续左右逢源下去，岂非有朝一日叫你父子二人卖了，都还蒙在鼓里？"李冲冷笑着质问道。

"我不要跟你这个蠢货说话。"韩谦闭起眼睛，此时都不愿看李冲一眼。

韩谦不知道到底谁在怂恿，但局面搞得这么糟糕，他也是措手不及，一时间也束手无策，不知道要怎么收拾残局。

今日他父亲当殿进谏，已经惹怒天佑帝，在朝会过程中，被赶出启华殿不说，天佑帝还着御史台追究他父亲的失言之罪。

要是事情仅限于此，还不至于坏到哪里，天佑帝就算恼恨他父亲暗助太子一系，也不会轻动杀机。

不过，韩谦知道，一旦他暗中为三皇子杨元溥效力的事情传出去，即便不抛出《疫水疏》，安宁宫抱着"宁可信其有"的原则，也有可能会认为他父亲建议将染疫饥民赶到寿州，是对太子一系包藏祸心。

而到时候，金陵城中还能有他父子的活路？

这些蠢货，真以为这么做，就能逼迫他父亲放弃所谓的情怀，彻底投过来跟他们抱团取暖吗？

第三十七章
书出惊心

　　韩谦又是左一个蠢货、右一个蠢货地骂过来，还他娘的摆出一副委屈至极、连瞧都不愿瞧他的样子，李冲真是气得额头青筋都抽搐起来，要不是在杨元溥及他父亲面前，早就连刀带鞘朝韩谦这杂碎砸过去。

　　信昌侯李普也是目光灼灼地盯着韩谦，质问道："难不成你父亲今日在朝会上进谏建议陛下驱赶四城饥民，还有别的用心不成？"

　　今日直接在冯翊、孔熙荣面前泄露韩谦为他们所用的秘密，决定将这张网收紧起来，虽然事情是冲儿提议，但最终是他首肯的。

　　韩谦连声怒骂李冲蠢货，信昌侯李普不会完全无动于衷。

　　他倒不是怀疑韩谦已生叛心，真要那样的话，他们也不可能好好坐在这里说话，但今日之事发生得令他们也多少有些措手不及。

　　在他们眼里，韩道勋今日在朝会之上如此谏言，可以说是肆无忌惮地助寿州增添实力，这无疑是韩道勋极力讨好太子一系的表现。

　　在他看来，韩道勋倘若是中立的，他们可以通过韩谦，将韩道勋拉拢过来，甚至迫使韩道勋不得不踏上他们的贼船，但倘若韩道勋有意倒向太子一系，他则不认为不用暴烈而极端的手段，韩谦真有能力影响韩道勋的立场跟取舍。

　　那样的话，韩谦反过来就将成为他们最大的破绽所在。

　　他们即便不知道韩谦为保住自己的性命暗藏多少手脚，不能直接杀之灭口，也要当机立断，直接断绝掉韩道勋彻底倒向太子一系的可能。

残局还要信昌侯李普去收拾，韩谦没有直接训斥，但回看过去的神色也是不善，问道："四城之外，十数万饥民，染水蛊者十之二三，侯爷可知？而我父亲真心想将这些饥民都驱赶到寿州去，寿州就会接收？"

"寿州不会全盘接收，但去芜存菁，也能极大增强实力。"李普说道。

在韩谦看来，寿州不会接收染疫饥民，但在李普看来，徐明珍绝对会无情地将染疫饥民剔除出去，任其饿死、冻死在半道，将其他人收入寿州。

寿州节度使徐明珍，目前是太子一系在外最大的援力，也是天佑帝废长立幼、更立太子目前最大的障碍。

由于寿州乃四战之地，处于梁楚争战、战事频频爆发的中心区，近几年来人口锐减，诸县所辖人丁不足二十万，使得徐明珍即便在寿州掌握军政大权，也无法从地方获得充足的补给。

理论上，天佑帝真要下定决心掠夺徐明珍的兵权，即便朝中会有一定的动荡，但还不至于成大患。

不过，真要是让徐明珍在地方上的实力进一步巩固下去，天佑帝将更不敢轻议废立之事，那他们想要扶持三皇子杨元溥，希望将更加渺茫。

这也是今日之事，对李普触动如此之大的最大关键。

除了韩道勋彻底投向太子一系，将令韩谦成为他们最大的破绽之外，他们还担心韩道勋抛出驱赶饥民的引子，太子一系的将臣跟风附议，最终推动饥民北迁之事成为定局。

"……"韩谦冷冷一哼，质问道，"我父亲抛出驱民之议，难道你们就不能借用此议，为殿下谋利？"

"如何谋利？"李普追问道。

"我此时要是将为殿下谋划许久的布局说出来，那我父子二人不是死得更快、死得更彻底？"韩谦盯住信昌侯李普的眼睛，质问道。

"你既然说一心为殿下谋划，此时为何又闭口不说？"李普没想到在他面前韩谦还敢态度如此强硬，跟他娘茅厕里的石头一样又臭又硬，也是气恼得杀气腾腾地看过来。

"只要你所说在理，我们自然能想出办法封住冯翊、孔熙荣的口。"姚惜水站在黑纱妇人的身边，说道。

"以你的脑子，除了破绽百出的杀人灭口，还能有什么计谋？"韩谦不屑地问道。

"你百般言语相激，无非是想看我们到底有多大的能力控制局势的发展罢了。"自从上回在晚红楼见识过韩谦那伶俐的口舌之后，姚惜水不再将他视为不学无术的纨绔子弟，自然也不会再轻易被他激怒，一双妙目冷静地盯过来，就想看看韩谦这时候到底是虚张声势呢，还是真另有定计。

"……"见姚惜水一副吃定自己的样子，韩谦忍不住想朝这小泼妇翻白眼，他细思片晌，心想局势已经如此，此时抛出来的《疫水疏》，真要能触动信昌侯李普及那黑纱妇人，以信昌侯府及晚红楼的能力，说不定真能控制局势不恶化。

而只要《疫水疏》的分量足够，叫他们去杀人灭口，也不是不可能。

"你拿纸笔来！"韩谦朝长着一张欠揍脸的李冲吩咐道。

韩谦拿自己当用人，李冲心头的血又要涌上来。

"小侯爷莫恼，惜水倒是干惯伺候人的活——惜水这便去取纸笔。"姚惜水劝慰李冲莫要跟韩谦这杂碎置气，她亲自走出去取笔墨纸张。

韩谦不可能将《疫水疏》随时带在身上，但他这时候已经能将三千言不到的《疫水疏》倒背如流。

待姚惜水拿来笔墨，他当下便将《疫水疏》默抄下来，写就将纸笔摔案上，说道："这封《疫水疏》，才是我父亲所真正想进谏的奏折，我为殿下所想，千方百计劝我父亲暗藏此折，而改进《驱民疏》。侯爷是识货的人，你自己拿过去看，再跟殿下说说我对殿下的忠心，是不是今天被你们践踏得一塌糊涂？"

见韩谦竟然胆大妄为到直接喝令父亲去拿他案前那张破纸，李冲忍不住又有想要揍人的冲动。

韩谦默抄《疫水疏》时，姚惜水就一直站在韩谦的身后，看姚惜水神色动容，李普也想看看韩谦到底写下什么东西，便忍住韩谦的无礼，走过来将那封《疫水疏》接过去看……

两三千言，不需要一盏茶的工夫信昌侯李普便已读完，接着沉默地递给那黑纱妇人。

黑纱妇人看罢，眉眼间神色也随之凝重起来。

李冲好奇心胜，待要接过来看到底是什么内容，能叫他父亲及夫人态度大改。

然而韩谦径直走过去，从李普跟前将《疫水疏》拿了过去，递到满心好奇的三皇子杨元溥案前，说道："殿下请阅《疫水疏》，要有什么不解之处，韩谦或能解答一二。"

李冲的嘴角抽搐两下，硬着头皮站到三皇子杨元溥的身边，凑过头去一起看这张破纸上到底写了什么鬼东西。

韩谦退回到自己的座位上，看着三皇子杨元溥埋头去读《疫水疏》，到这时那黑纱妇人都保持沉默，很显然是信昌侯李普与李冲二人决定怂恿三皇子杨元溥在冯翊、孔熙荣面前暴露他的身份，好逼他父子二人彻底就范。

不过，杨元溥在赶过来的路上，都没有一丝要他解释的意思，显然还是太容易受人摆布了。

三皇子杨元溥虽有勃勃野心，但毕竟年纪太小，身处宫禁那幽闭阴沉的环境之中，也谈不上有什么真正的阅历，反而会叫他的心思更加地摇摆不定、性情多疑，自然也就容易受李普及晚红楼的操控；而另一方面，杨元溥长期挣扎着渴望摆脱安宁宫的阴影笼罩，或许天生对掌握一部分真正实力的信昌侯府及晚红楼更为依赖，这都注定了自己很难获得杨元溥真正的信任。

韩谦心里一叹，暗感真要这些自以为聪明的蠢货对自己足够重视，要走的路还是太长。

"城外水蛊疫倘若真这么严重，令尚医局的医官都束手无策，我等凭什么相信此法可行？"李冲自然不肯轻易承认他今日鲁莽行事了。

"你连城外饥民是什么状况都不清楚，还有什么资格说那么多话？"韩谦积了一肚子的恼火，正愁找不到人发泄，见李冲这时候还死鸭子嘴硬，说话自然也是不客气。

他这时候走过去，将默抄下来的那份《疫水疏》，又从杨元溥眼前直接拿回来，收入袖管之中。

然而面对韩谦的无礼举动，杨元溥也是满脸羞愧，都不敢正视韩谦的眼神，后悔没有坚定自己的想法，先问一下韩谦到底是怎么回事。

信昌侯李普示意李冲莫要跟韩谦争辩下去，这事他们有错在先，争辩下去也是理亏——现在也不是争理的时候，而是要确认这《疫水疏》是否真管用。

"即便不提这封《疫水疏》，只要侯爷能想到城外疫情严重，也应该知道将十数万饥民赶往寿州，对寿州也是祸福难料之事，你们怎可以不问韩谦一声，就如此鲁莽行事啊？"韩谦换了一副痛心疾首、后悔莫及的样子追问道。

姚惜水秀眉微蹙，她猜到韩谦再提这个话题，不过是要在三皇子心目中加深信昌侯父子鲁莽行事的印象，但信昌侯李普却是叫韩谦质问得哑口无语，有苦说不出，有谁能料到韩谦藏着这一步棋？

"你既然早就看到你父亲写下《疫水疏》准备进奏，为什么不事前告诉我等？你要是早说此事，李侯爷也不会仓促行事。"黑纱妇人这时候才开口问道。

"殿下跟前从来都不缺人，而李冲性情独傲，邀我去过一趟晚红楼便孤芳自赏，令我难以亲近；至于姚姑娘这边，我实在畏之如虎……"韩谦这时候自然不会承认，他实在不愿意将这封对韩家祸福难料的《疫水疏》拿出来，此时拿出来只是为形势所迫而已。

姚惜水见韩谦还记恨上次对他动手之事，心里暗恨。

"……"信昌侯李普也不计较韩谦有胡搅蛮缠之嫌，沉声说道，"局势不至于不受控制，但首先要确认此法确实可行。"

见信昌侯李普还是回到李冲刚才的那个问题上，韩谦朝杨元溥拱手说道：

"我父亲尚不知道韩谦暗中为殿下效力，但我父亲胸怀宽仁，又心系社稷，不忍看民众受到疫病之苦，在楚州、广陵就有留意水蛊疫之事。待我父亲任秘书少监之后，得以翻阅、钻研前代医书，才于近日总结出水蛊疫控制之法，写成奏书，欲呈于御前。侯爷此时质疑此法不可行，而我劝我父亲时就说过，陛下得奏书必会召集众臣议事，到时候必有朝臣质疑其法。而父亲费尽口舌解释清楚，令朝中将臣确认其法可行，到时候城外十数万饥民，必成为诸方争夺的香饽饽，相互牵制之下，极可能令其法不得行，而饥民不得其利。因此，我才劝得我父亲放弃直接进谏《疫水疏》，而宁可担下恶名改进谏《驱饥民疏》，而让我托付信昌侯行此法，实则是借用此法替殿下培植势力……"

说到这里，韩谦又朝信昌侯李普说道："侯爷既然看到我父亲呕心沥血所书就的《疫水疏》，如何用此法为殿下谋利，想必不用韩谦在这里再啰唆了吧？"

第三十八章
恃怨横行

信昌侯李普与黑纱妇人对视一眼，陷入沉思之中。

在韩道勋之前，这个问题不是没有人想到过。

也正因为疫情汹汹，虽然水蛊疫多年来没有往城中蔓延，但朝中依旧有相当多的朝臣心里担忧，想着将染疫饥民驱赶出去京畿地界。

只是仅京畿之地，所滞留的饥民就高达十数万，染疫者又高达十之二三，能赶到哪里去？

不缺人丁的州县，不可能冒着地方震动的风险，去接收染疫饥民，真正唯一能大规模接收染疫饥民的地区，就是大半属县被战事摧毁、连片田地皆荒芜的寿州。

韩道勋今日进谏，虽然被天佑帝驱赶出启华殿，但风议一起，特别是事情涉及太子一系的极大利益，就很难轻易按压下去。

而很显然，不论是不是染疫饥民，他们都不能坐看这么多的人丁都被送到寿州去，相信陛下今日在启华殿震怒异常，也是不愿意看到这点。

而这时李普主动上书，以临江侯府的名义在京畿附近择一地承揽其事，不仅能得其人、得其地，在安置数万甚至十数万染疫饥民的过程中，也能顺理成章地从国库捞取大量的钱粮，培植势力。

想想这其中的好处，李普此时都深感震惊。

当然，一切前提就是水蛊疫要真正能控制，要不然的话，惹得安置之地民众暴动不说，他们耗费那么大的精力跟资源，所得仅仅是无用之民，所得仅仅是染疫之地，就得不偿失了。

当然，《疫水疏》未出，没有人知道水蛊疫能有效控制，他们承揽其事，阻力才小。

要不然的话，安宁宫及太子一系，怎么可能不从中作梗？

不要说十数万饥民了，哪怕是几千能转为兵户的饥民，安宁宫那边也绝对不会让这边沾手。

韩谦见李普沉默不言，知道他心里还在担忧什么，说道："侯爷迟疑，无非是担心我父亲在《疫水疏》所书之法不可行。我韩家在宝华山买下一座山庄，山庄临近赤山湖，湖山之间，有荒滩数万亩，侯爷可以奏请陛下，将一部分染疫饥民安顿到那里。倘若此法不可行，我韩家的山庄也会跟着一起废掉。"

"照《疫水疏》所议，控制疫情，最重要的一点是要远离疫水，将饥民迁往赤山湖北岸的临水荒滩，如何实现这点？"李普问道。

"单纯将饥民赶往荒滩，自然谈不上远离疫水。寒冬蛊毒深藏不显，涉水筑堤则难成大害；而堤成则能将湖水隔绝在外。之后再组织民众耕种旱田，不事水田，掘井饮水，掘新沟覆盖旧沟，人畜便溺集中收敛火焚药灭，这种种措施执行下来，再辅以汤药，便能初步控制疫情。之后，将十数万饥民编入屯户进行编训，韩谦相信以侯爷之能，三年之后，定能为殿下练出万余心怀感激、忠心耿耿的将勇可用！"韩谦说道。

杨元溥虽然年少，但看过《疫水疏》后，又听韩谦与李普他们争辩许久，很多事情即便还不能看得很透，也觉得很值得一试，跃跃欲试地朝李普看过来，眼神里满怀期待。

金陵作为国都，有精锐驻兵十数万，主要分为禁营军及侍卫亲军两大体系。

禁营及侍卫亲军两大体系，成军以来就派系盘根错节、相互牵制，此时也很难有人能说清楚，到底有多少兵将倾向拥护太子一系，有多少兵将暗中拥护信王，又有多少兵将只唯陛下马首是瞻，但有一点是可以肯定的，即便是临江侯府上仅一百余人的侍卫营，三皇子杨元溥都未必能掌控住。

这也使得杨元溥处在一个非常脆弱的位置之上，一旦失去天佑帝的保护，随时会处于性命都难保全的危险之中。

要是能利用十数万染疫饥民，新编一支可以信任的兵马，哪怕是在金陵能直接掌握三五千兵马，这对改变三皇子杨元溥此时所处的劣势，作用实在是太大了。

要知道信昌侯府上的家兵，也就二三百人而已，倘若安宁宫那边真要下狠手，这二三百人是远远不足用的。

《疫水疏》分量之重，由此可见一斑，不要说韩谦这时骂李冲几句蠢货，就算是真站到李冲头上撒一泡尿，众人也得先忍着。

"……"信昌侯李普与黑纱妇人相视良久，都难决断。

安置十数万饥民，要是照《疫水疏》行事真有成效，第一年投入的资源虽然巨大，但第二、第三年屯种就能有成效，以屯田养兵，能极大减少资源的投入，自然值得去做，但此法不成，此事就极可能会成为拖垮他们的无底洞。

他们暗中所掌控的资源再多，此举也有孤注一掷的风险。

"……"看信昌侯李普与黑纱妇人迟疑不定，韩谦心中冷笑，伸了伸手脚，跟杨元溥说道，"韩谦受惊甚剧，心力交瘁，今日怕是不能再陪侍殿下身前，请殿下许韩谦先行告退。韩谦也知道今日太啰唆，气愤之余说了太多冒犯殿下及侯爷的话，韩谦保证以后不会再多嘴多舌，不会再令殿下及侯爷生厌了……"

说罢，韩谦也没有等杨元溥吭声，便站起来朝那蒙面剑士所守的甬道走去。

那剑客脸戴青铜面具，没想到韩谦如此无礼，竟然直接要闯进他们通往晚红楼的密道。

韩谦只是淡淡看了蒙面剑士一眼，心想老子现在就是要摆一摆谱，你他娘的敢咬老子不成？

被韩谦盯了好几秒钟，而屋里诸人皆面面相觑，都不吭声，剑士最终往后退了一步，将通道让出来。

……

……

走过长长的甬道，推开一道厚重的石板，却是一座空旷的地下宫殿。

有数名披甲剑士守在里面，突然看到韩谦走进来，都是一愣，拔出佩剑便要将韩谦扣押下来。

"不要动手。"姚惜水从后面跟出来，挥手让守卫退到一边去。

韩谦没有理会姚惜水，看到大殿的一角有木楼梯，便拾梯而上，才发现身处木楼之中，而之前的那座地下大殿则是位于晚红楼的土山之中。

木楼之中空空荡荡，韩谦也没有兴趣去窥探黑纱妇人的隐私，推门走下土山，从夹道间往姚惜水所住的院子走去。

姚惜水示意院子里神色错愕的丫鬟退出去，见韩谦穿堂过户，直接推开她闺房的门扉，和衣躺到她平时休息的床榻之上，才冷冷说道："你莫要得寸进尺。"

"我又没有使唤你唱支小曲，就想找地方歇息一下，怎么叫得寸进尺了？"韩谦问道，他此时也确实有心力交瘁之感，嗅着姚惜水房里的被褥都用上等的熏香熏过，心想在这里睡一觉，应该是舒服至极的。

姚惜水拉来一把椅子，坐到床前，盯着韩谦，问道："你就不怕冯翊、孔熙荣回去，将你的事泄露出去？"

"你们捅出来的娄子，我担心有用吗？再说了，你们真要觉得我有那么一点用处，哪怕是杀人灭口，也会将破绽补上的。"韩谦说道。

"你与冯翊、孔熙荣臭味相投，真就愿意看我们杀人灭口？"姚惜水问道。

"我性命都难保，还能管别人的死活？"韩谦哂然一笑，说道。

"今日要不逼迫你，你大概不会将《疫水疏》主动拿出来吧？"姚惜水盯着韩谦的眼睛，又问道。

韩谦心想这小泼妇真不蠢，他挨着枕头斜躺，拉开锦被盖住腿脚，靴子也不脱，跷在床沿上，说道："我实在懒得跟李冲那蠢货说话，要是姚姑娘能听进去，我则不妨跟你说说。你们以为用这种手段就能逼迫我父亲就范，才是大错特错，但倘若你们能做缓解民间疾苦之事，我倒不妨能劝我父亲配合你们行事。除此之外，你们最好不要再有什么轻举妄动了。"

这时候隔壁院子传来一缕琴音，十分悦耳，似高山流水，音如天籁。

　　韩谦揭开被褥，胡乱地堆到一旁，说道："这是苏红玉姑娘在练琴？我过去听听，对，我几个家兵还守在信昌侯府别院里，你让人告诉他们到晚红楼来等着我——至于我为什么突然跑到晚红楼了，你们想借口吧，我去听苏红玉练琴了。"

　　看到韩谦起床就往隔壁苏红玉所住的院子里走去，将她的床榻搞得一塌糊涂，姚惜水握了握藏在袖里的短刃，想着是不是在这孙子的大腿上扎两刀，让他知道谁才能在晚红楼里横行霸道？

第三十九章
故作大方

苏红玉与姚惜水一样，也是晚红楼力捧的六大花魁之一。

苏红玉成名要比姚惜水早几年，年纪二十三四，身量丰腴，脸蛋长得极美，身穿一件雪白的裘衣坐在亭前，青紫相间的罗裙铺陈开来，仿佛花开正艳，正对着院子里荷叶枯立的池塘调琴，池岸边鹅卵石铺成的步道上积着还不成规模的雪。

韩谦抬头看了看天，都不知道什么时候，雪已经停了，但苍穹还是铅灰色的阴沉。

苏红玉看到韩谦径直闯进来，抬头看了一眼跟在韩谦身后的姚惜水，倒也没有其他表示，继续埋头断断续续地拨弄琴弦。

从这一望之间，韩谦便能确认苏红玉与姚惜水一样，都是晚红楼知悉机密的核心人物。

在晚红楼，六大花魁卖艺不卖身，却各有所擅，姚惜水以剑舞闻名，而苏红玉以琴艺冠绝金陵，惹得金陵成百上千的公子哥为听一曲而不惜一掷千金。

韩谦也只能勉强说得上是大臣之子，他父亲官居从四品，却是清闲之位，因此他在金陵的世家子里也谈不上一等一的显赫。

他之前痴迷于晚红楼的姑娘，但还没有机会听苏红玉弹琴，更没有机会观姚惜水舞剑。

这么说也不正确，大半个月前，韩谦就看到姚惜水拿剑朝他逼来。

能培养出苏红玉、姚惜水这样的人物，还不知道培养了多少刺客、杀手藏在暗中，晚红楼到底是怎样的组织？

晚红楼掌握这么雄厚的资源不说，凭什么还能令信昌侯、世妃王夫人放心跟他们合作，全力扶持三皇子杨元溥？

信昌侯、世妃王夫人又怎么就轻易相信将杨元溥推上帝位之后，晚红楼不会另藏祸心？

三皇子杨元溥所说世妃王夫人与黑纱妇人在广陵节度使府曾相互扶持、共历劫难，又是怎么回事？

难不成说世妃王夫人曾经能到徐后的身边伺候，进而有机会得天佑帝的宠幸生下三皇子杨元溥，也都是晚红楼的谋划？

三皇子杨元溥出生之时，天佑帝还是淮南节度使，还没有正式开创楚国，而徐后之弟徐明珍刚刚世袭广陵节度使之位还没有几年。

要是晚红楼在那之前就已经在谋划、布局着什么，晚红楼到底是怎样的一个存在？

韩谦心里对晚红楼有太多的疑问，走进亭子里，看亭子里铺有锦毯，脱了靴子走进亭中，挨着栏杆而坐，也不说话。

姚惜水见韩谦此时就像个受了天大委屈的任性孩子，也拿他没辙，朝苏红玉苦涩地摊手一笑，示意今天的状况有些失控，便也跟着韩谦走到亭子里坐下。

"惜水妹妹给韩公子气受了？"苏红玉笑靥如花地问道，"惜水妹妹年纪轻，心气高，要是有什么不周到的地方，妾身弹琴一曲，给韩公子消消气？"

韩谦此时也没有心劲儿再跟苏红玉、姚惜水斗智斗勇，坐在那里也不答话，只是听苏红玉弹琴，看到亭子里的长案上还有糕点，便径直拿来就吃，直到天色暗沉下来，爬起来穿好靴，就往晚红楼外走去，范大黑、林海峥、赵无忌三人果然牵着马在院子外等着他。

"少主怎么不说一声，就跑到晚红楼来听曲子？"范大黑性子直，看到韩谦从晚红楼走出来，就忍不住抱怨道，"今天宅子里发生这么大的事情，少主怎么都应该先回去跑一趟，再出来玩乐的。"

韩谦抬头看了林海峥、赵无忌一眼，看他们守在晚红楼外都很有些不耐烦，也猜到他们跟临江侯府的侍卫在一起，早就知道今天朝会之上所发生的事情了。

韩家发生这么大的变故，甚至都有可能一蹶不振，他却跑到晚红楼来寻欢作乐，范大黑、林海峥他们作为家兵，也不可能完全没有自己的想法跟感受，心情焦躁实属正常。

涉及的事情太复杂，一时半会儿也解释不清楚，韩谦压低声音，跟范大黑说道："你以为你眼睛所见、耳朵所听，就是事情真相？事情有时候比你亲眼所见复杂得多、诡异得多。"

范大黑没有再吭声，但对韩谦的话不以为然，踢了紫鬃马一脚，将其赶到韩谦身边来。

韩谦瞪了范大黑一眼，但想到他也是忧心韩家的事，忍住没有训斥他，闷头骑上马，在范大黑、林海峥、赵无忌的簇拥下，穿街过巷，赶回家去。

走到宅子里，夜色已暗沉下来，夜空又簌簌飘落雪花，韩谦将马匹交给守候在外宅的家兵牵走，走进垂花门，看到他父亲正袖手站在枝叶凋零的石榴树前看雪，范锡程、赵阔默然无语地守在父亲的身后。

韩谦将大氅解下来，抖搂积雪后交给从西廊迎过来的赵庭儿，见他父亲还陷入沉思中没有注意到他回来，招呼道："爹爹，我回来了。"

"怎么这么晚？"韩道勋转过身来，问道。

"午后陪殿下见过信昌侯后，心里堵得慌，便去晚红楼听曲子了。"韩谦说道，说罢这话，眼神还瞥了站在身后还有些在闹情绪的范大黑一眼，心想要是历史轨迹不改变，这憨货多半第一个站出来捅自己一刀。

"见过信昌侯就好。"韩道勋就关心这事，其他皆是细枝末节。

而从《疫水疏》的出炉以及后续如何实施使之最有利于饥民，大半都是韩谦的主意，他相信韩谦此时能掌握好事情的尺度。

"信昌侯李普出面代临江侯府应承此事，安宁宫那边多半会有警觉，然而父亲这次声名受累不说，还有可能会受到安宁宫的报复、打压，父亲，你真甘心吗？"

韩谦没想去问姚惜水，到底用什么手段去封住冯翊、孔熙荣的嘴，但即便他为三皇子所用的事，不经冯翊他们的嘴传出去，只要临江侯府应承接济饥民之事，安宁宫及太子一系也不可能毫无察觉。

说实话，姚惜水说得不错，这次要不是信昌侯李普他们强迫，他还是想着拖延一段时间，甚至考虑是不是等一部分饥民渡江北迁之后，再将《疫水疏》拿出来，这样才不至于惊动安宁宫，不至于令他们韩家陷入险境。

只是很多事情，未必如他所料发展，现在只能指望信昌侯府及晚红楼能够充分认识到他父子二人还有大用，能出力死保他父子俩，令安宁宫难以设计陷害。

"你怕了？"韩道勋笑了，问道。

韩谦心里痛苦地呻吟，我当然怕啊，要不是怕你犯犟脾气往死里顶撞天佑帝，要不是怕你有朝一日被杖杀殿前、我也将被车裂于市，我至于这么折腾吗？

韩道勋自然不知道韩谦心里在想什么，抬头看了看飘然洒下的雪花，笑道：

"安宁宫虽然跋扈，但即便有所察觉，也不过是从中作梗，削去我的官职而已。而倘若能让这个冬天少冻死、饿死几个饥民，我声名受累，或削去官职，又算得了多大的事情？不过，三殿下那里，你还是要盯紧些啊，这天是一日寒过一日，每拖过一日，道侧积尸无数啊……"

"三殿下及信昌侯是有疑虑，但孩儿跟三殿下及信昌侯说过，第一批染疫饥民可以安置到秋湖山别院到赤山湖之间的桃坞集湖滩之上，看他们颇为意动，或许这两天便应有决定，"韩谦说道，"信昌侯府准备或许仓促，父亲可着范爷他们先回秋湖山别院储备些粮食，以备不时之需——也能让饥民从迁入桃坞集的那一刻，就应不饿一人。"

"不错，锡程你们即刻回山庄，莫要管城里的事情，"韩道勋点点头，立即吩咐范锡程依计行事，又问韩老山，"宅子里还有多少钱物？"

"还有两万多钱。"韩老山苦笑道。

今年水灾严重，兼之年关将至，金陵城内的粮价飞涨，两万多钱顶天能买两千斤粮食。

两千斤粮食，够宅子里七八十口人应付一个月，但真要有成千上万的染疫饥民往桃坞集涌集，两千斤粮食连一顿稀粥都供应不足啊！

"赵阔那边有百余饼金子存着，都先拿去用了。"韩谦故作大方地说道。

这段时间冯翊凭借不败赌术大杀四方，韩谦分润极多，不知不觉间积下上百饼金子，但这种买卖也只能持续一时，冯翊只赢不输，往后也没有谁会跟他赌黑白投子。

施些小恩小惠，换取家兵及佃户的忠心跟感激，再捞一个好名声，韩谦是愿意的，但想到要将这段日子好不容易积累下来的金子都拿出来，只为换他老子一个欣赏且欣慰的眼神，感觉心脏就像是被刀扎一般在滴血。

第四十章
故作镇定

韩谦想着要将这段时日积攒的金子都拿出来，难免心痛，看到范大黑、林海峥、赵无忌三人站在身后脸上露出惭愧神色，想到在回来路上，这三个人竟然跟他闹情绪，也是不客气地呵斥道："还有你们三个蠢货，将家兵子弟都带回山庄去，省得到时候范爷要用人人手不足。"

虽说范大黑、林海峥有自己的想法很正常，但形势如此错综复杂，身边却没有可绝对信任的人手，韩谦心情也是烦躁，也不清楚他暗中替晚红楼效力的事情败露出来，这些家兵心里又会怎么看他。

说到底，还是他父亲以前待这些家兵太宽松了，以至他现在想严加管束都没有可能，只能将希望寄托在那些目前还是一张白纸的家兵子弟身上。

而安置收编饥民，信昌侯府及晚红楼有足够的人手能够安插下去。

这才能保证将来从饥民中收编的兵马，能完全受他们的控制，韩谦心想他这边想过度地插手也不可能。

不过，韩家有大半的家兵子弟都是从饥民里收养过来的，让他们回去参与赈济，未来所收编的这支兵马，他未必就完全没有一点影响力。

这么想，此时撒些金子出去，也是值得的。

范大黑被韩谦劈头骂蠢货，挠挠脑袋，觍着脸问："少主将我们都赶回山庄，以后谁天天陪少主去临江侯府应卯？"

"我自己缺胳膊少腿啊，没有了你们，就不能骑马去临江侯府了？快滚出城去，不要在这里碍眼，让我看了心烦。"韩谦没好气地挥手要将范大黑、林海峥、赵无忌三个人赶出去。

"大黑怎么惹你不高兴了？"韩道勋问道。

"这三个蠢货，还真以为父亲要将城外的饥民赶出金陵，真以为我今日没心没肺地跑去晚红楼寻欢作乐呢，一路摆脸色给我看！"韩谦说道，"临江侯府那边，我想着先请几天的病假，等那边有所动作再说。"

他这几天打算托病在宅子里休养几天，不去临江侯府看那几个蠢货的脸色，现在不摆出点谱，以后这些蠢货不知道还会做出什么事情，叫他措手不及。

"……"韩道勋微微一笑，他倒不觉得家兵因为误会闹点小情绪有什么，挥手叫范锡程他们都先出去。

……

……

夜空飘雪，城外饥民骨瘦肌黄，在寒风中瑟瑟发抖，但并不妨碍晚红楼里莺歌燕舞、纸醉金迷，丝竹声中歌舞升平。

庭院深处、池边竹亭，琴音空渺，姚惜水想到韩谦走出去的骄横样子，犹气得胸口难平。

"姐姐我前年去广陵，就听人说韩道勋乃治世之直臣，为内相王积雄推荐入京就任宏文馆，或受重用。今日听他在朝会之上进谏驱四城饥民，还以为他徒有虚名，不过是阿附权贵、趋炎附势之流，没想到竟然藏有《疫水疏》这么一篇雄文未出啊，"苏红玉慵懒地坐在锦榻之上，刚刚才听姚惜水将一切来龙去脉说清楚，颇为感慨，不成调地拨动琴弦，又问道，"夫人跟信昌侯那边，到底怎么说？"

"夫人还在那边的院子里，怕这厮恃怨横行，叫我过来盯着点，"姚惜水拿尺长寒刃轻柔削着指尖，"却不知夫人与信昌侯爷最终会如何决定。"

"此策能成，将有大助，但操之过急，或令安宁宫警觉，也不甚妙，"苏红玉说道，"这韩家父子留着，或有大用，也亏得你当初失手，没有将其一下子药死；没想到事情真是错有错着。"

"此时或许有用，但他日未必不成大患，我以往也是看错了他，"姚惜水冷冷一哼，妙目盯着手上的寒刃，并不觉得留下韩谦就一定是好事，说道，"他刚才恃怨横行，倒是有五分是做给杨元溥看的，说到底还是欺杨元溥年少。倘若有朝一日，杨元溥对他深信不疑，难保晚红楼不受他反噬。"

刚才在信昌侯府的别院里，夫人与信昌侯的注意力都被《疫水疏》吸引过来，姚惜水却注意到韩谦发泄怨气时，始终有一分心思放在三皇子杨元溥身上，这份心机真是叫人不寒而栗。

虽然目前留下韩谦可能有大用，虽然最初也是她主张留下韩谦用为棋子的，但姚惜水最近两次算是真正见识到韩谦的深沉心计，就觉得她当初的主张未必正确。

苏红玉心想此事或有忧虑之处，但她更多地认为姚惜水还是为在韩谦身上失手而耿耿于怀，嫣然取笑道："妹妹要是担忧，那便多盯着他些，指不定以后能成欢喜冤家。"

见苏红玉非但没有重视，还拿她跟韩谦的事取笑，姚惜水颇为不悦地皱了皱秀眉，没有应声。

……

……

次日，韩道勋因为廷议失言，被勒令留在宅子，等着御史台弹劾问罪，韩谦也托病留在宅子里，没有起早去临江侯府应卯。

不过，韩谦在宅子里教赵庭儿背诵乘法口诀到中午，就有些后悔了。

韩谦猜到驱赶饥民一事，不会因为天佑帝对他父亲韩道勋的恼怒问罪而告平息，但他们困在宅子里，不跟他人接触，没有任何信息来源——将赵阔、韩老山派出去，根本打听不到任何消息，也就不知道事情会演变到什么程度。

这时候韩谦才知道所谓运筹帷幄、胸有成竹，都他妈是假的。

天佑帝有没有息怒，有没有想到他父亲上《驱饥民疏》另有深意，或者恼恨依旧，要进一步追问他父亲的罪责，以及信昌侯那边怎么筹谋其事去将安顿饥民的事揽过去，而安宁宫及太子一系会怎么看待这事，会不会看出破绽，看出破绽会不会对他父亲落井下石，而看似没有什么动静的信王在楚州或者信王在金陵的嫡系听到消息会有什么反应，这些都是变数。

这些变数都无法确定，谈什么胸有成竹，谈什么运筹帷幄，都他娘是屁。

只是韩谦清晨让赵阔赶去临江侯府告病请假，谱都摆出去了，就算不指望三皇子杨元溥带着陈德、李冲、冯翊等人过来探望了，他也不能才托病半天，就灰溜溜地跑到临江侯府打探消息，那他以后还能有什么脸？

而说到冯翊，信昌侯李普到底要怎样去封住冯翊跟孔熙荣的口，不将他暗中替三皇子杨元溥效力的事情泄露，韩谦也完全不知道，心里有些后悔，要是昨日不装腔作势，继续留下来与李普、黑纱妇人商议好一切就好了。

不过转念想到信昌侯李普以及黑纱妇人并不可能从根本上信任他，而他父亲也绝对不会坐看他跟居心叵测的晚红楼同流合污，韩谦又认定自己之前的应对并没有错。

相比而言，韩谦看他父亲倒是淡定，在堂屋里烧了火炉，温习诗书，也不知道他老子是不是跟他一样，都只是故作镇定。

韩谦熬到傍晚，听着院子外的巷道里有马蹄声由远及近。

韩道勋不喜家兵扰民，平时都不许范锡程他们穿街过巷时策马奔驰。

这急如骤雨的马蹄声听得韩谦心头发紧，赶紧溜到前院看是谁过来，看到宅子里一名瘸脚家兵打开院门，就见满脸不悦的李冲与冯翊、孔熙荣正翻身下马来，将缰绳交给身后的家兵。

"殿下担心你的病情，着我们三人过来探望，看你气色不错啊。"李冲就知道韩谦这厮托病在宅子里摆谱，这时候看他竟然一点都不掩饰，脸色顿时变得更加阴沉，硬着头皮跨过门槛进院子里来。

"呀呀呀，"韩谦叫痛起来，说道，"我这偏头疼，一会儿好一会儿坏，本来傍晚感觉舒缓过来，小侯爷这一说，又痛了起来。"

李冲今日是奉命来劝慰韩谦的，并带着冯翊、孔熙荣过来，告诉韩谦无须为这二人担心，此时看韩谦演技再拙劣，也只能忍住揍人的冲动。

韩道勋握着一本书卷走出来，见李冲、冯翊、孔熙荣过来给他见礼，对韩谦说道："我去寻周祭酒摆棋去，你留小侯爷他们在宅子里喝酒吧……"

李冲他们这时候登门，终归要留下来饮宴的，但廷议进谏风议潮刚起，韩道勋也不想韩谦这时候陪着李冲他们出去厮混。

只是院子狭窄，韩谦要留人饮宴，韩道勋作为长辈不便掺和进去，只能找借口出去给他们挪地方。

李冲才没有心思留下来喝酒，韩道勋走后，晴云端水过来沏茶，他耐着性子喝下一杯茶，就站起来告辞道："看你身体无恙，想必明日能到殿下跟前陪读，我也就不在这里多耽搁了。"

"我这偏头疼时好时坏，非是欺骗小侯爷，更不敢欺骗三殿下，明天要是无碍，我当会去三殿下跟前应卯，但要是头痛得厉害，少不了还要在宅子里休养几天，请小侯爷转告三殿下，望勿念。"韩谦站起来客气地送李冲离开。

"……"李冲咬着后槽牙，丢下冯翊、孔熙荣，便甩手走出韩宅。

第四十一章

把　柄

"你是有什么把柄被姓李的捏在手里？"

看着李冲带家兵离去，冯翊朝李冲离去的背影狠狠地啐了一口后，又鬼鬼祟祟地压低声音问韩谦。

"啊，你们也有把柄落在李冲这狗娘养的手里？"韩谦故作惊讶地问道。

他昨夜没有怎么睡好，就在考虑信昌侯李普他们除了杀人灭口外，还能有什么手段，去弥补冯翊、孔熙荣身上的破绽。

"唉，说起来也是我与老孔糊涂，前些日子出去鬼混，却不想睡错了人，睡了不该睡的人，还以为这事神不知鬼不觉，却不想李冲这狗杂碎，昨日竟然拿这事来要挟我们，要我们以后听命于三殿下，"冯翊垂头丧气地说道，"看你的样子，应该也是有把柄被他们捏在手里，但你怎么就敢给李冲这狗杂碎眼色看？"

韩谦看冯翊一脸便秘的样子，心想难不成他睡了他爸的小老婆，怕李冲将这事捅出去？

"我这事前后就是李冲这狗杂碎给我下的套，我虽然不愿他们将这事宣扬出去，但他娘的将老子惹急了，将他们给我下套的事情宣扬出来，难道对他们就有利了？"韩谦恶狠狠地说道。

"对啊，我们跟春娘的事，铁定是李冲这狗杂碎给我们下套的，要不然醒过来时三个人怎么就稀里糊涂在一张床上呢？就算是三个人都醉酒跑错房，但除了我们三人外，也没有其他人看见，李冲这狗杂碎怎么可能知道得这么清楚？"孔熙荣对韩谦更没有戒心，一股脑地将什么事情都吐露出来。

春娘原是金陵城内颇为有名的一位歌姬，孔熙荣他父亲孔周很是喜爱并帮她赎身脱了乐籍，然而孔周身为军中大将，却是个怕老婆的人，不敢光明正大地将春娘迎娶进府作妾，就在外面置办宅子安置佳人。

虽然春娘并不能算是孔周的妾室，但她与孔周的关系，韩谦都有听说过，这事传出去，也绝对是能令孔家被人嘲笑多年的丑事。

韩谦之前都没想到春娘跟晚红楼有牵连，也没有想到晚红楼的手段还真不是一般的阴险，竟然早就在冯翊、孔熙荣身上动了手脚，就是等到关键时刻拿这样的丑事迫使冯翊、孔熙荣二人就范。

"这事好办，咬死不认，李冲还能将你们的鸟咬下来？谁敢乱传秽语，辱你们的家门，熙荣捉刀去杀人，即便这事闹到陛下面前，也不会是你们理亏。"韩谦这时候同仇敌忾地给冯翊、孔熙荣两人出主意说道。

"也对！"冯翊别看人长得清秀，却比孔熙荣有一股子狠劲，听韩谦这么说，心想真要撕破脸，也确实没有必要那么畏惧李冲这厮。

"少主，饭菜都备好了……"这时候赵庭儿走过来说道。

看到赵庭儿走进来，冯翊、孔熙荣眼珠子都瞪得溜圆，径直问韩谦："你房里什么时候出了这么个绝色小奴？"

韩谦初见赵庭儿就觉得是难得的清丽，但那时赵庭儿终究是太瘦弱，身穿葛布裙裳打了许多补丁，也就没有那么扎眼。

赵庭儿住进宅子里，虽然时日不长，但人要比以往滋润一些，换上素净的裙裳，小脸在寒冷的冬季时，白净得就像是刚出水的芙蓉一般清丽动人。

赵庭儿天天在韩谦眼前伺候，韩谦教导她梦境里的学识，也没有觉得有什么，冯翊、孔熙荣却是第一次见到赵庭儿，眼珠子都差点掉下来。

"我家在宝华山所置田庄的佃户之女，性子却是刁蛮，不怎么听使唤。"韩谦看冯翊、孔熙荣一副色授魂与的样子，微微一笑说道。

"不听使唤？那你将你家这小奴卖给我怎样？"冯翊脱口而出，但转念想到韩谦跟他一个毛病，如此绝色，看上去又天真无邪，定是韩谦千方百计才搞到手的，怎么都不可能拱手让给他，摇头说道，"算了，你定是舍不得这小奴，怪我没有你这狗屎运。"

韩谦哈哈一笑，也不应话，请冯翊、孔熙荣到堂屋喝酒。

信昌侯李普在暗中谋划什么，定不会叫冯翊他们知道，但韩谦与他父亲韩道勋一天都憋在宅子里，范锡程他们又接触不到什么信息，他想知道今天朝中的动向，还是得从冯翊、孔熙荣这边打听。

冯翊有些心不在焉，但也许是最大把柄都叫韩谦知道，其他什么事都没有必要相瞒，不用韩谦追问，他便将今日朝中最新的风声说给韩谦听。

接下来数日，每到傍晚之后，冯翊从临江侯府出来，也都是拉着孔熙荣来找继续托病在家的韩谦传递消息。

四城饥民染疫之弊，朝中不是没有大臣知道，甚至知之甚详的人还相当不少，只是以往因种种牵制、纠缠，这事一直都被压制住没有浮出水面。

韩道勋此时将这个盖子揭开来，无论是对饥民稍有怜悯之心的人，抑或是担忧疫病会蔓延到城中的将臣，以及千方百计想要增强寿州实力的太子一系，都不想再让这事压制下去。

在韩谦在宅子里惴惴不安的次日，就已经有人上疏力陈疫病之祸，替他父亲韩道勋申辩。

虽说上疏替韩道勋申辩的人，未必就心存善意，或许更是想要驱赶饥民之事能够落地，但天佑帝原本着御史台议韩道勋失言之罪的事却是压了下来，最终韩道勋还是照当廷喧哗之罪，被罚一个月俸禄了事。

当然，也有不少人上疏指责韩道勋明知饥民染疫，还不顾饥民死活主张驱赶，有失怜悯。

一石激起千层浪，饥民积弊已久，已经到了不得不解决的地步，但就算不去限制太子一系势力继续增长，十数万染疫饥民在这酷寒时节渡江北迁六七百里，寿州及沿途州又没有足够的粮草储备赈济灾民，途中还不知道要饿死、冻死多少人。

一时间，也有不少大臣，即便跟二皇子信王、三皇子临江侯没有什么牵涉，也是站出来反对这事。

然而除了寿州以及更遥远的襄州有大片田地荒芜之外，其他州县都不可能一下子容纳这么多的饥民。

水蛊疫相对要温和一些，当世却是没有能治之法，谁也不敢让十数万染疫饥民分散到各个州县，令水蛊疫有可能在楚国大地不受控制地蔓延开来。

此外，想要安置十数万染疫饥民，所耗钱粮也绝非小数目。

众议纷纷，终究没有解决之策。

到最后还是兵部侍郎、信昌侯李普上疏谏言临江侯贵为帝子，当依太子、信王前例，在京畿择地收编染疫饥民及家人为屯营兵户，新置一军，为临江侯所部，拱卫楚廷。

太子杨元渥、信王杨元演都是在成年之后掌军，分任攻守之事。

虽然临江侯杨元溥尚未成年，但李普此议，能集中安置染疫饥民，避免疫情不受控制地扩散，也体现天佑帝及临江侯宽厚爱民之心。

另一方面，染疫饥民挑选出去后，身体健康的饥民观察一段时间，则可以有序地疏散到其他州县进行安置，不需要集中驱赶到寿州，能化解当前朝中最大的争议，拥护者自然甚众。

不管信昌侯李普在廷议时措辞多么谨慎，建议临江侯杨元溥所掌新军也只收编染疫饥民及家人为屯营兵户，安宁宫及太子一系的将臣还是千方百计地想要阻挠。

廷议时，信昌侯李普转而建议由东宫太子所亲掌的卫府收编这些染疫饥民及家人。

东宫除了马步军亲卫千人外，还受封龙武将军，执掌左右龙武军两万五千精锐，所辖屯营军府，主要屯驻秣陵、溧阳等县，拥有大量的屯田，接编三四万染疫饥民及家人，钱粮上不会有问题。

然而左右龙武军所辖的屯营军府，乃东宫除寿州军外最为根本的军事基础，太子杨元渥纵有天大的胆子，也不敢让染疫饥民混编进去。

廷议半天不决，最后惹得天佑帝当廷怒斥，最终下旨加临江侯杨元溥龙雀将军号，执掌龙雀军。

龙雀军既不属于南衙禁营十六卫军，也不属于北衙侍卫亲军六卫军，乃是天佑帝任淮南节度使时的牙兵。

天佑四年，天佑帝率部与越王董昌战于润州，龙雀军统军（都指挥使）阵前变节，被李遇所斩。

龙雀军于此役中元气大伤，但由于主将阵前叛变，天佑帝一直都没有调拨新的兵将补充进去，在创立侍卫亲军时，也将龙雀军排斥在侍卫亲军六卫之外。

目前龙雀军虽然没有彻底裁撤掉，但也仅有四五百老卒勉强维持编制，驻扎在左神武军大营之侧，接受左神武军的监管，其家属屯田所在的屯营军府也早就划并到其他军府之中。

龙雀军如同废弃，但编制、旗号仍在，此时授给临江侯杨元溥，以收编染疫饥民，除了安宁宫及太子一系，其他人实在想不出反对的理由。

天佑帝创立楚国后，将毕生征战所招募或纳降而得的精锐兵马及家小，都集中到国都金陵附近另立兵籍安置，兵将终身从军，家属也集中起来进行屯田解决生计，这也是当世最为普遍实施的兵民分离的世兵制。

也可以说南衙军、北衙军乃是楚国天佑帝所掌握的最大规模的一支家兵。

这其中兵将编入营伍才是战兵；家属屯田所在，则是屯营军府。

龙雀军的编制、旗号仍在，还有两三百老卒，但形同废立，这些年来家属屯田的屯营军府，也连地带人都并入其他卫军之中，此时自然不可能归还。

因此，信昌侯李普上疏建议在江乘县赤山湖北岸，辟为龙雀军的屯营军府，利用荒滩收编染疫饥民，进行屯田耕种，天佑帝也一并准之，并在临江侯、龙雀将军之下，任陈德兼领副统军，任沈漾为长史、郭荣为监军使、李冲为录事参军，并征调柴建、信昌侯长子李知诰等人为都虞候。

与此同时，天佑帝还特旨赐婚，将信昌侯李普幼女李瑶许配给即将成年的临江侯杨元溥为妻……

第四十二章
饥　民

大雪纷飞，宝华山素白一片，青碧色的湖水也静止无波。

韩谦裹着一领裘袍，暖和得就跟小火炉似的，站在船头迎风而立，却不觉有多少寒意。

龙雀将军府在桃坞集开粥场赈济、收编饥民的消息传开来，四城饥民闻风而动，立时就往宝华山南麓涌来，但主要受太子一系控制的兵部，则派员在赤山湖北岸设立关卡，甄别确实是染疫饥民才许携家小进入，而且数量还严格限制在一万两千五百户。

这也是对应龙雀军的兵户数量上限，甚至还将桃坞集之前的几百民户全部驱赶出去，以免为三皇子临江侯杨元溥所用。

之前出城看饥民拥挤在河滩沟谷之间，场面已经相当惨不忍睹。

这时将三四万人集中收拢到秋湖山别院下面的桃坞集，一个个都面黄肌瘦、有气无力，其中差不多有半数的人瘦得皮包骨头之余还挺着一个大凸肚子，场面仿佛修罗地狱，简直可以说是恐怖了。

"我说安宁宫那边怎么就不横加阻挠了，这他娘的不要说上阵捉对厮杀了，要能编了一支扛住刀枪的兵马来，小爷我都跟他姓。"冯翊隔着百余丈看岸滩上的惨淡，他之前还抱怨这次没有授到一官半职的实职，仅仅是作为陪读及将军府从事，继续追随在三皇子杨元溥的身边，但这时候却死活都不肯让船靠岸。

这一次重编龙雀军，信昌侯府可以说是最大的赢家。

除了李冲任录事参军，在三皇子身边，主掌龙雀军诸曹文簿以及监察军中将吏等权外，信昌侯长子李知诰还是担任直接领兵的第一都虞候，以及第二都虞候柴建，又是信昌侯李普的次女婿。

而信昌侯幼女李瑶与三皇子也将计划于年后正式成婚，信昌侯府可以说是完全将筹码都押到三皇子杨元溥的身上了。

看到圣旨时，冯翊还抱怨天佑帝即便默许信昌侯府成为支持三皇子杨元溥的主要力量，但也不应该让信昌侯府对龙雀军渗透如此之深，今天看到赤山湖北滩的情形，冯翊则多少有些兴灾乐祸了。

在他看来，这里压根儿就是一个无底坑啊。

收编染疫饥民，重振龙雀军，朝中每年仅能多挤出两千万钱作为龙雀军的军资及屯田所用，但这点兵饷养一两千精锐都很勉强，不要说安置三四万染疫饥民，更不要说添置兵甲了。

信昌侯府或许财大气粗，但看湖滩这些病入膏肓的染疫饥民，投再多的资源，将来能拣选出一两千名合格的兵勇，冯翊都觉得够呛。

当然，冯翊才不会同情信昌侯，他心里还在记恨李冲给他及孔熙荣、韩谦设下圈套、逼迫他们就范，只想着怎样才能不被卷进去。

赵无忌、赵阔站在韩谦身后，看着岸滩上的情形默不作声；船头还摆了一张小桌、一只泥炉，赵庭儿、晴云蹲在那里给韩谦他们烧水煮茶。

赵庭儿清丽无比，晴云脸上却覆着猩红色的鬼面胎斑，一美一丑在韩谦身边却也相映成趣。

船夫在船尾摇橹。

"那个人是沈漾先生？"孔熙荣眼尖，看到湖滩东侧用竹木搭建的屯营辕门前，驶过来一辆马车，沈漾干瘦的身子颇为蹒跚地爬下马车，与守辕门的小校交涉过几句话，就与年纪比他还大的老家人往湖滩深处走来，那辆马车吱呀地跟在后面，碾着泥道而行。

"靠过去。"韩谦神色一振，吩咐船夫将船靠岸，他们赶过去跟沈漾会合。

"真要过去？那可说好了，我可不上岸啊！"冯翊叫道。

船靠上用松木下桩围出来的简易码头，韩谦、林海峥、赵无忌以及晴云、赵庭儿都上了岸。

孔熙荣犹豫了片晌，还是硬着头皮跳上岸。

冯翊坐在船头，便催促船夫赶紧拿竹篙子，将船撑到湖心去，生怕多停留片刻，也会染上水蛊疫，跟韩谦说道："我在船上等你们回来。"

"我们要是不幸染上疫病，你还能逃哪里去？"韩谦说道。

"……"冯翊心想韩谦说的话在理，但也是畏畏缩缩地爬上岸，只是站在简易码头前，看着韩谦他们穿过人群，去跟沈漾会合。

沈漾作为侯府侍讲，又被天佑帝硬塞了龙雀将军府长史一职，此时龙雀军还没有成军，军营里没有什么事情，那沈漾的主要职责，就是到屯营来安置染疫饥民。

不设立屯营都尉，那沈漾理论上就是龙雀军的屯营军府总管。

沈漾之下，以信昌侯长子李知诰、柴建等人兼领屯营校尉，分掌其事。

信昌侯长子李知诰以及柴建等将，受封龙雀军都虞候，掌握领兵调兵之权，同时兼任屯营校尉、染疫饥民的屯田编训等事，他们也理应辅助沈漾主持。

不过，染疫饥民聚集过来已经有两三天了，李知诰、柴建他们本人都没有出现，看来他们暂时是不会再出现了。

特别是李知诰、柴建作为信昌侯李普的子婿，自然应该都有看到《疫水疏》，但很显然一封《疫水疏》，还远远不能打消眼前惨况在他们内心所造成的阴影，不敢过来主事，更不要说其他将领了。

而郭荣作为监军使、陈德作为副统军，昨天也是过来远远看了一眼就走，甚至连屯营辕门都没有进。

等了两天，韩谦原以为沈漾压根儿不会出现，没想到这时候都快傍晚了，沈漾竟然坐着他那辆破马车来了。

"韩谦见过沈先生，韩谦这几天感觉身体稍稍康复过来，邀冯翊、孔熙荣坐船出城透气，没想到竟然遇到先生。"韩谦上前给沈漾行礼，也还不忘他此时还在托病告假中。

"我自己也是没有想着过来，"沈漾以往在侯府传授杨元溥、韩谦等人课业，都是匆匆而来、匆匆而去，都不跟杨元溥多说什么话，待韩谦他们更是冷淡，但这时看韩谦的眼神却如沐春风，笑道，"我今日去宏文馆翻阅文牍，遇到韩大人，有幸读过韩大人新著的一篇文章……"

听沈漾这么说，韩谦的头皮都要炸裂开来，心里顿时对他父亲充满深深的"怨意"：沈漾即便不是太子一系的人，但看他在临江侯府这三四个月的表现，也应该知道他绝不愿意牵涉到夺嫡争斗之中，老爹啊，老爹，你怎么就有胆子将《疫水疏》拿给沈漾看呢？

你真是要害得韩宅老少几十口人最后连怎么死的都不知道吗？

韩谦原本计划着，就算没有谁愿意到这边主事，他让范锡程、赵阔、林海峥他们，配合信昌侯派出的百余家兵以及龙雀军的百余老卒，还是有希望能将局面慢慢梳理过来的。

没人主事，相互牵扯，加上绝大多数人心里都还畏惧疫病，办事的效率是要慢很多，最终不可能所有人都能得到救治，而疫情也不可能一下子控制下来，可能会多成千上万的人，但这也是没有办法的事情。

韩谦真是没有想到他父亲会冒险劝服沈漾过来主事。

韩谦急得直想跺脚，在沈漾面前却又不得不装出一副温良和顺的样子，心里想着往后还要重新调整跟沈漾的关系跟距离，既要跟沈漾共享《疫水疏》的秘密，又不能让沈漾察觉他作为晚红楼的棋子为三皇子杨元溥的效力，这其中的尺度跟分寸想要拿捏好，还真不容易。

韩谦这一刻是满心苦涩，自己到底要玩多少种角色扮演？

沈漾问道："粥场设在你家山庄里？那我以后可能还要在你家山庄借几栋房子，充当临时公所。"

沈漾昨天就让老仆出城来看过这边的情形。

他虽然怜悯染疫饥民可怜，但看赤山湖北滩已成死地，也非他能够力挽狂澜，自然也没有想着要掺和进来。

今日午后在宏文馆见到韩道勋，读过《疫水疏》，他才知道韩道勋为这些饥民做出多大的牺牲，恰恰如此，他更钦佩韩道勋的风骨。

他并不认为韩道勋有卷入宫禁之争。

韩道勋真要跟信昌侯李普一样，只是为自身的权势跟野心押注三皇子，将《疫水疏》交给信昌侯李普他们去谋划实施就可以了，完全没有必要在朝会上进谏驱赶四城饥民。

那样的话，不仅会触怒陛下，还可能会留下永久的污点。

也因此，沈漾看到韩谦也倍感亲切，还想着能劝韩谦留在屯营军府辅助他做事。

龙雀军分为军营及屯营军府两个系统，军府负责屯兵，军营则是从军府抽调兵将负责攻守等事。

韩谦、冯翊、孔熙荣除了陪读身份没变外，这次都还补为龙雀将军府从事，他们既可以留在三皇子杨元溥身边混日子，也可以具体承担某项事职。

第四十三章
教训家兵

从天佑帝正式颁旨、有染疫饥民往桃坞集聚拢之时，信昌侯府就派一批人手过来，以三皇子杨元溥的名义在秋湖山别院设粥场赈济饥民，但韩谦在聚拢饥民后，才是第一次回到山庄来。

范锡程、林海峥以及韩老山，带着十数名家兵及郭奴儿、林宗靖等近五十名家兵子弟，则早就被韩谦及他父亲遣到山庄里来，此时临近黄昏，设于田庄南翼的粥场，此时正将简易的栅门打开，放饥民进来就食。

不过，这边仅在田庄南侧的山口处设一座粥场，地方狭小，三四万饥民往这边涌，乱糟糟的一团，韩谦陪着沈漾好不容易才挤到粥场里面。

冯翊、孔熙荣能弃船上岸就已经表现出莫大的勇气，这时候可不敢跟着韩谦、沈漾直接往染疫饥民人堆里挤，他们宁可爬上东面的山岭，穿过林子翻到山庄里去。

绝大多数饥民即使没有病入膏肓，也饿得皮包骨头，虚弱不堪，要不然的话看着他们对食物所表现出来的热切跟贪婪，仅靠山庄里的这点人手维持秩序，非出乱子不可。

更何况大多数的家兵还是不敢跟染疫饥民接触。

粥场内还额外用木栅墙分隔开来，里侧架了十几口铁锅，由韩宅及信昌侯府的家兵，或者庄子里的奴婢，将一袋袋稻米混入根茎还带有泥土的野菜一起煮成粥，然后隔着木栅墙，将粥倒入木栅墙外的大缸之中，供饥民分食。

大多数家兵，包括信昌侯府派来的人手，都是在栅墙之后，唯有以随母亲改嫁而过继入籍到韩家的郭奴儿等二十多个饥民少年，随范锡程、范大黑、林海峥站在木栅墙外，以瘦弱的身子勉强维持住秩序。

场面之混乱，实在不难想象。

而派过来的百余龙雀军老卒，都没有人在粥场这里，韩谦估计他们就负责在湖滩两翼设立辕门了。

韩谦黑着脸走过去，抬脚将一排木栅墙踹翻在地，盯着发怔的范锡程质问道："粥场一片混乱，这么多人都缩在里面是怎么回事？"

范锡程没想到韩谦刚过来，就发这么大脾气，解释道：

"蛊毒汹汹，家兵们有所畏惧，在栅墙前帮忙熬粥，却也能勉强维持。"

范锡程、范大黑、林海峥以及赵阔、赵无忌是知道《疫水疏》的内容，韩谦也反复跟他们交代过水蛊疫隔绝传染源以及他们自身预防的要点，但即便如此，他们心里犹是打鼓，完全没有底会不会受疫病传染，更不要说其他完全蒙在鼓里、仅仅是被动接受命令的家兵，对疫病畏惧如虎了。

再一个，在范锡程他们看来，韩家为这些饥民做到这一步，已经仁至义尽了，也就没有强迫那些畏惧疫毒的家兵，站到木栅墙外来跟染疫饥民直接接触。

"蠢货，你这把年纪都活到狗身上去了？他们皆是我韩家的兵卒，难不成日后在战场上，面对汹汹战刃，也要缩头躲到木栅墙之后，靠这些瘦弱少年，替他们挡飞矢刀剑吗？"韩谦毫不客气地朝范锡程劈头盖脸就骂。

范锡程老脸涨得通红，却没有办法替自己辩解。

韩谦将腰间佩刀摘下来握在手里，转头虎视耽耽地盯着木栅墙后的家兵片晌，跟范锡程说道："救疫如杀敌，倘若在杀敌战场之上，有人敢畏敌不前，抗命不遵，范锡程，你当如何处之？"

"当斩。"范锡程瓮声说道。

"好，长史沈漾大人在此，其他人，我管不到、管不着，但范锡程你眼珠子给我睁大了，这些个暂时借用到沈漾大人帐前听令的韩家家兵，谁敢畏惧不前、谁敢抗令不遵，你他妈的给我一刀戳死一个，我韩家不养这样的废物！"韩谦盯着缩在木栅墙后的诸多家兵及子弟，怒斥道。

隔绝疫水之法说起来简单，但三四万染疫饥民虚弱到极点，也就完全失去自我组织的能力，家兵不敢跟这些染疫饥民深入接触，如何盯着不让他们接触疫水，如何让他们严格克制住只饮井水，又如何让他们改变之前的陋习、集中如厕，并将粪溺等污物进行进一步的处理，又如何将他们组织起来，赶在春水漫涨之前，沿湖滩修出一道泥堤出来？

这些事情不做，疫情得不到控制，染疫饥民始终奄奄一息，后续的屯田、编训，压根儿就不要有一丝丝的指望。

韩谦还是希望赶在安宁宫回过神来之前，能看到龙雀军初成规模，这样多少能叫安宁宫及太子那边有所忌惮、收敛，他跟他父亲才更有可能逃过安宁宫的打击报复。

而更重要的一点，韩谦还是嫌他父亲以前待这些家兵太宽松了，让他们日子过得太滋润了，现在正好借这个机会，将一些规矩重新立起来。

倘若一个个都他妈的当成大爷养着，韩家发生点变故，他们能有一丁点儿的忠心，才叫见鬼了呢。

说到这里，韩谦又朝代表信昌侯府过来的两名管事拱拱手，说道："信昌侯府这边，我插不了手，还请二位管事掂量着办。"

韩谦与沈漾等人从染疫饥民人群里挤入粥场，他们敢这么做，比说一百遍都管用。

再说大家也都明白少主远没有家主好伺候，而且在韩家少主说话的分量越来越重，看到韩谦发这一通脾气，当下山庄里的家兵便不敢再多说什么，将木栅墙撤开，纷纷走出去，将秩序维持起来。

韩谦也知道，这边的事情稍有起色，信昌侯李普就有可能将他的人手驱赶出去，保证编训、领兵之人，皆受他及晚红楼那边的控制，但韩谦并不会因此就选择袖手旁观。

韩谦让家兵及诸子弟深入接触染疫饥民，甚至将前期最为混乱的局面承接下来，倒不是说他跟他父亲、跟沈漾一样有悲天悯人之心。

他现在还千方百计想着怎样能顺利活到天佑帝十七年往后呢，要悲天悯人，也该是别人来悲悯他才对。

实际在韩谦看来，前期的局面越混乱，家兵及诸子弟介入其中，所能得到的锻炼将越充分。

沈漾是有经世致用之学的名儒，韩谦即便自己偷些懒，让范锡程、范大黑、林海峥、赵无忌以及郭奴儿、林宗靖这些少年跟着沈漾做事，也能学会如何抽丝剥茧地将混乱的局面一点点理顺过来。

这是他们闭门苦学，都很难领会的东西。

两三百人手散出去，场面总算是没有刚才那么难看，韩谦请沈漾进庄子里说话。

范锡程虽然被韩谦当众训斥了一通，但还有很多事要禀报，看粥场有林海峥、范大黑配合信昌侯府的管事主持便够了，拉上韩老山，硬着头皮跟韩谦、沈漾他们走到东院。

"山庄里已经耗了多少粮食？"韩谦请沈漾入厅而坐，将范锡程、韩老山喊过来问话。

范锡程微微一怔，见韩谦眼色是要他实话实说，便道："山庄里所备的十二万斤粮食，三天已经耗得七七八八，顶多还能再支撑明天午前的一餐。"

韩谦之前拿出上百饼金子给范锡程过来筹备赈济之事，但这边聚集三四万的饥民，一百饼金子可以说是杯水车薪，其他物资不说，仅收购过来的粮食也只能勉强支撑三四天的消耗而已。

朝廷说是每年要拨两千万钱军资，但即便安宁宫那边不从中作梗，相应钱物能很快顺利拨付下来，也只能支撑两三个月而已。

很显然这种事情，没有信昌侯府及晚红楼以雄厚的财力做支撑，即便将韩谦的骨头都拆下来去卖，也支撑不了几天。

韩谦跟范锡程说道："山庄耗用多少粮食、每天投入多少人手，折算多少工钱，范锡程你列个细目出来，每隔一旬报给沈漾大人知道，不能公私混淆了……"

韩谦还没有大公无私到拿自己的私房钱，替三皇子杨元溥及李普他们养兵，不仅前期投入的粮食等物资要结算清楚，这前前后后韩家投入多少人手，也要折算工钱。

沈漾倒也不以为意，朝廷原本就严禁私家大规模救济饥民，以防地方豪族收买人心存祸乱之志。

即便其他州县管不了那么多，但在京城金陵，沈漾也是绝对不希望有谁模糊这条底线的。而即便信昌侯府拿钱粮出来，也必须以三皇子临江侯的名义拨付下来。

毕竟屯营军府所收编的饥民，理论上都是三皇子临江侯杨元溥名下的兵户，日后龙雀军的兵将都要从屯营军府所辖的兵户里征调。

韩谦能主动这么提，沈漾反倒认为他知道分寸，更想着将他留在身边任事，而没有想韩谦其实是心里舍不得这些钱物。

第四十四章
培养方向

见沈漾颔首认可此事，韩谦又问范锡程："我让你去雇请几名烧石匠，可有找到合用的人手？"

要隔断传染源，除了远离疫水之外，最重要一项工作，还是人畜便溺等污物都要进行处理。

特别是湖滩之上聚集的三四万染疫饥民，排泄出来的便溺里必然存有大量的血吸虫幼卵，是必须要进行灭杀的。

韩谦绞尽脑汁所能想到的当世最为廉价、也相对可靠的办法，就是用生石灰处置。

当世在五六百年前，就有医书记载青白石作灶焚烧得石灰，有疗疮收创之用，也是当世最为廉价易取的消杀药。

田庄后山就产青白石（石灰石），韩谦虽然查了一些古法烧制石灰的资料，都大同小异，但纸上得来终觉浅，他心里还是没有底，便吩咐范锡程在山庄附近雇请几名能烧制石灰的匠工，觉得这样应该更靠谱些。

"找到五名老工匠，目前山庄里这个状况，出了三倍工钱，才愿意过来。这两天沿山走过一遍，初步选在田庄下方的水湾处建窑，正等少主您过来定度。"范锡程说道。

"沈先生，要不要去看一眼？"韩谦问沈漾。

沈漾原本就精擅经世致用之学，今日又有幸读过《疫水疏》，知道石灰有大用。

染疫饥民暂时都还不堪用，诸曹佐吏基本都是信昌侯府所举荐的人，即便到位，但此时连军府公所都没有建立起来，前期必然一片混乱，要做的事情又太多。

沈漾看到韩谦这边早就想到建窑烧制石灰，那自然是再好不过，到时候核计工本，由军府作价购买便成。

饥民随地便溺已成习惯，即便将家兵驱赶到饥民中去，迫使他们集中如厕，三四万饥民，每天所产生的便溺之物也是多得恐怖。

权贵不事贱业，更不要说跟便溺等污秽之物打交道了。

韩谦却知道这是最为重要的一个环节，绝不能嫌其污秽而不为，而建窑烧制石灰之事也是宜早不宜迟。

在山庄能产石灰之前，甚至还需要先从别处高价购买来应急。

韩谦正要陪沈漾出去察看石灰窑的选址，这时候桃坞集里正张潜以及三名身穿武官将服、身形魁梧的校尉跑过来求见沈漾。

包括大面积的湖滩地，赤山湖以北的桃坞集，南北纵深三五里不等、东西狭长十二三里，兼之桃坞集以北的一部分山泽之地，这次整个地都被征辟用作龙雀军的屯营军府。

桃坞集之内，像秋湖山别院这样的，家主有功名官身，自然能得到豁免；而受雇在这些田庄耕种的佃农，也可以选择去留。

除此之外的民户都要驱赶出去，由江乘县另外择地安置，原先的田宅都由军府征用。

里正张潜原本是桃坞集的大户，拥有两千亩良田，虽然得以豁免，田地没有被直接征用，但他家的田宅位于秋湖山别院的下方，周围聚集的染疫饥民更多，令他心惊胆战。

当然了，张潜才是小小的里正，根本没有能力阻止龙雀军将屯营军府设在桃坞集，但他在江乘县也有些人脉，可以将这里的田宅交出去，在桃坞集之外另换一块地。

不过，舍弃张家三代人经营下来的肥沃田宅，去其他地方换一块荒地从头开始，张潜怎么都不甘心，便先将家小都搬到县城去，他带着两名家仆留下来观望形势。

范武成被赵无忌射杀时，韩谦跟张潜见过面，但没有更深的接触，只能算是点头之交，客气地请他进大厅与沈漾见面。

与张潜一起来见沈漾的三名军将，则是龙雀军派驻过来的都虞候郭亮与两名龙雀军的营指挥。

在润州一战过后，龙雀军仅有五百残弱老卒没有裁撤编制。

近几年作为龙雀军仅存高级军将的都虞候郭亮，虽然在润州一战之后没有受牵连追责，但也一直被朝廷遗忘在角落里。这对此时才三十多岁、年少时就建立军功、得授都虞候将职的郭亮正是建功立业之年，这数年的蹉跎，实是一种煎熬。

这一次天佑帝封临江侯杨元溥为龙雀将军，执掌龙雀军，还新设屯营军府收编饥民为兵户，以便将来能编训兵户，将龙雀军重新整编起来，郭亮还照旧担任都虞候，与信昌侯长子李知诰以及次女婿柴建等人一起，乃是临江侯杨元溥及副统军陈德之下的五将之一。

不过，信昌侯李普那边暂时并无意用郭亮，不仅将郭亮踢过来负责屯营军府的建设，还将郭亮之前手下的人马，将其中四百多能用的兵卒挑走，留下百余老弱病残踢给郭亮带到桃坞集来。

郭亮满肚子怨气，即便不敢奉旨不遵，但带着人马到桃坞集来，也只是在兵部确定的屯营军府范围两翼将辕门栅墙建造起来，然后就分兵守住北岸湖滩的东西出口，其他事一概不管，更不要说参与赈济染疫饥民了。

沈漾身为长史，虽然没有加屯营都尉，但也没有其他人出任屯营都尉一职，沈漾就是屯营军府的最高负责人。

得知沈漾过来，郭亮也只能带着手下两名同样被踢过来后满肚子怨气的营指挥，赶过来参见。

都虞候已经是中高级将职了，孔熙荣的父亲孔周身为右神武军副统军，也仅比都虞候高一级。

韩谦倒是有心结交受信昌侯李普他们排挤的郭亮，特客气地将沈漾旁边的座位让给郭亮，但郭亮正眼都没有瞅韩谦一下，倒是对站在韩谦身后的少年赵无忌打量了几眼，才跟沈漾说事去。

看郭亮这副倨傲模样，韩谦心里恨得直咬牙，心想这个一点眼力见儿都没有的家伙，活该坐这些年的冷板凳！

当然，郭亮能注意到少年赵无忌，韩谦心里还是很得意的，这少年虽然总是安静地站在角落里，却时刻又像一只蹲在阴影中的猎豹给人威胁。

范武成原本就是兵户子弟，自幼习武不辍，父兄死后过继到范锡程膝下，身手更是青出于蓝，比范大黑、林海峥他们都要强出一筹。

要论单打独斗，瘦弱的赵无忌三四个都不是范武成的对手，但就在狭小的陋室里，一心赶人的范武成却被赵无忌拿弓箭无情射杀，整个过程令林海峥、范大黑他们匪夷所思。

照道理来说，空间越狭小，越难用弓箭杀敌。

在韩谦的强压下，范大黑、林海峥不敢待赵无忌生分，经常在一起切磋。

正面对抗，赵无忌站在范大黑那如半截铁塔似的壮硕身体面前，还是太单薄了，但放开场面限制，范大黑非要与林海峥两人联手，才能防得住赵无忌那凶险而出乎意料的进攻。

赵无忌不是那种冲锋陷阵的无敌战将，而天生就是藏在阴影深处的刺客。

很可惜，范锡程他们都是惯于战场厮杀的悍卒，赵无忌想要从另一个方向提升自己，他们都给不出好的指导。

韩谦便让赵无忌也跟在他身边，学习他天马行空随想随教、乱七八糟没有什么体系的杂学，平时主要强化潜伏、斥候、侦察、野外生存等方面的训练。

当世要成为合格的杀手或刺客，要求绝对比战场上冲锋陷阵的武将要高得多。

而对下面家兵子弟的训练，除了基础的拳脚刀弓强化身体基础外，韩谦也同样更着意培养他们侦察、斥候、潜伏等方面的能力。

韩谦想着有朝一日，历史轨迹无可改变，他不幸成为大楚的"逆党"，此时的他再傻也不会想着用五六十人手，去正面对抗追兵。

强化这些家兵子弟的忠诚，训练他们潜伏侦察以及野外生存，最终能保护他翻越山林、潜逃出大楚的本事，才是韩谦此时最要紧去做的事。

同样地，这还是要比培养冲锋陷阵的武将难得多，天文、地理、方言以及人物风情、野外生存、急救乃至偷鸡摸狗的下三烂手段都要有所涉猎。

然而，在范锡程他们看来，韩谦就是在乱搞。

只是在《疫水疏》成篇之后，韩谦在他父亲韩道勋那里所获得的信任，压根儿就不是范锡程这帮家兵满肚子意见能推翻的。

因此韩谦有心胡搞，范锡程等人也只能配合着折腾。

当然了，时间才过去不到一个月，不可能立竿见影有什么效果，但也不是没有好处。

四十名家兵子弟，其中十三人是真真正正的家生子，韩道勋以往御下宽松，这些家生子自幼习武，也粗通文墨，健壮而自信。

虽然韩谦在编训时，强行将这十三名家生子压制下去，挑选饥民子弟统领诸队，谁敢逆抗就用鞭刑重罚，但不管怎么说，饥民子弟初时是没有自信的，而家生子皆满心不服。

不过，饥民子弟表现出来的韧性，要比家生子强得多。

也许常年挣扎在强大的生存压力之下，这些少年偷鸡摸狗、察言观色的事情没少干，他们在斥候、侦察、潜伏等训练课目上，适应性也更强一些，也就渐渐没有最初的缩手缩脚。

韩谦让范大黑、林海峥带着这些少年，听从沈漾的调遣参与赈济之事，也是借这机会强化他们的适应及应变能力。

第四十五章

烧 石

　　冯翊、孔熙荣翻山进入山庄，沈漾这时候才让韩谦带大家去看石灰窑的选址。

　　石灰窑选在田庄下面的一个溪湾处，这边地势较低，水流平缓，舟船能直接从赤山湖驶进来。

　　这里原先就有七八户民宅居住，这两天都被迁了出去，七八栋民宅空了下来，范锡程那边就当仁不让，将这几栋土房直接占了下来；还有一座三四亩地大小的晒谷场，地方还颇为空旷。

　　除了石灰窑外，还能继续往外平整出大片的土地，韩谦走了一圈，暗感山庄可在这里集中建一座较大规模的匠坊。

　　龙雀军的屯营军府就在山庄的南面，往后在赤山湖北滩修建房屋、筑堤屯田，需要大量的工具。

　　乃至龙雀军要真正地组建起来，兵甲战械乃至兵将袍服，指望国库拨付是不现实的，主要还是要屯营军府这边自行购买或生产。

　　韩谦就想着山庄建筑一些匠坊，还是大有可为的。

　　韩谦现在不奢望能染指龙雀军的兵权，但怎么也要想办法从龙雀军身上吸点血下来，才不枉他冒这么大的风险将《疫水疏》献出去。

　　别人又怎么知道韩谦心里打的小算盘？

　　范锡程从江乘县雇请的几个烧石匠，都是黢黑精瘦的小老头，脸皮皱得跟老树皮似的，看到沈漾等大人过来，紧张得连话都说不溜，好一会儿才搞清楚他们建窑烧石灰的办法。

　　韩谦这些天看《考工记》《谷明药编》，里面都有提到烧制石灰之法，但记叙十分简略。

韩谦看书还以为当世人就言简意赅这臭毛病惹人讨厌，但问过范锡程请过来的这五名烧石匠，才知道当世烧制石灰，手段就是极其地原始。

用石块或黄泥垒灶，在灶中铺一层薪柴再一层青白石，垒加两到三层后，焖烧一个昼夜，便能取用；更简陋的，就是地上挖一个土坑堆柴烧石。

照这些烧石匠的经验，每人兼采石、伐薪等事，一年差不多能烧三四十担石灰出来以糊口。

不要说韩谦了，沈漾听了都直皱眉头。

照《疫水疏》所述，要想将疫情控制，这么多染疫饥民，屯营广及十数里方圆，都要大量采用石灰灭杀沟渠及便溺中的蛊毒，每年没有三四万担石灰，是不顶用的。

要用这种传统的烧石法，差不多要上千名烧石匠才够用，但现在将三四万饥民聚集起来，就算能挑出上千名能干重活的壮劳力来，但其他事就不用干了？

"建大灶！采石伐薪等事，皆专任其人。"韩谦说道。

当世盐铁等业的工坊，已经相当成规模。

少府左校署之下，便有铁工匠奴两千余人以造兵械；而在海陵所设盐场，更是多达两万余盐户专事煮盐之业。

这两项已经可以说是原始的工业体系了，而石灰在当世除了用作药物外，仅有极少数奢贵，才会用来粉刷庭院，需求量极少，才还没有较大规模的石灰窑出现，但不是不能出现。

虽然梦境中人翟辛平也没有烧制石灰的记忆，但韩谦心想大体的方向不会错。

几名烧石匠面面相觑，他们所会的烧石手艺，都是祖祖辈辈传下来的，哪里能说改就改？

只是在沈漾、郭亮、韩谦等人面前，几名烧石匠也不敢说个不字，只是讷然地站在那里，不知道怎么应答。

而就算他们愿意顺从韩谦，也不知道所谓的"大灶"该怎么建。

见沈漾也看过来，韩谦硬着头皮将这事承揽下来，说道："我这几天在山庄这里养病，建灶之事我来想办法。"

韩谦完全没有觉得着手主持建烧石大灶，是一种贱业；再说他不把这事承揽下来，不能安他父亲的心，还不知道他父亲要搞出什么幺蛾子来呢。

韩谦说他还在告病之中，沈漾只是微微一笑。

三四万染疫饥民乱糟糟的一团，要梳理出头绪来，千头万绪，即便不能将韩谦正式留在军府这边任事，韩谦此时留在山庄"养病"，又将建窑之事一力承担过去，对沈漾来说，也是一件好事。

虽然朝廷传言韩道勋独子不学无术，但他这三四个月来在临江侯府教授课业，三皇子杨元溥以及冯翊、李冲、孔熙荣等人，多如堕云雾，唯有韩谦坐在书堂之中眼目清亮，明显是他所教授的内容，韩谦都能听得进去。

今日沈漾再看韩道勋所写的《疫水疏》，怎么也不会以为有如此渊博家学的韩谦会是一个废柴。

郭亮、张潜倒是颇为诧异地看了韩谦一眼。

韩谦也怕郭亮、张潜等人没耐性，当下就叫这五个烧石匠，先照旧法在匠坊这边将烧石灶砌出来，还将郭奴儿那队家兵子弟喊过来帮助、学习，等他们这边做好准备工作烧第一灶石灰，他再过来参详怎么改建大灶。

接下来，众人没有再回山庄，沈漾跟里正张潜商议，将他家位于秋湖山别院南面的宅院借过去，暂时充当屯营军府的驻所。

要是可以，沈漾还可以推荐张潜到屯营军府担任从事。

张潜小小一个里正，连韩家的少主韩谦都不敢得罪，又哪里敢得罪身为皇子师的沈漾？

再者说了，桃坞集整个都被辟为屯营军府，桃坞集便不再存在，来年的田税徭役就会成为一笔烂账。

他倘若不立时解除里正之职，一旦有人作梗，将这笔烂账算到他的头上，张潜即便倾家荡产，都难消其祸。

张潜即便担心疫病不受控制，但此时沈漾征他入屯营军府，担任从事，却是他不多的出路之一。

沈漾看上去干瘪瘦弱，精力却是旺盛，将张潜宅院征辟过去充当军府公所，夜里请众人过去草草用过餐，便召集起来商议改建屯寨之事。

龙雀军满编一万两千五百兵卒，相对应地，屯营军府满编也是一万两千五百兵户，军以五百兵卒为一营，屯营军府以五百兵户为一寨，需置二十五座屯寨。

太子一系所掌控的兵部，将桃坞集的原住民驱赶出去，以免为三皇子所用。

对这边来说，最大的好处就是十数座自然村落、数百处简陋民宅空置出来，都能拿出来让这么多的染疫饥民有一个遮风挡雨的地方，不至于寒夜被活活地冻死。

屯寨可以在这些自然村落的基础上，一步步扩建。

对应营校尉（指挥），每座屯寨要设寨主一名，又名屯营校尉，其下又设屯长五到十人，以掌屯田编训等事。

这些个屯营校尉的职缺怎么安排，不要说韩谦没有办法插手，即便沈漾也没有办法置喙。

屯营校尉及屯长，是将来掌握龙雀军的基础，李普看过《疫水疏》，知道聚集的万余染疫饥民还值得期待，他已经将信昌侯府所属的一百名家兵献给三皇子杨元溥，调派过来任事；而这些家兵的家小，随后也将迁来，并入屯营军府之中，成为龙雀军真正的兵户。

二十五名屯营校尉以及相当一批屯长，自然是要从这一百人中选任；而信昌侯李普派过来的两名侯府管事，也将在沈漾身边担任从事，分管仓储、度支等事——前期所需要的钱粮，都得从信昌侯府调，屯营军府的仓储度支等事，信昌侯李普显然也不想落入沈漾的掌控之中。

由信昌侯府主导龙雀军的复兴，以此构建三皇子临江侯的班底，是天佑帝半公开认可的事情，沈漾更关心将事情做好，只要信昌侯府这时候愿意尽最大的能力去配合，才不关心谁来做。

韩谦手里更没有多少家兵能献出去，也无意染指屯长、都头、队率这些低级军职。

而信昌侯府名义上是将百余家兵献给临江侯杨元溥，但这些家兵对三皇子到底有多少忠心，现在也实在难说。

当然，这些家兵连同家小，被信昌侯李普强行并入屯营军府，与三四万染疫饥民混编到一起，即便担任职司，心里多少也有些怨气吧？

当然，此时怨气最大的还要数冯翊、孔熙荣二人。

他们除了多出一个从事的身份，并没有在这件事上得到半点好处，这时候却要冒着感染疫病的风险，留在军府公所里听沈漾与郭亮、张潜等人商议屯寨之事，听着就直打哈欠又不能提前告退。

等事情商议完毕，已经是星月满天。

乘马回城也要大半个时辰，再者入夜后城门四闭，即便是冯翊、孔熙荣想要进城，也会十分麻烦，当晚就在韩谦这边借宿。

第四十六章

奴　婢

有郭奴儿带着八名家兵子弟相助，五名烧窑匠连夜便将烧石土灶垒好，次日一早便请韩谦他们去看这些工匠用祖传的手艺烧石灰。

沈漾利用桃坞集现有的村落，连夜增设了十数座粥场，将三四万饥民疏散到这些粥场救济，然后再作兵籍上的梳理，场面也就没有昨天看上去那般混乱不堪。

清晨的时候，韩谦他们出门，已经看到随范大黑、林海峥临时借调到沈漾身边的家兵及家兵子弟，正带着一部分饥民清理道路，可见沈漾办事的效率，比他们想象中的要高。

冯翊、孔熙荣留在山庄，没有之前那么恐惧，也就不忙着回城，跟着韩谦去看烧石灰，当作消遣；还特意派人去临江侯府说这两天在军府这边任事，想着能逃两天的骑射苦训。

三皇子杨元溥一直都非常勤勉，也特别想以此获得他人的认可，每天早晚各一时辰的骑射，叫冯翊、孔熙荣陪着苦不堪言。

韩谦看一夜之间，湖滩上的混乱情形便有所改观，心想他们昨夜回山庄后，沈漾或许一宿都没有睡吧，也不知道这小老头怎么撑得住的。

匠坊这边，烧石土灶已经垒成，仅到大腿高矮，比平常所见的灶台还要简陋，连灶门、风口都不留，可以说就是一圈矮墙作灶，然而直接在灶子里铺一层稻麦秆及枯树枝，再铺一层敲成拳头大小的青白石块，点燃后再用黄泥将灶顶封住留小口透气，说是烧一个昼夜便成。

整个过程就是要煅烧，使青白石热分解生成生石灰。

梦境中人翟辛平化学很差，中学所学的那点化学知识都还给老师了，但基本的概念还是能知道的，这也是叫韩谦一眼就觉得这几名烧窑匠所谓的祖传手艺，实在粗糙、原始得很。

烧石土灶竟然连灶门都没有留，自然也就没有炉膛一说。

没有炉膛、风口，就没有办法掌握火势，而此时烧石土灶倘若想建得更大，一下子填入更多的石灰石，那能出多少石灰、出什么质量的石灰，就完全不受控了。

要建大灶，关键就是大灶要有能控制、观察火势的炉膛或者说风口。

问题是这样的炉膛要怎么建，用什么耐火材料，既不畏火烧，还要能留出足够多、足够大的孔眼通风，还要能将成千上万斤重的石灰石跟柴炭撑起来，不使炉膛在烧石的过程中垮塌？

韩谦心想烧石土灶连风口都没有留，又是用麦秸秆作柴，烧石的焰温应该不会太高，让郭奴儿将采石所用的一把长铁钎子，从炉顶插入灶中。

过了许久将长铁钎子拔出来，看铁钎子仅仅是刚刚烧红而已，看来煅烧石灰石的炉火温度，还真是远不足以将铁钎子烧熔化掉。

既然用铸铁能造炉膛，韩谦完全不觉得改建大灶有什么难度。

"造大灶，底部留出通风观火的炉膛来，炉膛顶置铁箅子，上层铺一层木炭，保证石粉不漏下来，然后再一层接一层铺青白石块、柴火，多烧几天看效果！"韩谦将范锡程喊过来，将设想的方案拿纸笔画出来，解释给他听，让他再找几个佃户过来，一起帮郭奴儿及几名烧窑匠尝试建大灶。

"大人，这要是不成，一下子就要毁掉好几千斤的青白石、几十担柴火啊。"有个烧窑匠觉得韩谦有些胡搞，鼓了半天勇气凑上前来好意劝告。

普通匠户一年累死累活干下来，才能得五六千钱。

两三千斤的青白石烧废了，对这些烧窑匠来说，相当于白干三五个月，确实是不敢轻易尝试的新法，但韩谦要是连这点浪费都舍不得，还想要做成什么事情？

韩谦微微一笑，他这时候不想解释太多，毕竟这些烧窑匠大字不识一个，观念陈旧而且顽固，他费力解释再多，都还不如直接指挥他们做出来看效果。

"你这么胡搞能成吗?"冯翊拉着孔熙荣过来看热闹,见韩谦之前也没有接触过这种贱业,昨天夜里听这些工匠说过一遍,今天起早看过人家所造的土灶,就要直接改建大灶,怎么都觉得不靠谱。

"要是我能乱搞出一些名堂来,你输我多少钱?"韩谦笑着问冯翊。

虽然前朝中晚期,藩镇割据成势,刚刚兴起的科举影响力相对有限,读书人也就没有那么清高,而世家豪族相对要务实一些,但无论是读书人,还是世家子弟,都没有人会从事这些贱业,更不要说有专人去钻研了。

这使得当世每一种传统工艺要想改进,都是要靠几代甚至数十代匠人的积累才成,整个过程自然是无比缓慢。

韩谦虽然没有幻想能凭空搞成梦境中那种令人瞠目结舌的工业体系,但对当世这么简陋的匠术,都不能进行一定程度的改进,真是有愧梦境所带给他的超越这个时代的思维跟学识了。

当然,韩谦也不指望一下子就建能一炉出上万斤生石灰的大窑,决定先在土法的基础上进行改造,一步步去尝试,然后再让范锡程他们另外组织人手专事采石作业,进行分工合作,相信他所建的烧石窑,产出绝非其他人能及。

"一枚金制钱。"冯翊虽然不信韩谦无所不能,但也学乖了,不会随便跳进他的坑里。

韩谦翻了一个白眼给冯翊,才一枚金制钱的赌注,都懒得理他。

······

······

之前山庄里修建屋舍、院墙什么的,虽然都是范锡程一力负责的,但他都是雇请附近的泥瓦匠做事,他带着其他家兵当监工在旁边盯着就行。

这时候要他亲自上场,带着什么都不懂的佃户干活,而韩谦只是拿纸笔画出一个简略图,连比带画地说了一通,他看似听懂了,但真正着手去做,就有些抓瞎。

而那几个烧石匠,之前所建的土灶都是凭借经验,灶墙都不到大腿高，更关键是柴炭、碎石都直接堆在地上，土灶不承受多大的重量，建得歪歪扭扭一点没有关系。

现在要改建的大灶，径围要大上一倍，下面还要留灶膛，上面还计划叠六到七层石灰石跟柴炭，差不多要有一人高，灶膛要悬空承受五六千斤碎石跟柴炭的重压，这个难度比想象中高得多了。

灶墙稍稍歪斜一点，可能石灰还没有烧出来，大灶就先塌了。

不过，范锡程也不想在少主韩谦面前露怯，带着人扒房取砖、和泥浆，就着手先干了起来。

说是大灶，也不过两步见方，韩谦与冯翊、孔熙荣回山庄吃过早饭，看日头爬上树梢，再带着晴云、赵老倌、赵庭儿、赵无忌他们回匠坊，看到灶墙已经砌到有半人高，速度还不慢。

只是灶墙怎么看，都是歪斜的。

"要不要我派人去少府找个大匠过来帮你？要不然这灶墙一压就倒，你就要输我一枚金制钱了。"冯翊有些幸灾乐祸地问道。

金陵附近真正有水平的匠工，差不多都招揽进少府了。

无论是皇城宫殿的营建，皇室所用器皿的烧制以及罗裳袍服的织造，抑或是侍卫亲军的楼船兵械铸造，乃至钱币的范铸，都是当世，或者至少说是江淮地区最精良的造物。

专司其事的优良匠工，主要都集中在少府。

站在一旁的范锡程老脸臊得通红，但又觉得韩谦指派他做这事，有些强人所难，真不如现在就派人去请一位老师傅过来。

范锡程也算是干练之才了，但很显然跟韩谦所期待的那种干练，还有相当大的差距，他叹了一口气，跟赵庭儿说道："庭儿，你告诉范爷怎么看这灶墙砌得直还是不直！"

"你家奴婢，能抵得上一个老师傅？"冯翊笑着问。

"要是赵庭儿能指挥这些匠工，将大灶建起来，你输我多少钱？"韩谦这几天恰好刚教过赵庭儿怎么测水平，怎么比对垂直，又腰笑着看向冯翊问道。

"赵庭儿能用这些匠工将大灶建起来，这枚合浦珠我送给她！"冯翊从怀里掏出一枚龙眼大的合浦珠，瞥眼看向赵庭儿。

一枚龙眼大小的合浦珠差不多价值十万钱，在金陵绝对是稀罕物，见冯翊竟然打赌还不忘勾引赵庭儿，韩谦心底啐了他一口，跟范锡程说道："你找十来个人进山采青白石，夜里或许就能派上用场。"

范锡程知道少主韩谦对他的意见一直都很大，这时候见少主韩谦派他带人进山采石，而将建灶之事交给半大的小丫头负责，心里甭提多幽怨了。

但是，在韩谦过来之前，沈漾也派人过来催问石灰窑什么时候能建成，范锡程不敢在这事上耽搁，心里再幽怨，也只能挑自己能胜任的事去做。

赵庭儿、赵无忌的父亲赵老倌，正好赶着农闲，也被范锡程拉过来帮忙建灶，这时候走到角落悄悄拉了女儿的袖角，劝她不要逞能。

赵老倌心里想，这丫头要是害少主输掉那么大的一枚珠子，将她卖了都赔不起啊。

再说了，建大灶这种大事，怎么能让一个女娃子插手，这不是找晦气吗？

赵庭儿却是跃跃欲试，不理会她父亲的劝阻。

那几个烧石匠心里不愿，但在韩谦面前也不敢支支吾吾说什么，只是缩手缩脚地看着赵庭儿不顾积雪融化后场地有些泥泞，找来小块木板，将一枚铜钱用丝线系到小木板上，便做成最简易的线锤。

将线锤压到已经砌得有半人高的灶墙上，让铜钱笔直地垂下去，一比对，灶墙歪斜就更明显了。

"看清楚没有？这样的线锤多制几件，每砌两三层砖进行校直就可以，通体往上都不会歪斜。"韩谦有机会总是不忘敲打范锡程这些家兵。

范锡程羞愧不知言。

灶墙又不涉及木作，砌得平直是关键，见赵庭儿用这么简单的办法，就直接抓住要害，冯翊也有些傻眼，忍不住拍手赞道："这法子妙，原来看墙直不直，这么简单啊，"又贼心不死地问韩谦，"要不我拿十枚合浦珠，你将这么聪明伶俐的奴婢让给我？"

"那是你们蠢啊，"韩谦理不都理冯翊，见那些匠工、佃户还嫌赵庭儿是个女娃，训斥道，"将灶墙全扒了重砌！还有，背几袋石灰过来，拌入泥浆砌墙！"

　　山庄已经先备了一批石灰应急，韩谦想着用石灰拌入泥浆砌灶墙能更牢固一些。

第四十七章
王族杨恩

当然，韩谦也没有将这里的事都交给赵庭儿，待范锡程带着人进山采石，他便将裘袍脱掉，找来一块直板，抠出一道槽子，注入水当成简单的水准仪使用。

这样他就能确保灶膛上口架铁算子不会出现倾斜，否则的话，受力不均匀最容易导致垮塌。

没有现成的铁算子，现场打造粗铁条，纵横交错地嵌入烧石灶的炉膛口作支撑，只要确保孔眼足够小，不让木炭、石灰石块漏下来就行。

而这些除了通风、控制火势外，还能让人观察到石灰焖烧的情况。

而待石灰烧成开灶时，只要让石灰从铁算子泄到下方的灶膛之中运出去，大灶就可以反复使用，不像土法造的烧石灶，需要整个扒开来才能运出石灰。

当然土法烧石灶堆起来也方便。

到将晚时，新的大灶就已经建成。

冯翊、孔熙荣嫌弃这些都是贱业，不会动手，但站在旁边看着也津津有味，时不时拿赵庭儿打趣，这么厮混了一天，也不觉得无趣。

刚入夜，范锡程也带着人用竹篓子背了二十多筐石灰石回来。

他看到齐身高的灶墙眼睛看着就异常平直，也无话可说；在他们回来之前，韩谦还让人用柴火将灶墙烘干待用。

柴火主要用麦秸秆，倒是随手可得，但烧石灶的最底层需要铺一层木炭作支撑。好在附近也有专门烧木炭运到城里贩卖的炭窑，直接派人过去购买就行，一车木炭千余斤，需要六七百钱，比普通柴火要贵出五六倍。

当夜就照着新法，将柴火及石灰石一层接一层铺入大灶，然后封灶焖烧。

夜里吃过饭，韩谦还是不大放心，又带着冯翊、孔熙荣他们跑下来看石灰窑的生产，五名烧窑匠也没敢懈怠，都还守在窑前。

只要大灶建得稳当，能不能烧出石灰，其实只要注意火候就行。

而且这时候能从灶口看到最下层的石灰石经过煅烧后，已经有少许烧成铁灰色的粉末从铁箅子上方撒落下来，取出一些掺水，看着哗哗作响，确是石灰无疑。

"大灶或许需要多烧两天，但此法能成是确信无疑的，你们明天再照样造三座大灶，青白石也要确保能供应上。"韩谦吩咐范锡程道。

郭奴儿等家兵子弟帮着砌灶墙，他们学得也快，范锡程回来后也找郭奴儿他们详细问过用线锤及加水木槽测平直的办法，说通透后真是一点都不复杂，但听韩谦要同时建四口大灶烧石灰，为难地说道："要将足够量的青白石背出山，怕是庄子里人手不够！"

"怎么不够？"韩谦奇怪地问道。

四口初步改造过的大灶，平均每天能烧出二十担石灰就顶天了。

这时候是农闲时节，佃农都歇着力，也愿意帮山庄做事换一家人三餐饱食。

而除了在匠坊帮忙助建大灶及储灰仓的人手，除了跟随范大黑、林海峥等家兵听从沈漾调遣、帮着安置染疫饥民的人手外，范锡程目前还能有十二三个壮劳力带进山背石头。

在韩谦看来，目前人手怎么都够用了。

范锡程却是苦涩，跟韩谦解释原因。

他们入山采石，手段又是相当地粗陋，主要是寻找那些风化酥脆的石灰岩，很容易用铁锤敲落下来，再用人拿竹篓子背下山。

当世人再能吃苦耐劳，钻入深山里，一天能背两三百斤石灰石下山就顶天了。

十多人进山，每天能背三四千斤石灰石就顶天了，但韩谦在溪湾地要造四口大灶，每天少说也要背七八千斤石灰石才够，差了一倍还多。

更不要说每天出二三十担石灰，还远不够军府所用。

"田庄上去，不就有青白石吗，要跑那么远干什么？"韩谦奇怪地问道。

"溪沟头的石层太坚硬，用上吃奶的劲，拿铁锤敲半天，都落不下几块碎石；用铁钎子，也敲不了几下，铁钎子就废掉，还得进山里找有开裂的青白石，更省事些。"范锡程不是没有考虑过就近采石，但他跟采石匠以及烧石匠都讨论过，要不是这边的青白石太硬，他们怎么可能舍近求远？

"唉！"

韩谦之前的心思都用在弥补之前荒废的时间，以及获取他父亲的信任上，这时候真正着手去做些事件，才知道当世的匠术手艺有多简陋。

韩谦不知道少府所辖、为皇家专司营造的大匠们水平怎么样，但民间的这些熟练匠工，水平实在不够看。

见这时候夜色已深，韩谦吩咐范锡程道："明早你让大家每人都准备好一捆柴火以及取水的木桶，在上沟头那边等着我——你们真是什么都要手把手教才行。"

范锡程一脸的羞愧。

"采石，你也会？"冯翊好奇地问道。

"再赌一枚合浦珠子？"韩谦问道。

"……"冯翊摇摇头。

从在临江侯府赌黑白投子起，他跟韩谦赌啥，好像都没有赢过。

输一枚金制钱，他还能不心疼，一枚龙眼大小的合浦珠值几十万钱，他平时随身就拿一两枚玩着，可不敢跟韩谦这么赌。

……

……

次日一早，韩谦睡到天光大亮，才懒洋洋起床，练过一趟石公拳再与冯翊、孔熙荣他们，在赵无忌、赵阔等家兵的护随下跑去后山。

范锡程早就带着十多壮劳力在那里候着。

积雪融化，山道泥泞，韩谦半道滑了一身泥，叫冯翊嘲笑了半天，这会儿到上沟头也不多说什么，让人将四周的杂草枯树清理掉，以免山火蔓延，清出一片采石地，将柴火覆到石灰石上点燃，柴尽即浇上冷水。

听着咔咔的崩裂声，一大片青白石表面破裂出许多纹路来……

"这是什么办法？"冯翊看了目瞪口呆，"你们一个个不学无术的蠢货，这么简单的办法都没有一个能想到？"

没有现成的山路，深一脚浅一脚的，韩谦刚上山就摔了一个狗吃屎，被冯翊嘲笑了半天，正窝着一肚子火，这会儿脾气自然就见长，对范锡程、赵阔他们也不客气，训问道：

"以后还有多少破事，要我手把手教你们才知道怎么省事、省力气？做什么事，要用脑子啊！"

范锡程、赵阔被骂得一脸惭愧，心想着以后能就近采石，即便还是用竹篓子背，沿着溪沟开辟出一条小道，一人一天跑十几个来回，十几个壮劳力，每天背三四万斤青白石都不成问题。

这时候下面传来人马践踏的喧哗之声，韩谦不知道发生了什么事情，过了片刻便见韩道勋以及沈漾在张潜、郭亮以及韩老山、林海峥、范大黑等人的陪同下，穿过树林往这边走来。

"父亲，大清早的，你怎么到山庄里来了？"韩谦问道。

"今日休沐，我在家也无事，便带着韩老山出城来透透气。"

即便《疫水疏》是韩道勋所书，他心里也极迫切地希望染疫饥民得到救济，但他并不愿介入夺嫡之争，自然也不愿意承认过来是想看看这边的准备情况，说道：

"刚到山庄前遇到沈大人、杨大人、郭将军，听说你带着人在这里采石，便一起过来看看。"

听父亲一说，韩谦才知道沈漾与郭亮身后还有一个四十来岁、长相干瘦的中年人身穿青色便服，也不知道到底是哪尊大神，一早跟沈漾、郭亮厮混在一起，只是上前见礼道："韩谦见过杨大人。"

"都说韩家七郎不学无术，没想到韩家七郎也知道这火焚水激之法啊！"青袍中年人看到前面一大片青白石表层已经破裂开来变得易采，颇为赞赏地说道。

尼玛，难道谁见面都要特意说一下他不学无术不成？

韩谦心里暗骂一声，但脸面上还是要装作一副乖巧的样子说道："汉帝刘邦行明修栈道、暗度陈仓之策，兵出蜀道虽然没有走褒斜谷，但褒斜谷的千里栈道还是有派人去修的，开凿石洞之法便是火焚水激，韩谦恰好听父亲教导过。"

"嗯！韩家家学真是不简单啊！"中年人朝韩道勋点头赞道，"一句话便知道你家公子知史、知兵策、知致用之学，我倒是好奇当初传你家公子不学无术，这话是谁传出来的啊。"

韩谦好奇地看了看冯翊、孔熙荣，想问他们这孙子是谁啊，跟他父亲说话也一副高高在上的样子，但看他身穿青色常服，为官品秩应该不高啊。

"下面那指挥众工匠造大灶的女娃，她所学得的测平直之法，也都是你所教？"中年人颇有兴趣地继续问韩谦，"你父亲与沈大人都是博览群书，也都不知道能这么造烧石大灶，你是从哪种书里看过的？"

"知古法而不知进取，乃时匠大弊也。"韩谦有些不耐烦地说道。

"混账家伙，你知道你眼前是谁，说这种大话？"韩道勋教训韩谦道。

中年人却是不介意，还很客气地朝韩谦拱拱手，自我介绍道："少府右校署材官杨恩，见过韩公子。"

"啊，杨大人，韩谦失言了。"韩谦吓了一跳，忙躬下腰还礼道。

少府右校署专司版筑等工造，右校署材官，说白了就是皇家工匠大头目。

虽然右校署材官可以说是当世匠术集大成者，但在匠造属于贱业的年代，地位绝对不会太显贵。

实权不实权另说，至少远不及韩道勋此时担任的秘书少监清贵。

不过当朝右校署材官却是一个极特殊的人担任，这个人就是天佑帝的族弟杨恩。

第四十八章

相　知

杨恩除了出身宗室外，从天佑帝出任淮南节度使时，出兵征战四方，几乎所有的营造之事，都是杨恩在负责，可以说是功劳不在浙东郡王李遇以及寿州节度使徐明珍等人之下的开国勋臣。

开国之后，杨恩曾官至工部尚书，封溧阳侯。

在润州一战后，他为请天佑帝开恩，放过与他往年交好的越王董昌的妻儿，与天佑帝怼过一回。

天佑帝最终下旨灭董昌其族，杨恩当廷就将官袍脱下，要挂靴而去。

最后还是一堆老友相劝，杨恩才跟天佑帝请罪，之后免去工部尚书之职，剥夺爵位，留在少府主持工造等事，但每有大朝会，都告病不朝，也是当朝唯一敢将天佑帝使臣关在门外不见的人，也坚决不接受天佑帝以后对他的重新封爵。

杨恩两个儿子与董昌所部的越州军战死于润州战场，其妻病亡后也没有续娶，几次将天佑帝赏赐的宫女送回宫中，平时喜欢骑头驴在城里闲逛，也不介意到晚红楼这样的欢场听个琴什么的。

韩谦真没想到沈漾竟然将他请过来帮忙参详屯营军府的营造，难怪一脸孤傲的郭亮，对沈漾都满脸的不恭顺，却在他面前跟条小哈巴狗似的啊！

真要说起来，他父亲以及沈漾，在杨恩面前都是小辈人物；即便太子、信王以及三皇子杨元溥看到杨恩也不得倨傲无礼啊。

当然，杨恩叫沈漾请过来帮忙，也不是说要卷入夺嫡之争。

一是杨恩连天佑帝都不理会，别人也不会认为他会卷入夺嫡之争；

再者就算杨恩此时随手帮临江侯这边的忙，此后太子那边得势，也没法能拿杨恩这么个人怎么样。

杨恩能洒脱，韩谦他们却没有这个资格，他也不妄自揣测杨恩怎么看待三皇子杨元溥。

杨恩问他石灰大灶的改建之法，他都是语焉不详，只说沈漾那边催逼得厉害，山庄里又没有多少人手可用，只能冒险尝试建大灶。

大灶第一炉石灰还在烧制中，但在杨恩这样的行家眼里，一眼就看出能不能成，还特地指导那几个守窑的烧石匠怎么看灰青白三色判断石灰烧制的进程，推测木炭要多加，而这等程度的大灶要焖烧三天两夜才够。

有杨恩指点，就省去韩谦他们许多的摸索工夫。

韩道勋不愿意卷入争嫡之事，沿途看过染疫饥民的情况，就留沈漾、杨恩以及郭亮等人在山庄里饮宴。

都虞候郭亮却是推说营中有事，就先行离开了。

屯营军府这边，再忙也不可能比沈漾更忙，看郭亮离去时眼睛里尽是嫌弃，韩谦心想别人对父亲有这样的误解才好，要不然人人都猜到屯营军府实是他父亲一力促成，这金陵城里怕是没有他父子的活路。

郭亮不满离去，冯翊、孔熙荣午前又被不怎么放心的冯文澜派人过来勒令回城去了，午时也就韩谦陪同沈漾、杨恩以及父亲在小厅里饮酒。

待酒菜都上齐，闲杂人等退走，杨恩突然端起一杯酒，说道："王积雄辞相，荐道勋入朝，说道勋有大才，前些天道勋在朝会时谏言驱赶饥民，我当时在翠华楼听曲，听说这事后还骂王积雄老糊涂，长了一双什么狗眼。现在看来，我要跟道勋你谢罪啊！请道勋原谅我这张破嘴在外面胡言乱语！"

看父亲激动得老眼都迸出泪花来，韩谦却头皮发麻，有些事果然还不可能混过眼睛毒辣的人啊！

韩道勋谏言驱赶饥民，事情被临江侯府这边接过来，最后没能讨好到太子一系，还落下一个谄媚太子、其心歹毒、欲害饥民的恶名。

虽然恶名是韩道勋主动求的，但平素颇有清誉的几个好友都刻意疏远，韩道勋心里并不好受。

杨恩这一杯酒敬过来，韩道勋内心激动实在是不难想象的。

喝过几杯酒，韩道勋、沈漾、杨恩三人不可避免地就要议论起当前的形势，韩谦听到这三个老愤青都赞同当朝顽疾不在嫡争，吓得赶忙转移话题，说道："杨大人难得出城，军府屯寨以及大堤要怎么造，沈漾先生可不能错过机会请教杨大人啊！"

韩谦就怕他父亲这时候心头涌起得逢知己的冲动后，就再也压制不下去。

"这个不忙，我现在清闲得很，得闲就出城一趟，也不是什么事，我手下还有几个大匠，明天就调过来给你们用。"杨恩却不忙着讨论屯寨跟大堤的营造之法，他的兴趣在另一方面，问道，"石灰是有疗疮去创灭杀虫豸之用，但你们怎么肯定石灰也能对付水蛊毒？"

韩谦才知道最大的破绽出在石灰上，只是很可惜山庄这边不出力，沈漾那边暂时难以抽调大量的人手烧制石灰。

"这是道勋兄写就的《疫水疏》，请杨大人一观。"沈漾从袖袍里拿出一封折子，递给杨恩。

韩谦只想找个铁锤狠狠地砸自己一下，没想到他老子让沈漾看《疫水疏》不算，还将《疫水疏》的原件直接交给沈漾！

要是沈漾将这封原件交给安宁宫，韩谦心想他站在安宁宫的立场，看到这封原件后，多半会派刺客，直接将他们爷俩给杀了。

"杨大人要是不嫌韩谦话多，韩谦一一解释给杨大人知道。"韩谦半道将《疫水疏》截过去，说道。

没有这封原件，安宁宫即便猜到他父子暗中助临江侯，只要不能确认他父子俩是这件事的主谋，对付他们的手段就有可能不会太激烈。

毕竟刺杀这种手段，要用也只能用在对方最关键的人物身上。

所以这封他父亲执笔所书的《疫水疏》，怎么都要毁掉的。

上次他默抄下来给信昌侯李普他们看的抄件，也是当场收回来事后毁掉，就是怕一旦安宁宫对临江侯这边动手，看到这些实证后，他恐怕连跪舔求饶的机会都没有！

见韩谦直接将《疫水疏》给截过去，杨恩也不觉得他此举太无礼，更没有想到韩谦动了那么多的心思，说道："你父子二人直接解释给我听，更好。"说这话，杨恩则是看向韩道勋，他觉得《疫水疏》乃韩道勋所写，自然是韩道勋更有资格解释给他听。

"谦儿对水蛊疫观察犹深，此疏有半数功劳是谦儿的。"韩道勋却是更希望韩谦以后能更得杨恩、沈漾二人的欣赏。

"哦！"杨恩诧异地朝韩谦看过来，示意他来解说。

"……"韩谦实在不想多说，但这时候又必须将三个老愤青的注意力吸引到具体而琐碎的技术性细节讨论中去，不仅将前朝医书对水蛊疫的观察综述了一遍，甚至更明确地指出水蛊疫就寄生在浅水螺类之上，种种措施主要就是控制疫源，除了大规模撒用石灰灭杀疫源，还需造大堤封挡湖水，屯田只能种旱地，要杜绝水田，沟渠要挖新覆旧……

"照你所说，确实值得一试，但湖滩多低洼地，即便造堤不为湖水所侵，但春夏多雨时季，到处都是积水，又怎么耕种旱田？"杨恩对营造之法太熟悉了，一眼就看出要害，直接问道。

"用垛田法造旱地！"韩谦说道。

"垛田法？"杨恩听着这词太陌生，疑惑地问道。

"将一块低洼地的四周浅沟挖成深塘，塘泥就能将中间的低洼地垫高，仿佛草垛。"韩谦解释道，"深塘难蓄蛊毒，这从城中没有多少疫病散播一事便可验证。"

"海州那边有人用此法造田，我倒不知道原来叫垛田法，听着真是形象。"杨恩笑着跟韩道勋说道，"你家公子还真是博学广识啊，要是能到地方锤炼几年，他日入朝，与你一样，必成国家栋梁啊！"

杨恩的本意还是不愿意韩道勋、韩谦卷入争嫡之事的。

韩谦心里其实特别期待杨恩能找天佑帝，推荐他父亲出仕地方，远离金陵是非之地。

而到地方上，他父亲即便要行新政，触动的也只是一方豪族，到时候天佑帝说不定心里也愿意拿某个州县做试验而给予强力的支持呢。

只是想到杨恩这些年跟天佑帝的别扭劲，自然暂时没有办法在杨恩这里打这个主意。

不过，沈漾、韩道勋与杨恩三人还是被韩谦成功地将注意力转移到具体技术性细节的探讨中去。

只是父亲跟沈漾、杨恩讨论时间太久，韩谦又患得患失起来，心想这三个老愤青厮混在一起的时间太长，让安宁宫知道也会起疑心啊。

好在日头偏西时，范锡程过来禀告新的三口烧石大灶已经建成。

第四十九章

慷 慨

大规模产出石灰，是控制疫源的第一要务，沈漾、杨恩、韩道勋都关心，便与韩谦一起去看三口大灶建得如何。

昨夜所造的大灶，青白石煅烧已经快有一天一夜，膛底也积了大量铁灰色石灰，拿长铁钎子去捅，中层石头所烧的火候还不够，但新灶确实可行是无疑的，甚至可以造得更大。

毕竟四口大灶，平均下来一天能出二十担石灰就顶多了，但要处理人畜便溺、控制疫源，每天少不得要用上百担的石灰才够。

其他不说，三四万人，分二十五屯，每座屯寨有一千四五百人，要处置这些人每日产生的便溺污物，得要多少担石灰才够？

"韩谦，你在这边建大灶，每出一担石灰，军府那边都以市价收之。"沈漾说道。

"石灰用得越多越好，但军府财力有限，此事用多，则他事用少。"韩道勋心思在饥民身上，问范锡程，"这边四口大灶，建成后每天能出二十担石灰，你估算要用多少力工？"

韩谦急得直想跺脚，安置染疫饥民，前期都是信昌侯府拿钱物投入，难得有机会在这件事能狠狠地宰李普、李冲父子一刀，怎么能心慈手软啊？

见家主问话，范锡程不顾韩谦使劲地递眼色，贼老实地回道："照少主所授之法，烧石匠一人计三个力工，总计也只需要三十个力工就够——一个力工每天给三升粮。"

"三十个力工就够啊，那就算计一百升粮，产二十担石灰，每担石灰作价五升粮就够了。"韩道勋说道。

听他爹这话，韩谦便心痛得泣血。

每担石灰市价二十升米，他爹韩道勋慷慨劲一来，张口就将山庄所出的石灰直接削减到市价的四分之一供给屯营军府。

而且他还不能宣扬，还得保密，不能让安宁宫那边知道这边在拼命倒贴龙雀军的屯营军府，这他妈的多委屈啊！

你们这是破坏市场搞恶性竞争啊！

不过，韩谦也明白，父亲为安置这些饥民，不惜背负恶名，绝对不会坐看他从饥民身上渔利的，有苦也只能自己咽进肚子里去。

"如此甚好，石灰越用多越好，每年少不得要用七八万担，要是市价，专为一事就要用近两万石粮，确实会很吃力。"沈漾说道。

朝廷正式拨给龙雀军的军资，每年只相当于抵三四万石粮，压根儿不够消耗，所缺都需要龙雀军自筹。

理论上是要依赖屯营这边补充，但现在屯营这边才是最大的无底洞。

要是在采购石灰之事就要用掉两万石粮，一是反对声音会很大；二是沈漾作为长史，龙雀军的大总管，实在也很难额外挤出这么多的钱粮来。

这一部分能压缩到每年五千石粮，就好办多了。

沈漾与韩道勋商议好这事，也没有想着要问一下韩谦的意见。

韩谦心灰意冷地跟范锡程说道："办法是杨大人指示过的，不会有问题，你多雇些人手采石、烧石，终归要千方百计每天给沈漾送两百担石灰过去。"

韩谦原本还想着烧石灶是不是有进一步改进的空间，但现在想到真要有进一步改进，他父亲多半又会慷他人之慨，那还不如保持现状，能少吸引一点注意力。

……

……

韩道勋并无意卷入争嫡之事，他的心思主要在染疫饥民身上。

看到沈漾在这里主事，又将右校署材官杨恩请过来，他傍晚就回城去，也不在山庄这边久留，以免安宁宫及太子那边看出破绽来，横生枝节。

也许是看到韩谦他人就在山庄这边，而韩家三四十家兵子弟又整日听从沈漾的调遣跟染疫饥民混在一起，判断韩谦对《疫水疏》、对控制疫源传染有着绝对的自信，信昌侯府所出的物资以及推荐的仓曹、兵曹、工曹参军等职很快陆续到位。

而每有大量的物资运送过来，李冲以及信昌侯长子李知诰、柴建等人，也会轮流登场，代表三皇子杨元溥向染疫饥民宣示恩惠……

韩谦留在山庄"养病"，除了继续扩建石灰窑外，还有就是家兵子弟在协助沈漾救济染疫饥民时遇到问题，他虽然不会整天泡在军府公所，但也都会想办法指导解决。

这也算是手把手地教导郭奴儿、林宗靖等家兵子弟，怎么去处理实际所遇到的种种问题。

当然，这也太零碎、太不成体系了，很难短时间内就让这些家兵子弟具备他所需要的侦察及反侦察能力。

韩谦便趁着"养病"的空闲，一边教导赵庭儿、赵无忌及这些家兵子弟，一边编写一些东西。

他缺乏实际的经验，所能翻阅到的书籍，言语又极其简略，没有图例，缺乏细节，他便将范锡程等家兵喊到跟前来，仔细询问。

范锡程他们没有特别深的学识，让他们去教导家兵子弟，也仅局限于拳脚骑射以及最基本的阵列排布，但他们作为军中悍卒，韩谦真要深度去挖掘，便会发现他们还是拥有很多细节方面的技能。

只是连老辣如范锡程，都没有想过简单包扎、土药、藏匿兵刃、绑绳结、察言观色甚至对敌我兵服、兵械的区别判断，这些事统统都算是技能。

韩谦自己也是一边摸索、总结，一边教导家兵子弟，而屯营军府这边也算是循序渐进地走上正轨。

郭荣、陈德等人不知道《疫水疏》的存在，对疫病自然还是畏之如虎，怎么都不肯到桃坞集来，这也使得桃坞集发生的事，短时间内不会传出去，至少不会传到安宁宫及太子的耳朵里去。

水蛊疫目前只能控制，还是无法有效治疗，但大部分水蛊疫患者，虽然之前表现出比较严重的染疫症状，但主要还是营养不良，得到救济之后，再辅以药物调养，症状就得到缓解，恢复一定的劳作能力。

沈漾主要驱使这些人，不分男女老少，在修建屯寨屋舍之余，还征调上万人沿着赤山湖北岸修筑大堤，同时又开挖新的沟塘，以便能赶在开春之时，开垦一批旱田出来种上作物。

而症状严重，已经出现腹水、差不多已经算是疫病晚期的染疫饥民，差不多占到两成左右，这些人吃饱食，身体也是相当地虚弱，主要用于处置便溺污物等事。

信昌侯府那边即便在这大半月里输入大量的钱粮物资，但犹是不足。

兼之长期忍受饥荒、营养严重不良以及长期疫病折磨，寒流南侵之时，最初集中安置过来的染疫饥民死亡率也是高得恐怖，几乎每天都有几十人甚至上百人病死。

病死者一律火化，这没有什么好疑问的。

好在这个状况持续到大半个月，就慢慢改观过来，即便每天还有十三四人病逝，死亡率也算是极高，但主要也是体质极度虚弱的人无法熬过寒冬，也没有最初大半个月时那么恐怖。

这时候屯营军府也算是渐渐有了一些模样。

有相当一部分染疫饥民的家人，他们身体除了因为长期饥饿而面黄肌瘦外，身体大体是健康的，他们也被收编到屯营军府之中，人数差不多占到饥民总数的四成。

在沈漾亲自主持下对疫源进行严格的控制，近一个月，这些人里出现明显疫病症状的，仅有十七人。而这十七人极可能都是进入屯营之前染上疫病，只是到屯营之后症状才显现出来。

这充分说明遵循《疫水疏》，对疫源进行严格控制，是确切有效的。

腊月二十四日，年关将至，李冲与长兄李知诰及姐夫柴建等人再次率部驰入屯营，运来一批肉食，这是要给此时已经正式算是龙雀军屯营兵户的饥民，过一个有肉食的丰盛年节。

虽说要从事繁重的劳作，编训之事也迫不及待地展开，但三四万饥民从随时都会倒毙道侧的境遇中彻底摆脱出来，内心深处也对解救他们的恩主三皇子及信昌侯府充满感激之情。

李冲、李知诰、柴建等人代表三皇子杨元溥慰问过兵户后，与沈漾、郭亮、张潜等人说过一会儿事情，又驱马进入秋湖山别院。

韩谦拥裘而卧，继续装病，在卧房见了李冲、李知诰、柴建三人。

韩谦的信息源太有限，也是最近才知道李知诰其实是信昌侯李普的部将之子，据冯翊说，李知诰年幼时其父在战场为保护李普而死，李普之后将李知诰过继到膝下收养。

而除了李冲之外，李普嫡长子战死沙场，此外还有一个年仅十三岁的幼子，留在李氏祖籍所在的洪州寄养。

李知诰此时年逾三十，而柴建的年纪要更大一些，在大楚开国之前，他们就随李遇、李普等人征战沙场，身上透露出血杀之气。

天佑帝将李遇调入朝中担任枢密副使之后，李普及大将张蟓等人都交出兵权，随李遇归朝任事。

李知诰、柴建等李家的子婿也随后离开楚州军，调入州县任武职，主要也是负责地方上的治安缉盗，再也指挥不了真正的精锐兵马上战场冲锋陷阵。

也是这次天佑帝意欲用信昌侯府的人手，将龙雀军的框架支撑起来，李知诰、柴建等人才得以重新到军中担任都虞候等中高级将职。

说实话，李知诰、柴建最初心里是极度抵制的，即便看过《疫水疏》也不当一回事，不以为数代医官都没有办法解决的难题，秘书少监韩道勋就真有解决之策。

然而近一个月，他们能随时掌握着屯营军府这边的情况发展，确切相信疫病是有效控制住了，才算是后知后觉地真正认识到《疫水疏》的威力。

屯营军府共编兵户一万两千五百户，这近一个月因疫病严重死绝户上千，尚余一万一千四百余户，共编屯卒及家小三万四千余人，其中十五到五十岁的男丁一万三千余人。

这一万三千余男丁里，疫病严重、体质极度虚弱形如废物者有两千人左右；染疫但能驱使劳作者六千人，但没有疫病者还是有五千余人。

而看这边的疫源控制情况，不用担心这五千人会传染疫病，也已经着手进行初步的编训。

在此之前，他们在金陵仅有四五百人手可用，一旦天佑帝压制不住安宁宫蠢蠢欲动的野心，他们及临江侯将处于随时会覆灭的危险边缘，虽然所编五千余人，战斗力还远不足期待，但形势相比较一个月前，已经改善太多。

而这一切，皆得益于一封《疫水疏》。

因此不要说被韩谦指着鼻子骂蠢货了，就算是被韩谦在头上撒过几泡尿，李冲也只能捏着鼻子，隔三岔五地跑过来探望"生病"的韩谦。

李知诰、柴建以往没有跟韩谦直接打过交道，然而即便是捆绑到一棵树上的蚂蚱，韩谦不贴过去，他们也自恃身份不可能贴到韩谦跟前来。

不过，临江侯府明日设宴，三皇子杨元溥发了脾气，说韩谦再不出现，就要亲自到秋湖山别院来请，他们怕李冲请不动"生病"的韩谦，也只能硬着头皮一起过来……

第五十章
互为一体

　　"这十枚明珠，乃是陛下赏赐给世妃的。世妃说她留在身边也没有用处，知道你这次厥功甚大，差不多也快到婚娶年纪了，要是看上谁家小姐，或许是能派上用场，便派我等将这十枚明珠赐给你。"

　　信昌侯养子李知诰气度沉稳，待韩谦将无关人等遣开，便从怀里取出一只锦囊，将其中所装的十枚合浦珠递给拥裘而卧的韩谦。

　　世妃一直不得宠，还是三皇子杨元溥真正进入天佑帝的选嫡视野之后，世妃所得的赏赐才多了一些，但到现在加起来也没有过上几天好日子，能一下子拿出十枚合浦珠已经是相当不易。

　　论功厚赐是一方面，更重要的此举实是世妃王夫人为之前的猜忌、排斥，对韩谦低头认错。

　　李冲心里嫉恨，但也没有办法。

　　谁有本事像韩谦这般，能让风雨飘摇、受安宁宫奴婢控制不得自由的三皇子，在短短三四个月内就成为手握五六千兵马的军主，谁就有资格逼得世妃王夫人低头认错。

　　虽然为了这五六千兵马，信昌侯府短短一个月内拿出两万多石粮食以及其他大量的物资，而在屯田见效之前，信昌侯府以及晚红楼每个月还要贴进去大量的钱粮，这些才是龙雀军得以成立的根本基础，但李冲也不得不承认，没有《疫水疏》，特别是没有韩谦、韩道勋先抑后扬的妙计，信昌侯府及晚红楼掌握再多的钱物，也不可能在这么短的时间内，将形势改观到这一步。

　　"我这副病躯，谈什么婚娶啊？还有啊，屯营军府月初从山庄借走一百多石米还有铁炭等物资，石灰还欠了十多天的账没有结，这都到年关了，下面的家兵、奴婢都巴望赏赐，我每想到这个，病就更重了。"韩谦不忘呻吟两声，心里想这一个月产出五千担石灰，以仅四分之一市价售给屯营军府，仅这一笔他就亏了一百饼金子。

这十枚龙眼大的合浦珠，勉强能抵得上一百饼金子。

算起来，世妃那边也没有给他什么赏赐啊！

仓曹参军是信昌侯府的人，掌握军府的钱粮，此人又不知道韩谦的真正身份，即便账目都是沈漾认可的，到仓曹参军这边也是被拖欠下来，等着韩谦这边派人去孝敬——韩谦心想都已经是年尾了，这账目得先清一清，他才有余力做其他的事情。

没想到韩谦躺在病床上不忘讨债，李知诰、柴建真是哭笑不得，只好承诺道："只要韩公子身体无恙，我们回城路过会记得将这事给催办了。"

信昌侯李普不便直接出面助三皇子杨元溥掌军，出任龙雀军第一都虞候的信昌侯养子李知诰才是真正的统军；而陈德身为副统军，只是摆到明面上的架子货而已。

"韩公子要还是病重到没办法参加明天的宴会，殿下或许会亲自到山庄来探望，相信韩公子也不想惊动殿下吧？"过来后都没有怎么吭声的柴建，这时候声音沙哑地说道。

听柴建的声音，韩谦微微一惊，没想到当天在信昌侯府别院脸戴青铜面具、为黑纱妇人守住密道的剑士，就是信昌侯李普的次女婿柴建。

信昌侯府跟晚红楼彼此共生依存的关系，要比他想象的还要密切啊！

又或者说，信昌侯李普一开始就是晚红楼的人，只是这些年随着天佑帝南征北战，地位才渐渐显赫起来——又或许说，信昌侯李普这些年能建功立业，也离不开晚红楼的暗中扶持？

韩谦没有理会柴建语带威胁，禁不住又看了李知诰一眼，心里想，这个李知诰真是李普部将之子这么简单？

韩谦现在千方百计要做的主要还是尽可能不引起安宁宫及太子一系的注意，自然也不想闹到三皇子杨元溥真上门来请的地步，顺水推舟说道：

"养病这些天，荒废了不少课业，身体也跟生锈似的，也该起来活动活动。哦，对了，明天殿下饮宴，可以请姚姑娘舞上一曲助兴啊！"

"韩公子有这个雅好，我们回去也会记得说的；姚姑娘要不愿意，我们便没有办法保证了。"柴建不动声色地说道。

"这个好说，即便是陛下下旨，还有一个'将在外君命有所不受'的说法呢？这年头，谁能强迫谁干活啊？"韩谦笑着说道。

李知诰微微蹙眉，韩谦这么说自然是要求以后姚惜水都要屈居他之下，连同李冲都不得再对他指手画脚，要不然的话，即便明天强迫韩谦赴宴，以后也不要想韩谦再献一计一策。

柴建、李冲都有些恼火，闭口不说。

李知诰说道："二弟跟惜水以往行事是有些鲁莽，知诰代他们跟韩公子赔礼道歉。明天倘若能请得动姚姑娘，少不得会请姚姑娘舞一曲助兴……"

姚惜水要么明天不到临江侯府，要不然她以晚红楼歌舞伎的身份到临江侯府，不献艺怎么可能瞒人耳目。

李知诰倒是不怕韩谦恃才而傲，还是想着尽量想办法，平息掉彼此心里的怨气，不要坏事才好。

李知诰能这么说，韩谦倒是要高看他一眼。

……

……

月如银钩，悬挂飞檐。

楼中灯火昏暗，木地板上铺洒几许淡淡的枝叶疏影。

"惜水所事贱业，歌舞以佐酒兴，也是本分，没有什么不可。"姚惜水坐案前，听柴建带回来的信，也没有表现出什么恼怒，只是淡然说道，"然而韩谦此人，千方百计地践踏殿下对我等的信任，殿下年纪尚小，不识人心，此时已不可避免受其影响，将来更难说不会被其操纵。"

虽然说韩谦是她选中的目标，最初也是她主张留下此人或有用处，此时也证明韩谦非但有用处，而且用处之大，远远超乎他们最初的预期，但此时的姚惜水却感觉韩谦更像一条蛰伏在草丛深处的毒蛇，稍有不慎，晚红楼也会被其狠狠地咬上一口。

而韩谦几次毫无顾忌地羞辱她与李冲，在别人眼里或许是韩谦性情乖戾、恃才倨傲，但姚惜水怎么看都觉得是韩谦有意为之。

用意就是削弱对他们这边的信任，以便他能对三皇子杨元溥拥有更强的影响力。

包括今日三皇子杨元溥逼迫李知诰、李冲、柴建去请韩谦赴宴，都说明韩谦的意图正发挥作用。

"此子急于挣脱晚红楼的控制，此时不防，或成大害。"柴建此时正式调到龙雀军任职，可以在金陵城抛头露面，但在晚红楼还是习惯戴着青铜面具，似乎这狰狞的面具才是他真正的面目。

他也觉得韩谦是一个极度危险的人物，而且这么个人物，还正急欲挣脱晚红楼的控制。

"韩谦此子恃才争宠是有的，但正是其急切，这或许才是真性情使然。要不然的话，以其聪明才智，不会不知道假示恭顺、阴藏其谋的道理。"李知诰回城后换了便装，却也显得气度儒雅，颇为随意横坐案前，说道。

李知诰倒不是洞察力差于他人，而且他压根儿就想不明白韩谦为何如此急切，他能想到的解释就是韩谦此子心高气傲，兼之对姚惜水毒杀他一事，还心存怨恨。

不过，在李知诰看来，对韩谦这么一个人，他心存怨恨也是事出有因，不能因为这个，就弃之不用。

信昌侯李普看了黑纱妇人一眼，也禁不住有些苦笑地说道："这类人有些臭脾气，也真是叫人头痛啊！"

看李知诰、李普的态度，还是要继续纵容韩谦猖獗下去，姚惜水忍不住又说道："真有其才者，乃其父韩道勋；韩谦所具有的，不过是一些阴柔的小心思。"

在姚惜水看来，韩谦自幼就寄在心怀叵测的二伯韩道昌膝前收养，从小就养成的心思阴柔、心机阴沉是必然的，但不会觉得他真有什么干才。

"韩道勋才具高洁，不会轻易为我们所用，这才更要留下韩谦。"

李知诰说道。

韩道勋在楚州、广陵任官素有清誉，王积雄辞相前荐韩道勋入朝，对他们来说都不是什么秘密，但李知诰此前也没有接触过韩道勋，心想此人盛名之下，或许其实难副。

事实上，信昌侯李普等人都没有怎么重视韩道勋。

这次看到《疫水疏》竟然能发挥这么大的作用，虽然李知诰不怎么赞同韩道勋这种为促成此事对饥民有利，而完全不在乎自己名利的行为，但也恰恰如此，令他更钦佩其人性情。

李知诰不觉得韩道勋是哪方势力能轻易拉拢的，这也更需要留下韩谦为他们所用。

第五十一章
爷　孙

过了腊月二十五，官员们都可以不用到官署应卯而在家里准备着过年节；即便有些得到恩赐的，进宫议事也多是跟天佑帝叙叙旧情、畅谈往来，或再领些赏赐回来。

要没有什么特别的突发事件，到元宵节之前，都是官员们一年中最长的一次休沐；当然官员间的应酬往来也在这时达到顶峰。

自天佑八年在寿州击退大举南侵的梁军之后，这几年梁晋两国在青州、魏州等地争夺得厉害，使得占据江淮的楚国已经有几年没有什么大的战事，国库也没有前几年那么紧张。

腊月二十五日这天，陛下还在天佑十二年最后一次大朝会上拟旨减免几项杂捐，以示与民养息之意。

天色未晚，但城里大大小小的宅府，就迫不及待地张灯结彩起来，丝竹之声也早早不绝如缕起来，似乎都在充分地展示大楚已经进入一个歌舞升平的时代。

韩谦拖拖拉拉到将晚时分才进城，他在赵阔、赵无忌、林海峥、范大黑的簇拥下，径直往临江侯府赴宴去。

暮色四合，阴沉苍穹又有雪花飘落下来。

韩谦驰马进城，出了一身汗，这时候让冷风一吹，脸面如受刀割，抬头看了看天，心想雪后再寒几天，天气应该就要回暖了。

赶到临江侯府前，看到侯府的几名侍卫，正将一名衣衫褴褛的老汉跟一名瘦骨嶙峋的少年拖到旁边的巷子里，韩谦还以为是驱赶乞讨者，听着巷子里传来拳打脚踢声时掺杂着一丝哀号，心里还觉得奇怪，暗想侯府的侍卫即便心情暴躁，看到府门前乞讨者驱赶掉就可以，何至于拉到巷子里痛殴一顿。

韩谦迟疑地等了一会儿，等几名侍卫回来，还有一人正拿白汗巾将手上的血迹擦掉，问道："那老汉是什么人？"

"赵仓家的老汉，这几天不知怎的带了一个半大小子，爷孙跑进城来喊冤，纠缠个没完。"那侍卫浑不在意地说道。

韩谦乍听赵仓这个名字耳熟，抬脚跨进大门，猛然想到这人就是被沈鹤、郭荣判定与青衣内侍赵顺德合谋刺杀三殿下而失手的那名侍卫。

韩谦这才想起来，在三皇子杨元溥拙劣的"行刺"事件后，临江侯府内似乎都没有一个人关心那名纯粹无辜、因为佩刃被三皇子杨元溥偷走才被牵连行刺案的侍卫，在被沈鹤带到宫中交差后的命运到底如何。

他也没有。

这个叫赵仓的侍卫，似乎仅仅是一个道具，已然被遗忘在角落里，没有人去关心他是否支离破碎，没有人关心他还有妻儿老小。

韩谦身形怔怔地定在那里，转头看了一眼，就见在昏暗的街下，那老汉满脸是血地要爬出来，但看几个如狼似虎的侍卫还站在大门前，又惊畏地被那个瘦弱的少年拉回到巷子里。

韩谦待要硬着头皮迈脚走进去，又猛然顿住脚，吩咐那几个侍卫道："你们将那两人拉过来。"

韩谦现在不仅是三皇子杨元溥身边的陪读，同时也是侯府兼龙雀将军府的从事，即便没有几人知道他才是三皇子杨元溥真正的嫡系，吩咐这点小事，下面的侍卫也不会忤逆他的意愿，当下就将那老汉及少年拖过来。

这时候一辆朴实无华的马车碾轧着石板路驶过来，停在侯府大门前，就见车帘子掀开一角露出姚惜水一张清媚的脸容，饶有兴致地看着侯府大门前所发生的一切。

韩谦瞥了坐在马车里的姚惜水一眼，没有理会她，直接将那个被打得皮开肉绽的老汉拉过去，从他身上搜出照身帖，直接撕成粉碎。

不要说身边的赵无忌、林海峥等人了，几名侯府侍卫看了都有些傻眼，只是死死按住那老汉以及眼里充满仇恨的少年，不让他们冒犯到韩谦韩公子。

没有证明身份的照身帖，就是流民——城外的流民、饥民还有很多，没有照身帖倒不是会被当成间谍奸细抓起来，但也不要想再进城。

韩谦将撕成碎片的照身帖随手抛撒出去，仿佛与雪花融为一体，又对身后的范大黑、林海峥说道："你们俩人，将这两个碍眼的家伙赶出城去，大过年的，省得看到晦气。"

范大黑、林海峥于心不忍，但说来奇怪，他们不知道什么时候开始，已经不敢忤逆少主韩谦的威势，只得硬着头皮重新从拴马石上解开马，将老汉、少年两人都揪到马背上，趁着现在城门还没有关闭，扬鞭出城去。

这时候姚惜水，身后还有两名晚红楼的丫鬟，捧着一堆箱匣；两名车夫则是安静地坐在马车上，等着这边事了再送姚惜水回晚红楼去。

韩谦身为皇子陪读、侯府从事，赵阔、赵无忌身为韩家的家兵，也早就在侯府这边登记注册过，所以来去自由，也可以携带刀弓入内。

姚惜水作为受邀过来献艺的舞姬，特别是发生行刺事件之后，想进侯府就没有那么容易了。

虽然侯府有陛下赏赐的八名乐工，但姚惜水还带了一部古琴以及剑舞所需的剑器，这些都需要交出来查验。

而且剑器要先交给侯府的人保管，等到需要用时才会交回到姚惜水手里。

韩谦也没有权力吩咐侍卫直接省过这个环节，只是颇有兴趣地看着侯府里的侍女过来给姚惜水搜身。

姚惜水披着雪白的裘袍，解开裘袍，内穿的裙裳则比较单薄，侯府侍女给姚惜水搜身时，还是能看到她高挑的身姿颇为有料，令韩谦想起那日在晚红楼跟这小泼妇扭抱在一起的情形。

当时急着脱离这小泼妇的魔掌，倒是没有想到要细细感受那惊人的触感，这时候再回想，印象就很是模糊了。

"韩大人好狠的心啊，这大寒天将人家的照身帖撕成粉碎赶出城，就不怕这大寒夜的，天地间再多出两个冻死的冤魂？"姚惜水妙目盯着韩谦的眼睛，嫣然笑着问道。

"姚姑娘今夜的舞姿，定然惊天地泣鬼神，怎么能让两个肮脏货色惊扰到呢？"韩谦双手拢到宽大的袍袖之中，淡然地盯着姚惜水。

虽然姚惜水今天会献舞不出韩谦的意料，但姚惜水如此平静地出现，却叫韩谦觉得这小泼妇不简单。

三皇子杨元溥之前对他的数次反复，可以说都是受李冲等人影响导致。

虽然三皇子杨元溥内心也未必喜欢他恃怨而傲、恃才而傲的态度，但心里会更厌恨李冲等人对他的误导。

他以后在三皇子杨元溥面前只要能稍稍收敛一些，但继续时不时地在暗中挑衅一下李冲等人，使他们对自己的怨恨不减，只会彻底灭掉三皇子杨元溥对他们的信任。

只是没想到姚惜水今夜出现了，却没有表现出他想要的反应，真是无趣啊。

姚惜水美眸往远街投望了一眼，这一会儿工夫，马踪声已经杳然，人迹马影没入夜色之中看不见了。

"韩大人先请。"姚惜水不动声色地请韩谦先行。

韩谦身为侯府从事，虽然是不入流的佐吏，却算是有实缺官身了，姚惜水身在乐籍，自然是要以"大人"相唤，身居其后的。

临江侯府之内，到处都是安宁宫及太子的耳目，三皇子杨元溥待韩谦也不会太热切，但姚惜水跟随韩谦之后，看到站在前院垂花门之后的杨元溥望韩谦时眼神灼灼发亮，心里暗暗一叹，退到偏院准备献艺事宜时，低声吩咐随行的一名丫鬟："你即刻出城去，找到那个被韩谦逐出城去的老汉跟少女，接到秋雨阁安顿下来。这事就莫要惊动夫人了。"

"那少年是女扮男装？"丫鬟惊讶地小声问道。

"韩谦是个瞎子，你也眼瞎了？"姚惜水瞥了丫鬟一眼，让她赶紧出城去办事，不要等城门关闭了，再想出城就要费太多手脚了。

……

……

沈漾、郭荣、陈德、李冲、李知诰、柴建、郭亮、张潜、冯翊、孔熙荣、韩谦等名义上都隶属于临江侯府及龙雀将军府的将领、官吏陆续到齐后，晚宴就正式开始；女官宋莘侍于一侧，指挥内侍、宫女伺候着众人饮宴，又安排乐工、歌舞伎逐一登场献艺。

不管众人平时是如何地心怀鬼胎，十几杯酒下肚，场面气氛也渐渐热烈起来。

姚惜水压轴出场，换了一身长水袖的五彩裙裳，款款而出，容色惊艳，顿时将侯府所养那几名姿色还算很不错的乐伎给比了下去，手持一柄无刃的短剑，脚着丝履，执剑缓缓而舞。

韩谦在宣州时，就听说姚惜水在晚红楼以剑舞闻名，名列六魁之一，却一直都没有机会观赏，此时见姚惜水执剑以一种缓慢的身姿舒展，端的是美到极致。

"你看中的小娘皮还真是美极，你看她这屁股，绷得真他娘的圆啊，掐一下指定出一溜水来！"冯翊喝过酒，醉醺醺地坐到韩谦身边，肆无忌惮地对着姚惜水评头论足。

冯翊是想小声跟韩谦交流，但他喝过酒，舌头有些大，控制不住声音，韩谦相信坐在他们对面的郭亮、张潜都能听见，偏偏在他们眼前的姚惜水如若未觉，心想这小泼妇对别人脾气倒好。

"剑舞有缓有疾，奴婢还学过一种泼洒剑舞，其剑甚疾，特地献给殿下一观。"姚惜水收住慢舞，跪拜在庭前说道。

"好！"杨元溥说道。

陈德还色眯眯地盯着姚惜水看；郭荣示意两名侍卫站到三皇子杨元溥跟前去，看剑舞可以，但也不能忽视安全。

姚惜水换了一把剑器，款款走到韩谦与冯翊跟前；韩谦也不得不承认，盛装之下的姚惜水，确实撩人得很。

看了韩谦一眼，姚惜水问冯翊道："奴婢可请冯大人执此鞘！"

"好好好！冯翊骨头轻了二两地说道，似乎完全忘了姚惜水是韩谦先看上的姑娘，接过剑鞘，照姚惜水所言朝天而立。

姚惜水身形往后一缩，其形快如魅影，剑光便似大雪纷洒而出，盈溢于庭。

韩谦这段时间刻苦练习刀弓，受梦境影响极深，彻底摒弃花拳绣腿，全面往实战技巧倾斜，但这时候也不得不承认姚惜水的泼洒剑舞，当真可以称得上绝妙，暗感前朝诗人称剑舞大家"舞姿矫健而奇妙，耀如羿射九日落，矫如群帝骖龙翔，来如雷霆收震怒，罢如江海凝清光"等诗句，完全可以用在姚惜水的身上。

越是如此，韩谦越是为那天扭抱姚惜水之事感到后怕，真是好险好险，稍一失手，他还不知道要被这小泼妇怎么羞辱折磨呢。

冯翊更是看得目瞪口呆，最后见姚惜水手中短剑脱身去，仿佛一道白色匹练飞入空中数十丈，转折而下，剑光如闪电掣来，"哐当"一声，在冯翊没有反应过来之前，短剑已经没入他所持的剑鞘之中。

冯翊吓了一身冷汗，一屁股坐在地上，听着别人掌声如雷，他半天没有回过神来。

第五十二章

夜 聚

饮宴过后，照例皆有赏赐。

此前一次赏赐，赏沈漾、郭荣、韩谦等人侍候三皇子有功，乃是宫中给赏。

而这次三皇子正式开府，即便郭荣、沈漾等职缺皆是官授，名义上也属于三皇子杨元溥的幕僚部属，这一次的赏赐自然是以三皇子杨元溥的名义进行，以示恩赏。

郭荣、沈漾、陈德三人，乃是统军级僚属，赏赐最厚。

郭亮、李知诰、柴建等人乃都虞候一级，赏赐次之；李冲以及内宫宋莘以及侯府副监、侍卫营副指挥等，职居要位，也与之类同。

韩谦、冯翊、孔熙荣以及诸曹参军、从事等，赏赐又要差一等。

当然了，韩谦昨日已经单独得到最丰厚的赏赐，十枚合浦珠价值百万，却也不在乎今日几匹绫绢。只是看今天得赏的这几匹绫绢，还能看到宫中残留下来的戳印，韩谦看得出这应该是杨元溥刚刚得到天佑帝或世妃王夫人的赠赏，匆匆除去戳印转赏给他们的。

然而这也能看得出三皇子杨元溥的手头窘迫。

杨元溥出宫就府，封临江侯食邑三千户，没有实封，朝中直接拨给食邑钱，每年粮三千石、布帛三千匹，再加上逢年过节天佑帝的赏赐，统共一年能有上千万钱的收入。

侍卫营以及内侍省所属的内宫饷俸都不需要临江侯府供给，杨元溥想要生活得奢靡一些，还是绰绰有余的，但远不足以培植势力。

其他不说，仅龙雀军的屯营军府，少说就要贴进相当于二十万石粮的钱物进去，才有可能持续维系下去，但也仅仅是勉强维系。

毕竟屯营军府收编的老弱病残太多了，三五年内，隔绝疫源的工作不能有丝毫的松懈，就需要源源不断地投入大量的钱物跟人力。

此外，即便是在赤山湖北岸筑堤，将湖滩地都充分开垦利用起来，最终屯营能得十万亩地就顶多了，而且必须开垦收成要比水田低一大堆的旱田，每年所得的收成，预计也只能勉强供屯户食用，没有办法反哺龙雀军的军资需求。

而龙雀军数以千计的兵甲战械骡马，以及将卒的补给、军功赏赐等靡费，仅仅朝中每年拨两千万钱是远远不够的。

韩谦相信晚红楼及信昌侯府财力雄厚，但也不觉得他们的财力再雄厚，就真能将一支精锐兵马支撑起来。

今日，在李知诰的催促下，军府仓曹总算是将钱粮账目跟山庄结清了，但韩谦今日在山庄里，将要给家兵奴婢以及烧窑匠工的年底赏钱拨除出来，发现盈余除了世妃刚刚赏给的十枚珠子，也就四五十万钱而已。

要知道上个月，他教冯翊赌术后所得的分成，手里还有百余万钱的积存。

想到这事，韩谦就深感肉疼，心想要不是他爹太慷慨，每月六千担石灰供给军府，他少说能从晚红楼及信昌侯府扒七八十万钱下来。

……

……

侯府这边的酒宴，天擦黑开始，结束时夜还未深。李冲说看姚惜水剑舞甚不过瘾，邀请冯翊、孔熙荣、韩谦一起追去晚红楼看姚惜水献艺。

冯翊、孔熙荣现在有把柄被李冲拿在手里，也不敢轻易给李冲脸色看，几人便在家兵的簇拥下，骑马往晚红楼而去。

走进姚惜水的院子里，大家刚在暖阁里坐下，茶脯果酒刚摆下来，乐工也都安排在隔壁的厢房里弹起琴来，这时候就见三皇子杨元溥用蓑衣包裹得紧紧的，在李知诰、柴建、陈德三人的簇拥下走进来。

韩谦也是故作惊讶，然后与冯翊、孔熙荣他们一起给杨元溥行礼。

"李参军说你们皆是我能信任之人？"杨元溥虽然还略显得有些稚嫩，压低声音朝韩谦、冯翊、孔熙荣问过来，还颇有几分沉郁气度。

看杨元溥今日酒席及此时的表现，韩谦猜测他兼领龙雀军，行止要比以往自由得多，信昌侯李普应该另外有安排人在教导他。

而杨元溥这话是说给冯翊、孔熙荣听的，韩谦看冯、孔二人脸上皆有苦色，也知道他们心里在想什么。

即便他们受胁迫，愿意为三皇子杨元溥办事，但他们也决定不了冯家、孔家的最终选择。

韩谦便帮着他们直接将话给挑明了，接下来谈什么事情也不用绕弯子，说道："我等自然会尽力为殿下办事，但我们办事倘若不能周全，还望殿下宽宥。"

"你们能尽心办事就好，办不了的事情，殿下也不会强人所难。"李知诰站在旁边说道。

冯翊、孔熙荣还是怕李冲拿捏住他们的把柄，强迫他们做力所不能及的事情，到时候将他们逼入左右皆难的困境之中。有韩谦与李知诰定下基调，他们的神色就放松下来，说道："只怕力所不能及，有负殿下所托。"

"你们也不要妄自菲薄，韩谦替殿下办事就挺好。"李冲说道。

韩谦阴阴地盯了李冲一眼，他也注意到李知诰严厉地盯了李冲一眼，制止他没事不要再乱挑衅。

韩谦见冯翊、孔熙荣的眼睛里露出疑色，侧过头跟他们说道："我在山庄建石灰窑，实是殿下交办之事，所幸没有辜负殿下的信任——而说到这里，我倒是想到有一件事，你们也能替殿下办。"

韩谦在山庄养了近一个月的病，冯翊、孔熙荣还多少有些奇怪，这会儿倒是恍然大悟，问道："有什么事，我们能替殿下办？"

他们不想被李冲逼迫太紧，总要做些力所能及的事情，意思一下。

"沈漾先生博览群书，觅得古法以为石灰能灭疫毒。且不说此法可不可行了，但要是这个说法能够盛行，秋湖山的石灰，经你家的货栈畅销诸县，亦能为殿下谋利！"韩谦说道。

他费这么大气力，在山庄建了那么多口石灰窑，却不能盈利，怎么都不可能甘心的。

冯文澜身为户部侍郎，此前还供职专收州县贡品的大盈库，冯家也是凭借这样的便利经营几家货栈，收储州县的物产贩售于京畿。

韩谦当然也可以经营几家货栈，但就算他能镇得住黑白两道，要是他经营货栈大肆吹嘘石灰的好处谋利，也太容易将安宁宫及太子的注意力吸引到他韩家头上。

然而当世用石灰太少，非要大肆鼓吹，甚至还要借疫病造势，带点坑蒙拐骗，才有可能盛行州县。

韩谦想着借冯家的货栈以及冯家的影响力，一方面除了他手下没有那么多的人手；另一方面，除了能分散安宁宫及太子一系的注意力外，也要用确切的手段，将冯翊、孔熙荣绑上贼船。

李知诰安排这次私会，还想着牵出引子，日后再想着怎么将冯翊、孔熙荣两人用起来，没想到韩谦心机转得比他们还要快。

而他们之前也考虑过秋湖山别院所出的石灰售价极其低廉，信昌侯府旗下也有货栈，可以行销出去谋利，但见韩谦将此事托付给冯翊，也算是将冯家一步步捆绑过来的手段，也便不再提什么异议。

冯翊就拉孔熙荣去过一回山庄，之后一直都没有敢再去，也不清楚石灰窑到底建得怎样，同时也不想在三皇子面前表现得太敷衍了事，便追问起详情来。

"你安排船只过来运货，我照市价的一半供货给你，"韩谦说道，"但进山庄运货这事，你最好交办给能守得住口的人手，行销金陵及江淮州县谋利，到时候你手里有私房钱不说，也省得你家整日说你不学无术。"

冯翊想想这事也算一举多得，而他身前身后也有十几个听话的奴才，省得他们不干活，还整天想着从他这里拿赏赐。

谈定这事，陈德、冯翊、孔熙荣自是嫌在这边听清水琴甚是无聊。

到年关头上，除了柜坊外，其他地方开设赌局也都不违禁，晚红楼里也不例外——听前面的院子隐约传来嘈杂的吆喝声，便知夜里这边也同时开了好几场赌局，供欢客玩乐。

看冯翊、孔熙荣坐不住，杨元溥便让陈德拉他们二人出去。

陈德、冯翊、孔熙荣一走，杨元溥便侧过身来，对韩谦正色说道："之前谋事不密，差点坏事，往后还望韩师多多指导元溥。"

韩谦看李知诰、李冲、柴建三人脸上皆动容惊色，心里疑惑，难道杨元溥这话不是别人所教？

不过，就算眼前是杨元溥真心所言，韩谦也不会放在心底里，毕竟杨元溥还只是未满十四岁的少年，自出生以来生长环境就极其阴柔，判断也太容易受人干扰跟影响。

之前杨元溥的反复，就是明证，说得好听点，杨元溥还只是一个极力想表现得成熟的少年罢了。

不过，心里想归想，韩谦还是表现得异常激动地跪坐还礼，说道："为殿下谋事，韩谦必竭尽全力、鞠躬尽瘁、死而后己。"

李冲嘴角忍不住哆嗦地抽搐了两下，没想到韩谦此时在三皇子杨元溥心目中的地位竟然如此之高，竟然以"韩师"相称，那他身为陪读，从此往后不得坐实要低韩谦一头？

这时候，厢房的门便倏然打开，却见是苏红玉、姚惜水在厢房里并坐拨琴，看得出她们也为杨元溥刚才的话深感惊讶，心里想想也有些冤，虽然计策是韩谦所献，但没有信昌侯府与晚红楼贴进去这么多的资源，这事能在一个月来看出些规模来？

"没想到又有机会聆听苏大家的琴音，真是荣幸。"韩谦坐正身子，朝苏红玉拱拱手，说道。

"我与惜水能听韩公子的大谋，更是荣幸啊。"苏红玉笑着说道。

韩谦刚才唆使冯翊、孔熙荣入彀，更多的还是想着能多谋些私利，但看苏红玉神色温婉，也看不出她这话是不是带有讥讽。

"韩公子刚才在殿下府上，还说看奴婢舞剑不过瘾，可要奴婢此时舞剑给韩公子看？"姚惜水盈盈起身问道。

想到冯翊今日已经被吓得不轻，他才不想自找罪受，说道："我要是会舞剑，当是我舞剑给姚姑娘、苏大家看。"

见韩谦在三皇子杨元溥面前换脸比翻书还快，姚惜水心里暗恨，但也是笑盈盈走过来，与苏红玉给杨元溥一起行礼，然后众人走出姚惜水的院子……

第五十三章
用间篇

　　韩谦随众人走出姚惜水所住的院子，走夹道往晚红楼深处的木楼走去，便猜到信昌侯李普及黑纱妇人应该在那里等着他们，不知道到年底了，还要商议什么事情。

　　夹道幽暗，虽在晚红楼内部，韩谦也能听到前面正灯红酒绿、纸醉金迷，却没有人乱闯进来，也不知道苏红玉、姚惜水等人，是怎么暗中对晚红楼进行控制的。

　　韩谦正胡思乱想，无意间回头看到苏红玉与李知诰并肩而行，两人低语着什么，但看苏红玉在幽暗的灯光下眉眼喜俏，似待李知诰格外亲昵，或在潜流下暗藏没有显露出来的情愫。

　　韩谦越发确定信昌侯李普早年应该就是晚红楼的一员，这些年是在晚红楼的扶持下累建军功，爬到如此高位的；或许浙东郡王李遇能成为与徐明珍等人并立的名将，也有晚红楼的功劳，但可惜李遇并不受晚红楼的掌控。

　　信昌侯、黑纱妇人确实已经等候在木楼里，待杨元溥、韩谦他们过来后，才真正地议事，不过所议也主要是龙雀军筹建这一个月来的得失。

　　杨元溥是要比以往自由，但终究是未满十四岁的皇子，行动不可能像韩谦他们那般没有拘束。

　　不要说郭荣、宋莘阻拦了，即便是信昌侯李普也不敢冒险让杨元溥到满是染疫饥民的屯营军府走上一趟。此外，诸多事要瞒过郭荣、宋莘，不能惊动到安宁宫，那绝大多数事情都不可能让杨元溥直接去接触。

有些事情即便要详细汇报，想要找一个郭荣、宋莘或者其他不能绝对信任的人都不在场的时机，也是极难。

杨元溥也是极为勤勉，这时候一边听信昌侯李普详细说这一个月来龙雀军的筹建情况，一边插入很多问题，事无巨细地将他一时所不明白的细节问清楚。

这一个月来，可以说大获成功，但来年所面临的困难，跟韩谦所预料的一样，就是信昌侯府及晚红楼也无法长期支撑住这样的消耗，还是要尽可能争取天佑帝能往他们这边倾斜资源，争取尽快能让龙雀军形成战斗力。

然而内外吏臣以及数十万大军需要供养，国用已经捉襟见肘，即便没有安宁宫及太子一系的掣肘，能额外挤给龙雀军的钱粮也相当有限。

"钱粮一事，韩从事，你有什么妙策？"信昌侯李普问道。

韩谦忍着心痛从怀里将那装有十枚合浦珠的锦囊掏出来，恭敬地送到杨元溥跟前，说道："世妃所赐，韩谦铭记于心，此时愿将世妃厚赏献出来为殿下资军粮。"

"有功当赏，这是母妃所赐……"杨元溥没想到韩谦会将合浦珠献出来，有些意外地说道，同时也想表现得慷慨，不愿将赏赐出去的东西再收回来。

"此时艰难，韩谦怎能独享珍物？待他日大事得成，殿下不忘韩谦之功，到时候多赏韩谦些田宅便是。"韩谦忍住恶心劲，表忠心地说道。

十枚合浦珠，能抵他爹韩道勋两年的官俸，放在谁眼里都不能算小钱。

世妃让李知诰将十枚合浦珠交给他，以示厚赏，但他真要不声不响地将十枚合浦珠收入自己囊中，世妃那边是不是真就一点意见都没有？

韩谦对此是深表怀疑的。

宫禁之中，又长年挣扎在安宁宫的阴影之下，这样的人最容易小心眼，难出大气度，韩谦忍着心痛将十枚合浦珠交出去，那就谁都不能说他小气贪财了。

至于钱粮之策，老子真要能想到筹钱的办法，会轻易便宜了信昌侯府及晚红楼你们这些人吗？

杨元溥不能在外面太久，这边谈过事情，便由李知诰、柴建护送回临江侯府，韩谦看到冯翊、孔熙荣、陈德还在前面的院子聚赌，玩得正兴高采烈，他没有什么兴趣，便先带着等候多时的赵阔、赵无忌、范大黑、林海峥他们回去了。

院子里拿石灰水新粉刷过墙，院墙外边边角角拿石灰粉撒过一遍，准备过年，也有焕然一新的感觉——当然，院墙外撒石灰粉，也是韩谦有意吩咐，做给左邻右舍看的。

这时候夜色已深，韩道勋却还没有睡，借着一盏孤灯，坐在窗前看书，韩谦推门走进去问安，看到父亲手里拿的书，却是他在山庄这段时间为培养家兵子弟绞尽脑汁所编写的一些东西。

年节他要在城里住几天，便叫晴云、赵庭儿将纸稿先带回来，没想到叫他父亲看见了。

"你这都写些什么，杂乱无章，都看不出什么头绪来？"韩道勋将一沓纸稿还给韩谦，问道。

"孩儿前段日子在山庄读《孙子兵法·用间篇》，寥寥千言，细嚼又觉得味道无边，但又觉得《用间篇》太过简略，世人即便想任其事，却无从下手，便将范锡程他们找来，问了些军伍斥候之事，随手抄录下来，想着有朝一日，能为《用间篇》写一篇疏注出来。"韩谦小心翼翼地说道。

"有些酷吏手段，军伍之中也不多见，道听途说之事，你还是要细细甄别，以免他日著书立说，贻害于世。"韩道勋见韩谦有著书立说的野心，甚感欣慰，还看到纸稿所抄写的一些手段过于辛辣、阴毒，还是忍不住告诫几句。

韩谦培养家兵子弟，主要还是想着日后能掩护他脱逃。

有时候，即便不得已要杀人，韩谦也希望家兵子弟尽可能想办法不打草惊蛇，或藏匿尸体，或掩饰痕迹，要制造暴病、火焚或溺水而亡的假象；而打探消息，除了利诱收买之外，不免要进行讯问，而倘若不幸落入敌手，又要能抵挡住诱问及刑讯，这其中的诸多手段，怎么可能都光明正大？

当然，韩谦此时也没有办法解释，为什么好好地他要将家兵子弟往这些方面培养，只能找托词搪塞过去。

韩谦随手翻了一下纸稿，却发现父亲在书稿里密密麻麻地拿朱笔写下一大堆批注，指出大量的谬误错漏之处。

韩谦这时候才突然想起父亲曾在楚州军担任过专司狱讼的推官，而楚州濒临梁国，距离晋国也近，两国常有斥候渗透进来打探情况，每有捕获，绝大多数也都会交到父亲手里处置。

无论是所谓的"酷吏"手段，还是用间、反间，他父亲所知道的，实要比他闭门推想详细而精准得多。

这也难怪范锡程他们直接教导家兵子弟，有些无所适从，但他亲自将范锡程他们喊到跟前询问，却又能问出不少有用的细节来。

实际上，范锡程他们跟随父亲身边，不知不觉间也掌握诸多手段，只是没有想过付诸实施，更没有想要总结出来教导他人罢了。

"父亲曾在楚州军任推官，于用间有诸多心得，为何不著一书？"韩谦问道，心里想父亲要能帮他编写此书，除了事半功倍外，还能将父亲的注意力吸引到编书中来。

"用间之事，千变万化，难以用一纸说透。而孙子曰五间，除了因间、生间等事能说外，内间、反间、死间三类实则是教人为恶，知其事防其事可以，然而著书说其事，或有贻害。"韩道勋说道。

韩谦听了直想翻白眼，用间之事自然是无所不用其极，没想到父亲却还在这种事情上面想保持道德底线。

不过韩谦也知道父亲的道德标准，是其数十年悲喜人生所塑造，不是他三言两语所能打破的，翻看纸稿，看父亲的批注已经足够他整理几天，说道："那孩儿先将书稿重新整理一遍，再叫父亲阅看批注……"

韩道勋不愿意去编写这类书稿，但韩谦有天纵之才、书稿所写有很多手段是他闻所未闻、却细想又能深感其妙，这也更让人担心韩谦心性未定、易入歧途，点头道："如此也好。"

像韩道勋所担任的秘书少监这类清闲之职，只要不发生宏文馆被火烧了这样的大事情，年后通常能休沐到元宵节后才需要再到官署应卯。

而在进谏之事发生后，以往与韩道勋有交往的官员，也不再登门——即便是冯翊、孔熙荣，私下也跟韩谦抱怨他们被家里勒令要少过来找这边厮混。

韩道勋清闲之余，倒是有更多的时间帮韩谦编校书稿。

相比较而言，韩谦除了苦练刀弓、教导家兵子弟、山庄那边还要兼顾之外，隔三岔五还要到临江侯府露个脸，这个年过得要比他父亲忙碌多了。

第五十四章

再设司曹

在三皇子杨元溥、李冲他们面前，韩谦也不隐瞒这段时日他主要精力就是在家里帮父亲编写书稿，也隔三岔五地将书稿的内容，挑一部分讲授给杨元溥听，这样才方便将这边的其他事情推得一干二净。

杨元溥年后才满十四岁，说到底还是少年心性，虽然努力去学经世致用之学，有疑惑之处，这时候也有韩谦以及信昌侯府的客卿随时帮着他答疑解惑，但多少还是觉得有些枯燥无味。

三皇子杨元溥生来就处于安宁宫的阴影之下，即便是出宫就府，身边也到处都是安宁宫的眼线，韩谦此时所编的书稿主要讲秘密力量的培养之法，跟三皇子杨元溥实在是太契合了。

杨元溥甚至可以说，在这方面比任何人都更具天赋，而且在临江侯府之内，也随时随地能看到书稿的影子投射到现实中去。

韩谦也不知道传授杨元溥制衡之道以及培植、使用秘密力量的手段，是利是弊，但相比较其他，他只需要教导这些手段，就能继续获得杨元溥的信任，代价反倒是最少的。

不过，现在形势稳定，安宁宫及太子一系还没有注意到桃坞集那边的变化，韩谦也不忘叮嘱杨元溥，莫要在郭荣、宋莘等人身上轻易尝试用间之法，以免打草惊蛇。

过了元宵节，冯翊也正式安排冯家货栈的人，用船从山庄运送石灰进城贩售。

京城的权贵圈子，实际上不大，而且还集中居住在皇城附近。

户部侍郎、右神武军副统军等家院子巷道的边边角角元宵节前后都撒上生石灰，城里的权贵想看不见都难。

冯翊、孔熙荣同时也在狐朋狗友圈子内大肆宣扬生石灰有灭杀蛊毒、清除疫病之用。

当然，水蛊疫虽然没有大肆传播到城里来，但这些年也是笼罩在满城权贵头顶的阴影，再加上韩谦在背后有意散播今年疫病会大作的风言风语，冯家货栈里所囤积的生石灰，一度卖得比米价还高。

韩谦年后在山庄也尝试建造更省人力的大灶，前后雇用的三百多人手没有增加，但每天差不多能保持出四百担石灰。

山庄所出石灰一半廉价出售给屯营军府，一半包销给冯家的货栈。

很可惜，石灰能灭杀疫毒的消息传开去，周边也新出不少石灰窑。

而烧制石灰又实在没有太多的技术含量，即便山庄这边不泄密，以当世尚算原始的匠工水平，只要烧石窑的规模达到一定程度，将采石及伐薪等事分工出去，成本也必然快速下降。

不过，即便如此，烧制石灰也差不多每日能为山庄贡献上万钱的盈余，将韩家在城内以及山庄养这么多家兵、奴婢的糜费给填补过来。

韩谦年后尝试打造一些适用于斥候潜伏侦察的装备，从屯营兵户挑出二十多名手艺匠人，也没有再需要他额外倒贴费用进去。

到四月底，屯营军府这边的情况也算彻底稳定下来。

一方面沿赤山湖北岸长达十里的矮堤，在沈漾等人的主持下，抢在春水上涨前修成；另一方面二十五寨初步建成、湖滩加最初征用的民宅，开辟旱田逾七万亩，也都进行春播，种上桑麻麦豆等作物。

更为主要的，是疫病彻底控制下来。

屯营军府的军民最终稳定在三万人左右，即便仍然有两千七八百人患病症状严重，但大多数染疫者的症状稳定下来，也恢复一定的劳作能力，而年后近三个月新增疫病加起来也不到三十人。

除了最初献出的百余家兵外，信昌侯府在年后或明或暗地，又将两百多拥有丰富战斗经验的老卒或家兵，迁到桃坞集，编入屯兵之中，加强六千余屯兵的编训等事。

虽然屯兵主要分散于各个屯寨，为避免打草惊蛇，李知诰这边并没有将人马都集结起来进行大规模的集训，但韩谦不时出没屯营，对这边的情况还是能随时掌握。

他也能看到编入这批经验丰富的基层武官后，龙雀军即便在规模上要比正常的一军编制小很多，但战斗力却不会弱太多。

这也是信昌侯府这些年积累起来的，其他势力极少具备的优势资源。

而浙江郡王李遇归隐山野，之前李遇及大将张蟓等人帐前的一些武将、官吏在别处混得不如意，受到排挤、打压，在信昌侯李普的游说下，也有不少人投附临江侯府谋求出路。

四月底，三皇子临江侯杨元溥大婚快到的日子，除了韩谦、冯翊、孔熙荣、李冲等四人正式有官身的陪读从事外，另外在侯府就食的从事、客卿也有二十多人。

虽然这些人主要是信昌侯李普推荐过来的，要么直接是晚红楼培养的弟子或者刺客，要么晚红楼那边早就调查过背景，之前在浙东郡王及李普所领军中任过军中，不大可能有安宁宫的眼线混进来。

不过，人多嘴杂，在外人面前，韩谦还是小心翼翼地跟杨元溥保持距离。

三皇子杨元溥与信昌侯李普幼女李瑶的大婚在即，韩谦也只是请父亲临摹一份《兰亭集序帖》以及将他近日才初步编成的书稿《用间篇注疏》作为贺礼献上去。

当然了，韩谦献上的这部《用间篇注疏》，也是删选本。

韩谦主要将那些当世不该有以及一些过于残酷而血腥、"可能会贻害后世而有碍教化"的技术性手段删除掉，但即便是删除掉大多半内容的洁本，也有三四万字，在当世已经可以说是难得一见的大部头了。

"这是我父亲刚刚写成的新稿，乃我父亲在楚州任推官时的心得，但书稿里所写的诸种用间手段过于阴柔，有碍圣人教化，我父亲并不愿意此稿问世，我偷偷抄录了一本献给殿下。作为贺礼，或许有些不妥，还请殿下勿怪。"

韩谦借与李冲、李知诰两人进内室找三皇子杨元溥商议大婚之事，才将《用间篇注疏》拿出来。

虽然大部分内容，杨元溥都陆续听韩谦传授过，但得到完整的书稿还是极高兴："怎么会，怎么会？这份珍礼，元溥必会时时研读，只是可惜有些疑难不能当面向韩少监请教。"

韩谦心里微微一笑，心想在李冲等人这段时间不懈的影响下，在杨元溥心里自己又变成那种只知使阴谋诡计而他父亲才是真正具备大才干吧？

韩谦也不介意如此，也唯有如此，等他父亲哪怕还是按捺不住要直谏犯天颜之时，三皇子及信昌侯李普这边才有可能全力去保他父亲。

"大哥，将军府或可秘设一曹，专司用间及刺探消息之事？"杨元溥将七八十页纸的书稿压在手下，朝李知诰看过去问道。

杨元溥过两天就要与李瑶正式成婚，私下里对李知诰、李冲也是以兄长相唤，以示亲热。

韩谦抬头看了李知诰一眼。

虽然他暗中有教杨元溥制衡之道，而用间一篇重点所讲的更是秘密力量的建设跟使用，但杨元溥这时候提及此事，他还是觉得时机上略早了一些。

虽然现在明面上，临江侯府到处都是安宁宫及太子，甚至还有二皇子信王的眼线，但大家心里都清楚，晚红楼这些年潜伏在暗处，不论是过去还是现在，晚红楼都能及时跟世妃传递消息，说明宫禁之中就有晚红楼渗透进去潜伏下来的眼线。

要说太子及二皇子信王那边没有晚红楼的眼线，不要说韩谦了，连杨元溥都不会相信。

只是晚红楼到底掌握多少眼线，暗中培养了多少刺客、探子，不要说杨元溥，韩谦也看不清楚。

杨元溥即便不介意借助晚红楼及信昌侯府的力量去争帝位，但也希望晚红楼及信昌侯能将这些明里或暗里的秘密力量，摆放到他视野能及的范围内让他看得到。

韩谦传授他用间之学，讲授秘密力量的建设及使用，则是让他认识到此事的重要性，也给他一个很好的借口。

当然，杨元溥事前有问过韩谦的意见，韩谦希望他不要操之过急，只是前些日子天佑帝染了一场风寒，据说天佑帝病愈后整个人老态许多，这也就惊乱很多人的心思，大家的心思都变得迫切起来。

从这个角度看，韩谦心想三皇子此时提出此事，或许也不能算太过急切，毕竟等争嫡矛盾激烈化之后，他更不敢轻举妄动，可能就再也没有机会提及这事。

当然，韩谦并不认为这是三皇子杨元溥独自拿定的主意，细细思量，除了时机之外，倘若不是世妃王夫人独断专行，难以想象才刚刚十四岁的杨元溥，能承受这事可能会被信昌侯府及晚红楼直接否决的压力。

"父亲及夫人，知道殿下这段时间随韩从事学习用间之事，也常听二弟言及韩大人的妙论，与夫人那边都觉得甚妙。此事是要重视起来，才不至于事发突然而束手无策，"李知诰不动声色地问道，"只是不知殿下属意谁来掌控此事？"

见李冲眼睛幽怨地看过来，韩谦心头暗骂，尼玛的，世妃比你们想象的厉害，不愿意彻底沦为你们的傀儡，你这孙子瞪我有毛用？

"我也是这段时间学习心有所感，但具体要怎么做，还是不甚了了，还要请大哥你们来决断。"杨元溥说道。

"韩大人可任秘曹参军。"李知诰朝韩谦看过来。

"李虞候莫要害我，韩谦帮殿下出点主意可以，真正要做事，可是两眼一抹黑！"

韩谦又不傻，他再出任秘曹参军，晚红楼及信昌侯府怎么可能将秘密力量交给他掌控？

不管李知诰怎么劝，他只是推辞道："再说了，我在殿下身边任从事，我父亲就有不愿，真要专司秘曹之事，以我父亲的脾气，非将我的腿打断不可。"

见杨元溥也没有要劝韩谦的意思，李知诰说道："既然韩大人百般推辞，那此事还是等知诰禀告父亲及夫人再说吧。"

第五十五章
秘曹左司

　　大婚之事，信昌侯夫人会进宫跟世妃王夫人商议，一切规矩由宫里、由内侍省定，韩谦与李知诰、李冲陪杨元溥聊些不咸不淡的话后，也就告辞离开。

　　"你这段时间，真是很用心地在教导殿下啊。"离开潇湘阁，走夹道往前院而去，李冲忍不住阴阳怪气地抱怨道。

　　韩谦见李知诰神色沉郁，猜不透他心中所想，沉吟片刻，说道："我是跟殿下说过一百人忠于信昌侯府而信昌侯府忠于殿下，与一百人直接忠于殿下是有区别之类的话，但你们不要忘了，陛下不容人欺！"

　　见韩谦竟然光明正大地承认他有在三皇子跟前挑拨离间，李冲嘴角禁不住就要抽搐。

　　李知诰却拉了李冲一下，让他不要跟韩谦置气，说道："韩谦说得有道理，陛下创立大楚，宏图大志，近年来又意在防范将臣专权，真要是看到龙雀军成军之时，上上下下都是我信昌侯府的人，到时候要么会强行裁撤一部分军将出去，要么在考虑三皇子时便会有更多的犹豫。"

　　韩谦心里一笑，心想他们还是低估天佑帝了，换作他是天佑帝，就算没有察觉到晚红楼的阴谋，真正下决心要扶持三皇子杨元溥继位，在龙雀军真正形成战斗力之后，怎么也要先想办法将李普父子三人都杀了，让沈漾掌军。

　　不过李知诰已经能有这层认识，就显然不是李冲能及的，也难怪他虽是养子，却能在信昌侯府有着比李冲大得多的决定权。

　　听李知诰这么说，李冲也没有办法跟韩谦置气。

"虞候真是明白人，往后有什么事找虞候商议，就不怕会误事了。"韩谦说道。

李冲转头看向别处。

"我真心希望你能执掌秘曹，而秘曹会设于暗处，不会对外公开，你不用怕在韩大人面前交代不过去。"李知诰盯着韩谦说道。

"我可指挥不动晚红楼及信昌侯府的人手。"韩谦也将话挑往明处说。

"韩府的家兵子弟，这段时间不时潜往州县历练，韩大人需要用我们这边的人手才能组建秘曹吗？"李知诰将这事点破，也表明他们对韩谦私下的小动作不是没有察觉。

家兵子弟接受六七个月的初步培养后，近一个月，韩谦则安排他们分散到附近的州县，打探、搜集风土人情、地形地貌以及物产市价等信息。

一方面家兵子弟需要实际的历练才有可能真正快速地成长起来，他没有耐心、也没有时间让他们在宅子里先学习三五年然后再放出去。

即便他父亲不犯偏脾气，此时已经是天佑十三年了，天佑帝顶天还有四年好活，到时候三皇子杨元溥与太子、信王那边不见血也要见血了，江淮随时有可能一片糜烂。

不管怎么样，他想要拥有一定的自保能力，对家兵子弟的培养，就不可能按部就班地来。

而韩谦个人精力有限，他短时间内也不可能走遍江淮州县，他想要对楚国形势有更精准的掌控，也必须依赖家兵子弟替他收集信息情报。

而搜集物产市价的信息，韩谦主要还是想比对金陵的物产市价，从中寻找商机。

当世完全没有一点专利意识，看到烧制石灰谋利甚巨，张潜、郭亮这两个孙子年后也在桃坞集建灶烧石，也不知道是不是李冲、柴建这边看到他这段时间有意交好张潜、郭亮二人，在背后唆使他们这么干的。

烧制石灰没有太多的技术含量，一旦多家参与进来，所能谋利就日渐稀薄，山庄里虽然没有添加什么人，但添置马匹、兵甲以及雇用匠工打造一些特殊的装备，没有一个地方不需要撒钱，韩谦也只能另想他策筹钱。

只是没想到晚红楼及信昌侯府盯住他，比他所想象的还要紧一些。

韩谦炯炯有神的眼眸盯住李知诰，他对李知诰是要高看一眼，但李知诰又怎么有自信说服信昌侯李普，说服黑纱妇人，由他来执掌一司？

晚红楼这些年都潜伏在暗处，应该知道掌握一支秘密力量的重要性，什么时候，或者说发生什么事情，他们突然就变得这么信任他了？

韩谦沉吟片晌，决定将有些话跟李知诰说透为好：“虞候希望我多任事，我不敢推托，但虞候也要明白，侯府不将掌握的力量都摊出来，是不可能得到信任的。不要说陛下跟世妃了，殿下聪颖、心志也非常人能及。李侯及夫人那里，真要想能成事，应要让陛下那边确信殿下有能力掌控龙雀军，后续才会一步步倾斜更多的资源过来。要不然，殿下这边永远是一枚不受重视的棋子。”

“……”李知诰沉吟片晌，跟李冲说道，“我与韩谦先去晚红楼，你回府跟父亲说一声，这事我们应该尽快给殿下下以答复。”

李冲百般不情愿，也觉得三皇子被韩谦调教得有些超乎他们的控制，但这事最终如何处置，还是要听他父亲及夫人拿主意。

韩谦心想以李普的见识，只要将话说透了，还是能分得清轻重，出侯府后，便与李知诰分作两道往晚红楼驰去。

与姚惜水、苏红玉见面后，在姚惜水院子里没有待多久，信昌侯李普以及次女婿柴建便随李冲直接赶过来。

黑纱妇人却没有出现，这时候是事情耽搁了，或者说其人这段时间并不在金陵城里，姚惜水她们似乎也不想跟韩谦解释。

听李知诰详细说了之前跟韩谦商议的事情，信昌侯李普点点头说道：

“或可建议殿下秘曹分设左右参军，到时候晚红楼会将两百户流民编入屯营军府接受管治。”

信昌侯李普这么说，便是要将他们暗中掌握的两百名精锐力量摊放到明处来，而且作为兵户编入屯营军府，其家小留在军府实际就附带有“人质”的性质。

韩谦不觉得这会是晚红楼及信昌侯暗中掌握的所有力量，但估算晚红楼及信昌侯所掌握的产业规模，猜测他们手里即便还掌握秘密力量，也应该有限了。

"孩儿建议韩大人出任左参军，但右参军用谁合适？"李知诰问道，他还是主张其中一职用韩谦，但另一人选谁，他没有考虑好。

"柴建来吧，然后荐高承源补都虞候之缺！"李普没有否决韩谦出任秘曹左司参军，但他知道除非他们派出嫡系亲信，不然没有人能真正掌握这支秘密力量。

而且他也不想在这事上敷衍三皇子杨元溥。

韩谦的提醒是有道理的，他们可以欺杨元溥年少、可以欺世妃深居宫禁，但想要欺天佑帝，就有可能弄巧成拙。

而他们能有今日的局面，事实上也是建立在天佑帝觉得三皇子能有所为的基础上，这还是韩谦献计三皇子杨元溥所打开的。

他们现在要做的，是加强这个基础，而不是破坏之。

高承源原本是天佑帝身边的侍卫，行刺事件之后，受天佑帝指派到三皇子杨元溥身边担任侍卫营副指挥。

推荐高承源接替柴建担任都虞候，一方面表明信昌侯府没有专擅龙雀军兵权的野心，一方面通过高承源将龙雀军的成就传递给天佑帝知道三皇子确有所为。

高承源未必会得罪安宁宫那边，但在天佑帝驾崩之前，是不会背叛天佑帝的。

关于这点，信昌侯李普对天佑帝还是有信心的。

想到这里，信昌侯李普又跟韩谦说道："秘曹左右两司分立，左司要从屯营兵户里选用什么人手，你不用担心柴建、冲儿会干涉你！"

龙雀军的根基在屯营军府，除了正儿八经有官身的职缺以及延请的客卿、谋士，所属曹司绝大多数的低级武官、兵卒，都要从屯营军府选人；要想从其他地方选人，其人及家小也要并入屯营军府。

当然，韩谦的私扈家兵是可以豁免在外的。

只不过大多数时候，为了表示忠心，部将的私扈家兵也会尽可能安排在紧挨着屯营军府的地方集中居住。

目前秋湖山别院就位于桃坞集之内，韩家家兵的家小实际都位于屯营军府的控制之下，李普都不担心韩谦推荐麾下的家兵担任军职。

彼此融合，最终永远是大的一方吞噬小的。

韩谦见信昌侯李普丝毫不反对李知诰对他的推荐，还给他这么大的处置权，越发断定是有什么事情发生，说道："我可以执掌一司，将来也必然不会让你们失望，但我有一个条件。"

"什么条件？"信昌侯李普眯起眼睛盯着韩谦问道。

"我父亲要能出仕地方，我才敢尽力为殿下办事。"韩谦说道。

没有想到这边如此放松，韩谦还狮子大开口提这样的条件，甚至还强调尽力为"三皇子"办事，姚惜水微微眯起漂亮的眼眸，心想这厮倒是不怕跟这边生分了啊。

"这事我也只能尽力谋之……"信昌侯李普说道。

"全赖侯爷。"韩谦见信昌侯李普没有直接反对，便知这事有些希望，拱手道谢。

事实上，韩谦年后一直都在潜移默化地做父亲的工作，希望父亲能有机会出仕地方，他往后才不会再担惊受怕……

第五十六章
有仇报仇

从晚红楼出来，在赵阔、林海峥等人簇拥下，韩谦骑马回宅子，心里还琢磨着用怎样的说辞，才能叫父亲痛下决心离开金陵、出仕地方。

到巷子口，韩谦远远就看着有两辆马车、十数匹壮马停在宅子外面，看车辙积满泥浆，马匹耷拉着脑袋正就着宅子前的石槽无精打采地吃豆料，他心里奇怪，今天家里怎么会有这么多的远客过来？

韩谦走进前院，听着里面院子里的说话声有些耳熟，这时候有两个粉雕玉琢的小孩子从垂花门里面跳也似的闯出来，差点一头撞进韩谦的怀里。

"琼玉，你看着弟弟，莫要叫他摔着。"这时候一个身穿深青色襦裙的美艳少妇从院子里追着出来，盯着跑出来的一男一女两个小孩，乍然看到韩谦他们站在前院，吓了一跳，愣怔怔地盯住韩谦看了片晌，才不确定地问道，"七郎？"

去年初，韩谦从宣州到金陵跟父亲团聚时，当时才十七八岁的年纪，却早就沉溺于男女之事，又整夜地饮宴聚赌，身子骨早就被掏空了，近五尺半高的修长身量，却仅有百十斤，当真是消瘦得很。

过去七八个月里，除了留在侯府或被拉过去晚红楼议事，韩谦每日苦修刀弓骑射不辍，即便他长得不如冯翊那么清隽，也没有范大黑那么魁伟，却也能称得上气度沉稳、仪表不凡了。

范锡程他们整日跟韩谦在一起，也不觉得韩谦的变化有多大，但宣州故人乍然看到韩谦，还以为是换了一个人，也只是眉眼间依稀认得。

"大嫂与大哥什么时候到金陵的？"韩谦沉默地看了少妇片刻，这时候也明白刚才听声音熟悉，是大堂兄韩钧在里间跟父亲说话，沉声问道。

他变化大，但不意味着别人的变化也大，他当然认出眼前这少妇便是大伯韩道铭长子韩钧的妻子杨氏，闺名佳娘。

他祖父韩文焕生有三子，孙辈人数更多，但这些年江淮战事凌乱，三子各居一方，韩谦自幼与自己的堂兄弟也没有什么接触，直到七年前他从楚州回宣州寄养，才与二伯这一脉的堂兄弟熟悉起来。

而四年前大伯韩道铭任巢州屯营军使，适逢梁国南侵寿州，殃及巢州，大伯韩道铭有将职在身，不能擅离，便由长子韩钧护送家眷百余人从巢州迁回宣州以避兵祸。

韩谦也是那时候，才与大伯家的两位堂兄熟悉起来。

当时堂嫂杨氏刚刚生下次子韩仁海，正是年方二十出头的丰腴美艳少妇，给韩谦留下很深刻的印象，而堂兄韩钧刚回到宣州没几天，就将荆娘拉上床，更给韩谦留下刻骨铭心的记忆，深刻到此时想到这事，心脏都禁不住地一阵抽搐。

见杨氏将一双小儿女搂到身边，眼眸紧张地盯着他腰间的佩刀，韩谦心想堂嫂大概是怕自己拔出刀，将韩钧一家四口砍翻在这院子里吧？

韩谦轻轻地将手按在刀柄上，回头看到前院的倒座房及南侧走廊里，十七八名韩钧从宣州老家带出来的家兵也都紧张地盯过来。

"老七！"这时候从垂花厅里走出两道人影，朝韩谦喊道。

为首者乃大堂兄、大伯韩道铭之子韩钧，唇上留有短髭，身量要比韩谦稍矮一些，但也有雄武之姿。韩钧回宣州住了一年，待巢州形势稳定，便又回巢州，之后又随其父韩道铭到池州任职。

韩谦看他这次到金陵来，将妻儿也带上，猜想他这次或许是调到朝中任职。

韩钧身后之人要消瘦一些，乃是二伯韩道昌的长子韩端，在他这一辈韩氏子弟排行老三，这两年一直听其父安排，在大伯韩道铭任刺史、执掌军政大权的池州经营货栈，也替大伯韩道铭及韩钧他们打点一些不能为外人道的事情。

看到韩端也在这里，韩谦猜测他这次应该会跟随韩钧身边任事。

"大哥、三哥盯着我的手干什么，难道怕我突然拔刀，将你们一个个大卸八块不成？"韩谦笑着问道。

韩谦不笑还好，但他咬着后槽牙而笑，令韩端心头一寒，不得不强插到他与杨氏及两个小孩之间，怕韩谦仗着在他家宅子里突然出手。

杨氏撞出来时，跟韩谦本就站得近，发怔之余都没有说要退后一步，保持叔嫂间应有的分寸。

韩端这时候才强插进来，几乎就要贴到韩谦的脸了，看韩谦目露精芒，有着说不出的凌厉，下意识地伸手就往腰间的佩刀按去。

"三哥，你这是什么意思，是不是要试试我这段日子习武有没有偷懒啊？"韩谦一手抓住韩端握刀的手腕，抬肘就往他的咽喉击去，快如电闪雷鸣。

韩端身后就是杨氏及两个小孩，加上他这些年帮着父亲主持家业，修炼刀弓也没有以往那么勤勉，他稍有犹豫，脆弱的喉管就让韩谦狠狠地打了一记。

虽然韩谦没有要取韩端的性命，这一击出去收着劲，但也叫韩端以为喉管被韩谦一肘击碎，捂着喉管双脚跪地剧烈地咳嗽起来，眼泪、鼻涕都禁不住往外流。

"韩谦！不得无礼！"韩道勋在韩端、韩钧两个侄子身后走出来，看到韩谦突然间就对韩端动手，沉声喝止道。

"父亲，我跟三哥闹着玩呢，我以前在宣州老家，三哥他们可没有少跟我这么闹着玩啊！父亲，你要不信，你问问牛二蛋他们几个烂鸟货。"韩谦浑不在意地指着要从南侧走廊冲过来的老宅家兵笑着说道。

这时候韩谦又将韩端搀起来，说道："才一年多不见，三哥身手就大不如前啊！还是说，我抽冷子出手，三哥没有防备，要不我们重新再玩一次？父亲，大哥、三哥跟大嫂他们过来，宅子可有准备酒宴？酒宴要是还没有准备好，我与三哥再切磋切磋。"

韩钧这些年都有带兵，即便大伯韩道铭出任池州刺史，韩钧也到池州屯营任军使，单打独斗，韩谦没有把握能胜韩钧，但韩端今日送上门来，不让他们为以往的过节儿付一点利息，韩谦怎么能忍？

韩端被韩谦抽冷子一肘打在要害，出这么大的丑，心里早就是火冒三丈、暴跳如雷，不顾韩钧递过来的眼色，皮笑肉不笑地伸手就要去搭韩谦的肩膀："是有阵子没见，老七身手比以前强多了，让三哥来抻量抻量你！"

韩端话音未落，在三叔韩道勋面前不便有太大的动作，但抬肘也如雷霆朝韩谦当胸扫击而来。

韩谦直接抬肘相撞。

肘部可以说是人身最坚硬的部位，两人肘部硬生生地撞在一起，发出闷声，几乎让人怀疑两人的肘骨在这一刻都断裂开了。

韩端疼得直吸气。

韩谦未必比他好受半分，但他碗口大的拳头，没有因为疼痛有半分犹豫，便如重锤一般朝他的肩部砸去。

韩谦虽然气力不及范大黑他们，但这大半年勤练不辍，一拳全力打出去也有三百多斤的力道，绝不容轻视。

韩端对韩谦还是心存轻视，没来得及避开，退后一步，右臂就软沓沓地垂了下来，不承想被韩谦一拳打脱臼了。

韩谦上前要给韩端将脱臼的胳膊给接上，却见韩端含恨地往后缩，哈哈一笑，又朝韩钧摇头叹息道："老大，你看三哥真是不如以前了，以前从来都是他打得我满地找牙，什么时候被我欺负成这样啊？"

韩谦又朝杨佳一笑，问道："大嫂，你说三哥是不是比以前差劲了？"趁着杨佳发愣，将她怀里的小儿子韩仁海抢过来，抱在怀里，笑着跟韩钧说道，"这小兔崽子也有两年没见了，现在看到七叔都不会喊人，要打屁股。走走走，大家进里屋吃酒，真有一阵子未见，叫人想念得紧啊！"

韩端这辈子都没有吃过这么大亏，韩钧走过去将他脱臼的胳膊接好，想要含恨带着家兵走人，却不想韩谦已经抱着他的小儿子往里面的院子走去。

怕韩谦出手伤到仁海，韩钧与接好胳膊还痛得脸色发白的韩端以及手脚吓得都有些发抖的杨氏，牵着女儿往里走。

韩道勋自然能看到很大的不对劲来，但这几个月韩谦谋事深沉，早就改变他心目中那种浮浪无度的印象，这时候也只是脸色微沉，并不干扰韩谦"报仇雪恨"。

韩家主宅里的厅也没有多大，没有地方席地而坐、分案而食，酒菜都是摆到一张方桌上，韩谦一手牵住韩仁海让他站到自己身前，一手请韩钧、韩端陪他父亲韩道勋入座。

男女不同席，何况还有长辈韩道勋在场。

这边照礼数，给杨佳及小孩在厢房单独安排一席，但这时候见小儿子在韩谦手心里拽着哭不敢哭，杨佳哪里敢离开饭厅？

她只是将女儿琼玉交给仆妇照看，她在旁边亲自执壶给众人斟酒。

"老宅来的人也不能怠慢了，"韩谦对范锡程沉声说道，"宅子里不是新进一批豆料吗？给他们每人分一盆，你们要代我好好招待老宅的人，他们要剩一粒，小心我拿家法伺候你们！"

范锡程、赵阔没想到少主韩谦要拿马料去招待随韩钧过来的人，都有些不知所措：这是要彻底撕破脸吗？

"三叔，"韩钧再顾忌儿子被韩谦扣在手里，这时候也不可能再忍气吞声，盯着韩道勋，含恨地问道，"三叔真要看七郎如此羞辱对我韩家忠心耿耿的老仆？"

"这个就算羞辱了？"韩谦摸着韩仁海细皮嫩肉的小脸蛋，面对韩钧望过来的凌厉眼神，笑道，"那好，我不羞辱他们，就照家法行事好了！我今日将往时欺负过我的狗奴才挑出来，一人断一手、断一脚，应该是合理的要求吧？"

"牛二蛋、狗驴、周富贵、马健这四个以往在我大哥身边伺候的人，范爷你应该都认得，"韩谦对范锡程说道，"你带大黑、海峥他们到前院，将他们四个人挑出来，一人断一手、断一脚，就够了！无忌，你守住院子，谁敢在我家宅子里动刀剑，杀了报官都没有人理会！"

第五十七章

杀 戮

赵无忌已经知道敛藏锋芒，平时在韩谦身边，就像是一个负责背弓的侍从，而此刻韩谦话音刚落，就见赵无忌身影往后一缩，别人都来不及眨眼，他就已经进了院子，身如狸猫，下一瞬已经站到院墙之上，将黑云弓拿在手里，而三支铁镞箭已经搭在弦上，仿佛一头藏在阴影里的野兽，同时盯住前院与正院的动静。

同时间数声短哨在院子的角落里吹响。

见韩谦毫不留情地直接撕破脸，韩道勋也能明白韩谦在宣州几年，实在是被韩钧、韩端他们欺负得够狠。

不过他还不想韩谦拿小孩子威胁人，朝韩仁海招招手，说道："仁海，到三爷爷这边来。"将韩仁海牵过来，交还给侄媳妇杨氏，但对其他事情却不想过问。

韩钧这次带了十七八名家兵过来，就不信韩谦真能拿他们怎么样，但眨眼过后就看到有数十人影站上院墙，或持刀剑或持弩弓，怕不下五十人，严严实实将前院包围起来，就等着韩谦一声令下，就将他留在前院的老宅家兵都射成刺猬。

韩钧脸色有些变，实在不知道三叔宅子里什么时候养了这么多的家兵？

虽然有一部分家兵留在山庄里照料那边的事情，但韩谦人在哪里，四十名家兵子弟要接受韩谦的教导，也基本上都会跟到哪里。附近六栋院子里的家兵及家兵子弟，听到示警哨音响起来，最快借竹梯爬上院墙，只需要十几个呼吸的时间！

虽然家兵子弟身形都谈不上有多强壮，但十四五岁正是长身体的年龄，过去半年韩谦恨不得将内裤都当出去，筹钱给他们补充肉食，绝大多数人身量都拔高了一大截，在营养严重不良的当世，也不显得瘦弱。

只是更令韩钧、韩端心惊的，这些还有些稚嫩的少年，四五人一组，或蹲或立守在墙头，比这宅子那几个正式家兵更沉默，也显得更加危险，所表现出更坚定的意志，完全没有还暗中窥视韩道勋神色的范锡程等人那么迟疑不定。

韩钧也是带兵的人，知道韩谦一声令下，这些不知道后果是何物的二愣子少年绝对会毫不犹豫地出手。

韩钧阴沉着脸，看三叔韩道勋并没有呵斥韩谦的意思，虽然后悔今日自投罗网，但也知道今日此事难以善了，对身后侍候的老仆说道："你让牛二蛋他们四人进来！"

老宅家兵在前院都没有搞清楚怎么回事，在数十把弓弩的威胁下，被范锡程带人缴了兵刃，之后诨号叫牛二蛋、狗驴等四个家兵，被范锡程、范大黑、林海峥、赵阔等人揪进来，站在廊前。

"你们以前冒犯过七郎，都跪下来给七郎赔礼谢罪！"韩钧知道今天这事没法善了，沉声令身边最贴心的四个奴才都跪下来给韩谦赔礼。

牛二蛋、狗驴四人不明所以，心里不服，但少主韩钧下令，也不敢违背，当下扑通跪倒在地，朝韩谦说道："以往多有得罪，还请七公子原谅小人过错。"

"既然能认错，也算不晚，"韩谦微微颔首，说道，"那就每人断一条胳膊吧！"

韩钧、韩端黑着脸，没有理会韩谦，而是盯住韩道勋："三叔真要天下人看我韩家的笑话吗？"

"谦儿的要求很过分吗？"韩道勋还记得刚将韩谦从宣州接回来时的样子，他二哥将韩端几个儿子个个训教得精明能干，偏偏纵容韩谦小小年纪就沉溺酒色，他心里不是没有恨意，但也只能打碎牙往肚子咽。

这时候韩谦要清算旧账，韩道勋即便再不想韩家内部的矛盾彻底暴露出来，心里也有一种抑制不住的快意。

当然，韩道勋更主要的还是看到韩谦此时气息沉稳，并无狰狞偏激之态，心想韩谦应该有他这么做的道理。

"跪着！"韩钧见韩道勋如此态度，他自然无话可说，看四个家兵要站起来，也只能下令他们跪在廊下领受家法。

范锡程、范大黑、林海峥、赵阔皆是迟疑不定，心里想好歹大家都属于韩家人，即便这四人以前冒犯过韩谦，但有必要用酷刑，废掉人家一条胳膊吗？

"郭奴儿，你们过来用刑！"韩谦坐在那里，见父亲带出来的家兵终究是用不称手，便朝还守在院墙上的几名家兵子弟说道。

当下就有四名身形略显瘦弱的少年跳下院墙，完全没有范锡程等人的迟疑，解下佩刀，连刀带鞘朝那四名家兵的右臂抽砸过去。

郭奴儿四人力气到底还是小，而佩刀连刀带鞘也轻，狠狠抽砸了两下，都没能将这四名家兵的右臂抽断，却激起那个诨号叫牛二蛋的老宅家兵凶性大发，回身揪住郭奴儿，一脚就将他踢到院子里去。

"嗖！"

箭射来，就像一阵风吹过，牛二蛋就觉得脖子被蚊子叮了一下，伸手一摸，才发现一支箭已经射穿他的脖子，血像喷泉一样喷涌出来。

诨号叫狗驴的家兵下意识地要揪住一名家兵子弟抵挡，一支箭已经射穿他的肩窝，抬头看见少年赵无忌仿佛一只猎豹半蹲在对面的院墙上，手里的黑云弓已经再次拉满弓，他这一刻毫不怀疑，他稍有异动，下一箭就会毫不犹豫地射穿他的脖子！

"郭奴儿，你们继续。"

韩谦怎么都不会忘却看到荆娘衣冠不整地从韩钧房里出来，自己却被这四个奴才殴打的耻辱，这一刻也是心思残酷，对恶奴没有半点的怜悯，丝毫不顾牛二蛋还在廊前的场地挣扎抽搐，便要郭奴儿他们继续行刑。

杨佳吓得手脚发抖，拿袖子将儿女的眼睛遮上，看韩谦有如噬人恶鬼。

有敢射箭杀人的少年赵无忌持弓守在院墙上，韩钧也是脸色苍白不敢再说什么，看着狗驴等三人被郭奴儿等少年打断右臂后，才让人将牛二蛋的尸体绑上马背，带着妻儿去韩记铜器铺落脚。

……

……

在范锡程、韩老山等人沉默着将庭前的血迹洗刷干净后，韩谦让晴云、赵庭儿都退出院子。

"父亲是不是怪孩儿得势不饶人？"韩谦问道。

"你总得给我一个解释就是了。"韩道勋在楚州长年任职，不是没有见过血腥，平静地看着韩谦说道。

"陛下前段日子圣体欠安，各方面又蠢蠢欲动起来了，即便是大伯在池州也坐不住了啊。"韩谦说道。

"不错，韩钧这次是调到枢密院北面司任同知事！"韩道勋说道。

诸边及京畿之卫戍，中高级武将选任等事，主要归枢密院管辖，枢密院的权势要比六部之一的兵部重得多。

而枢密院之北面司辖管寿州、楚州、襄州沿边以及兼理扬子江以北的军政事务，可以说是将大楚最为重要的三个战区，都纳入北面司的管辖之下。

虽然北面司除了知事之外，有好几个同知事，上面更有枢密副使牛耕儒亲自盯着北面司，而徐明珍所在的寿州、信王所守的楚州也不是北面司轻易能管制的，但北面司依旧是大楚最重要的要害部门。

即便出任枢密院北面司同知事，也可以视为新贵了，还不时会受到天佑帝的召见，算是天子近臣之列。

这倒不出韩谦所料，毕竟他大伯这时候让韩钧、韩端进金陵，除了投向安宁宫及太子一系，他也实在想象不出大伯会有其他选择。

"三殿下欲在龙雀将军府设秘曹，信昌侯李普竟然属意我出任秘曹左司参军，意态还比较坚决，直到看见韩钧、韩端登门之前，我还没有搞明白是怎么回事，"韩谦说道，"而大伯那边既然也有选择，不管怎么说，我们这次注定要跟大伯、二伯那边分道扬镳了，那还不如闹得更大些、更坚决些！"

"世间事果真是不如意十之八九啊！"韩道勋忍不住长叹一口气，

他不欲介入争嫡之事，甚至希望韩谦也能置身事外，但很多事情都不是他能决定的了。

说实话，韩道勋更不会主张在大理寺、御史台及枢密院职方司之外，有哪家势力再私设什么秘密机构去破坏朝廷的法度，但心里又清楚此事绝非他能杜绝的。

信昌侯李普应该早就知道韩钧入职枢密院北面司的事情，也应该将其视为一个重要的信号，那他今日力荐韩谦在三皇子杨元溥跟前执掌秘曹左司，未尝不是一种试探。

"信昌侯今日提起此议，我就意识到有什么事情发生，我答应替三殿下执掌秘曹左司，但也提出条件，希望信昌侯能助父亲出仕地方。要是此事能成，更容不得我对老宅的人手下留情了。"韩谦说道。

韩谦这大半年来，表现得日益沉稳善断，特别是《用间篇注疏》书稿写成，让韩道勋认识到韩谦所具有的学识以及心智成熟，已经远在同龄人之上，所以韩谦刚才对老宅来人手段异常暴烈，韩道勋也没有去阻止。

而这时候听韩谦都解释清楚，韩道勋心里更是只剩微微一叹，暗感换成自己真未必能有韩谦这份狠绝。

第五十八章

往 事

　　龙雀军即便成军，虽然在冯翊等人面前，韩谦都尽可能将《疫水疏》的功劳，推到沈漾等人的头上，但龙雀军真正引起安宁宫的重视，安宁宫派出探子彻查此事，他父子俩还是洗不脱嫌疑。

　　因此，即便没有今日的事情发生，韩谦也会尽力劝他父亲出仕地方，离开这是非之地。

　　韩钧入朝，大伯韩道铭算是正式跟安宁宫及太子一系站到一起了，诸多事纠缠，韩谦知道此时更需要有快刀斩乱麻的决断。

　　见韩谦目光灼灼地看过来，韩道勋禁不住又沉吟起来。

　　虽然过去两三个月里，韩谦在他耳边说了出仕地方的诸多好处，但真要做决断时，韩道勋又是犹豫，他实在不知道能争取多少时间以施展他心中的抱负："出仕地方真有可行？"

　　"父亲要行新政，但没有试探地方阻力之前，陛下再有断腕割疮的决心，也绝对不敢轻试，但父亲出仕地方，择州县先行新法，一旦有大成效，则必能叫陛下怦然心动，到时候推而广之，才能赢得更多的助力，才有可能成就父亲您的青史之名。"

　　韩谦总不能跟他父亲说你这个惹祸精赶紧给我离开金陵，离得越远越好，只能循循善诱地说道：

　　"陛下年事已高，父亲出仕地方，更不能再拖延下去了。"

　　韩道勋看着门庭外那一摊水渍，还有极淡血色没有冲去，问韩谦道："这数月来，你总是担心我会上书进谏革除旧弊，会触怒天下权贵，最终落得一个身败名裂的下场。你极力鼓动我出仕地方，大概也是怕哪天我剑走偏锋，会牵累到你吧？"

"……"韩谦默然无语，父亲非但不傻，还很聪明，自己什么心思，怎么可能瞒过父亲？

"为父熟读史牍，又怎么可能不知道意欲变革天下者，能有几人落得好下场的？"

韩道勋一笑，想起一件往事，徐徐说道：

"我初仕地方，天下还非三分，当时诸镇割据，我也一心想着博取功名，以强宗族。你母亲病逝，我将你送回宣州寄养，之后在楚州断过一个案子，还了一对年轻夫妇的清白。这对我来说，也是一件小事，很快就忘了这事。天佑八年时，楚州也遭兵灾，随军出战时，我与锡程他们走散，为贼所追，逃到一户农舍避祸，主人恰好是当年我断案还其清白的年轻夫妇。他们也尽力掩护我，直到贼兵退去。这原本是一桩美谈，我辞行时还想着回去后着锡程寻到这对年轻夫妇予以厚赠，让他们不至于那么穷困。临行时，年轻夫妇煮了肉汤赠我，以免我饿了几天没有气力走回州府。但是，你想想啊，这对年轻夫妇饿得骨瘦肌黄，我在农舍躲避三天三夜，大家只是食草茎果腹，哪里可能会有什么肉食？追问之下，才知道他们是拿刚出生的儿子，与邻人易子，煮成肉汤来谢我的恩情啊。为父当年也是铁石心肠，回州府便着锡程他们去将这对年轻夫妇及邻人绑来大狱问刑。锡程他们赶去，这对年轻夫妇已经自缢于柴房。这事以及这世道，是为父多年来都摆脱不了的噩梦……"

韩谦怔怔地站在那里。

"出仕地方也好。我志大才疏，心怀天下也难撑其志，而能造福一方，也算是稍了心愿，但谦儿你要好自为之啊！"韩道勋伸手拍了拍韩谦的肩膀，便走回西厢房的书斋。

韩谦明白父亲此时愿意放下大志，不那么急切，实则是对他寄以厚望。

他满心苦笑，他一切努力也不过是在挣扎生存，不想落一个众叛亲离、车裂于市的惨淡下场，有什么资格去承接这厚望？难道要跟他父亲说天佑帝四年内必死，安宁宫那位则将心狠手辣得出乎任何人的想象，楚州的那位也非甘于雌伏之人啊。

……

……

"你们还真是看重韩家父子啊，竟然让韩谦掌握秘曹左司。"苏红玉纤纤玉手搁在琴弦上，痴情地看着对面的李知诰，神态慵懒地感慨道。

姚惜水心里也有诸多不满，但此时似乎更不满苏红玉在她这个"外人"面前，一点都不遮掩她对李知诰的情意。

龙雀军即便形成战斗力，成为一支精锐之师，驻守在金陵附近，最大的作用也只是牵制住安宁宫及太子一系不敢对三皇子及信昌侯府轻举妄动，但朝堂之上兵马调动，皆有法度。

更何况天佑帝尚且健在，京畿除了龙雀军外，更有南北衙总计十八卫军约二十万兵马拱卫。

所以说，正常情况下，即便是陈德、李知诰等人，所能直接动用的权力都极为有限；真正遇到什么突发状况，手里也仅有侍卫营及侯府家兵三四百人能直接调用。

没有枢密院及兵部的调令，只有在彻底撕破脸时，他们才会直接调用龙雀军。

而秘曹左右司成立的目的，就是要在暗中监视、刺探安宁宫、太子及信王等势力的动静，甚至还要承担起收买、恐吓甚至刺杀将臣的重任。

秘曹左司的行动潜藏在暗处，不受朝廷法度的监管，韩谦执掌秘曹左司参军的权柄，在一定程度上，权力甚至要比陈德、李知诰等人更大。

何况，李知诰他们还允许秘曹左司的秘密力量，完全由韩谦出面筹建，这相当于放弃晚红楼对他的直接控制。

姚惜水自然是反对的，但信昌侯李普及李知诰主张如此，却也有他们的理由。

那就是韩家父子发挥的作用太大了，这时候宁可放弃对韩谦的直接控制，也要将韩谦及其父拉到跟他们同一艘船上。

面对苏红玉的"怨言"，李知诰只是一笑，说道："韩家父子非池中之物，不与之共享厚利，难成其事。"

"得，得，得，我也只是说说，可不想听你一本正经的教训。"苏红玉慵懒地挥了挥手，打断李知诰的话。

这时候一位身穿黑衫的刀客经禀告走进来，匆匆凑到李知诰身边耳语几句，便又告退。

看李知诰满脸惊容，苏红玉问道："怎么了，发生什么事情了？"

"没有什么事情，只是安插在乌梨巷的探子刚刚看到登门拜访其叔韩道勋的韩钧，抬着一名亲信的尸首，含恨走出韩宅！"李知诰说道。

"啊！怎么回事？"姚惜水听了这事，也是动容问道。

"宅子里到底发生了什么事情，并不清楚，探子只看到当日射杀范武成的少年赵无忌站在院墙之上出手了！韩钧身边还有三名亲信被打折右臂，而事前韩家在城里的家兵及家兵子弟，曾将韩宅团团围住。"李知诰说道。

"韩谦说他对老宅私怨极深，你们不是一直都没有办法查验吗？"苏红玉笑道，"得，现在韩谦提出其父韩道勋要出仕地方，你们也只能遂其志了！"

"嗯！还以为今夜能歇下来，"李知诰苦笑一下，说道，"我回府了，不在这里陪你们说话了。"

"好似有陪我说话似的。"姚惜水嘲笑道。

"……"李知诰挥挥手，就带着随扈离开晚红楼。

韩道勋谏逐饥民，名声渐恶，已经被其他朝臣孤立，而此时的韩谦也没有朝廷上层的信息源，但信昌侯府早就注意到枢密院有关韩钧的调令。

韩家老大韩道铭早年在巢州任职时，就曾受徐明珍节制，与徐明珍颇有私谊，此时其子进入由外戚徐氏及太子一系的核心人物之一、枢密副使牛耕儒所亲自掌管的枢密院北面司任职，无疑代表韩道铭作为池州刺史，正式成为外戚徐氏及太子派系的一员。

池州虽然不及扬、杭、润、湖、越等州富庶，但也是辖有八县、丁口高达七万余户的上州，而同时作为京畿的西门户，北接巢州、寿州，西接江南西道诸州县，地位尤其重要。

韩文焕早年曾在池州担任屯营军使，在池州地方经营出深厚的人脉；韩道铭在到池州任职之前，其子韩钧就迎娶池州大族杨氏女，及任刺军兼领屯营军及州军之后，在池州威势一时无两。

更不要说韩族在宣州数代经营的深厚势力了。

虽然老家主韩文焕尚且健在，但韩道铭作为韩族的当然继承人，在韩族内部的地位是要高过老二韩道昌、老三韩道勋的。

当然，韩道铭之子韩钧此次进京，李知诰他们猜测这也应该是韩族老家主韩文焕的直接授意。

形势对安宁宫及太子一系越来越有利，也令李普、李知诰等人倍感压力。

韩道勋早年就与父兄不睦，这不是什么秘密。

韩谦也声称幼年挣扎在二伯父韩道昌的阴影下，心怀恨意。

只是，这些即便都是真的，也不能保证整个韩家都做出选择后，韩道勋、韩谦父子的态度不发生变化。

在过去几个月，韩谦在三皇子身边所发挥的作用太大了，大到已经不是杀人灭口的问题了，而是大到失去韩谦父子，他们成事的希望将更渺茫。

因此三皇子杨元溥受韩谦唆使主张设立秘曹，李知诰非但不恼，甚至还更坚定地力荐韩谦执掌一部，希望以此坚定韩谦及其父韩道勋的态度。

李知诰没想到韩谦不仅已然明白他们的心思，给出来的态度还如此地鲜明跟狠绝。

第五十九章
叙州刺史

韩谦心绪起伏，一夜没有睡好，清晨起来，练过一趟拳，午前也没有出门，就在宅子里想着秘曹左司筹划之事，心里又想着要用什么策略跟信昌侯府那边配合，才能让朝廷尽快地将他父亲调出金陵到地方任职。

拖到下午，让赵阔他们护送他到临江侯府帮忙准备大婚之事。

李知诰正在临江侯府，看到韩谦过来，便将他拉到一旁，说道："叙州刺史王庾病殁于任上，然而无人愿任，吏部为这事也踌躇一段日子了，不知道韩大人那边有无此意……"

前朝开元年间，将江南道分为江南东道、江南西道与黔中道，叙州位于江南西道与黔中道的交界地。

即便是江南已经得到充分开发的当世，叙州依旧是瘴蛮之地。

叙州以西、以南的黔中地区，虽然也纳入大楚的版图，但其境皆是羁縻州，前朝就未曾有效地将其纳入中央政府的管治之下。

黔中诸州的刺史等要职都是当地的土著首领世袭领受，此时也仅仅是每年象征性地向金陵上缴一些贡赋。

叙州的情况要比黔中诸州稍好一些，但也好不了多少，除了刺史等主要官员接受朝廷的委派外，但地方上的夷藩土著势力依旧极大，处于半自治的状态之中。

叙州除了夷藩杂居、民情复杂外，山高水险、瘴毒遍地，在前朝实是为人所畏、朝官犯错才会外贬过去的地方。

不过，此时的楚国，所辖之地也仅有五十一州而已，一州之刺史，不管多荒僻，也是无数人争抢的实缺，怎么可能无人愿任？

应该是叙州刺史一缺，几方势力争夺僵持多日暂时还没有定论罢了。

韩谦相信李普他们要争下这个职缺，也要付出相当大的代价，但这么快决定将这个职缺让由他的父亲去顶替，应该还是昨日的事情起到催化作用了。

叙州是荒僻了一些，但除了没有资格挑肥拣瘦外，有时候荒僻还未必就是一件坏事，韩谦朝李知诰拱拱手说道：

"多谢虞候帮忙说项，待韩谦夜里归宅回禀家父，再给虞候答复。"

"这个好说。此值四战之时，韩大人有经世致用之才，应治地方，他日登堂拜相，也未尝不可。"李知诰哈哈一笑，说道。

面对李知诰的期许，韩谦只是一笑，心里想三皇子杨元溥根基薄弱，然而就剩不到四年时间，倘若没有步步惊心的勇毅、自觉，去走接下来的每一步，想要从太子、信王手里夺下帝位，希望实在是渺茫得很。

"昨日你家宅子里的动静不小啊！"这时候冯翊与孔熙荣、李冲从里面走出来，看到韩谦跟李知诰站到夹道口说话，立马鬼鬼祟祟地凑过来说话。

"外面传我家宅子里昨日发生什么事情？"韩谦笑着问道。

韩钧、韩端昨日用马将恶奴牛二蛋的尸体从韩宅运出，含恨而走，当时天还没有黑。

京城之内，一人被箭射杀，外加三人右臂被打折，即便都是韩氏的家兵，巡街铺的军使看见，也绝不可能不拦下来盘问。

不管韩钧、韩端找什么托词搪塞过去，想不引起惊扰是不可能的。

然而韩谦却不想解释太多，避重就轻地反问冯翊。

李冲盯着韩谦，见韩谦不愿多说，心里暗恨，却也没有办法去撬韩谦的嘴，追问昨日韩家宅子里到底发生了什么，才使得韩谦纵奴杀人，使得登门拜访的韩道铭长子韩钧，如此狼狈地含恨离开？

李知诰见韩谦才过去一夜，就已然是风轻云淡的样子，也是暗暗钦佩，心想这样的人物，替三皇子执掌一部，应该能做成一些事情。

……

……

李冲将冯翊、孔熙荣拉走，韩谦随李知诰去见三皇子杨元溥。

韩谦相信李知诰、李冲已经将昨日发生的很多事情，都找机会说给杨元溥知道了，他们在侯府要避开郭荣、宋莘等人议事不容易，需要抓紧时间，他直截了当地说道：

"要瞒过安宁宫及信王的耳目设立秘曹左司，衙署可秘密设立于秋湖山别院；而所需人手，以山庄雇工的名义，从屯营军府雇用匠工及家兵子弟训练之；而所需钱粮，也应该从山庄与屯营军司的交易中支取，或能确保不会惊动他人……"

柴建那边怎么设立、运作秘曹右司，韩谦管不着，他昨夜到半夜都没有睡踏实，今天上午也一直有在考虑左司要怎么组织、设立的事情，也将一些思绪写了下来，此时将几页纸稿递给三皇子杨元溥看。

虽然这事最终还得信昌侯李普与黑纱妇人定，但韩谦还是想养成凡事必须先经三皇子杨元溥过目的习惯。

要成事，第一需要有人，第二需要有钱粮。

韩谦想过父亲真要有机会出仕地方时，宅子里的家兵及家兵子弟该怎么安排。

韩谦的主张是范锡程、赵阔以及年前迎娶饥民妇人的家兵，以及像林宗靖这些家生子，都要随父亲离开金陵，到叙州去。

这样不仅能保证郭奴儿等饥民出身的家兵子弟，没有根脚留在金陵，能不受人威胁地忠诚于他，同时那几个还留在金陵追随他的家兵，又因为有子嗣在他父亲身边任事，也将不敢随意出卖他。

不过，家兵及家兵子弟这么分派之后，韩谦身边能用的人手就三十多人，远远不够将秘曹左司支撑起来的。

而且，信昌侯李普以及三皇子杨元溥再信任他，也不可能同意他在秘曹左司上上下下都只用他的嫡系亲信。

目前山庄烧石窑雇用有三百人，大多数都是从屯营兵户雇用，韩谦考虑以雇用匠工及匠工学徒的名义，从屯营军府选用两百人，应该不会惊扰到他人。

至于钱粮，当然可以由信昌侯府或晚红楼暗中拨付，但韩谦深知钱粮的重要性。

钱粮供给受控于晚红楼或信昌侯府，秘曹左司就不可能摆脱晚红楼及信昌侯府的阴影，获得独立于晚红楼控制的地位。

虽然石灰市价下滑得厉害，但目前山庄每日供给屯营军府的一百五十担石灰，也只有市价的一半。

韩谦想着屯营军府以后照市价从山庄收购石灰，并陆续将之前的差价补足，这样韩谦每年就能固定从屯营军府获得三四百万钱的盈余维持秘曹左司的运营。

这样既避免晚红楼或信昌侯捏住秘曹左司的命脉，也确保权力集中于龙雀将军府的架构之下。

而至于秘曹左司内部怎么运作，韩谦希望他有专擅之权，也只对三皇子杨元溥负责、汇报。

虽然这些事都是韩谦只用一夜思量，但方方面面都已经兼顾到。

信昌侯府及晚红楼那边，也将三皇子杨元溥身边的事情都交给李知诰来掌控，当下便决定仓曹那边先拨一百万钱，将之前的差额补上，由韩谦自行从屯营兵户中招雇人手。

秘曹左司所选用人手，可以不在军府兵曹造册，但用人名单需要交到李知诰手里亲自掌握；再想表示大方、予以信任，也不可能一点制衡手段都不留。

李知诰又说道："右司那边用人，也会拟一份名单给韩参军你！"

韩谦点点头，见三皇子杨元溥的眼里也满是期待，似乎眼前形势真就是一片大好，他心里一叹，在天佑帝的阴影或者说压制下，安宁宫那边目前是没有什么令人心惊胆战的阴狠动作，又或者视野主要盯住信王，但这边露出獠牙后，形势必然绝没有眼下看上去的那么轻松。

……

……

韩谦从三皇子杨元溥那边领了一面阴刻龙雀纹的侍卫武官腰牌，便告辞从潇湘院出来，这时候侯府内内外外都着手张灯结彩，四天后就是三皇子杨元溥与信昌侯幼女李瑶大婚的日子。

看着里里外外诸多人都煞有其事的样子，韩谦心里则是一笑，三皇子杨元溥是要比同龄人早熟许多，但信昌侯幼女李瑶的年龄更小，过年才刚刚满十二岁，也不知道她到底知不知道大婚的含义。

这时候不知道冯翊又从哪个角落钻出来，鬼鬼祟祟地问道："殿下唤你过来何事？"

"殿下见交办我建烧石窑颇有成效，还想着我帮他在城里置办货栈什么的，或许想着以后能放些眼线进去……"韩谦不动声色地说道。

韩谦没有完全说实话，但也没有想过要彻底瞒住冯翊。

冯翊虽然不务正业，但心眼不瞎。

除非韩谦不再跟冯翊接触，要不然他往后要做那么多事，怎么可能瞒过冯翊？

听韩谦这么说，冯翊两眼放光，压低声音问道："可有我跟老孔什么差遣？"

韩谦这段时间有意无意地跟他们灌输两边下注的道理，冯翊听了也甚以为是。

冯翊就算是替三皇子杨元溥办事，他此时才十九岁，身边仅有七八名仆厮伺候，相比较整个冯家，还是有些微不足道了，还远不足以代表冯家。

只要冯家的态度不发生变化，甚至更往安宁宫及太子那边倾斜，将来安宁宫及太子一系，要拉拢冯家，也不会在意冯家个别人有些瑕疵而赶尽杀绝。

更关键的，冯翊这段时间也多次出入桃坞集，看到他当初完全不抱以希望的龙雀军屯营军府，竟然在短短四五个月成了规模，看到三皇子杨元溥并非没有成事的机会，再想到他此时替三皇子办事，将来的收益或将难以估量，心思就更热了几分。

此外，这三四个月时间，三皇子杨元溥也没有强人所难，冯翊、孔熙荣主要还是帮韩谦，将山庄所出的石灰，通过冯、孔两家货栈贩售诸县，非但未受其害，还得了一二百万钱供他们挥霍。

在冯家、孔家，父兄等人看他们也不再不学无术、不务正业，不再动辄呵斥训骂，这种感觉是他们以往怎么都感受不到的，这时候也想多讨些事做。

韩谦心里一笑，将冯翊往外拉，说道："走，我们找个地方喝茶。殿下交办我做这些事，我一个人也没有办法做得了那么多……"

第六十章

家兵进城

即便往后屯营军府这边每年拨三四百万钱给韩谦，除了三四十嫡系外，还能再从屯营军府选用二百人，但韩谦心里清楚，要真正构建一个能用的情报体系，谈何容易？

那夜在秋湖山别院之后，韩谦似在梦境中经历别样的人生，就不再是不畏虎的初生牛犊了。

而最近三四个月，他除了勤学苦练、教导家兵子弟，以及到临江侯府应卯外，主要精力还是用在编写《用间篇注疏》上，很多事情想得越深，便知道做起来越难。

晚红楼能有今日之势力，实则是在天佑元年正式浮出水面之前，已经不知道在暗中潜伏多少年了。

听三皇子杨元溥所说，世妃早年在广陵时就与黑纱妇人认得，韩谦推测那再晚也是十八九年前的事情了。

而当时前朝还没有覆灭，天佑帝获任淮南节度使还没有几年，甚至当时与徐后所在的广陵节度使徐明珍仅仅是姻盟关系，更没有江南东道、江南西道诸州纳入治下。

韩谦现在要将眼线放到安宁宫及太子一系的身边，为三皇子杨元溥盯住那边的动静，秘曹左司才算具备初步的价值，但要想不露痕迹地做到这一步，不为人察觉，就绝非易事。

韩谦昨夜没怎么睡踏实，将手里能利用的资源都梳理过一遍，将冯家受冯翊指使在金陵城及京畿诸县贩售生石灰的人手拉出来，建一座货栈，则是一个将眼线往安宁宫及太子一系内部进行渗透的捷径。

在长达四五个月的精心渲染下，定期在屋前院后撒生石灰粉消杀疫毒，在京城官宦圈子里已经深入人心。

然而生石灰粉容易吸潮，不易储存，都是随买随用。

经营生石灰粉，就有机会定期跟各家宅子的管事保持接触；而唯有接触之后，才有机会打探消息，甚至收买线人，进行更深入的渗透。

天佑帝撑不住四年，没有时间给韩谦从容不迫地进行布局，借助冯翊，则能不着痕迹且又极其快速地跨出第一步。

韩谦将冯翊拉到位于韩记铜器铺对面的一家茶馆，到二楼要了一间临街的雅间喝茶，将置办货栈之事说给冯翊。

韩谦要冯翊将之前冯家负责贩售石灰的人手拉出来新成立一座货栈，货栈得在冯翊或他能绝对信任的嫡系控制下正常运营，而安插眼线等事则由韩谦亲自负责。

"殿下及信昌侯那边，现在让你负责这些事了？"冯翊压低声音问韩谦。

"或许是昨日我家宅子里发生的事情，让殿下及信昌侯觉得我还是能为他们做些事情的吧。"韩谦说道。

韩谦这时候也不隐瞒在宣州为韩钧、韩端所欺的事情，但此时跟冯翊说，也只是说昨天的事情，只是他看到机会，怎么也要先泄私愤、报私仇！

"太他娘的爽了，这些恶奴胆敢以下欺上，大卸八块才能解恨。"

冯翊性情顽劣，即便他在外面借着冯家的权势作威作福，乃至为非作歹，但他在冯家又不是独苗，就难免会被轻视、嫌弃，甚至被比他更得宠、看上去更有出息、更值得冯家寄托希望的兄长欺压。

听到韩谦昨日使人射杀韩钧身边的恶奴，冯翊同仇敌忾，也感到极其爽利。

"我也是想明白了，我老韩家但凡有什么好处，都会给长子长孙，我要想不为人欺，就必须自己出人头地，"韩谦不动声色地跟冯翊贩卖心灵鸡汤道，"殿下现在小小年纪都已经独掌一军，他日境遇再差，也能像信王那般出藩，独镇一方，我们此时尽力替殿下办事，日后定少不了我们的好处。"

"……"冯翊深以为然地点点头，决定自力更生，热切地跟韩谦讨主意，"我这边将人手拉出来，新立一家货栈，你说设于何处为好？"

"我家在靠山巷有一栋院子挨着石塘河，有什么货物用船从城外经秋浦河运进城也方便！"韩谦说道，"你将人手拉出来，要是暂时缺安置钱款，我这边还有二十饼金子，你先拿去用。"

冯翊与孔熙荣出手是绰阔，但也正是如此，他们手里存不下钱物，通常是手里有多少钱物，都会在最短的时间内挥霍一空。

"这怎么成？我找熙荣另外想办法。"冯翊也不想让韩谦看轻了，说道。

"殿下交代我办事，私下拿了一百饼金子给我，这是殿下的钱，"韩谦知道冯翊越表现出能办事的样子，冯家才越不会约束他，说道，"货栈不能盈利则罢，月底要有盈利，你从里面拨回一半给我。"

李知诰说是会让军府仓曹拨一百万钱给韩谦先将事情做起来，韩谦也相信李知诰会说到做到，但要将一个真正行之有效的情报体系，在短时间内全面铺开，绝非一百万钱能办得到的。

这段时间，韩谦私底下也攒下二百多万钱，为今之计，只能将这笔钱物拿出来先垫进去。

此外，这段时间他也不动声色地将乌梨巷、兰亭巷以及靠山巷临近石塘河的六栋规模不小的院子都买了下来，这时候也能派上用场。

将靠山巷临河的两栋院子拿出来建货栈，无论是货栈的人手还是进出的货物，都将置于他的监视之下。

同时，他也能依托改建货栈、上货码头的机会，将邻近的四栋院子进行彻底的改造，以作为秘曹左司在城内的主要基地使用。

"嗒嗒嗒！"

这时候楼外响起一阵急促的马蹄声，韩谦朝窗外看去，就见有一票人马，有四五十人，皆剽悍健勇，身背大弓、腰利刃，从西边的大街策马驰来。

"哈，你们老韩家这下子热闹了。"冯翊探头看到这群人在茶楼对面的韩记铜器铺停下来，韩端脸色阴沉地从铺子里面走出来，朝韩谦耸肩笑道。

冯翊也是祖籍宣州，韩文焕在金陵任兵部侍郎，韩钧、韩端都在金陵住过相当长的时间，冯翊也都认得。

这时候看到韩端又调来四五十名好手，自然猜到这是为昨日事针对韩谦而来。

韩谦从这一幕之中，所能看到的消息比冯翊要更多。

即便这四五十人都是老宅的家兵，但没有正式的官方身份跟调函，四五十人公然携兵械刀弓结队进城，真当四城守卫及巡兵是摆设？

范锡程、林海峥、范大黑、赵阔以及赵无忌等人，跟在韩谦身边，能携兵甲进出，也是借用侯府侍卫的身份，其他家兵子弟则是城内、城外各备一套兵械，是不可能公然携兵械进出城门的。

老韩家的家兵目前都主要随大伯韩道铭驻扎在池州，有池州州兵的身份，但作为州兵，更不可能这么多人一起随意进城。

眼前这一幕，只能说明韩钧、韩端从外面调集家兵过来，是枢密院高层，甚至有可能直接得到枢密副使牛耕儒的许可。

这也说明韩钧、韩端昨日气恼之余，已经将韩氏内部的激烈矛盾，跟牛耕儒或者谁禀告过了。

韩谦心里一笑，这对他来说其实是好事，这意味着往后安宁宫及太子那边猜忌他，也极可能会先从韩氏内部矛盾着手，而不会直接采取最暴烈的手段。

韩端或许是注意到守在茶舍楼下的林海峥、范大黑等人，眼睛阴狠地朝这边的窗口看来，手按向腰间的挎刀，做出威胁的姿态。

韩谦只是一笑，跟冯翊说道："殿下那边颇为迫切，我们刚才商定好的事情，这两天就先做掉！"

……

……

韩谦身穿长袍，与冯翊在茶楼前分开，就双手袖在身后，在林海峥、范大黑、赵无忌三名牵马家兵的随同下，扬长而去。

此时夕阳正晚，韩谦在石板街上拖出长长的影子。

看着这一幕，韩端微微一怔，咽了一口唾沫。

昨天韩谦纵家兵射杀牛二蛋，韩端起初是意外，但过后想起发生在宣州的种种旧事，以韩谦乖戾、暴躁的秉性，一时得势便怒不可遏地发泄私愤，却也不算多奇怪。

只是这厮跑到韩记铜器铺对面的茶楼饮茶，被他们这边有五六十剽悍人马盯着，竟然如此从容不迫地离去，就有些令韩端看不透了。

这还是他所认定的那个性情乖戾暴躁的韩谦吗？

又或者说他仗着身为临江侯陪读、侯府从事的身份，认定这边不会拿他怎么样？

在光天化日之下，韩端还真不能拿韩谦怎么样，只能咬着后槽牙，愤恨不平地走回铜器铺的院子。

韩文焕任兵部侍郎时，在金陵置了一座宅子，就在韩记铜器铺背后的田业坊内。韩文焕致仕回宣州养老，这宅子就一直空在那里，韩道勋调到朝中任职，没有住进这栋大宅，这次韩钧、韩端到金陵来，却住了进去。

韩端将调入金陵增援的家兵安排在铜器铺学徒所住的院子里，便穿过街巷回到田业坊的宅子，看到韩钧与杨氏正在宅子里指使奴仆整理屋舍，走过来将看到韩谦一事，说给韩钧知道。

"韩谦不足为虑，以后有折腾他的时候；真正叫人看不明白的，还是三叔啊。"韩钧蹙着眉头说道。

韩端哪里知道韩谦在过去一年时间里发生那么大的变化？

细想韩钧的话，他觉得也是，要没有三叔韩道勋的纵容跟认可，那边宅子里的家兵当时会听韩谦那王八崽子的指使杀人？

第六十一章

婚　约

韩谦天擦黑回到宅中，看到父亲韩道勋已经从宏文馆回来，走过去说了信昌侯李普那边将推荐他出仕叙州刺史之事。

"叙州刺史？"韩道勋疑惑地看了韩谦一眼，又袖手别在身后，朝天际渐被暮色吞没的最后一抹艳霞望去。

韩谦知道父亲是为那边如此干脆利落的决断而疑惑。

是啊，要没有他跟晚红楼、信昌侯府错综复杂的纠缠，即便《疫水疏》发挥的作用再大，在没有得到他父亲亲自跑过去效忠之前，也不可能将他们要花极大代价才能争来的叙州刺史，落到他父亲头上，他也没有可能年纪轻轻，就能在龙雀将军府之下独掌一部司曹？

秘曹左司暂时不会浮出水面，但信昌侯那边动用一切力量，将他父亲推到叙州刺史的任上，那他父子二人身上也就将正式打上三皇子的烙印。

韩谦相信父亲必然能想到这里，岔开话题，说道："叙州山险水恶、瘴毒遍地，又民情复杂，爹爹过去要想治理好地方，怕是颇为不易，爹爹可是已经有什么想法？"

"你刚跟我说这事，连半盏茶工夫都没有，我能有什么想法？"韩道勋笑道，"你想岔开话题，也没有这般岔法的吧？"

韩谦不好意思地摸了摸头，说道："信昌侯那边答应下来，而且推动这事，一定会极快，至少要赶在安宁宫那边回过神来之前，将这事落实了。"

韩道勋也明白，心里又想，等安宁宫及太子那边回过神来，将此事跟年前他朝会进谏驱逐饥民以及临江侯出面安置饥民编制龙雀军等事联系起来，到时候天下人或许会将他看作那种为求名利、投附三皇子而不择手段的小人吧？

"唉，"韩道勋绝不愿被卷入争嫡之事，却发现最终还是挣扎不开，忍不住长叹一口气，又问韩谦，"信昌侯那边没有提其他要求？"

"这个倒没有。"韩谦说道。

韩谦知道信昌侯那边对叙州必然是有所期待的，但李知诰今日没有提，主要还是叙州太偏远了，此时只能作为闲棋冷子使用，难以寄托太多的期待。

不过，等安宁宫及太子那边回过神来，他们却未必会这么想。

"地方志说叙州七山二水一分田，苗夷杂居，土客矛盾，三县之地，比京畿还要辽阔，但丁口加起来都不足京畿一中县，为父过去想要有所作为，却是不易。"韩道勋说道。

韩谦也是最近才有精力去研究州县形势，对叙州的形象较为模糊，只知是鸟不拉屎的瘴蛮之地，但具体什么情况，就远不如他父亲熟悉了。

这时候范锡程、赵阔有事跑进来禀报。

韩谦趁机岔开话题，跟他父亲说起秘曹左司及宅子里家兵的安排："殿下已经许我在将军府之下新立秘曹左司，我打算留范大黑、林海峥他们在金陵帮我；范锡程、赵阔他们随爹爹去叙州。另外，爹爹去叙州任职，还不知道要待上几年，让范锡程、赵阔他们将家小也迁过去，省得他们骨肉分离，我这边也能多腾出些地方，安置左司的秘谍……"

韩谦要将家兵与家兵子弟拆散进行安排，以及之后还需要借助范锡程、赵阔他们在金陵、叙州两地建立起联系，所以秘曹左司的存在，不可能完全瞒住范锡程、赵阔他们，索性有些事情就先挑明了。

韩道勋一时也没有看出韩谦在家兵分配上动了心思，点点头答应下来。

他到叙州任职，州县官吏僚属大多数由地方土著首领出任，有些官职从前朝开始就是世袭的，天佑帝也无意破坏那边的传统，使得大楚的西南边陲不安定。

韩道勋心想他身边是需要嫡系帮着做事，但也没有必要带一大群人过去，反倒是韩谦正式帮三皇子做事，而且所事凶险，需要可以信赖的人要更多些。

范锡程、赵阔听了韩谦这话，却是有些犯傻，除了昨天的事情发生得有些太出乎意料，令他们现在想来都有些心惊胆战之外，年后宅子里一直都波澜不惊，家主怎么就突然要出仕地方，而少主还要正式替三皇子执掌司曹？

"……"范锡程、赵阔一时犯愣，面面相觑。

"你们急匆匆赶回来有什么事情要说？"韩谦问道。

"韩钧那边，临夜前从池州调集一批人手进金陵城，差不多有四五十好手。"范锡程说道。

他与赵阔得知此事，心里多少有些惊慌，怕再引冲突会出伤亡，还想着赶回来与家主商议应对之策，想着劝少主韩谦以后遇事能忍耐住脾气，要不然就算老家主不在了，他们这边也远没有资格跟韩道铭、韩道昌两房斗，但他们没想到赶回来，竟然听到这样的消息。

他们突然间发现，即便这段日子在少主韩谦身上已经看到够多惊喜了，但似乎还是远没有将少主韩谦看透。

不要说赵阔了，就连范锡程都禁不住想：家主出仕叙州以及少主得以在三皇子那里执掌一部司曹，跟昨日之事有没有关联呢？

"这事我与林海峥、范大黑他们回来时，就看到了，此事不足为虑。"韩谦浑不在意这事，看到林海峥、范大黑、赵无忌就站在院子里，说道，"你们准备一下，一会儿陪我去山庄。"

现在临江侯府上下都在为大婚的事情忙碌，夜里也没有停歇，但韩谦却没有心思跑过去凑这个热闹。

秘曹左司既然已经得到授权启动，那就要分秒必争地尽快将摊子铺出去，才有可能多扳回一分劣势。

赵庭儿这时候从走廊往里探了探头，许是告诉饭菜已经准备好，看到这里在商议机密，待要缩头走开，韩谦也将她喊住："庭儿，你夜里也随我们去山庄。"

"这么晚，庭儿也去干什么？"赵庭儿张开嫣红檀唇，乌黑似点漆的美眸怔怔地盯着韩谦，心想少主这时候出城，定然是有要事，不知道要她也跟着过去做什么？

"我传你那些学问，可不是要将你当成暖床丫鬟使唤的。"韩谦说道。

听韩谦说话没有正经，赵庭儿小脸羞得通红，一双美眸待要瞪回去，却见家主及范锡程、赵阔都有些讶异地看过来，也知道太过唐突、放肆了，吐了吐香舌，低头站在那里不再吭声。

"少主今年都十九了，老爷是不是该派老奴到王相家走一趟，早日将王相家孙小姐给少主迎娶回来——王相家孙小姐今年也满十六了吧？"范锡程哈哈一笑，问韩道勋道。

赵庭儿是韩谦房里的奴婢，两人都正值年少芳华，即便发生些什么，在范锡程他们看来再正常不过；而倘若赵庭儿将来有生养，也将当然成为韩谦的妾室。

不过，当世贫贱不通婚，这也不仅仅是观念上的问题，而是朝廷律令明确规定的。韩谦倘若敢贱娶，让人告发上去，是要被剥夺官身的。

范锡程这时候还没有意识到家主韩道勋出仕地方，是很快就会出结果的事情，打心底觉得老爷应该趁离开金陵之前，先将少主的婚事给确定下来。

要不然的话，少爷在三皇子身边任，而老爷出仕地方，还不知道拖到驴年马月才能再回金陵主持这事。

王积雄？

听范锡程这么说，韩谦微微一怔，他跟前相王积雄孙女有婚约一事，可从来都没有听父亲提起过啊。

韩道勋挥了挥手，让范锡程他们先退下去，跟韩谦说道："三年前王师到广陵筹措粮草，说他次子膝前有个女儿聪颖过人，当时开玩笑说许给你为妻，锡程当时也在场。这事之后也没有再提起过。"

虽然没有下六聘之礼，但王积雄这样的人物绝对不会拿后辈婚事当玩笑说。

韩谦与王家孙小姐都没有谋过面，自然不会有什么念想跟失落，笑着问："爹爹年前在朝会上《驱饥民疏》，惹恼王积雄，这桩婚事才无疾而终了？"

"倒不是如此，"韩道勋轻叹了一口气，觉得这事他有些对不住韩谦，坦然相告道，"刚接你到金陵，王相倒是派家人过来，想要催促你们完婚，但为父见你不肖，怕误了人家，回绝了此事。之后，为父谏驱饥民，大概是真惹恼了王相，连只言片语都不见捎来。"

　　"这么说来，这是爹爹你欠我一房媳妇啊。"韩谦开玩笑说道。

　　"你这胡说八道的孽子，为父欠你什么欠？"韩道勋发现他不知不觉间，也没有办法在儿子面前板起长辈的严肃脸了。

　　他现在对韩谦的学识、能力都再没有丝毫的质疑，就担心他心思阴柔，心志没有放在济世为民之上，而太过工于心计了，但现在也不是担忧这个的时候，挥手让他用餐，赶在夜深之前回山庄筹事去。

第六十二章

爪 牙

有三皇子杨元溥所赐的侍卫武官腰牌，品秩比照侍卫亲军营指挥，韩谦只要不走外戚徐氏及太子直领兵马所控制的城门，带着十数携刀随扈，夜间出入金陵城都不是什么问题。

十数骑簇拥着一辆马车，车轮辚辚地碾过石板路出了城，消失在夜色深处。

赶到桃坞集，韩谦顺路先去拜访沈漾。

韩谦赶到时，沈漾正拉张潜在公署的后衙弈棋。

张潜此前是桃坞集的里正，此时被沈漾荐为军府从事。

张家在金陵算是大户，张潜自幼也读诗书，也有从军的经历，之后归乡才任里正，官位低微，为人任事也小心谨慎，但见识却是不浅。

沈漾跟信昌侯府终归不是一路人，他愿意打理屯营军府的事务，一方面是天佑帝钦定他出任侯府长史、侍讲，职责所在，有些事情推脱不掉，此外更多的也是同情饥民的处境。

而信昌侯李普以及李知诰等人，也怕沈漾的眼睛太毒，看出什么破绽来，也有意让他们的人与沈漾保持距离。

因此沈漾在屯营军府，除了张潜、郭亮等寥寥数人外，也实在没有其他能用、能亲近的人了。

"韩大人找沈大人有事相商，张某不在这里打扰了。"张潜见韩谦半夜跑过来找沈漾，却站在一旁不吭声，也知道自己应该回避。

"……"韩谦歉意地朝张潜拱拱手。

沈漾即便不赞同他们，也不会屑于向安宁宫通风报信，但他暂时还没有能在张潜身上看到这样的气度跟格局。

"你半夜撞上门来，有什么事情找我？"沈漾吩咐童仆带上房门走出去。

"殿下欲使新建一部司曹，专事刺探之事，日后韩谦少不得要请沈师给行方便。"韩谦说道。

沈漾治屯营军府，主要是安置饥民，所筑屯寨，甚少考虑军事防御所用。

当然，龙雀军想在桃坞集建造二十五座堡垒，代价也相当大，不可能一蹴而就，但韩谦要将秋湖山别院当成秘曹左司在城外的核心基地，日后要防止他人渗透、窥探，那在进出山庄的溪谷、山口处，就要择地建造利于防守、隔绝内外的哨堡。

这事不仅要事先跟沈漾打招呼，少不得还要沈漾配合才能成事。

"唉！"沈漾长叹一声，他不愿看到争嫡有往血腥方向演变的趋势，但三皇子这边都要设立秘曹，专司其事，便知道有些事非他所能更变，说道，"殿下但凡有令，又合朝廷法度，我这边自然会给方便。韩大人可知此事？"

"家父知道此事，但殿下所令，韩谦不敢不遵。"韩谦含糊其词地说道。

天佑帝尚在，雄武霸才，安宁宫徐后始终都还隐藏在天佑帝的阴影之下。

目前朝中诸多大臣，主要也是看到外戚徐后及太子一系势大，不愿得罪，却没有几人能真正认识到安宁宫隐藏在暗处还没有显露出来的血腥獠牙。

世妃及三皇子长期生活在安宁宫的阴影下，感受自然是最深刻的。

沈漾此前被天佑帝钦点为侯府侍讲，这么一个孤傲的人却消极怠工，除了不欲介入争嫡之事，韩谦认为他对安宁宫敛藏的血腥爪牙，应该是有所警觉的。

只可惜，沈漾跟他父亲是一类人，不顾安宁宫的猜忌站出来主持屯营军府，却也只是怜悯染疫饥民，至少目前并不会过深地卷入争嫡之事中来。

听韩谦这么说，沈漾点点头，也没有再追问下去。

韩谦接下来除了筑堡、雇人之外，还与沈漾商议如何通过山庄与屯营军府的交易，作为筹办秘曹左司的经费，每年稳定输入四百万钱的盈利。

虽说这事已经得到三皇子杨元溥以及李知诰的许可，掌握事权的兵曹、工曹、仓曹等三司参军也都是信昌侯府派出的嫡系，但这些事不可能瞒过沈漾，甚至还需要沈漾帮忙掩饰，才不至于让郭荣、宋莘等人觉察到蛛丝马迹。

郭荣身为监军使，秋湖山别院想要直接改修成堡垒，他必然要追究下去。

而韩谦又绝没有借口在屯营军府的范围内为私人建造堡垒，沈漾这边更没有借口坐视不理。

目前沈漾借用张潜家宅院作为军府公署使用，韩谦的想法是屯营军府在这边直接修建一座堡垒，这样就能恰到好处地将进入秋湖山别院的主要道路扼守住。

之外，在山庄的后山及东西两侧的山脊，还有三四个缺口，建筑小型的哨房，设置哨岗，就能防备外人潜入山庄以及小规模的兵马进攻。

韩谦将示意图简略地画给沈漾看。

沈漾抬头看了韩谦一眼，韩谦有一层意思没有说透，但他不是看不出来。

如此布置，除了要将秋湖山别院当成秘曹基地使用外，韩谦必然也有考虑到一旦争嫡形势恶劣，三皇子在城外需要一座易守难攻的坚固落脚点聚拢兵马。

沈漾心里暗暗一叹：道勋你志存高远，无意卷入争嫡之事，但你有一个厉害的儿子啊。

"只要殿下有令，钱粮无碍，我这边会遵办的。"沈漾说道。

"那就托付沈师了。"韩谦站起来揖礼道，便告辞离开。

他这个计划，三皇子及信昌侯普只会觉得绝妙，怎么会反对？

再说了，屯营军府真要在出山庄的溪谷口修建城垒，秋湖山别院也完全位于这座城垒的监控之下，这也是韩谦向信昌侯府及晚红楼讨个放心啊。

……

……

从沈漾住处离开，韩谦领着林海峥、范大黑、赵无忌以及赵庭儿等人回到山庄，也未歇口气，又将郭奴儿、林宗靖等几个在山庄里的家兵子弟领队，都喊到东院来，将筹办秘曹左司之事告诉他们：

"虽然秘曹左司筹成之后，殿下那边或许还会派人过来，但此时我只能依赖你们这些人办事。"

"庭儿也能替公子办事？"赵庭儿有些抑不住兴奋地问道。

"当然。"韩谦说道。

韩谦以前将郭奴儿、林宗靖等家兵子弟往侦察斥候方向培养，主要是为自己日后能顺利脱身考虑，现在筹办秘曹，主要考虑渗透刺探等事，很多事情都需要调整。

晚红楼借助妓寨这个古老而每代必然兴盛的行业进行渗透，除了床第之间能听到太多的秘闻外，这些年至少还培养了二十名红倌儿，以妾室的身份直接渗透到大楚高层人物的宅院之中。

右神武军副统军孔周养在外宅的春娘，看上去不是特别成功，但也钩住冯翊、孔熙荣两条鱼。

当然，晚红楼能做到这一步，背后不知道谋划了多久，投入多少人力、物力，韩谦没有能力仿效这个。

拉拢冯翊新设货栈贩售生石灰等物资，能够从最底层撬开一个缺口，往朝中大臣家的宅院里进行渗透。

此外，韩谦还考虑到有一条线，能较快撬开新的缺口，那就是各府的女眷。

虽然当世男女之防不算十分严厉，但要跟各府女眷保持频繁而深入的接触，还是要用妇人。

"庭儿一人，可办不了这些事啊？"赵庭儿听韩谦说她竟然有机会独当一面，兴奋之余也担心将事情办砸了。

"怎么可能让你一人将所有事都办下来。"韩谦微微一笑，让赵庭儿到卧房床底，将一只木匣子拿过来。

韩谦从木匣子里拿出一份名单，交给林海峥他们，说道："你们几人，明天就凭借这份名册，分头去找这些人，问他们愿不愿意为殿下办事——愿意就带到山庄来，不要大肆声张，兵曹以及沈大人那边，会配合你们行事。"

屯营军府最多时收编三万六千余饥民，龙雀军那边主要目的是要将这些饥民有效转化为兵户，他们是不会管这些饥民有什么异同，在李知诰等人眼里，青壮男丁要训练到能编入龙雀军作战，其家属最主要的责任就是屯田耕种，日后能供应龙雀军粮草。

而龙雀军目前基层武官，也都是从早年追随信昌侯府的老卒及家兵中选拔，饥民之中即便有勇武之辈，暂时还没有出头的机会。

虽说当世民众以务农为主，但遇战乱饥荒，逃难民众除了农户之外，商贩匠工乃至城镇市井之民，也都无法幸免，这也注定饥民的成分是极其复杂、无所不包的，甚至还不乏精擅武战的老兵。

天佑帝将淮南道、江南东道、江南西道等州完全纳入统治，还是这几年的时间，之前江淮之间势力错综复杂，有不少势力被天佑帝打败后，有一部残兵败将没有被捉住或杀掉，自然就逃归家乡定居。

天佑帝再残酷无情，也不可能将这些残兵败将都捉出来进行清算。

信昌侯府对屯营军府的控制极深，从屯营校尉、屯寨寨主以及小到屯长，几乎都是他们的人，这就保证了龙雀军将来会绝对受他们掌控。

哪怕韩谦、沈漾为屯营军府的筹立出了大力，涉及兵权之事，还是没有机会染指。

不过，从最初收编染疫饥民，韩谦就让山庄的家兵及子弟深度参与救济以及后续屯营军府的建设。

而郭奴儿等家兵子弟，更是直接来自饥民，更容易与染疫饥民建立亲切紧密的联系。

这种联系，不足以直接让韩谦对龙雀军拥有多深的影响力，但在过去几个月里，他让郭奴儿他们做了一件事。

这件事就是从收编入屯营军府的饥民中，将有一技之长的三教九流、五行八作之人都甄别出来，并登名造册。

韩谦最初只是从这份名册里，挑选一些匠工为山庄所用，但这时候总算是能发挥真正的作用了。

《网络文学名家名作导读丛书》已出版书目

第一辑：

辰东与《遮天》/ 肖惊鸿 著

骷髅精灵与《星战风暴》/ 乌兰其木格 著

猫腻与《将夜》/ 庄庸 著

我吃西红柿与《吞噬星空》/ 夏烈 著

血红与《巫神纪》/ 西篱 著

第二辑：

子与2与《唐砖》/ 马文运 著

林海听涛与《冠军教父》/ 桫椤 著

忘语与《凡人修仙传》/ 庄庸 安迪斯晨风 著

希行与《诛砂》/ 肖惊鸿 薛静 著

zhtttv与《无限恐怖》/ 周志雄 王婉波 著

图书在版编目（CIP）数据

更俗与《楚臣》/ 西篱著；肖惊鸿主编. -- 北京：作家出版社，2022.5

（网络文学名家名作导读丛书）

ISBN 978 - 7 - 5212 - 1643 - 1

Ⅰ. ①更… Ⅱ. ①西… ②肖… Ⅲ. ①网络文学 – 长篇小说 – 小说研究 – 中国 – 当代 Ⅳ. ①I207. 425

中国版本图书馆 CIP 数据核字（2021）第 244365 号

更俗与《楚臣》

作　　者：西　篱
责任编辑：王　烨　袁艺方
装帧设计：天行云翼·宋晓亮
出版发行：作家出版社有限公司
社　　址：北京农展馆南里 10 号　　　　邮　　编：100125
电话传真：86 - 10 - 65067186（发行中心及邮购部）
　　　　　86 - 10 - 65004079（总编室）
E – mail: zuojia@zuojia. net. cn
http: // www.ZUOJIACHUBANSHE.COM
印　　刷：唐山嘉德印刷有限公司
成品尺寸：152 × 230
字　　数：370 千
印　　张：25.75
版　　次：2022 年 5 月第 1 版
印　　次：2022 年 5 月第 1 次印刷
ISBN 978 - 7 - 5212 - 1643 - 1
定　　价：48.00 元